哪嗬嗨

秦自成 著

漓江出版社

图书在版编目（CIP）数据

哪啃嗨 / 秦自成著．—桂林：漓江出版社，2016.6

ISBN 978-7-5407-7849-1

Ⅰ．①哪… Ⅱ．①秦… Ⅲ．①长篇小说－中国－当代Ⅳ．① I247.5

中国版本图书馆 CIP 数据核字（2016）第 154617 号

Nahehai

哪啃嗨

作　　者　秦自成

责任编辑　李淑娟

美术编辑　林晓鸿

出 版 人　刘迪才

出版发行　漓江出版社

社　　址　广西桂林市南环路 22 号

邮　　编　541002

电子信箱　ljcbs@163.com

　　　　　http://www.lijiangbook.com

印　　制　广州市赢彩彩印有限公司

开　　本　787 mm ×1092 mm　1/16

印　　张　21.5

字　　数　330 千字

版　　次　2016 年 8 月第 1 版

印　　次　2016 年 8 月第 1 次印刷

书　　号　ISBN 978-7-5407-7849-1

定　　价　48.00 元

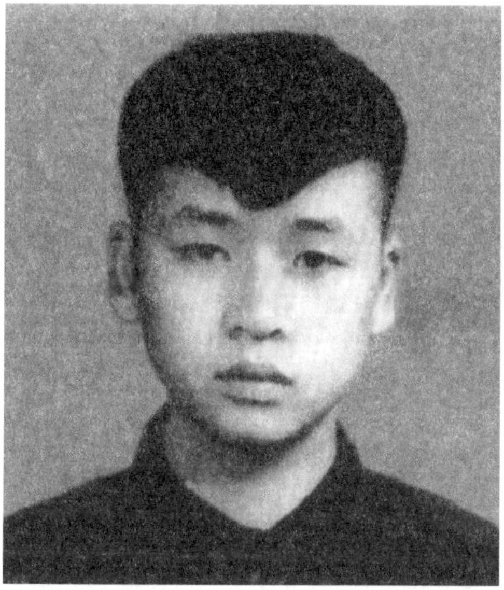

桂林市中考准考证照（1958年）

青年时的作者照（1964年）

古稀之年到宝岛台湾旅游（2013年）

作者手迹

小保走在前面，冷不防，他的背挨了一拳。这是地保给他的。跟手地保就骂道："我今天就打你，不管你当多大的官，也不管你挣多少钱，更不管你杀了多少鬼子，立了多大的功，你在我面前就是我的胞弟。你小时候，不听话，我打过你。如今，我提出一点要求，你都不答应，你还是我的小弟吗？我问你？我今日就打你了，怎样？"

小保莫名其妙地挨了一拳。他没想到二哥像疯了一般来这一手。他还以为，二哥会在刘老师面前说好话呢。如果刘老师看见二哥这样的动作，会使他另眼相看的。小保温存地说："二哥，有什么事不能平心静气地坐下来沟通么？干麻这样怒发冲冠的，拿我来出气呢？"

"哪个喊你不答应我去打鬼子的？我就要拿你做我的出气筒！"地保的气仍未消。

“文学梦”之寻梦之旅

——从秦自成长篇小说新作《哪嗬嗨》谈起

张利群

秦自成最近创作的长篇小说《哪嗬嗨》，是继其中短篇小说集《桂花》（广西人民出版社2009年版）、长篇小说《激变》（广西师范大学出版社2014年版）后出版的第三部作品。最近该书交由漓江出版社出版时他已届七十五高龄，交的稿子仍然是满纸写得密密麻麻的一大摞手稿，着实令编辑震撼。我当时在场，也颇为感动和敬佩，不惟其艰辛刻苦的脑力劳动与体力劳动可想而知，而且持之以恒的写作毅力与孜孜以求的文学追求更是感人至深。

这部新作出版，秦自成又嘱我作序。我当时满口应承，但提笔时又颇有些踌躇犯难。他先前出版的两部作品都是我作序，似乎该说的都说了，该写的都写了，还能说些什么、写些什么呢？我有些捉襟见肘、黔驴技穷的感觉，但也有如鲠在喉、不吐不快的冲动。

我是十年前经作协朋友介绍认识了秦自成，聊开后才知在20世纪70年代我俩曾为桂林钢厂工友，算起来他应该是我的师傅，如此便一见如故。我与他交往是以文会友，他创作小说，我写些评论，一来二去，彼此相知，其中自然少不了我对其作品的欣赏和评论。当然，这层关系并非仅仅是推动我为其作序以及评论的缘故。更为重要的是，作为读者和评论者，文学批评是我的工作职责所在，也是我义不容辞的责任与义务。因此，无论是因为我俩曾共事这层关系而相近，或是因为我俩以文会友而相知，抑或是我曾为他写过一些评论尚有一定的基础，故为其新作作序也就理所当然了。

秦自成是一个土生土长的桂林人，出身贫寒，志存高远，从小怀揣文学梦，立志成为作家。在读书期间，他饱读古今中外文学经典名著，极其喜欢《三国演义》《水浒传》《红楼梦》等文学经典，崇拜李白、杜甫、白居易以及鲁迅、茅盾、巴金、老舍等作家。更为可贵的是，在一般学生看来最为头痛的作文他却格外喜欢，不仅作文写得出众出彩，而且利用业余时间经常练笔写作，培养对文学创作的兴趣爱好。学业结束后他进厂当工人，学技术，做领导，先在陕西西安某厂工作，后调回桂林钢厂，成为一名技术精湛的技术员，后来又被提拔为厂长。在工厂工作期间，他始终忘不了自己的文学梦，在繁忙艰苦的工作之余仍然坚持文学创作。他从十八岁开始就陆陆续续在报刊上发表小说、散文、诗歌等作品，开启梦寐以求的文学梦追求之旅。其间虽然经历“文革”十年动乱之痛以及漂泊他乡孤零之苦，但他仍然坚守文学梦，持之以恒地默默写作，默默读书，默默耕耘，安于清贫而又不甘寂寞，忙于工作而又笔耕不辍。退休之后，他拥有了更多的闲暇时间做自己喜欢做的事情，文学创作不仅成为他退休后的新职业，而且成为他更为钟爱的事业追求。尤其当他在北京鲁迅文学院学习期间，作为年龄最大的业余作者，其创作激情如井喷式高涨，一发不可收，连续写出好几个中短篇小说，令中青年学员刮目相看。近年来，他连续推出中短篇小说集《桂花》、长篇小说《激变》、长篇小说《哪啃嗨》三部作品，在文坛引起一定的反响，在读者中形成一定的影响。

秦自成从十八岁开始从事创作，一步步走上文坛，到当下七十五岁仍然还在坚持创作，活跃在文坛已五十七年。半个多世纪的文学追求，半个多世纪的辛勤耕耘，半个多世纪的勤奋创作，使他鹤发童颜，青春永驻，创作激情不减当年。就其出版的三部作品看，可谓形成其创作脉络的三阶段，亦可称其为创作发展的三阶段，由此见证这一业余作家的创作历程及其成长经历。

作品集《桂花》收集了作者从1960年发表处女作开始到2009年该书出版

前所发表的中篇小说、短篇小说、小小说、诗歌等文学作品十多篇，集中反映了作者从20世纪60年代到21世纪初创作的状况与脉络。这些创作成果证明这一时期是作者创作的奠基期、探索期、成长期，集中表现为作者基于自身亲历生活的感悟、体验、经验的有感而发。在其处女作《沸腾的夜晚》中，我们不难从工厂通宵夜战的技术革新场景中看到车间主任与工人并肩作战的干劲和热情，这是对当时60年代那一代人忘我的工作态度和“沸腾”的事业精神的真实写照。发表于《人民日报》上的小小说《一个脸盆》，描述了父子两代人对一个破脸盆的不同态度，父辈勤俭节约的优良传统以“脸盆”作为表征，在口传心授地传承子辈的同时，也教育和启发了我们每一个人。中篇小说《米粉世家》叙述了一个祖孙三代手艺相传的“担担米粉”的故事，时间跨度从抗战一直到新中国成立前后、“文革”动乱以及新时期开启的半个世纪的岁月沧桑和人生磨难，将一个平凡普通人家“把爷”的人生命运放置在社会时代跌宕起伏变迁的大背景下观照，使其个人命运与国家、民族命运联系起来，通过个人化的叙述和形象化描写折射出历史时代的厚重投影。这篇小说因采用桂林方言叙述，从而使语言更贴近生活，贴近人物性格，贴近普通百姓。其作品语言自然朴实，通俗晓畅，颇具地域文化和地方特色，从而具有浓郁的民间风俗和鲜明的风土人情特点。中篇小说《桂花》塑造了“桂花”这一个普通农妇形象，作者并没有刻意地塑造其形象及其性格的特殊性，更没有将她作为先进农民的典型代表加以着意刻画，而是让她的性格个性在人生经历和时代变迁中自然而然地形成和发展，在平凡而又繁杂的生活矛盾和冲突中磨砺出与众不同的性格特征和个性特点，从而不露痕迹地表现出草根百姓的韧性和活力，也展现出以“桂树成林”而著称的桂林人如同桂花一样的淳朴和美丽。这些作品虽然有些粗拙与稚气，显然有所遮蔽和削弱了艺术性和审美性，文笔与语言也并非娴熟流利，但鲜活的生活气息和朴实自然之文风仍不时扑面而来，给人以亲切和温馨。

长篇小说《激变》可谓作者创作发展的第二阶段。作品着力叙述新中国成立初期，翻身解放的农民狗仔因其一段颇有传奇性的爱情婚姻，与富农出身的寡妇徐姑娘结婚后导致身份的复杂化和矛盾性，使其人生命运发生转折和变化，凸显“我是谁”“我从哪里来”“我到哪里去”的现实问题和矛盾纠葛，从而发生一个个错综复杂的故事。小人物的身份错位导致人生命运错轨是屡见不鲜的故事，但如狗仔那样执着地坚守做人的信条和为人处世的原则确实并不多见。更为重要的是，他在历次重大的时代风云变幻中，历经土改、互助组、初级合作社、高级合作社、人民公社，以及新时期改革开放的承包制、分田到户、市场经济、农业现代化等一系列农村所有制变革的风风雨雨，尽管其命运发生多次转折变化，个人遭际和家庭变故也经历不少艰难曲折，但最终还是能葆农民本色，能在顺应社会时代发展潮流的同时保持个人所坚守的基本原则，在“激变”的社会转型和农民命运发生历史性转折过程中把握住自身发展的命运，呈现出从新中国农民翻身解放到改革开放农民发家致富的艰难曲折的发展轨迹。相对而言，这一时期作者创作的长篇小说不仅在体裁形制上有了进一步发展和进步，而且在题材主题选择、人物性格塑造、故事情节设置、时空结构安排、语言表达与艺术形式构成等方面都有所进步，整体把握与系统掌控长篇体制的能力及其艺术表现力也有所增强。

长篇小说《哪嗬嗨》是其新作，当我拿在手上的第一眼就对其小说标题颇感兴趣。“哪嗬嗨”是来自广西桂北彩调的衬词，形成彩调突出鲜明的地方风格与艺术特色。因此，“哪嗬嗨”成为民间百姓对彩调的俗称，也是彩调“哪嗬咿嗬嗨”的简称。20世纪60年代，彩调剧《刘三姐》风靡全国，多次晋京演出及至各地巡演，其后改编为电影《刘三姐》更是享誉国内外，成为戏剧、电影经典。20世纪90年代中期，由广西彩调团创作排演的彩调剧《哪嗬咿嗬嗨》取得巨大成功，历演不衰。2006年广西彩调被列入国家级非物质文化遗产保护名录，不仅使这一土生土长的民间传统戏曲形式得到国家及其地方各级层面的保护，而且基于传承与创新，彩调在广西各地，尤其是桂北地区成为百姓喜闻乐见的重要文化形态与民间艺术形式。小说以“哪嗬嗨”为名，其用心用意不言自明，不仅在于以彩调之事及其唱彩调之人作为引子、线索、媒介，以此串联故事与人物，拓展与深化叙事时空；也不仅仅在于以地域文化、民俗文化、民间文化元素嵌入故事结构与叙事视角，既强化和凸显特定场景、语境与背景特色，又能够增添故事内容与人物性格的丰富性；而且在于基于传统文化及其民间文化、民俗文化、家族文化深厚的历史文化底蕴与丰富的文化内涵，能够更深层次地发掘故事与人物的内在逻辑及其精神心理世界，使文学作品具有更为深广的思想内涵与文化蕴藉。

小说叙述了抗战时期桂北农村的一个贫苦佃农王冬生一家的悲欢离合的故事及其跌宕起伏的人物命运。祖辈生活在田间地头的王冬生一家农忙闲来就喜欢“唱调子”，其大儿天保、二儿地保、小儿小保、女儿满妹都是“彩调迷”。他们以家庭为核心，以父亲为班主，在村里组成民间戏班，经常应邀去邻村演出，不仅为村民带来欢乐与期望，而且通过民间戏曲传承传播传统文化，既满足了百姓精神文化生活需求，又丰富了他们的精神心理世界。在面对贫穷山村的繁重艰苦劳作时，他们以唱调子自娱自乐，来驱赶疲劳与寂寞，面对人生喜怒哀乐时也以唱调子来抒发与表达。更重要的是，当日寇铁蹄践踏这片土地时，他们奋起反抗，以各种各样的方式先后投身抗敌斗争。当日寇强迫王冬生出来主持为他们演出“哪嗬嗨”时，倔强的冬生拒绝了，为此还负了伤。但最终在桂北游击队将计就计的完美策划之下，冬生一家不但顺利地出演了“哪嗬嗨”，更是借机巧妙利落地给了日寇以迎头痛击，出色地奏响了一曲可歌可泣的抗日战歌。

这篇小说在人物形象塑造及其性格刻画上也颇为成功，一方面着力塑造了王冬生全家老小构成的家庭家族群体形象，以彩调“哪嗬嗨”作为线索将他们贯穿为整体，并以之为意象符号，表征和象征他们的生存状态、生活面貌与精神追求；另一方面，又通过细致入微、鞭辟入里的精心刻画，描写出每个人的独特性格，凸显各自性情特征，创造了一个个生动鲜活、个性鲜明的人物形象，具备典型人物个性与共性统一的特征。

更值得一提的是这部小说的语言。文学作为语言艺术，语言不仅是文学的工具、手段、媒介、载体，而且也是文学的本体，文学赖以存在生存的家，文学风格显现的重要标志。小说以桂北乡村为背景、题材、对象、内容，以桂北方言作为小说叙述语言及其人物对话语言，不仅使其语言表达通俗流畅、自然朴实，而且生动活泼、风趣幽默；不仅能够更好地呈现地方特色与乡土特色，而且能够更好地揭示语言所蕴含的丰富深厚的桂北历史文化基因、民俗文化传统、民间文化特色，使小说的文化底蕴和文化特征得到彰显。更为重要的是，方言所构成的文学话语，其形象化叙述方式更能够体现文学语言的特质特征，使其故事叙述、人物描写、细节刻画、场景渲染更富有独特鲜明的个性特点，由此更能够体现作品风格特征及其文学语言的独特魅力。

读罢全书颇为感动，更颇为感慨。相较作者之前创作的作品而言，无疑百尺竿头更进一步。“哪嗬嗨”作为文化符号的表征性与象征性，显然丰富了作品故事内容、人物性格及其思想艺术价值，凸显了作品的特色与优势，增强了作品的创造性、独特性与感染力。

通过以上对秦自成作品的大致分析，由此可见其创作历程及其发展轨迹。概括而言，大体呈现三个主要特点。

其一，创作为生活带来欢乐和希望。秦自成在作品集《桂花》“写在后面的话”中陈述其创作动机与目的：“我在报刊上发表第一篇微型小说时是1960年，那时我已经是个十八岁的青年了。我从小酷爱文学，也梦想当一名作家。因为作家创作作品的过程是不牵涉任何人的个体脑力劳动，一个人扑在书桌上，摇动笔杆，生活就有欢乐和希望。”这句似乎毫不经意的直白，其实是作者对创作的独特领悟，“摇动笔杆，生活就有欢乐和希望”，这正是推动其创作的动力源，也是推动其“梦想当一名作家”的原动力。文学动力学是古今中外文艺理论所关注的焦点，作家的创作需要、缘由、动机、意图、目的正是推动文学创作活动运行发展的一个重要的动力机制。中国古典文学基于“知人论世”“文如其人”传统形成《诗经》“美刺”说，《左传》“立德、立功、立言”说，司马迁“发愤”说与“郁结”说，韩愈“不平则鸣”说，白居易“补阙”说，欧阳修“穷而后工”说，李贽“童心”说，王国维“赤子之心”说，鲁迅“疗救”说，等等，从多维立体视角揭示文艺创作的纷繁复杂的动机意图，奠定文学动力学理论基础及其实践依据。现代社会的多元化价值取向推动了当代文学创作动机意图更为多样化，少不了“娱乐”说、“宣泄”说、“游戏”说、“消遣”说、“休闲”说、“效益”说、“炫目”说，等等，众说纷纭，各抒己见，见仁见智，莫衷一是。秦自成则平平淡淡说出“摇动笔杆，生活就有欢乐和希望”这一朴实而又简单的道理，既作为其创作动机意图的阐释，又作为他“梦想当一名作家”的鞭策与座右铭。不难想象，创作为作者带来多少生活的欢乐和希望，无疑也直面生活的甜酸苦辣、艰难困苦而带来多大的勇气与信心。由此，在这一动机意图支撑下形成创作动力机制，推动其创作不断发展与进步，当然也才有其创作从小小说到短篇小说，再到中篇小说，最后到长篇小说的不断发展与进步。

其二，坚定不移地坚持现实主义文学精神。作者在长篇小说《激变》“后记”中坦言：“我写《激变》，是按现实主义的原则进行创作的。现实主义文学曾有一段时期受到了冷落，几乎没有人提了，可我却忘不了。因为我忘不了《红楼梦》这部现实主义文学巨著，更忘不了鲁迅、老舍、茅盾、巴金这些现实主义文学巨匠。”作者基于为生活带来欢乐与希望的创作理念，决定其遵循现实主义创作原则，坚持现实主义文学精神，形成其现实主义文学特点。现实主义文学特点主要在于：一是现实性。就其表现的社会生活对象、题材、内容、语言而论具有鲜明独特的现实性特点；就其创作观念、创作方法、表现手法而论具有立足于现实生活、从现实生活出发、落脚现实生活的“感物”说，“再现”说，艺术反映论的现实性特点。诚如作者在《桂花》中所言：“选入这本集子里的，是我几十年来记忆中的故事、人物、语言、场景等方面的文字记录，也算文学作品吧。”无论是往事记忆还是现场记录，他都能够尊重历史、尊重现实、尊重生活，秉笔直书，感物而发。二是真实性。作者在长篇小说《哪嗬嗨》的“后记”中写道：“在当今人类渴望回归自然的理想中，文学作品有些自然主义的东西，广大读者是可以理解的。自然主义在文学作品中的自然美、真实性和文学性，是可以引起文学理论家们的思考的。”确实，面对当下文坛形形色色的虚假空洞之风，呼唤文学真实性回归理所当然。文学真实性一方面表现在所反映对象的现实生活真实性上，从创作客体角度而言就是原汁原味的现实生活，实实在在的人们的生存状态，真情实感的人们的精神世界，并又能够从现象真实深入本质真实；另一方面表现在如实反映生活的现实主义创作原则、态度与方法上，从创作主体角度而言，表现为作者的真情实感的创作态度与自然而然的表达方式，体现真诚性、自然性、朴素性特点；再一方面是通过文学创作的创造性行为，将生活真实转化为艺术真实，体现毛泽东所言文艺来源于生活又高于生活之理。三是典型性。文学创作作为人类精神的创造活动，说到底就是能够将人类社会生活中现实创造行为转化为精神创造行为，依托现实生活资源创造文艺，从现实生活中发现美、选择美、创造美，因此，文学创作过程其实就是典型化过程，文学形象塑造过程其实就是文学典型塑造过程，通过典型化方式塑造既具有特殊性又具有普遍性的艺术典型，成为别林斯基所言“熟悉的陌生人”。从这一角度而论，现实主义文学并非照搬生活、复印生活、模仿生活，而是基于现实生活创造理想生活，更深入地表现人类精神世界及其情感世界，为现实生活带来理想与希望。

其三，矢志不渝地追求“文学梦”理想。马克思主义对共产主义的追求是基于人类千百年来对理想社会的期望与追求，中华民族伟大复兴的“中国梦”是每一个中国人梦寐以求的美好理想追求，“中国梦”落实在文学上，具体表现为作家对“文学梦”的追求。“文学梦”不仅成为作家创作需要、动机、意图的动力源及其驱动机制，而且成为作家创作追求的目标、目的、信仰及其精神支柱。由此可见，作家创作需要审美理想，形成文学作品的理想性维度，生成文学现实性与理想性的内在逻辑与构成系统。文学现实性与理想性构成了辩证统一关系，以现实性为基础，以理想性为导向；现实需要理想烛照，理想需要以现实为基础，由此形成相辅相成的关系。秦自成从小就有“文学梦”，基于“文学梦”一步步走上文学殿堂，又一步步推动其“文学梦”成长壮大，更一步步践行“文学梦”走向梦想成真。他反复谈到“梦想当一位作家”，“然而‘文化大革命’摧毁了我的梦想”，“文学可以在精神上得到慰藉和情操的陶冶”，“出版集子是我的梦，我终于实现了”，等等。其“文学梦”不仅强调了现实与理想的辩证关系，而且凸显其文学创作及其作品的理想性色彩，更为重要的是，文学理想成为作者的精神信仰与毕生追求，成为其文学人生与审美人生的真实写照。当然，实现“文学梦”需要以勤奋写作、艰辛劳动、不懈努力为代价，需要经历艰难困苦、挫折磨难、呕心沥血、千锤百炼才能到达理想彼岸。正如《激变》“后记”所言：“一年辛苦不寻常，字字句句都无眠。我深切地体会到，要写出一部像样的文学作品，尤其是长篇小说，不付出一点心血和汗水是很难成就的。”像秦自成这样已届高龄仍然老骥伏枥、笔耕不辍者值得我们敬佩，像秦自成这样为实现“文学梦”不断攀越一个又一个高峰者更是值得我们点赞。在其新作《哪晡嗨》问世之际，我们由衷地祝贺他青春常驻，活力常在，创作常盛，作品常新。

（作者系广西师范大学文学院教授、博士生导师）

目录

第一章

天保在圩上卖完红薯，脚不点地赶着回到家，撂倒扁担和箩筐，喘着粗气，急着找他父亲。他没有作声，只是到屋子里他要去的房间瞅了一下，见没人，就转身往父亲做叮叮糖的作坊里去。这时太阳快落山了。

果然不出所料，在不大不小的明亮洁净的作坊内，那雪白的，同砧板一样大小的叮叮糖摆在簸箕中，屋内有一股香味，父亲目不转睛地看着。

这是父亲农闲时的劳作。

爷爷因为好赌，把田地都输光了，幸好留下四间房屋，也算他积了德呵。一家人的生活，全靠租人家的田可以勉强过日子。一家人的其他家用，就靠父亲从舅舅那里学来的手艺，做点叮叮糖来贴补了。

父亲名叫冬生，姓王。半百的人了，头发已经花白，胡子刮得干干净净。平常穿一身浆洗得很干净的粗布蓝衫。他财不旺丁旺，生有三仔一女。大仔叫天保，二仔叫地保，三仔叫小保，女儿叫满妹。那年，满妹还不到五岁，妈就过世了，是坐着坐着，一站起来，就倒下了，再也说不了话。多亏了父亲公鸡带仔哈。

天保都二十出头了，还单身一个。家里大小事，总是他挑重担。

天保看着父亲，心里笑着，嘴角动了一下，轻脚慢步走到父亲身边，小声温柔地说："爸，忙完了吧？"

冬生听到一个旦角的声音叫他，转过身来，还没抬头，就说："红薯卖完了吧？这么晚才回来。"

"都给不起价，还算好，有个人给价合适，我就松手了，他一秤就要完了。我赶紧回来告诉你一件事呢。"天保边说边把卖得的钱递到父亲手中。

冬生顺手接过钱，没有数，忙问："什么事呀？"

天保说："岭头村又请我们去唱'哪嗬嗨'呢。我不敢答应。"

"哪嗬嗨"，就是调子里的衬词。这里的人习惯地把调子叫"哪嗬嗨"。

"你听哪个人送信来的啊？"冬生问。

"是他们的司鼓。"……

冬生半天不作声，又转身看叮叮糖，他想起了上次去唱"哪嗬嗨"的事……

那是去年端午过后，天气慢慢燠热起来。俗话说，过了五月五，太阳能晒热石头股。这话说对了。小把爷[1]都光着屁股在河里戏水了。有一天，天保的二弟地保告诉他爸，说岭头村人喊明夜去唱"哪嗬嗨"。冬生听后，二话没说就叫天保去通知戏班子那些人。

自春节期间在村里唱了两天"哪嗬嗨"，差不多有半年没过戏瘾了。戏班子的人喉咙、手和脚都痒了起来。第二天，到下午太阳正偏西的时候，正在田里做活的人，早早就打扮一下自己，抹把脸，换件衣服，准备步行到岭头村去。

冬生收拾了鼓、锣、镲钹、戏服，放进箩筐里，满满的，叫天保挑着。

小保是专拉二胡的。同他两个哥一般高，很瘦，却很机灵。村里人很喜欢他。他性格温柔，讲话不过壁板，耳朵尖利，手指灵巧。他拉二胡有点天赋，还有点音乐悟性，听调音、应变快、指法准。他不但会拉，而且会唱，

---

① 把爷，桂林方言，指小孩子。

音色很准。戏班子的人都暗暗佩服他。

他爱二胡如命，每次演出，从不叫人帮拿，生怕弄坏了。那天，父亲叫他把二胡放进箩筐里，他双手搂着二胡柄，红着脸说："不了，不了，你们叫我拉胡，就叫我拿，不叫我拉，我就打道回府了。"

冬生笑着说："我是心疼你，怕累着你呢！双手搂着它，没有甩手好。"

"放在箩筐里我才不放心呢，万一有根弦碰断了，那就误事呵。"小保说。

"那随你的便。"冬生说。

落日渐渐退到山脚下了。天就像收债人的脸，阴沉了。空气仍旧那么热，凉风不知跑到哪儿去了。

走在戏班子中的地保，长得虎背熊腰，远看显得很矮，实际同小保一般高。

他只会演丑角。他是在外婆家看唱调子时学会的。他喜欢这个角色，头上倒戴着个口袋帽，脑壳一动，口袋帽就一甩。鼻子上涂上一点白，嘴巴一歪一张，露出那雪白的门牙，把观众逗得捧腹大笑，他也心花怒放。他的刮白[①]，清楚响亮。他一出场，先对着台下的观众打个喷嚏："呵啾，呵啾！各位看众听我说，嘻嗬嗬，笑呵呵，对门山上有个喜鹊窝，窝里有筒水，鳅鱼螺蛳有蛮多，我就下去摸，摸着鳅鱼当小菜，摸着螺蛳打汤喝……"把戏场逗得哄堂大笑。

戏班子一行几个人，踏着山路间的小草，有的敞开了衣襟，有的捞起袖子，有的索性打赤膊了。

天保肩上挑着道具，他走了一阵，身上也出汗了，换到他二弟地保的肩上了。戏班子的人，个个都争抢着要挑这些道具。

冬生来了兴致，说："大家乐呵一下，走慢点，唱一段。"

天保毫不客气地唱开了："人逢喜事精神爽哟咿哟，精神爽啊，月到中秋分外明哪嗬嗨，分外明呀……"他的清越声音，已穿到云层里去了。

"天保，你一贯是唱旦角的，声音母里母气的，刚才这两句，真把人的魂勾去了。"不知谁夸奖了一句。

---

① 刮白，桂林方言，形容一个人说话干脆利索、不啰唆。

又有一个人说：“男扮女，不容易，走路要学屁股扭，调子唱得要母气。”

是的，天保男扮女，是有点天赋的，他的动作，手是软绵绵的，脚是柔和和的，脸相是个娃娃脸，红艳艳的。在戏台上演起来，娇滴滴的。他的手一指就出一首诗，他的脚步一迈，就像一首歌。

天赋就是天赋，天保七八岁时，头上扎着个冲天炮辫子，好看极了。每逢外婆村里唱“哪嗬嗨”，冬生总要带着他的三个仔坐在观众的最前面，天保只要听唱两三遍，就记住了。

冬生常对人说，我公鸡带仔，没白带，一个个像冬瓜葫芦样吊大了，在外婆家，把锣鼓也学会了。

冬生最疼爱他的宝贝女儿满妹了。还没出花园门的年龄，在家里，满妹也抓过扫把，洗碗，洗自己的衣服。有时候也扛锄头，学挑担子哩。冬生心疼她，不想要她做事，满妹俏皮地说：“爸，你不叫我做事，想害死我呀，明日大了，手不能提，肩不能挑，怎么过日子呢？”就这几句话，冬生已无话可说了。

满妹读了点私塾，什么《百家姓》呀，《三字经》呀，《增广贤文》呀，都能背诵一点。她还练就了一手的毛笔字呢。她读了不到四年的书，冬生就不叫她读了，说，女把爷，总要嫁出去的，读那么多书做什么，读得再多，还不是好了人家吗？学点国文，会写信，学点算术，会算账就蛮不错了。满妹也只有听从父亲的了。

满妹看到天保演旦角，就说：“大哥，你老这样演下去，像个女把爷样，没一点男子气，将来怕难找个大嫂呵。”

“讲不得的话别乱讲，我才不讨老婆呢！讨了老婆，睡不着。你看哪里演戏不是男扮女的。”天保说。

“你也乱讲，你不能改一改呀，你演小生，我来演旦角！”满妹天真的神气样，叫天保惊了一下。

“你能演？你见有哪个女人上台演戏的，不笑掉牙才怪呢！你就是演得再好看，爸也不会同意的！我也一百个不同意！”天保脸铁青。

“为什么呀？”

“人家会说你是公女把爷，再说，我们也不放心呀！”

“不让演算了。……”

冬生这一家人唱“哪嗬嗨”，要是演两个角色的戏可以，再多一个角色，就要求人了。

这样下去不行。冬生想来想去，就在村里找了几个公耗子[①]。这样，他领着一班人，从司鼓、打锣、打镲钵、拉二胡、唱丑角、唱旦角、唱小生……全是公耗子，到外演出，夜宿在庙里也无拘束。这样，演一场几个角色的戏，也不为难了。

这两年，天保除了演戏外，内外琐事，全由他张罗，比如添什么道具呀，缝制戏服呀，与外面联系演出事宜呀。领班冬生卸了担，全交给天保了，可以放一百二十个心了。

冬生掌管戏班子的经济大权。每次演出，多少有点油水。有时得点出场费，什么寿呀，把爷满月呀，婚姻喜庆呀等等。附近村落有人来喊唱“哪嗬嗨”，演出完毕，总要吃吃消夜，还要打个大封包呢。

冬生当面拆开大红封包，数了数，又叫旁边的数了数，就往他的布袋里一塞，说：“到年底再说吧！”就算公布了。

没有来过山岭间的人，一下来到，都有一种异样的感觉：凉爽，空气是甜的、香的。会一时忘记了疲倦。

冬生这一班人，紧赶慢赶行走在山间小道上，黑夜就要来了。一个人说：“七月黄蜂八月蛇，放心走吧，不会有蛇的。”

另一个说：“算了吧，都到青黄不接六月米贵的季节了，蛇要出洞，小心为好！”

这样，个个都小心谨慎地走在有点卵石的路中间，都不敢在小草上行走。

还能看见天上的黑云，叽叽喳喳鸟声不绝，突然间，一只山鸡在前面扑地腾空而起，大家惊了一下，都忘记身上出汗了。

“再翻过一个山坳，就看见村庄了。”不知谁说了一句。他们已经走了三个多钟头了。

冬生不时用手背抹着额上的汗粒，不时拿着纸扇摇着。也没有哪个再哼“哪嗬嗨”了。

① 公耗子，指男子。

他们老远就望见戏台了。那是用几根硕大的杉木支撑起来的台子，天面盖有土瓦，坐在台下的观众可以从三个方向观看台上的演员，这个戏台，也算有点年岁了。

台下空无一人。天保说，应该是时候了，怎么不见一个人影？不来观众，板凳应该摆在戏台上了。有两个老人直往戏台那儿走。

冬生急忙说：“先不进场，等下再进。”

就一下下，从天保身旁擦肩而过一个妹仔，急急朝戏台反向走去。

冬生嘴快，忙喊：“那位妹仔，今晚不是唱调子么，怎么没点动静呀？”

小妹回过头来，天保呆呆地看着她：十七八岁年纪，红润润的莲子样的脸蛋，带着一丝笑意，一条牛尾巴粗的乌黑的麻花辫搭在胸前，一对明亮的眸子，显得伶俐和洒脱。下身穿着黑色的大裤脚，一双带襻的黑布鞋，没有穿袜子，身段很苗条。她好奇地扫视着这些人，然后又羞答答地看了一眼天保。

半天，小妹坦然地说：“我没听说今晚要唱调子呀。”

“咦？那就怪啦。”冬生回头看看地保，大声说，“地保！”

这一声震动着地保的耳朵，地保会意，赶紧说：“是他们村老怪在上个圩日子亲口对我说的，难道有变动？”

小妹朝地保看着，然后说：“你是听我们村老怪说的呀，老怪是什么人，我们村哪个都晓得他说话，转过背就不承认的，他讲话只当风吹过，千万不要信啊，他的话水分多着呢。连他的舅舅都要哄，在他父母面前从来没说过一句真话！好多人都上了他的当！”

站着的人交头接耳。小妹感觉心里有愧，对不住这帮人，她不知说什么好。

冬生想问个究竟：“那你们村唱调子那些人呢？”

“不瞒你讲，唱调子那一班人都到里头村唱去了，他们村有个老人家满七十大寿，去恭贺去了。”小妹诚恳地说。

天保问：“那你怎么不去呀？”

“我爸不准我去，我想也白想，我们村没有一个女的去。”小妹说。

站着的人一言不发，你看我，我看你，都感到十分懊恼。

小保也一样，他是最珍惜自己的光阴的。他心里想，又白白浪费他同满妹学认字的时间了。他顿了一下脚。他埋怨二哥没有问清楚那个叫老怪的人。那只有个个上当了。

小妹显出很老练的样子，她好像代表村里的人说话："今天实在对不起大家了，害得你们老远来，白跑了一趟，咳，英雄白跑路呀，对不起了，对不起了。"说完，她走了。

天保看着小妹的背，走动的样子，眼都不眨一下。

站在他旁边的金生说："怎么样，把这妹仔嚓起吧。"

"莫乱讲！"天保说。

"那你看人家眼睛都直了。"

"你不是也在看？"

正说着，一阵风吹来，把地上的尘土吹得满天飞舞。冬生感觉天气不对，心想赶紧趁早打道回府，否则迟了就要挨雨淋。他发号命令："今夜不唱了，趁时间还早，赶紧赶路，天要下雨了，叫生水淋湿了，变成个落汤鸡，要感冒的。"

大家垂头丧气，懊恼地向回家的路上走去……

他们摸黑在路上行走，也顾不得蛇不蛇的了。走了两个钟头，估计还有一半的路程就到家了。

忽然，一个人说："天要下雨了，有雨点砸在我身上了，糟糕！"

话刚落音，还没有人回答，那雨就唰唰地下开了。大家手忙脚乱，怕淋湿了道具，要紧的是小保的二胡。地保一句话没说。他闷着。

小保赶忙找出了那面锣，一手抓着二胡筒，另一只手把锣盖住了筒体。

瓢泼样的大雨把这些泥腿子从头到脚都浇湿了，连他们的裤衩底也没一点干的。他们个个都像在露天洗了个澡，又像刚从河里打了密子上岸一样，个个都用手抹着脸上的水。只有小保两手没有空，一直照顾着他的二胡。

雨水冲刷掉了郁闷，他们反而快乐起来。他们懒得回去再冲凉呢。……

这是冬生这个调子班忘记不了的事。现在，又听天保说，过两天又要去岭头村唱"哪嗬嗨"，冬生怎么能不考虑一下就答应呢？

冬生不相信地问："你是听哪个说的？"

"这回绝不会像上次那样，空口无凭。"天保说。他没有埋怨地保。

冬生走近天保，看着他说：“天保呀，我们这个调子班子，已不是我们家几个人那么随便了，高点矮点都无怨言。有其他兄弟，那一定要负责任呵。本来是兴高采烈的事，由于达信不准，把这班人搞得哭笑不得，哑巴吃黄连，千万莫像上次那样呵。”

“我晓得，吃一堑长一智嘛，一开始，我要他们写个帖来。”天保说。

接着，天保念了他们的请帖。

兄弟村调子班：

兹定于重阳节这天晚上八时整，吾村特邀贵村调子班来演出。

恭请

岭头村

八月廿日

第二章

冬生听完天保慢慢念完请帖，沉思了蛮久才说：“请帖上又没说有住宿不，有辛苦费不，又没说是友情演出，到他们村，来回至少是7个多钟头，天气好可以，要是碰上雨就更辛苦。……”

天保说：“我们村同他们村是友情村，我就不好谢绝了。”

冬生说：“你既然答应了，也要守信。后天晚上就要上台了，今晚上得抓紧排练，明日我还要去卖叮叮糖呢。咳，这一阵叮叮糖不怎么抢手，也不知什么缘由。”

天保听父亲答应了，他心里高兴。一是他有念想，又可以去见见那个妹仔了，二是他又可以在舞台上过过瘾了。

他说：“你去做你的事吧，我去通知各位，今晚上排练。”

冬生说：“这样吧，地保小保我去喊，戏班子的其他几个，你去张罗一下。”

这件事就像流水无阻一样畅通，个个都满口答应。

就在冬生和天保父子俩说话时，满妹已偷听蛮久了。满妹不作声，静静地听他俩商量。等天保走了，满妹对冬生说：“爸，今晚没米煮饭了啵。”

冬生踌躇着，好久，他才说：“哦，没米煮饭了？嗯，我做叮叮糖用了点米，这样吧，你到梁家白家借点救救急吧。你就说这两天我们没得空碾米，借点米给我家续一下灶火吧，过两天，再如数还给他。”

“爸，我不想去借，一个女把爷去求一个老男人，实在不好意思。上几次去他家去借，幸亏大哥在门外等着，我有点怕，你还是喊大哥他们去借吧，他们是男人！”满妹说。

“大哥他们在排戏，没时间！”

满妹不作声了。

停了一会，冬生又说：“满妹呀，你的话是有点道理的，我也想过。你不了解梁家白这个人，我对他是知根知底的。他这个人，凡是男人家都不好说话，硬邦邦的，一句话把你冲到大门背去。他要是见了女人，一身就软下来了，女人就喊得动他，你去最合适，要是喊你大哥二哥三哥他们去，准保吃个闭门羹。那不是误事了吗？你去吧，不怕的，你又有你的同学在。”

满妹听着，她那铁青的脸色一下恢复到常态，但她的心仍在突突地跳，很不平静。她平常在路上看见梁家白，老远就躲开了。哪个女人看见他那笑脸，那阴森的眼睛，那鹰钩鼻子，都要后退三步。可是，满妹总是逃不出梁家白的视线。他只要看见她，就像猫见到老鼠那样，追上去，嘻嘻地笑。一副和蔼的样子却又让你紧张的心平静下来，气也不喘了，倒觉得他是可亲近的人。她要是去梁家白家借米，能壮胆的，就是他的儿子福生。

她同福生同窗几年，她了解他，比梁家白会做人。满妹想到这里，就说：“那就试试吧，能借得来就好，要借不来，就饿肚子了。”

要说到梁家白，也是邻近村有名的。他家田亩数在这个村是数一数二的。他一家三口人，除老婆和儿子外，还有几个用人。一年到头，全靠收租过日子，生活蛮自在悠闲。梁家白和他老婆，一天除了打麻将，有时也去田头散散心，有时看着用人给他养的牛和猪。他讨这个老婆是蛮富态的，生了一个儿子，就绝生了。

满妹悄悄站在梁家白屋子的大门外，尖利的眼睛从门缝里往堂屋瞧着。

梁家白一个人躺在那张帆布躺椅上，一只手握着水烟筒，嘴巴含着烟嘴，一只手用纸扇慢悠悠地摇着。屋里冷冷清清，像山洞一般静寂。看到这，她的心突然怔忡起来。她多么希望多一个人在梁家白的堂屋里啊。多一个人，就多一个胆；多一个人，屋子里就多增加一份热量。她在屋外等了半天，看着天色将暝，她不能再待在屋外了，她必须壮起胆子，立刻到屋里去。

"梁叔叔。"满妹鼓起勇气，在门外喊。

梁家白抽着水烟，"噼啪噼啪"地响着，忽然像从梦中醒来那样，听见一个女把爷清脆地喊他。他那像藏在螺蛳壳里面的眼珠，如同电光那样，朝满妹这边扫视着。他一见满妹婷婷地站在门外，就像骚甲子[①]掉进油锅里，全身酥脆了。他急忙抽掉烟嘴，贪婪地看着满妹，说："进来呀，进来呀。"

满妹蹑手蹑脚进屋，一声不响，两眼扫视着堂屋里。

堂屋中央的神位上，还燃烧着红红的蜡烛，闪着黄色的光亮，映照着"天地君亲师"。银丝般的烟雾弯弯曲曲地在上面缭绕着。一幅长刘海、高领子时装美女五彩画挂在神台上正中央。神台下紫檀色的敬桌上，摆放着蓝红白绿各种颜色的瓷瓶之类的器具。一张紫檀色的八仙桌正正中中地摆在敬桌中间，一小半都伸到敬桌下面了，外面部分放着大茶壶和几个有耳的茶杯。堂屋的左右墙上，没有灰尘，更没有蜘蛛网，雪白雪白的。靠墙放着两张紫檀色靠椅，中间夹着半人高的茶几。

梁家白顺口说："快把门关上，莫把尾巴夹着了。"

满妹听见这句卑鄙龌龊的话，想调头就走，但一想到今晚没米下锅，她又停住了脚。她没有关门，硬着头皮，全身警觉，大大方方地走进堂屋，一声不吭就坐在靠背椅上。

梁家白没有抽水烟，两只眼睛直勾勾地看着满妹。

"什么风把你这个女把爷吹进我屋里来了？"梁家白兴致勃勃地问。

满妹没有立即回答，低头看见自己一起一伏的胸部。停了一下，她心不急了，平心静气地说："不为别的，人常说，无事不登三宝殿，有事才到贵府来嘛。"

"快说，快说，什么事？"

俗话道，开口求人难。满妹面红耳赤了。梁家白见她为难的神态，又和

---

① 骚甲子，桂林方言，指蟑螂。

蔼可亲起来，说：“到我这里不要怕，不要慌，有什么话直说。”

停了一会，满妹终于大胆地说：“我家没米了，想来你家借点米下锅。”她不管自己有多么难堪，多么没面子，多么痛苦，终于勉强说出这句话来。

“什么，你家没米也来找我？你怎么不说没人陪你睡觉了来喊我呢？”他鄙夷地说。

满妹怒火起来，迎头一棒：“梁叔叔，你讲话嘴巴放干净点，你早晨起来没刷牙呀？还是嘴巴得了半边风，管不住了，乱放炮！”

梁家白元气十分旺盛，盯着这位窈窕姑娘，坏笑着说：“想不到你这个毛妹仔，狗嘴里吐不出象牙，倒反教训我来了，你知道我是谁吗？”

“你是天王老子呀，亏你白吃了那么多年白米饭，还好意思讲出这种恶心的话来，你怎么不去要你娘呢？你老婆怎么嫁你这头蠢猪，嘴里没长牙齿呀！”满妹气急败坏起来，脸色铁青，放肆地说。

梁家白一下无言对答，突地从躺椅上弹起来，张大嘴巴喘气，两只藏在螺蛳壳内的眼珠鼓鼓地瞪着。他怎么也没想到，这个外表看起来柔媚端庄的妹仔，当起真来，还真有两把刷子，这么泼辣，简直难以想象，唉！这正是她的动人之处啊。

他想，男不和女斗，大人不和小把爷斗。他静下心来，又嬉皮笑脸地说：“妹仔，我是同你闹着玩的呢，莫往心上记。”

满妹也缓和了口气：“光顾自己开心，不顾人家感受，几十岁的人了，一点脸面都不要，要是你的仔听见了，那你的脸面都藏到裤衩底下了。”见梁家白低着头，她又说：“说正经的，你倒是借还是不借呀？你还是先解人之困好点。”

梁家白思索着。蛮久，他低声说：“满妹，你不知道，我不是不借米给你，你家欠我的粮食太多了，我要是再借米给你，洞越来越大，到猴年才能还清啊？”

满妹沉思着，隔了一会，她说：“我听我爸说过，我家租你的田种，一亩红黑要交给你五担租粮，不管涝旱年月。梁叔叔呀，我家租你那几亩田，泥巴坚硬，又漏水，一亩田用十担粪也难沤肥，哪能收到谷子？一年所收成的谷子，都叫你拿走了。所以呀，我们没有米，到你这里来拿，也是合情合理，天经地义的呀！我是表面上向你借，实际上是吃我家的粮食呀，你说是不？我还听我爸说过，借你一斗粮，要还你一斗半，还要按期还清，要是超过期限，你又要滚一滚。我晓得的，我家借你的粮食，基本的都还清了，就是欠那些粮滚粮的。梁叔叔，你就像八月的丝瓜——太黑心了。”

“什么，你说还清了？你们家就是三年不吃不喝也还不清。”梁家白胡乱地说。

“你胡说！”

梁家白的脸阴沉着，忽然又发癫似的，涨红了脸，睁着螺蛳壳眼睛，溅着口水星子，说：“我不借了，不借了，好心不得好报，好柴烧烂灶！”

这时候，从后房突然撞出个人来，满妹吃了一惊，她似乎不相信自己的眼睛，竟是同她一起上过学的梁家白的儿子福生。他怎么变成这个样子了呢？他一拐一拐地走近梁家白，一只手一扬一扬地，像打拍子那样，只听他说：“你借点……粮……给满妹嘛！”

满妹直盯着福生，心想，他怎么讲话结巴了？他的脚怎么成跛子了？难道是突然遇上了冷风？难怪好久不见他，他在家里龟养啊？哎！真说不清，人有旦夕祸福啊。

平常，在村里，满妹从来没主动和福生讲过半句话，要不就是他先向她问好，满妹只是点一下头就走开了。在学校里，由于福生是有钱人家，背新帆布书包，穿新衣服。满妹家穷，穿的是捡哥哥的鼻涕屎衣服，补了又补。

一次，在回家的路上，福生突然说：“满妹，把我的书包送给你吧！”满妹莫名其妙，她说：“不要，不要，我背我爸用草编的书包。”福生说：“草书包太难看了，学校里就见你一个人背！”满妹说：“那才好哩。”说完，低头飞跑了。

她晓得他是个沉默寡言的人，读书也蛮用功。有一次，福生在满妹前头走，满妹无意间看他走路两只脚的脚尖差点碰到一块了。她回家问她爸冬生，才知道福生是个内八字脚。

冬生不准满妹读书了。离开学校后，满妹很少出门，好难碰见福生一次。没想到，福生怎么成了这个令人想不到的样子。她的同情怜悯之心油然而生。她主动问他：“福生，你怎么啦？”

福生还来不及答话，梁家白抢先答道：“哦，福生是想学学唱戏呢，他是故意的。”说完，又盯了他儿子一眼，小声训斥道：“你出来干什么？不关你的事，小把爷家！”

“我不是……听你……讲……不借给……满……妹……大……大米嘛……人家满妹家……是好人，借给她……嘛。”福生结结巴巴地说。

满妹觉得梁家白又在说谎话哄她了。凭她对福生的观察，他是真的有病，哪像在演戏啊！福生根本不会演戏！满妹戳穿了梁家白。

福生如实说，头两个月已生病了，去看过医生，医生说他是患了脑膜炎，吃几个疗程的药，会好起来的。他准备吃完这几天的药，就在医院住下治疗算了，懒得操心。梁家白听仔这么说，做父亲的表情十分尴尬。他改变了想法。

梁家白说：“你一个妹仔家登我家门庭，给你面子，就借你二十斤大米，不过几天后得还二十五斤，这不为难你吧？”

满妹一下涨红了脸，愕然道：“怎么？借几天也要滚五斤，那我去找你儿子，你儿子说借好多就还好多！”

“那还二十二斤行了吧。”

“多一斤都不行，我记住你的恩德就行了。”

梁家白倒觉得站在他面前的这个妹仔实在太可爱了。他对满妹坏笑地说：“你们家几个公耗子不出门，你这个母的倒挑大梁了。”

满妹有点愠怒，心里说，什么公的母的，你讲话一点不像个男人，你这个鹰钩鼻也太无教养了，说话没长牙齿。但想到他既然答应借米了，也就省点口舌了。

满妹说：“我爸和我哥他们今晚都去排灯戏了，准备到岭头村演出。”

“嗬，又要去唱‘哪嗬嗨’了？演什么？是不是又演那个蠢仔到丈母娘家去接老婆，吃完了还要打包回家？那出戏真把人的肚子笑破了啵。那个蠢仔，除了拿几个荷包蛋外，就连大米粥也打包！没有东西装，蠢仔就扯起裤头，往里灌，哪晓得这一倒，就烫着他的老二了，嘻嘻！太好笑了，太有味了。”梁家白恬不知耻地说。然后又对着满妹，去抓他的东西。在满妹面前扯起他的裤头，朝里瞧着。

满妹羞红了脸，调转头，朝墙上看。她实在不愿同这个老臊公来费口舌了，怕脏了她的嘴。她不答！不理！不看他的脸！她心里又气又恨，她恨不得上去扇他两个嘴巴子。

停了一会，梁家白轻轻拍拍手掌，立即从里屋出来一个四十岁上下的男人，这是管账的。他走近梁家白的身边，附身贴着梁家白的耳朵，声音低得蚊子叫一样，一会儿，又进里屋去了。

满妹耐心地等着。梁家白又跌坐在躺椅上了，他两眼盯住满妹，那神气，好像想从满妹身上得到什么似的。

满妹都等得不耐烦了，心里焦急，她恨不得甩腿就走算了。她问："梁叔叔，到底借不借呀？不借，我走了。"

"你不是看见账房老七去称米去了？"

没等满妹回话，那个叫老七的账房提着一布袋东西出来了，交给了满妹。她用手朝布袋里操出一点米来看了看。

梁家白对账房老七说："你记一下账，冬生女儿满妹借粮二十斤，五天后还二十二斤。过期另行考虑。"他的声音是声色俱厉的。

满妹真是哭笑不得。是高兴，还是愤怒？她手提借来的米，急速朝家里走去。她懊恼借点东西这么难，耽误时间了。

满妹离梁家白家不到半斗烟工夫，就听见调子的锣鼓声在她耳边响起来了，接着是唱的声音："哪嗬嗨，咿嗬嗨……妹妹后房倒茶喝，哪嗬嗨……"

正当她一心听着调子声时，一刹那间，从她身后一双像机器般的手搂住了她的腰，她全身都软了，想喊又喊不出声，看又看不见人，她听不见调子声了，耳朵滚烫，心怦怦地跳。这个成熟的少女镇定下来，用尽全身力量挣扎着，她提着的那袋米丢开了。这个鬼东西一只手搂着她的腰，一只手在她上身捏来捏去，满妹感觉痒痒的，她没力气了，她本能地喊出声来："不要逗了，按着牛头是喝不了水的，你放开我，你不放，我喊人了啵！"

就这几句话，那人松了手，飞奔而去。满妹用手拂了拂乱了的头发，心里猜着，这人是谁呢？

她摸黑找到了扎着口子的米袋，快步往家走去。

家里漆黑一屋，没有人。她习惯地点燃了豆油灯，灶房里亮了起来。

她急急忙忙淘好了米，一比一地放好了水，她犹豫了，他们家一日三餐多半是吃烂饭的，一比一的水可能煮熟的饭太硬了，她又朝鼎锅里加了点水。

她吃了自己煮熟的烂饭。过了一阵，就想睡觉了。她什么也不想，那男人虽然搂了她，她没有伤到什么，也就心安了。

她不知道爸他们什么时候回家。她晓得爸他们能把戏演好，不是偶然的，而是经常排戏到鸡叫，经常废寝忘食。

她睡眼蒙眬，仿佛听见父亲在嘀咕着：怎么是前两年的老米？米内都有虫了，黑黑的硬壳虫难道女儿没看见？

她突然一骨碌坐了起来，揉了揉眼皮，睁眼一看，天已大亮了，太阳还没有射进屋来。她走到隔壁的房间，见父亲在用秤称她借来的那袋米，她愕然了。

冬生见满妹刚起床的样子，还没洗漱，他直问道："满妹呀，你昨天到梁家白家借了好多斤米呀？"

"总共二十斤，他说五天后要还二十五斤，我讲了半天还是要还二十二斤。昨晚我煮了两筒半，大概一斤半吧。"满妹如实说。

冬生也如实地说："我称只有十五斤，这些米都起硬壳虫了，一股的霉气，他把喂猪的米借给我们了。"冬生的心，像煮沸的水，翻滚着。

"呀，才十五斤，那他只借给我十七斤半左右，我去找他这个黑心佬去！"满妹怒气冲到头上来。

冬生没精打采地说："没用的，这个鬼，他不哄你这些小妹仔还能过日子？钱要数，米要量，你看他量米了？还是用秤称的？"

"我没有看他量米，也没有见他称秤。是他家的老七背着我，我也懵懵懂懂，没多问一句，就收下他的米了。"满妹诚恳地说。说完，脸上是一副难受的样子。

"算了吧，你也得个教训，煮饭时用簸箕簸一下，选选虫子，吃了不怕的，又没有毒。人常说，大虫吃小虫，吃了乐融融。我马上要去卖叮叮糖了，不要把这事告诉你大哥二哥，以免他俩打抱不平。"冬生安慰着满妹，过了一阵，满妹去洗漱去了。冬生也挑起那木桶里的叮叮糖，不声不响地出去了。

满妹用手指翻弄着米袋里的米，只见好多硬壳虫在黄色的米内拱来拱去，又仔细看，还有好多小肥虫在米里蠕动，白白的。她那一对亮晶晶的眼睛，轻轻一闭，一滴滴明亮的泪水，落在米袋里。

第三章

冬生挑着叮叮糖出去后不久，天保就醒来了。他们几个昨晚排戏都到鸡叫明了。按平常日子，天保总是天蒙蒙亮就起床洗漱，完了要下地干活的，今早睁眼，太阳都晒屁股了。他想到地里还有点红薯没挖完，再不挖，沤在土里，红薯要生霉味了。那不要说难卖，就是送给别人喂猪也要人家同意了。

他也不想赖床了。他去喊地保小保，地保“嗯”了一声，翻一下身，趴着肚子又睡着了。小保仰一下身，睁眼看看，又闭上了。天保小声说，我不吵你们了，你们睡吧，你们醒来后，做你们自己的事去。

天保来到地里，凝视着一畦畦泥土上，有的红薯藤叶子还泛着青绿，有的呈淡黄色，有的已枯萎了。他弯腰用手在畦两旁扒一下泥土，干燥的黄泥土里还埋着蛮大的红薯哩。他用刀先割掉红薯藤，然后挥起锄头，朝畦的两旁一锄一锄地扒开泥土，那黄色的红薯就跳进眼帘了。他把出土的红薯一个个捡到畚箕内。

他额头上冒出了豆大的汗粒，他索性光着膀子。正在这时，一条汉子像幽灵一样站在他面前。天保猛一抬头，心里一惊。那人一言不发，盯住天保。那人长得五短身材，穿一身邋遢衣服，眼屎巴巴的，鼻子喷出一股腥臭味，一头像鸡窝一样乱的头发，脏兮兮的。

天保不认识这个人，忙问："你是哪里的，想吃红薯啊？"随即俯身捡个红薯给他。

那人也不客气，接过天保的红薯，用手抹了抹，就在嘴里嚼了起来，他边嚼边说："这红薯蛮甜，煮熟了一定蛮粉。"随后，他介绍了他自己并说明了来意。

天保有点生气地说："你们老爷也太不讲理了，我家的红薯藤怎么由你来割呢？"

"嘿嘿，这地是我家老爷的，我们不收你的租金都蛮对得起你了，你捡了便宜还卖乖！"说完，他从屁股后抽出一把镰刀来。

天保还未答话，忽然间，又从他后边的灌木丛中钻出一个人来。天保一看，这人是梁家白家的用人，名叫麻子多。他肩上扛着一把大刀，威风凛凛地站在天保面前，一动不动。那对牛眼睛上下眼皮不停地眨着。一会儿，他大大咧咧地又去拿地上的红薯，用手擦去皮，放在嘴里嚼起来了。好像红薯是他家的一样，天保看在眼里，闷在心里，怒在脸上。

天保毫不惧怕地说："谁说这地是你家老爷的？明明是我的干爸六六家的。干爸临终前说，这块地由我种植！"

"你一点也不讲道理，你叫干爸的那老头是我们老爷家族的人，他归天了，所有财产应归我家老爷，天经地义！"麻子多在为梁家白说话。

天保一听，他的心就乱了。去年春天，一个风和日丽的日子，天保从田头回家，在路边的草地上，他发现六六大爷蜷曲在一丛灌木边，半个脸向着天，红肿的眼皮睁开着，嘴张得大大的，喘着粗气。天保急忙迈步到他身边，手摸一下他满是道道沟槽的额头，温和地问："六六爷，你怎么躺在这里呀？"

六六爷见是天保，脸色一下由青变成微红。他断断续续地说："我快不行了……我老……屙尿……不出……"

天保一听，不由得为六六爷着急：“你屙尿不出，怎么不早告诉我呀？快！我背你到家，我找点草药熬给你喝。”

六六爷年纪快到甲子了。他是案板上的擀面杖——光棍一条。他本不姓梁，姓田，他是招赘到梁家的。他同梁家一个女子拜过堂后，不几天，女子她妈殁了。两口子靠祖传的一亩半田维持生计。两口子没有生育。前两年，老伴得了重病，无药可救了。梁家白见六六爷有一亩半田，见他又无种植能力，就把他的一亩田收买了。六六爷背又驼，每天还要在他余下的半亩田里种点东西过日子。

天保安顿六六爷睡在木板床上，安慰了几句，就掉头找草药去了。很快，天保熬好了草药汤，叫他喝了两小碗，六六爷就安然睡着了。天保把这事告诉了他爸，冬生说：“你去照顾他吧，光找车前草不行，还要加点地竹叶，分量对半。”天保说：“这两味药我都熬了，连服两天，就可通尿了。”

第二天，天保清晨八早就去看六六爷，六六爷早就起床了。他说，昨晚上就起来屙尿了，就是尿不多，再熬几服药就没事了。他又说，他活了几十年，还不如天保这个年轻仔，天保对人一副善心，又诚实守信，打灯笼都难找啊，还懂点医药。

天保很高兴，见六六爷有精神了，他不喜欢六六爷夸奖他，他说：“这都是跟我爸学的，你莫要把我讲得那么好嘛。”

六六爷最爱看调子了。多次村里唱调子，他总是第一个到场。他最喜欢看天保一家人唱戏。天保男扮女装，唱腔音质清越，人的长相又文雅端庄，再加上化装，那时的天保就是活灵活现的一个女子啊。

六六爷真是吉人自有天相，行路遇贵人呵。要不是天保，他可能是早入黄土了。他对天保说：“就做我的干儿子吧？”天保高兴地说：“行呀，我有干爸了。”说完，拥抱着六六爷。

然而，好命不长，命里注定。六六爷的病痊愈后不到半年，他到山上砍柴，踩在一块松动的青石块上，不小心，连人带石一起滚下山，碰上一块大石头上，满头流血。天保得知这个不幸的消息，急忙把他背回家。六六爷缓缓地说：“我这回真的不行了，我归世后，我这半间破屋和那半亩地，交由你了……”话没说完，就断气了。天保为六六爷料理了后事。

梁家白在一旁说风凉话，讥讽天保动机不纯。冬生直截了当地对梁家白说：“你臊公鸡枉为六六爷的同族人，也算白做了人！”

梁家白悻悻地走了。……

现在，梁家白的用人又来纠缠，天保怎么能轻易放过这件事呢？他理直气壮地对麻子多说：“六六爷临终时，把房屋及他的田地全交给我了，你们别痴心妄想了。”

“随便你到哪里讲，六六爷死后的财产都应归梁家所有，外姓人是没资格的，这是祖传的规定。再说，六六爷又没写字据，空口无凭呀。”麻子多在为梁家白争辩。

天保也铁青了脸，毫不惧怕地说：“他是我干爸，村里人个个晓得，六六爷病后，是我照顾，归天后是我料理，随便你们到哪里讲，他死后的遗产没有理由不归我，祖传也明文规定，鳏寡老人死后出殡时，谁捧灵牌，老人遗产归谁所有。你不要在这为梁家白争辩了，你不过是他的一条狗，你没资格，你回去叫梁家白来，我等着他！”

麻子多无话可讲，低下了头。他也晓得，是梁爷要他试探天保的，他自知理亏。六六爷有病时，梁家白没有照顾六六爷半点，六六爷没有吃过用过梁家白家一粒米一分钱。他是不敢出面硬抢六六爷这点遗产的。如果他这样做，他是要被旁人讥讽的，也要被家族的人戳脊梁骨的。梁家白像狐狸一样那么精，那么狡猾，他不出面而由麻子多和养猪的出面，见风使舵，看菜吃饭。

麻子多让天保骂得脸都青了，气咻咻的，又不敢发怒，只有忍着气说：“我也是奉命行事，我是拿人钱财，替人消灾。拿人家的碗，受人家管嘛。这样吧，梁老爷不在家，红薯我们就不要了，就要这点红薯藤喂猪算了。”

天保没作声。

天保回到家，恰巧他爸回来了，他把在地里挖红薯碰到的事一一告诉他爸。

冬生用善良的眼神望着天保，漫不经心地说：“算了，你这样处理是对的。人常说，穷不跟富斗，富不与官争嘛。梁家白这个马蜂窝千万不能捅，一捅破了，那我们会吃亏的。俗话说，好汉不吃眼前亏嘛。这个世道，是没有我们穷人说话的地方的。惹不起，还能躲不起？梁家白表面上是个没名堂的家伙，但他那阴险的嘴脸是要提防的，明枪易躲，暗箭难防呀，还是息事宁人好。……”

听了冬生的话，天保良久不语。他头脑仍旧嗡嗡地响着，心里总是有个疙瘩。他弄不明白，一个堂堂正正的男子汉，为什么在梁家白的无理面前要低三下四呢？难道要这样下去吗？人常说，穷富无三代。我们家虽然穷，但我们的命将活得更长！我倒要扯开眼皮看着，我们总有翻身的日子。……

冬生看到天保仍然那样没精打采，就打岔道：“莫想了，晚上还要去唱‘哪嗬嗨’呢，你的两个弟弟呢？”

“全靠地保不在场，他是个走道喝粥——急性子的人，弄不好要爆炸呢。”天保说。

冬生去找地保、小保，见没人。他估计地保又去找那个女孩去了。哎，年轻人，两天不见对象，心里就急得慌。小保又去他喜欢的山坳坳去练二胡去了。

这里没有天气预报，也没有寒暑表，转眼就到了处暑十八盆、白露勿露身的季节。俗话说，白露白迷迷，秋分稻秀齐。意思是说，如果白露前后有露，则晚稻将有好收成。

他们那一班人，白天个个都累了一天，有的撒豆，有的车水。冬生一家人也像打铁一样忙碌。他们想到要唱“哪嗬嗨”，一天的劳累全都消散了。愉快的心情在他们每个人的心中荡漾。天保心里的疙瘩也解开了。

他们今夜要到岭头村去演出。还没进村，一股桂花香气迎面扑来。最早的人看见了他们，奔走相告，喜迎他们的到来。

天性好客的岭头村人，小的把爷，大的奶仔[①]，老的叔叔、伯伯、爷爷，全是公耗子，满面春风地都来欢迎冬生唱调子一班人。小的拍掌，年轻的敬一碗甜酒，老的递烟，场面十分闹热。人们个个满脸笑容，欢迎这些白天劳累了一整天的泥腿子，一身的疲倦也在这时得到了消解。

伴随着这嘈杂的欢声笑语，冬生一班人走上戏台，岭头村人要冬生他们从开白场一直演到终。冬生笑着说，这样不公平吧，你们是主，我们是客，主应该开头和压轴，我们客夹在其中演就行了。

岭头村一个同冬生年纪相差无几的细长脖子的男人笑着说：“我们村的

① 奶仔，桂林方言，没结婚成家的小伙子都叫奶仔。

男女老少老早就盼着看你们唱调子哩，你们就不要讲客气了。”

冬生也笑着说：“大家都一样，都是业余的，我姓王，名冬生，是这个戏班子的领班，我早就听说你们太客气了。我是头一次见到你呢，你对我印象特别深？”

“我自报家门吧，我小姓周，名家兴，家庭的家，兴旺的兴，也是打司鼓的，哦，不好意思，我也是半桶水哩。”

冬生大喜过望地说：“太好啦，太好啦，我俩是同路人啦，我也同你一样啦！”

冬生还想继续谈下去，周家兴就被岭头村一个小伙子喊去了。天保刚好从后台出来，他脸上化了妆，还穿着便服，对冬生低声说：“爸，我去方便一下。”

天保抬眼朝戏台上望去，只见黑压压的一堆观众，早已坐在自己的位置了。进场的观众像流水一样从三道方向走来，露天看戏就是好，场面大，空气好，要是碰上下雨，就不自在了。

天保沿着戏场边缘穿过人群，走到一丛灌木中，听到“嗯”地轻轻响了一声，他没看清是何东西，就迅疾走到另一处草丛，方便完了。月亮已从云隙中荡了出来，同戏场的白纱汽灯，闪亮闪亮地照着一个走在他前方的女子和紧跟其后的天保。

从走路的姿势和背影，还有那个麻花辫子，天保十有八九猜着她就是上次看见的那个女子。他想同她打声招呼，又怕认错了人，叫人家瞧扁了呢。

开场白由天保讲了几句，他说：“今晚，我们来贵村演出，得到众多乡亲的拍手和笑脸，还有独特的礼信。在此，我代表我们调子班全体向大家表示深切的谢意！今晚，我们是来切磋戏艺的，也是来向你们学习的，谢谢你们！演出马上开始。”话音刚落，用手一指，那动听清越的锣鼓声，二胡的伴奏声，便响彻在凉爽的星空……

最后，岭头村的压轴戏演完了，这出戏，真叫观众们感动得流出了热泪……

半个月亮渐渐偏西，时间已是二更天了，天已凉下来，观众们都是穿着长裤厚衣的。岭头村人好客的热忱叫人称赞。他们早已安排好消夜了。冬生一伙人来到该村祠堂前的一个草坪上，他们早已摆上能坐八个人的桌子，桌子中摆着一盏洋油灯，一瓶老三花酒，一瓶水鼓冲三花，一瓶甜酒。菜肴有醋血鸭、白切鸡，两盘青菜，一盘醋拌黑木耳。主食有卤菜米粉。为头的周家兴笑呵呵的，他举起酒杯，朝在座的扫视着，然后说："实在对不起以王冬生为头的调子班演员们，今晚你们辛苦了，我们准备了小菜，薄酒一杯，祝大家欢乐、平安！"说完，他排着冬生坐下。

冬生也彬彬有礼，站起来，借着月光的照明，洋油灯的温暖，也笑眯眯地说："谢谢岭头村的父老乡亲，谢谢你们的真诚热情，谢谢司鼓和演员们……"

一片掌声。祠堂前充满着快活的气氛。觥筹交错，人声鼎沸。

周家兴贴近冬生的耳边说："你们那个演旦角的小奶仔演技不错呀，我们村找不出这样的人才。"

"那是我的大仔。"冬生直言道。

"那是你公子呀，荣幸荣幸！"

"我听说，你一家都会唱调子？"

"凑合吧，也是爱好。"

接着，冬生把天保、地保、小保一一简略叙说了一遍。他又问："你贵庚？"

"我呀，"周家兴抿了一口老三花，放下筷子，附着冬生的耳根说，"我呀，五十有二啰，你呢？"

"噢，那我俩同庚，你几月生？"

"寒来暑往，秋收冬藏。十月初九。"周家兴说。

"耶嘿，我俩是同一天，那好，我俩是老同，等下就到祠堂里结拜如何？"冬生下意识地说。他猜想周家兴一定很难堪，但话已经说出去了，如同茶水倒在地上，无法收回。他抿一口酒，眼睛瞟着沉思中的周家兴。

周家兴也抿一口酒，站起来，提起酒杯，猛拍一下冬生的肩膀，冬生猛惊一下，本能地站起来，他俩齐肩，冬生刚剃过几天的头，头上长出蛮多的花白头发了，周家兴也是刚剃的头，光光的，十分耀眼。两人你看我，我看你。冬生在等周家兴开言。

周家兴又抿一口酒，接着又拍一下冬生的肩膀。然后，笑着说："那太好啦！你同我想到一块了，认老同认老同！千载难逢，千载难逢！"说完，

往酒杯里倒满了酒，又给冬生杯里倒满了酒，周家兴一手牵着冬生的手，直往祠堂内走去。

祠堂内黑魆魆的，不过借着月光，还有将要熄灭的蜡烛，还能看到关公像的面容。他俩双膝跪在关公像前，义重如山，齐声道：“我俩同庚，千载难逢，自愿认老同，今后，有福同享，有难同当。在关公面前磕三个响头！”

说完，两人同时把酒敬关公，又连连磕了三个响头，把地磕得“嘭嘭”响。

就这样，老同两人坐在祠堂前的一块青石板上，扯起板路来了。

冬生卷了根喇叭烟递给老同，老同推让一下，冬生又卷一根，夹在嘴唇上，划了根洋火点着了老同的烟，借着余火，又点着自己的烟，猛吸了一口，十分感激地说：“老同，你们太客气了，值得我们学习，你们哪来那么多钱呀？”

“凑呗，戏班子的人个个凑点，村里人自觉自愿。桌上摆着的鸭鸡，自己养的；三花酒，自己烧的；甜酒，自己下的；烟是自己种的，米粉是自己榨的！”老同兴致勃勃地说。

“那你们真能干啊，人心齐，山能移！”冬生钦佩地说。

“我们村是两个姓呵，一声号召，哪个不捐呢？他的面子往哪儿搁呢，人家会瞧不起的。你们村呢？”

“我们村就做不到，人心太杂了。尤其是长头发进了家，就像隔夜的饭，难捏拢呵。”冬生说。

周家兴岔开话题，很抱歉似的：“上次叫你们英雄白跑路了，你们吃了一夜的苦，叫你们扫兴了，大老远来，没有演出，真对不起。下次我们给补上。”

“不怪你们。”

周家兴挨着冬生的耳朵，小声说：“听说，日本鬼子侵犯到湖北了？”

“老同，你听谁说的？”

“就是前几天，我们村有个人参加共产党领导的游击队了，他半夜路过村里回家看他父母亲，我是听他老子说的呀，还有错？”

“我前几天到城里去卖叮叮糖，我也听一个老人家讲过。他说，有些老爷们对日本鬼子不抵抗，不开枪，把枪抬高三寸就飞跑了。要不然，日本鬼子哪有这么快就侵犯到湖北？唉，他妈的，‘刮民党’真是搜刮民财，尽进了那些坏官的腰包。共产党不拿老百姓一针一线，有铁的纪律，走到哪老百姓都拍手欢迎哩！”

“你见过共产党？”

“我也是听人说的。”

冬生小声问：“我听说，你们村有人参加共产党了？”

周家兴说：“千万不要乱讲，还不止一个呢。乱讲要掉脑袋的。”他轻轻说：“我儿子也去参加共产党了，千万莫讲。”

接着，周家兴又把他儿子怎么参加共产党的事悄悄告诉了冬生老同。

“莫讲共产党了，怕有耳，讲讲李宗仁白崇禧吧，广西是他俩的天下。”周家兴说。

冬生两眼扫视了四周，桌子上还有喝酒吃菜的，也有放下碗筷的，朝祠堂这边瞅着。

“听说李宗仁率领他的部队在北方一个叫什么台儿庄的地方，把入侵的日本鬼子打得落花流水哩。”周家兴接着说。

冬生越听越有味，他兴趣来了，说：“我听说，朱毛两个才是天下英雄呢！尤其是毛泽东，他创立的共产党打日本鬼子经常用他的游击战术。他创造了十六个字，我好像记得，叫敌进我退，敌退我追，敌疲我打，敌驻我扰。他是个军事家呵。日本鬼子怕毛泽东。在北方，毛泽东的游击战打败了好多日本军队。我是卖叮叮糖时听到一个戴眼镜的学究讲的，那人懂得好多。”

“就是老蒋没用，他有句话叫攘外必先安内，他丢尽中国人的脸。”周家兴激动地说。

冬生说：“老同，你讲话小声点，怕别人听见难扯。”

周家兴说：“我的嗓子有时控制不住，不过，也不要紧，我是实话实说。”

冬生接着说：“蒋光头卖国的嘴脸，老百姓看得清清楚楚。共产党就不同，他们号召人民起来参加反抗日本帝国主义侵略中国，共产党才是救国呀。”

俩老同正在兴致勃勃地谈论国事时，冬生眼利，看见有个人朝祠堂走近，他拉一下老同的衣角，周家兴会意。等那人走了，冬生说：“走吧，板路扯不完，还要回家躺床板。”

周家兴笑着说：“我老同真会讲。”

最后，他俩简单地介绍了各自的家里情况，冬生说：“老同呀，下回该到我那儿了。”

周家兴爽朗地答应：“那是应该的，谁叫你同我认老同呢？”

冬生老远就看见天保同一个妹仔在扯板路，还没问妹仔是哪家的，周家兴说：“那个妹仔是我的爱女，名叫玲玲。她和你公子天保还蛮讲得来。”

“唉，年轻人，自由可以，不要出线就行了。”冬生说。

周家兴没答话，心里说，现今都是民国了，子女大了，都难教呵。

冬生往桌子那边望去，见那里两个调子班的人正谈得热火，有的抽烟，有的嘴巴叽叽呱呱不停，有的哈哈大笑。见天保朝他这儿走来，他把手一扬，意思是可以打道回府了。

天保也朝桌子那一扬手，大家会意。天保用旦角的声调唱着：“多谢了，多谢众乡亲好热情，又有肉来又有酒来敬亲人……”

地保也大声唱着：“离了岭头村往回走哟咿哟，往家走呀，明天还要去做事哪嗬嗨，去做事哪……”

周家兴上气不接下气，硬要往冬生手塞个封包。冬生推来搡去，总因盛情难却，收下了。冬生随即交给一个叫东有的，说，你点一下。随即唱道：“人往山上步步爬，走到低处路又滑，哪个不想日子好，只是因为没得法。‘哪嗬嗨’，走呀！”

……

第四章

那天，地保起床后，在屋内转了个圈，见满妹一个人在她房里做着什么，小保也不知道哪里去了。他也没见天保哥和父亲，就独自一个人，到他那相好的家里去了。

他记得在他还流着鼻涕的年纪，那年过年，父亲带着他们几个到舅舅家拜年。一个同他年纪相仿的小妹仔也到他舅舅家玩。他无意中从口袋里抓出一颗用纸包着的叮叮糖递给那小妹仔。天真无邪的小妹仔见有人给她糖吃，连连拍手叫好，一只手接过叮叮糖后，一只手就牵着地保的手去玩去了。

“我俩比踢毽子，看谁踢得多。”小妹仔手里拿着毽子，偏着脑袋对地保说。

“来就来，我赢了就给你叮叮糖吃。”地保满口答应，看着这个同他年纪差不多大的妹仔。

“要是你输了呢？”

“那你没糖给我吃，就敲我骨磊！”

地保刚好六岁，还没开窍呢。他注视着小妹仔，只见她甩着小辫子，从口袋里掏出一个红公鸡毛毽子，说："你数数。"说完，就踢起来了，她耳听着地保数，自己也数着，她左腿站着，弯曲的右腿踢着，那通红的毽子，在她那穿着花布鞋的脚侧面一上一下跳着。毽子一下跳得老高，一下又降到脚侧面最低处，就像一只十分耀眼的红蜻蜓，一会儿想叮她的脚面，一会儿又飞扬起来，好看极了。

踢了一阵，小妹仔站着的左脚打了个踉跄，那毽子一晃就偏离她的右脚侧面。……

小妹仔满头是汗，呼哧呼哧地喘着气。

轮到地保了，他是左拐子，只见他右脚站着，左脚踢，初看去有点笨脚，他比小妹仔稍高点，腿好像要短点。他那运动的左脚，一会儿落地，一会儿抬起，看上去很不抢眼。当数到二十的时候，地保已经上气不接下气，一个踉跄，就宣布结果。

"我不行，比不过你，你像小燕子一样灵巧。"地保喘着气说。

"来，你给我敲骨磊！"小妹仔笑着说。

地保走近小妹仔身边，脸对着她的脸，他忽然拉起小妹仔的手来了。小妹仔没有敲他的骨磊，只是嘻嘻笑个不停。

"不要了，你爸在喊你了。"小妹仔说。

"哟，当真，我都忘记了。"

他耳边好像听人说："这两个小把爷，长大了准是一对。"

另一个说："现在可是娃娃亲？"

"那要问她的老子娘呢。"

小小年纪的地保，还弄不懂什么是娃娃亲呢。

回到家里，他问冬生："爸，什么叫娃娃亲呀？"

冬生盯了地保一眼，很是诧异，他不明白那么小的一个豆子鬼，怎么问起这样的话来了。这时，他面对小小的地保，他不能不回答："娃娃亲就是像你这样小的把爷仔就同女把爷仔订婚，将来长大了，就不用媒婆做介绍人了，也节省点媒婆钱。"

地保高兴地跳起来："那你帮我订娃娃亲呗，我喜欢上那个小妹仔。"

冬生站着，他似乎两眼不见，双耳不通。对地保突如其来的问话，他怎么能想到呢？一个还有奶腥味的小把爷，这么早就想这些名堂了？这时，他为了显示一个做父亲的威严，他不能不做出正面的回答，半天才说："你还小，前头有哥，长大了再说吧！"

"不，不，昨天我到舅舅家，我同一个女把爷耍，听一个叔叔说，我同那小妹仔很般配，可以订娃娃亲。"地保说。

冬生严肃地说："我说不行就是不行，你妈是那个村的女子，又是同族的人，成何体统！你一个奶腥味的小把爷，懂个屁！才点点大，就是到谈婚论嫁的年龄，也不能要那个女把爷做老婆，听见了没有？"他埋在心里的话，没有直接说出来。心里说，将来有了钱，还怕找不到老婆？

小小的地保似懂非懂，混沌未开呀，什么是男是女还分不清呢。他只是把听来的话说给父亲听罢了。

从那以后，地保一年到头，过什么正月十五呀，端午节呀，八月十五呀，总是去舅舅家一趟，总能看到那个小妹仔，就同她下老虎棋呀，跳跳绳呀，彼此玩得蛮开心。

俗话说，人穷亲也疏，马瘦毛也长。舅舅家不久就衰败了，再加上娘也命丧黄泉，渐渐地，冬生一家人也就不怎么去了。地保同那个小妹仔，也是记忆中的事了。

事情就是那么巧，十年后，那个小妹仔长大了，居然嫁到本村一户人家，而地保还是个红花仔呢。

小妹仔嫁的这户人家，老两口共生育有五个仔，真可以说是雄赳赳的了。尤其是这家老婆子，走路讥讽人，讲话呛死人。有一次，她与本村的一个同龄妇女闹架，骂得人家狗血淋头，哇哇直哭。她骂着说："我有五个仔，每个屙泡尿要呛死你，每个吐口唾沫要淹死你！"

在旁的冬生见这个女人这么嚣张，太无理了，随口帮了那个女人一句。她暴跳如雷，骂冬生同那女人穿一条裤子，还有一腿。冬生气得肺都要炸了，只是忍着不吭声。他听那个不甘示弱的女人骂着："你这个恶女人欺我们家人少，你也不得好死，一天死一个，两天死一双，三天要你家死得零打光！"

冬生不想惹事，走开了。

那女人的话居然兑现了。头年发大水，她老头子去河边得鱼，不小心掉到河里了。她大儿子去救，不但没有救活，反而两人都叫大水冲走了。第二

年，她二儿子去开山，刚放一炮，就叫飞起的石头砸死了。第三年，她三儿子去打鸟，充火药时，叫鸟枪反充死了。第四年，她的第四个儿子，晚上去抓蚂蚜，开始以为是挨蚊子叮了一下，有点痒，无所谓，又是晚上，那盏豆油灯能看清什么呢，只管睡觉去，哪晓得第二天早上，一个大男人，硬邦邦躺在床上。舅舅村这个小妹仔的男人，在田头做事，像碰鬼那样，突然倒在水田里。殁了。

这样，不到五年光阴，她家六个男人，全部归西。这女人守贞节，没有改嫁，其他的四个寡妇，又没有留后，有个嫁兴安，有个嫁恭城，有个嫁全州，有个嫁灵川。

舅舅村的这个女人，倒生了个女,还没改嫁，与她家婆过日子。不久，家婆重病十几天不起，双眼成了光瞎眼了。

地保见舅舅村的这个女人，他想起小时候的一段情缘，家婆又是个光眼瞎，还带着几岁的女把爷，他的怜悯之心油然而生。

“还记得我吗？”地保见女人在地里锄地，关心地问。

女人仍低着头，老公死了，半年了，还是闷闷不乐。从来没有一个男人同她说过话。这时她听到一个男人的声音，慢慢地抬起头来，猛惊了一下，一时又想不起这人是谁。她用惊愕的眼光看着地保。她气喘吁吁地，胸前一起一伏。她一只手背抹了下额头的汗粒，另一只手握住锄头。她那被汗浸湿的单衣，已贴在背上了。

良久，她勉强地应了一声：“哦，是你呀，我俩好像认识。”

“是的，你应该记得。”地保不想再提小把爷时候耍的事，只是平和地回答一声。

村子大了，喜事白事各管各族。自从这个女人从舅舅村嫁来后，地保也很少看见她，即使看见了，没有事，也就转眼拂袖而过了。

这女人嫁来后，改名叫春嫂。当她一眼看见这个似曾相识的男人后，黑黑的脸蛋一下又绯红了。

地保下意识地说：“你要想开点，你年轻，还可以成个家嘛。”

“你不要给我穷开心了。要是轮到你的老婆不在世了，那你的心不痛么？”春嫂好像忘记了悲伤，精神振奋起来。

地保心里说，我的老婆还不知在哪个方位呢？你怎么说这样不吉利的话？即使打比方，也不能这样比呀。

地保走近她身边，说：“来，我帮你挖一下，你坐在那儿歇歇。”说完，抢过春嫂手中的锄头。

就是这一刹那，地保的手碰到春嫂的手背，他像碰上了火一样，弹了回去。

春嫂不同意地保帮她挖地，她又去抢地保手中的锄头。这时，地保的手抓住春嫂的手了，春嫂一下红通了脸，放了手。她心怦怦跳着，默默地瞟了地保一眼，良久不语。地保笑眯眯地说：“你去歇去，我来挖。”说完，扬起锄头，向土里挖去。

春嫂坐在树荫下的一块石头上，不时用手背抹汗，不时又瞅一下这个年轻英俊的地保。

两人不说话，地保火一样使劲在泥土上挖着。春嫂不时在玩弄她的巴巴球头发，不时又揉一下她那胀鼓鼓的奶，她要回家喂奶了。

“劳烦你帮我挖了，你慢慢挖吧，我要回家给女儿喂奶了。”春嫂说。

“你回家吧，这儿交给我了，我挖完这点，就给你送锄头回去。”地保笑着说。

这是地保平生以来第一次单独帮人家做事，而且是帮一个寡妇呢。他不知是为了什么，心里也说不清，大概是同情心吧。小把爷时代认识了她，如今长成大树了，往事的回忆是每个人的天性。

地保挖完这块地，已经是黄昏了。他左找右找才找到春嫂住的地方。

他小声地喊了一声，屋里没人答应。他朝屋内瞅去，只见春嫂半敞着衣襟，她的把爷站着在吃奶。她大概看见了地保，急忙用手捂住了另一侧胸，地保低下了头。

地保没有进屋，喊着：“春嫂，我挖完地了，你的锄头放在门角啵。”

春嫂的把爷大概睡着了，她怕惊醒了把爷，不敢作声。她绯红了脸，慢慢地抱着把爷走近地保，小声说：“这么快就挖完了，进来坐坐吧，不必介意。”说完，掉头就去房里了。

地保站着，往屋里看，心里想，反正家里没什么事，坐一下就坐一下。他蹑手蹑脚地进了屋，看看屋里也没什么家当，就是一张八仙桌，地上摆着几张矮板凳，墙角还放置着一个磨米的木磨呢。

“屋里就你一个人在呀？”地保问。

“家婆在里屋。”春嫂说。

“她也是呵，得了个睁眼瞎。”

“还不是怪她自己做出来的。”

地保找了一张矮凳坐下来，同春嫂相对而坐。两人沉默了许久，地保说：“你家婆也蛮爱看调子的。”

“现在只有用耳朵听了。”春嫂说。

地保想说些话，又怕在里屋的春嫂家婆听见，他正起身走，春嫂说：“你不坐了？我正好要去喂猪。”说完，起身拍了下衣服。

地保听她说要去喂猪，就说：“你还养有猪啊，走，去看看。”

地保相跟着春嫂走进厨房，站在一旁，见春嫂用木瓢往潲锅内舀猪潲到潲桶内，准备提走。地保问她的把爷呢，她说放床上睡了。

地保急忙说：“我来提，我来提。”

春嫂没有推辞，看着地保轻轻提起那一桶潲，她走在前面，只走几步，就到猪栏了。

栏里正卧着一头猪，大概有三四十斤，一见有人，就向栏门这边奔来，不停地叫着，昂着头，像要抢食似的。

春嫂说由她来舀猪潲，地保说，哪个舀都一样。随即往桶内搅动了一下猪潲，见桶内的猪潲清稀稀的，只是一些乱七八糟的菜叶，没有糠米之类的东西，就不明地问：“这么大的猪了，光吃这点东西能长大呀？”

“那有什么办法呢……”下面的话，春嫂不想再说。

地保没再说什么，看见那猪“哼哼”地叫，就往猪槽内舀了一瓢猪潲，那猪就埋头用嘴嘣猪潲了。

地保想了一下说：“明天，我去找点猪吃的东西。照你这样喂猪，那猪保险养成老颗米，卖不出价钱的。”

“那劳烦你了。”

“不用客气，谁叫我认识你呢。”地保笑着走了。春嫂默不作声，看他走出门外。

第二天太阳偏西的时候，地保就挑着一担猪饲料到春嫂家了，春嫂高兴了半天。地保又帮春嫂把猪饲料切碎了，并吩咐她煮烂。他说他还是把昨天那块地帮她挖完，春嫂死活不要地保挖，说要挖也得两人一块去。她说她把女孩交给瞎子奶奶就没事了。她对地保说："人常说，冬瓜葫芦吊大，小把爷丢大，放心吧。有她的瞎子奶照顾，没事的。"

他两个来到地上，人常说，男女搭配，干活不累。他俩边挖边说，一会儿谈到唱调子，一会儿又谈到瞎子婆。

春嫂说："我家婆呀，她丑就丑到个嘴，坏也坏在嘴上。其实，她也是刀子嘴豆腐心的，心里没什么名堂。她是个'落雨打伞不顾后'的人，唉，这也是她命苦啊。"

"天下倒霉的事怎么一块落在她头上哩，讲起也不信，不到五年时间，接连有六个男人不在世了。……"地保声音低沉下来。

"唉，不讲了，讲起心痛。"春嫂说。

地保不想同春嫂干得太晚才回家，以免父亲和大哥他们东猜西想。每次来看春嫂，他总是把家里的事料理妥当后才出门的。他哪怕打个照面，每天不看一下春嫂心里就难过。冬生呢，一心扑在制作叮叮糖的事上了，也顾不了家里其他的事啰。只有由天保安排家事了，什么砍柴呀，秋种呀，买卖点东西呀。

一天，天保突然对地保说："我们家地上的那些红薯藤，头天还好好的，到第二天我去挖红薯，见那些红薯藤被人割得干干净净，唉，这世道，连种点东西都不心安了。"

地保正儿八经地说："他没有偷地里的红薯就烧高香了，那点藤算什么，我家的猪还小，又不吃它，无关紧要，免得自己费力割呢。"

"是就是，但你要它，也要同我打声招呼呀，这不是偷又是什么啦。"天保板着脸说。

地保笑着说："哎呀，哥，不去想它，犯不着生气，又不是丢了什么大东西，你就当是为人家做了点好事，就不要难过了。"

"做好事也要有名有姓，有名有分嘛，这样不明不白叫做好事？这叫纵容！"

地保正色道："人家好多年轻人离家去打日本鬼子丢了性命，连个尸首都找不着，这些人要什么名分？哥，我不同意你的看法。"

"他们为了保家卫国，死得光荣，偷东西的人要同那些为国而捐躯的英雄相比，恐怕帮英雄们洗脚还嫌手臭呢。”天保不服。

“算了，我争不过你，你是唱‘哪嗬嗨’的神仙！”地保说完，掉头去做他的事情了。

天保心里也是装不着事的人。他想，这些红薯藤不可能是外村人来偷的，更不像是梁家白家的人，要偷割为何不偷割完呢？前几天有国民党烂兵路过，难道是那些兵？噫，不对，烂兵们想的是吃土里的红薯，要那些乱七八糟的红薯藤有什么用？要找不出这个偷东西的人来，下次又偷！天保心里七上八下，他把这事告诉了他爸。

冬生正在作坊里磨糯米，准备制作叮叮糖。这一阵叮叮糖蛮好卖，蛮抢手。他老是到一个小学门口卖，那些把爷仔老远看见冬生挑着叮叮糖来了，就把冬生和他的担子围得水泄不通。这些把爷仔要的不多，一两毛钱就满足了，嘴里含着叮叮糖，跳跃着进学校去。

冬生见天保进来，就停下手中的活，问：“来帮爸磨糯米呀？”

“你不要我们这些后生们帮忙的，嫌我们杠手杠脚，帮倒忙，我不敢插手。”天保不假思索地说。

“到爸这儿来有什么事？”平常冬生做事，他不喜欢子女们插手，子女们没有事是不会来打搅他的。

天保开门见山地说：“爸，奇了怪了，有人到我们地里去割红薯藤。”

“我怕有什么大事啰，割点红薯藤也没有什么，反正我们那头猪还小，一下又不会吃红薯藤，拿去卖，也值不了几个钱。……”

冬生显出无所谓的样子。

天保真没想到，他爸的口气和地保一个样，他也不想在爸面前多费口舌了，转身就走，冬生喊住了他。

他问：“地上还有红薯藤不？要是有，你不妨去布控一下，要偷的人总是要来的。”

“很难讲，要是人家不来了呢？那不是白费功夫么？”天保说。

冬生好像很有把握似的，他说：“你信我，你照我的法子去做，一天不行，两天；白天不行，晚上。猫偷吃惯了，总要来的。要是看见有人来偷，也不用大喊，要给人家一点脸面。俗话说：‘人情留一线，以后好相见。’记着，记着。”

天保还是摸不透他爸的心思，但是他不能不去试试他爸的做法。

过了两天的一个早上，天保见地保还未起来，就去问地保："地保，昨晚上你去哪里来？你老实告诉我！"

"你管我去哪里，爸健在，轮不到你来管我！"

"今天我就是要管管你，长兄为父，你是知道的！"

地保低下头，没作声。

天保又问："昨晚，你是不是去割红薯藤来？你说，是不是？"

"去割了怎样，没去割又怎样 ？"

"地保呀，你就不要瞒我了，我都看见了，你割了一大把红薯藤，挑走了，你给谁家了？"天保声色俱厉地说。

刚才地保若无其事，一本正经，这下听天保一揭，他的心顿时打起鼓来了。他想，纸是包不住火的，若要人不知，除非己莫为，今天不承认，明日一传十，后天就十传百，那就没脸面了，搞得兄弟家不和睦，叫父亲生气，家里就一团糟了。我地保明人不做暗事，心里要坦荡如砥！要是这件小事传到春嫂耳朵内，春嫂起了反感，那不是一吊反成了一吊八，得不偿失，划不来。他想到这，就一字一板地说："哥，是我割的，我看到春嫂那头猪吃的潲是清稀稀的，怕长不大，我没告诉爸，也没和你商量，就自作主张把我们家地上的红薯藤割了，送到她家了。接连割了两担，我求你不要把这事声张了，搞得满村风雨，更不要叫父亲生气了。……"

天保听了，原来是这么一回事，他的心安静下来了。但这事总得说给父亲听，因为是父亲叫他布控的，他相信，父亲会理解的。

冬生卖叮叮糖回来很晚了。吃过晚饭，他到父亲屋里，轻声地把这事说给父亲听。父亲沉默了半天，一拍大腿说："我知道了，你去休息吧。"天保走后，冬生脑瓜子想起事来，他心里说，仔大难教呵。

第五章

一天中午，梁家白吃罢晌午，喝了杯桂花茶，抽了一斗水烟，就上床眯眼皮了。他是习惯了中午眯一眯眼皮的。有时候一眯眼皮就到晚上上灯时才睁开。到了晚上，就像老鼠一样来精神了。

说也反常，他今天倒在床上，眼皮子老是粘不起来。他一下把身翻到右边，又一下子把身翻到左边，又一下仰身躺着。真是辗转难眠，他脑瓜子又在东想西想了。

他家几代单传，他父亲生下他一条独苗。梁家白拜过堂后的第二年，他父亲就得了重病命归黄泉了。留下近百亩地，还有几间房屋，临终时对梁家白说："有这些田地你一年到头连用不着下田，整日穿着布鞋就不愁没饭吃了，你就是生得五六个后生，个个坐着不动，也会乐呵得唱'哪嗬嗨'哩。"

哪晓得老天爷瞧不起他，他老婆生了个男丁（福生）后，就再也没有生育了。附近的郎中，哪一个家门不掉下他的脚毛，去请来看过他老婆的生育病呢？药罐子煨药都打烂了无数个，那些中草药渣用箩筐挑也至少要挑几担。看到自己老婆真的不行了，他打了主意，非找个女人下种不可！

村里人（有的是邻近村的）只要是个寡婆子，不管是中年也好，年轻的更好，甚至头发花白的女人，他没有放过一个。就像是他讨来的那样，晚上想去就去，想要哪个就要哪个。有时甚至一夜走几家。他心里说，他就不信这些寡婆子中找不到一个能为他添砖增瓦的。但他都是到寡婆子家寻欢的，有的寡婆子不乐意，他就甜言蜜语，有时也给点享头。物资呀，票子呀，谷子呀。寡婆子想要什么，他就给什么。

他不喜欢酒，也看看调子，一天少不了那些水烟筒。他吃菜就像猫那样，要一点点就心满意足了。有人背地里指责他，什么都不好，就爱耍女人，他不敢当面回应，心里却说，穿衣戴帽，各有所好嘛。

“家花不如野花香，讨妹不如玩妹强，讨妹三年无话讲，耍妹五年讲不完。”没长牙的人说的这句话，梁家白牢记在心。

一年两年过去了，就这些同梁家白睡过觉的女人，没有一个为他添砖增瓦的。

“难道我的命当真就这样子了么？”梁家白懊恼地想着。

他决定要改变一下以往的做法。……

一天晚上，地保从春嫂家出来，他踏在长满黄毛的朦朦胧胧的月光下，精神抖擞地在一条湫隘的村巷里走着。刚转过弯，忽然间，两个人影挡在面前，他吓了一跳，定睛一看，见是两个活人。他镇定地站着，温柔地说：“老弟，让开点，叫我过去。”

话音刚落，一眨眼工夫，有四个拳头一齐向他砸来。像晴天一声霹雳，猝不及防，他来不及躲闪，背部挨了几拳。

他清醒了，实在控制不住心中的怒火，气咻咻地吼道：“你们两个疯了？我又没踩着你们的尾巴，又没有欠你们的钱和米，干吗无缘无故地打我？我要还手的呵。”

那两人仍旧一声不响，四个拳头又雨点般向他飞来，有个捶在他的胸部，有个捶在他的腰部。当那两人又向他击来的时候，他还手了，一个拳头挡在他的手腕上，一个拳头挡在他的拳头上，他感到一阵麻木，他忍受着。那两人都打了个趔趄。他想，快点溜走吧，好汉不吃眼前亏，刚一迈步，被一块碎石绊倒在地。

那两人好像瞌睡遇到了枕头，机会来了，两人奋力地朝地保又踢又打。地保本能地用手保护他的头部。

一个气汹汹地说："我看明日你还敢不敢抢我们梁老爷的相好！你睡醒了不？村里的寡婆子，有哪个不是我们梁老爷的，你想要他的女人就要挨拳脚！你做梦去吧！下次要再看到你臊春嫂，那不是挨拳头，而是挨木棍了。"

地保听另一个说："原谅他算了，梁家白也交代过，下拳不要太重。只教训一下就得了，千万不要出人命。"说完，两人就走了。

那两个人是蒙着面的，天又黑，地保是认不出来他们的样子的。他们说话的声音，也好像没听见过，他不想同他们来硬的了，也不追上去，由他俩去算了。他懂得玉不同石撞的道理，遇事还是要忍让些好。

他高一脚低一脚地回到家，天保先看见他，觉得地保有些不对劲，就不明地问："地保，这么晚才回来呀？"

这时的地保就像床板夹屁股，有苦说不出。他还是装着若无其事的样子，说："哥，我大了，你不用操心我了。"

因为是晚上，豆油灯的光亮叫人很难看出紫红蓝白。天保会察言观色，他觉得地保有点神色不对，走近地保身边，往他脸上瞅了瞅，追问道："地保，我看你的太阳穴有点乌黑，是怎么搞的呀？"

"我是不小心碰到墙上的。"地保说。

"撞在墙上？"天保有些不信。

这时候，冬生和小保、满妹走进堂屋。冬生先问了一下地保，地保支支吾吾，说不出个子丑寅卯来，冬生又拿豆油灯照照他的脸，大声说："你的脸，像是挨人家打了，是不是？你老实说，你得罪谁了，人家为何打你？"

小保和满妹在一旁很着急，小保说："二哥，你不要怕，有什么事尽管说，有我们兄弟在，不怕别人欺负你。"

地保听小保这么一说，便一五一十说出了他挨打的事。

冬生疼惜地说："我几次和你说过，不要招惹那个寡婆子。人常说，寡妇门前是非多，对你有什么利？你这么个红花仔反倒被一个寡婆子迷了心窍了呢？我讲话，你当耳边风，这下挨不明真相的人揍了，得教训了吧，尝到皮肉苦痛了吧？那个梁家白是什么货色，哪个不晓得他呢？我对他是捏着鼻孔忍气，知道不？你不听老人言，吃亏在眼前！对梁家白，我们惹不起，总躲得起嘛。”说完，抽出别在屁股头的竹烟筒来，又从烟包里挖出点烟丝，放到烟筒里，点着了，抽起来。

地保见小保这么小的年纪都能明辨是非，心里一团火又燃烧起来，说：“这个仇我是一定要报的。”

天保急忙说：“仇怎么报呢？人常说，一个巴掌拍不响，你要不去臊他的相好女人春嫂，他会惹你吗？地保，你听人讲过不，叫作穷不与富斗，富不与官斗嘛，少惹点算了。”

“他不是相好，而是霸道。世界上竟有这种道德败坏的人，他梁家白耗子吃够了三斗六，总要遭报应的。大哥说的有些话，我认为不妥，我看，这个仇要记在心里。”小保不知怎么的，替地保打抱不平了。

满妹静静地听着，忽然，她头脑热了起来，忙说：“我去找梁家白这个老色鬼去，看他怎么说，我要他向二哥赔礼道歉。赔治伤的钱，我不怕他，看他能把我吃了去！”

小保说：“满妹不要急先，先议论一下再说。大家还是想好对策再定。……”

天保听了小保对他的批评，沉默起来，他看着爸抽着闷烟，想提提爸的精神，他说：“还是爸说得在理，姜还是老的辣，满妹性子太急，心急的人吃鱼容易被鱼刺卡住。我们不能与梁家白搞得太僵，太僵了他不租田地给我们种，那我们又去找谁的田地种呢？不是说嘛，人在屋檐下，哪有不低头的，我看还得忍着点，不要去捅他那个马蜂窝算了。”

“难道就这样便宜这个老色鬼了？”满妹反问道。

没等天保说话，正在抠指甲的小保突然说道：“仇不是不报，是时候没到！”

一家人又沉默下来，良久，冬生在地上磕了磕竹烟锅，他问地保：“你同春嫂来往这么久，你碰过她没有？”

地保抬头看看父亲，没有作声。

冬生把手朝天保、小保和满妹那儿一挥，三个人会意，就走开了。

冬生小声地问：“你真的连春嫂的手都没碰过？”

“碰过，就是我同她一块抢那把锄头的时候，我的左手面碰着了她的右手面，当时，我全身都麻木了，她也急忙松了手……”

“哎呀，你这个榆木疙瘩，你难道要我讲明，好叫个个听见？我是在打哑谜。”

“爸，你想到哪里去了，你儿子会是那种人么？我是可怜她，年纪轻轻的就守了寡，又带着个嫩把爷，想帮帮她，我还不是看到她是我舅舅村嫁过来的，我和她小时候在一块玩耍过的那些日子，我是个守规矩的人哪，爸，你千万不要把你儿子瞧扁了。”

“守规矩就好，八字还没一撇，就拈花惹草，没脸面的。”冬生说。

地保不想隐瞒父亲，他接着说：“有一次，她走近我面前，恭恭敬敬地说：‘地保，我晓得你是不会娶我做老婆的，你是红花仔，家里兄弟姐妹也不会同意。尤其是你爸，那个老古董更是不会同意。你要娶我这个二婚嫂，不后悔呀？我也没什么报答你，我有身子，你要的话，由你便！……’

“我摆着手说：‘不行，不行，这样对你不公平，我帮你，才不是为了这个呢，你应该知道我是个怎样的人。’

“她毫不在意地说：‘你敢要我，我心里踏实，我可以大大方方地接受你的帮助。’她说完，抹起眼泪来了。我是看不得别人在我面前抹眼泪的。

“我无意靠近她身边，哪晓得，猝不及防，她发疯一样抱住了我……

“我的热血滚动起来了，我实在控制不住自己的身子……爸，你是个男人，是个有血有肉、身体健全的男人，遇到这种场合，又该怎样？就像一堆火，燃烧起来了，一下下能用水浇灭了么？感情的事，就如同一个人上了船一样，是不想跳下水的。我终于还是挣脱了春嫂，跳下了水，我仍然是个红花仔。……”

冬生听完地保的急言快语，半天不作声。突然，他一拍大腿，站起来，慢悠悠地往房门走去。他想，地保说的话是真的还是假的呢？

地保坐在堂屋里默默地看着豆油灯……

第六章

那天晚上，小保专心地听着父亲和兄妹们讲话。他没有过多发表看法。他这个人有个特点，不喜欢在人声嘈杂中插话，偶然插上一句，会叫你大惊失色。他要发表自己的看法，那要等鸦雀无声之时。有人说他是闷头鸡，啄白米，颗颗啄到底，他是真人不露相啊。

对于二哥挨打这件事，算是丑事还是好事呢？他认为，从某个角度来看，是丑事。地保瞒着家里人去偷情，不听父亲再三相劝，最后挨了打，你说丢丑不丢丑？可从另一个角度来说，现今是民国了，谈情说爱自由了，在个人婚姻问题上，不用父母包办了。大嫖客梁家白，一个人仗着有钱财，就可独享村里的寡妇。地保挨打，也是对梁家白的可耻行径的揭露，也算是好事吧。

小保之所以不在家人面前露出自己的真相，他有他的人生哲学，两耳不闻窗外事，一心要把二胡拉。

就在那一年，在小保把鲁迅的“迅”字当“凡”字认的那一年。小保跟随父亲去王城里卖叮叮糖，他看到从城门洞附近直到里面，真是热闹非凡。有斗蛐蛐的，有下棋的，有拉二胡的，也有唱“哪嗬嗨”的，卖担子米粉的、马蹄糕的，油堆、糯米鸡的，还有卖舌子粽的。挑担剃头的，摆地摊的，卖衣服鞋袜的，更有瞎子算命的，父亲是唯一的卖叮叮糖的了。这里真是个大杂地，熙熙攘攘的声音把蛐蛐相斗的叫声淹没了。小保不在父亲身边，蹿到围着看斗蛐蛐的人堆里去了。他目不转睛地盯着两只蛐蛐在一个尺把深、半尺来宽的瓷缸内斗着，不时发出尖厉的“嚯嚯”声。这是两只铲头蛐蛐，这种蛐蛐的头就像老人家归天后的棺材前盖那样，那只是尖尖的，像铁铲那样。两只蛐蛐相斗不用嘴而用铲头相互顶撞来决定胜负。胜者蛐蛐的背叶，像被风吹起，发出“嚯嚯”的响声，一直追赶失败者。

小保挤在人堆中，第一次看到两只蛐蛐相斗的情景，心情愉快极了。当他看见蛐蛐输者的主人从口袋里捏出两个毫子递给蛐蛐胜者的主人时，他才吃惊地知道这是来钱的。有一个小豆子鬼用五个毫子把胜者蛐蛐买下了。他才知道蛐蛐有人要，还可以卖钱呢。他头脑一闪，他要抓蛐蛐卖了。这是得利的事呵。

看完斗蛐蛐，他又去看一个人拉二胡。他挤在围人中的前面，席地而坐。他对面拉二胡的人约莫四十多岁，满脸的络腮胡子，昂起头，不时向天翻着眼皮，不时又低下头，好像在看二胡的两条弦。他拉的是“哪嗬嗨”音乐。他的左手的四个手指在弦上跳跃着，右手握着的弓一忽儿快，一忽儿慢悠悠，一忽儿满弓，一忽儿半弓，把小保都看呆了，听迷了。

过了一阵，他父亲的叮叮糖就卖完了，他挑着空担子，昂起头，两眼在扫视着小保呢。小保正在为二胡师傅收点小费呢。他看见父亲了。

“豆子鬼，不看了，回家吧！”冬生也看见小保从人堆中钻出来了。

小保喊了一声父亲，冬生点头。他一只手拉着父亲的木桶挑绳，往王城外走去。

他抬头指着城门顶上说：“爸，拱门上的方石块是怎么抬上去的呀？这么大的石头，八个人都抬不动。”

冬生偏头看了看小保，没回答。

“爸，城墙上的大石块，古人又是怎么砌的呢？还有，城门洞那些大砖块，为什么掉不下来呢？”

长得还不到冬生肩膀高的小保，提出这些叫冬生一下回答不上来的问题。冬生愕然了，但他不能不回答："这里面不光靠力气，还要有头脑呢，多读点书就懂了。"

小保很同意他爸的回答。他相跟着冬生走了一段路，又排着父亲，他说："爸，今天你带我来王城，眼界扩大了，又见了不少东西，学了点东西，尤其是拉二胡，耍蛐蛐，我最爱。这里真好耍呢。"

"萝卜白菜，各人喜爱。"冬生顺口说。

"你就爱卖叮叮糖。"小保俏皮地说。

"我不做叮叮糖卖，光靠租赁人家的田地种，你们的日子有这么好过？唱'哪嗬嗨'又唱不了好多钱。"

"爸，明天我去抓蛐蛐卖，还有不少人要呢，还得点钱。"小保想听听父亲的意思。

冬生偏头看看小保，不假思索地说："抓几个好耍可以，要想挣钱，我看也撑不了裤裆，人家口袋里的钱，也不会容易给你的。"

"那不见得，一只蛐蛐至少要卖两个毫子，好的还要多点，一天要是能抓上几十只，说不定你卖叮叮糖的钱还不如我呢。我是无本生意呀。"小保自信地说。

冬生踌躇了一下，就说："你要去抓就去吧，你晓得蛐蛐什么时间去抓最好？"

"你说呢？"

冬生放慢了脚步，慢吞吞地说："冬天是没有蛐蛐抓的，天冷都进洞里了，春天也不行，雨水多，就是夏天多点。秋风凉了，蛐蛐也不喜欢出来。就是这种季节是蛐蛐最活跃的时候，蛐蛐最喜欢隐藏在山脚底有些杂草的地方，你不妨去试试看，最好在上午十点钟以后到下午五点钟以前，这段时间，蛐蛐最喜欢出来。那就看你的机遇了。是你的东西，它会自己送上门来，不是你的，抢也抢不来。"

小保心想，父亲讲的多少有点道理，但也不全都有道理，但总得要人做，去争取，客观环境没有的，你就是说得天花乱坠，说出个龙显表来，有还是有，无还是无。

一路上，两人再没有说什么。

回到家里，小保就急着去做蛐蛐笼，要不然，得到了蛐蛐，总得要个地方关着呀。蛐蛐一般比绿头苍蝇大点，有的还要大。小保幸好找到一个蚂蚱笼，他进行了改装，蛮合适装蛐蛐了。他把改装后的蛐蛐笼又分隔开来，这样，可以分别关不同等级的蛐蛐。

第二天上午，天气风和日丽，父亲说是蛐蛐最活跃的时候，小保背着蛐蛐笼，满怀信心地向后山脚下的一片草丛中走去。到那里，杂草都有小保那么高了。他双手胡乱地扒开乱蓬蓬的杂草，不时有乱飞的小虫扑向他的脸上，也有些小蚊子向他冲来。他热得衣服都湿了，还不见一个跳跃的蛐蛐。他继续在杂草中寻找。不多时，他耳边响起了“嚁嚁”的声音，这声音是从不远处传来的。他怕惊动了这些小动物，轻脚慢步在杂草丛中。

他轻慢地拨开有些热气的草丛，他的几个指头都划红了，希望这些小东西跳进他的眼帘。这时候，真的看见草丛上有小东西在跳动了，他仔细一看，那是些小蚂蚱呢。也正在这时候，小保真的看见小蛐蛐在草丛底跳动了。小保兴奋起来，窝起手掌向蛐蛐捂去，这一捂，接连跳出两三只，小保的手掌里，只捂住一只。他放进笼子里，见蛐蛐在里面纵了纵，他仔细一看，呀，原来是个断腿的蛐蛐，小保把它放生了。他不知道是怎么把蛐蛐的腿弄断的。

小保继续在草丛中寻找，大约找了一个多钟头，就来到稍微低矮的草丛中，他没有那么费劲了，双脚轻松了许多。找了一会，一只蛐蛐朝他面前一跳，刚好跳在他的肩膀，他窝起手掌，迅速地捂住了，蛐蛐跳到笼子里了。

“这是个非常雄健的铲头蛐蛐。”他看着那只蛐蛐自言自语地说。

时间是最大的收获。快到中午时，小保在这一带一共抓住了十来只蛐蛐，他已心满意足了，撂开双脚，朝家里走去。

第二天一早，小保就去卖蛐蛐了。他来到王城城门洞，来耍蛐蛐的人寥寥无几，大概不是礼拜天的缘故吧。正当小保两眼望穿，希望来好多人买蛐蛐的时候，一个年轻的男子，样子像个纨绔子弟，偏分头，皮鞋锃亮。这人看见小保精神不振，垂头丧气地看着蛐蛐笼，就无声地走到小保眼前，又无声地提起地上的笼子，两眼朝笼子里瞅着，瞅了半天，他问：“这笼子里的蛐蛐一共要好多钱？”

小保说：“论个讲价，要哪个讲哪个的价，你想要么？”

“我全要，连笼子一起，估个价嘛。”年轻男子说。

小保踌躇了半天，他一字一顿地说：“只要一口要完，随你给好多钱。”

年轻男子二话不说，就掏出二十元递到小保手中，笑着说：“这点钱够了吧，这点钱不会亏了你吧？”

小保毫不犹豫，闪电般把钱抓着不松手了。他喜滋滋地笑了，他今天算是有福气了。

回到家，小保高兴地把钱交到父亲手中。冬生简直乐开了花，心里称羡小保乖。

那天以后，老天爷总作对，老是下雨。绵绵细雨把想要赶急做事的人烦透了。接连下了几天雨，总算放晴了。小保就像狗啃骨头——津津有味，他恨不得飞到那里去得蛐蛐了。冬生说：“刚下过雨，地上草叶还是湿的呢，蛐蛐不会出来的，过两天再去抓吧。”

父亲的话，小保不会不听的。当真雨后的第三天，蓝天如洗，天空中的朵朵白云就像画里的一样，一动不动，深邃、清澈的天际没有一丝风，太爽神了。

这天他照旧去那个地带抓蛐蛐，果然不出父亲所料，他老远就听见“嚯嚯”的叫声了。他仅去了不到一个钟头的时间，就轻易地抓到了十只蛐蛐。正在高兴之时，忽然间，他听见了“唰唰”的响声，这声音由远而近，越来越清楚了。他循着那响声望去，只见那半腿高的杂草，四五十度向两旁岔开，随后又慢慢恢复到原态。那杂草又向另一个方向岔开了，“唰唰”声也慢慢由大变小了。他突然感到奇怪，三步并成两步朝那个方位赶去，这时，他几乎跌倒在草丛中了，心里“怦怦”地跳，蛐蛐笼都不知道丢还是拿，魂不守舍地一看，只见一条长长的、乌黑发亮的东西朝他的方向溜动着。“这是一条大蟒蛇！父亲说过大蛇是蟒！”他几乎惊讶地叫出声来。

他老早就听父亲说过，村里山上有一条大蟒蛇，有好些人都看见了，村里人说，这是一条神蛇，它会保护村里人平安的。今天叫他看见了，但愿自己平安吉祥吧。

“全靠我只看见蟒蛇尾巴呵，要是当面碰上，后果又会怎样的呢？”小保心有余悸，头脑里看见那蟒蛇的情景，挥之不去。

小保几乎把抓蛐蛐的事忘记了，他差点忘记拿扔在地上的蛐蛐笼了。回到家，他没有讲抓蛐蛐的事，倒是把他看见蟒蛇的惊险的一幕告诉了爸和兄妹们。个个都为他捏了一把汗，都说，小保命大造化大，明天不要去抓蛐蛐了。小保不以为意地说："下回要是再看见蟒蛇，就不会怕了，你不惹它，它不会伤害你的，动物和人一样嘛。"

冬生仍然有点担心，他说："你想咬着蛐蛐这块腊肉不放也行，那就得换个地方，不要到长高草的地方去，到稍微亮点的草里去抓，这样，什么都容易看见，就早有防备，免得伤害了你！"

"爸爸说的在理。"小保回答。

又是一个星期天。小保把抓到的蛐蛐照例拿到王城里去卖。这天照样热闹，看斗蛐蛐的人像蚂蚁一样围拢在一起入迷地观看。小保来到王城城门洞前，刚放下蛐蛐笼，一个人从背后重重地拍了他一下。他一惊，连忙回头，见是梁家白，没理他，掉开了头。

梁家白笑嘻嘻地问："小伙子，你认识我么？"

小保礼貌地看一眼，也赔笑着说："认得，你是梁叔叔。"

"噫，你这小子还有点良心，不错。"梁家白瞅着蛐蛐笼，没头没脑地说了一句。

小保没接声，看着城门洞来往的人。

停了一会，梁家白说："小伙子，你这笼里的蛐蛐，卖给我行了。"

小保信以为真，心里想，又碰上个全要笼里蛐蛐的人。他说："你马上交钱么？一手交钱一手交货。"

"哎呀，你这几个蛐蛐钱怕我给不起？你晓得你们家种的田是哪个的么？"

"我不同你东扯西扯，一码归一码！"小保说完，看着笼内各个圈子内的东跳西跳的蛐蛐，有点不相信梁家白了。

"那你到底卖多少钱啦？总得有个价嘛，你狮子大开口也可以。"

"我的蛐蛐是这里最牛的，准能单打独斗到底，你诚心想要，笼子里的蛐蛐共给二十元，一个也不能少。"

"吔嘿，看不出冬瓜的小仔蛮会做生意啰。"梁家白说完，顺手提起笼子，两眼目不转睛地瞅着，瞅了半天，他说："这样吧，反正你我都是熟人，二十块就二十块，我回家把钱给你。”他没等小保答应，提着蛐蛐笼，大摇大摆往王城里走了。

小保眼睁睁看着他的背影，不知怎么好。他想，世上还有这种人，卖方还没答应，就蛮不讲理地要人家的东西，他想追上去，可梁家白已蹿在人流中了。

小保一直没有回家，估计梁家白到家了，他风风火火地朝他家走去。还没进他家屋，一个用人说：“小伙子，你是不是来要蛐蛐钱的呀，梁老爷交代过了，你是租他的田种的，到年底，扣除那点蛐蛐钱就是了。”

小保这下蒙了，怒火从心中燃起，他铁青着脸说：“你家梁老爷怎么讲话没长牙齿！枉自白活了几十年，讲话同打屁一样，不讲信用呢！”

“又不是白要你的，小伙子，讲话嘴放干净点，事情闹大了不好，又不是什么大不了的事情，几个蛐蛐的钱嘛，又不要本，费点时间就行了。”用人说。

小保心里说，梁家白养你这条老狗算养对了，对主人家摇头摆尾的，这么卖力替这条老狗说话，我不想同你浪费口舌。

小保心里不是滋味，他并不是非要这点钱不可，他是痛恨梁家白哄人，对人不诚实守信。

回到家，冬生说：“这点小钱算了，你当白白累了半天，得到的东西被狗叼去了。下回注意了，吃一堑长一智。”

小保不明白冬生最后一句话的意思，冬生解释给他听了。

小保静静地听着。

小保是个不服输、脾气很犟的小伙子。那天过后，他又去抓蛐蛐了。这次抓的比上两次还多，他的蛐蛐笼都装不下了。他用了几个火柴盒，四周钻了几个孔通气，才解决了。

他来到王城门口，只站了一斗烟时间，他所抓的蛐蛐，都一抢而空了。他足足收到三十元，小保心里乐不可支。他跳跃着，笑着到拉二胡师傅那里。

二胡师傅照例坐在一张矮凳上，面前放着一个圆形的小竹篾筐。小保看着他那蓬松的头发，那对着观众一眨一眨的眼睛。他穿一身黑色唐装衣，浆洗得挺干净的。小保挨着他的耳朵说：“师傅，我来啦。你拉拉‘哪嗬嗨’

吧。你的二胡一响，就有人围上来了。”

二胡师傅问：“‘哪嗬嗨’是不是调子呀？”小保说：“就是的，我们叫惯了，有的地方的人还叫‘灯戏’呢。‘灯戏’你晓得吧，就是只有点亮灯才演的戏，种田人白天没工夫唱呀，所以叫‘灯戏’。你拉吧！”

小保看着二胡师傅用松香慢慢擦着拉弓上的马尾巴，对好码子，在两根弦上试着“哪哩”“哪哩”音调。完后，就悠悠地拉起来了。一个中年妇女也兴奋地配合着唱了起来，这女人音质优美，字正腔圆。不一会，王城内外，男人、女人和小把爷，三个、四个慢慢朝二胡师傅这里走来了，他们不约而同地拥挤在二胡师傅周围，围成一个硕大的圆圈。

正当人们听着这清越的二胡音和女人唱调津津有味，甚至如迷如痴的时候，忽然间，就像天上响起了雷声，就像瓢泼大雨就要倾泻下来一样，一个如同炸弹一样的声音吼着：“不要拉了，不要唱这些淫词野调了，再拉再唱，我就砸烂你的二胡！”说完，就走了。

围观的观众有的说，拉嘛，唱嘛，我们喜欢听，也有的说，人家艺人出来唱唱未尝不可，又是礼拜天。还有的说，算了，少惹点事。

二胡师傅仿佛没听见，小保见势不妙，赶忙帮师傅捧起竹篾筐，向观众走了一圈，好多人都投了点钱。小保对师傅说，篾筐里收了点钱。师傅一声不吭，又拉起来了。

拉了一会，那个人又急匆匆走来，就像二胡师傅踩着他的尾巴，睡了他的老婆那样，气势汹汹地抢过二胡，用手指向二胡弦勾去。

观众鸦雀无声。

小保朝这男人看着，中等个子，头上戴的帽子围了一圈白布，小腿上裹着白布，穿一身黑色制服。小保心里说：“这是个警察。”

二胡师傅一双手像搂小把爷一样搂着他心爱的二胡，小保灵机一动，看着那竹篾筐里有两张五块钱，赶忙拿起塞到警察手中，笑着说：“警察叔叔，我们师傅生活无门，全靠出来拉二胡混碗饭吃哩。”

警察闭了嘴，把手中的票子塞到口袋里，然后又大声吼道：“你们快走！快走！”

这时，一个人又大声喊：“大家不要走，继续拉！”

小保转眼一看，这人就是上次买他蛐蛐的那个年轻仔。他今天穿戴好威风，上身穿的是黑色西服，白色的衬衣系有蓝色领带，一条笔挺挺的黑色裤子，一双黑色皮鞋锃锃亮亮。

警察看见这个年轻仔，赶忙点头哈腰地说：“马公子，对不住，王城里是我的管辖区，这样多的人围拢在一起，听这野调淫词太不好了。”

“今日是礼拜天，又不是平常日子，让老百姓乐和乐和有什么不好，我回去同有关人员说一声，你莫管了，没事的。”马公子很厉声地说。他撒了个弥天大谎，显得狐假虎威的神气，那警察见风使舵，看菜吃饭，就睁一只眼、闭一只眼走了。

这时候，小保愣住了，二胡师傅张开嘴，一句话没说。在场的人十分安静。

马公子走近小保跟前，笑眯眯地问：“是你呀，小伙子，今日怎么来看拉二胡了，抓蛐蛐了么？”

“我在向我师傅学拉二胡哩……蛐蛐呀，得了一些，接连有几个人要走了。”小保说。

“下回抓到蛐蛐，留几个给我，上次我要你的那些蛐蛐，好好耍，看斗蛐蛐，是高兴的娱乐，好开心。我稍微大意一点，没关好笼子，全跑光了。”马公子话刚说完，有一个人把他喊走了。

小保看到二胡师傅正低头拨弄他的二胡弦，刚才那警察把一根弦弄断了，还剩一根，他关心地说：“师傅，莫拉了，回去把二胡修好下次再来吧。”

二胡师傅一声不吭，他把那根断弦拆除了，只剩下一根弦了。周围的观众仍然久久不离，那个跟着配唱的女人还眼睁睁地看着，她也一动不动。只见二胡师傅左手把住二胡把，右手握住弓把，他又拉起来了，不过这回拉得要辛苦多了。他的左手四个指头沿着一根弦，上上下下地，快速地跳着，声调照样很美，音质也没有怪调。接着，掌声响起来了，这掌声把二胡声都淹没了。人们都看呆了，有的说，几十岁了，还是第一次见一个人在单弦上拉调子呢。那个站着的妇女，她都忘记唱了。

二胡师傅拉了一阵，小保也大模大样地拿着竹篾筐，先向观众鞠躬，没有一个人不把钱丢进竹篾筐里……

太阳西斜，王城内渐渐凉爽起来，休闲的人们也有的走了。可是，二胡声配合着女人的唱声不绝于耳。路过这里的人，又加入了这里的人群，又围了个偌大的圆圈。

看着天色已近黄昏，小保轻轻在二胡师傅耳边嘀咕了几句。过了一阵，二胡师傅站立起来，慢慢地向观众来了个九十度鞠躬，再鞠躬。掌声经久不息，响遍王城内外。

空气安静下来。小保没头没脑地说：“师傅，你能教我拉二胡么？”

二胡师傅那睁得铜钱一样大的青光眼，想看看小保脸部的表情，又很遗憾，但嘴巴立刻漾出了笑容，他一字一顿地说：“可以，可以，只要你有心学，一定能学会。”

“听人家说，二胡两条线，一世学不会。我怕学不会呢。”小保说。

“人们常说，只要功夫深，铁杵磨成针；世上无难事，只怕有心人哩。你一定学得会的，记住，要下苦功夫。”二胡师傅说。

二胡师傅站立起来，说：“走，我们到城墙边，我教教你，反正天一下黑不下来。”说完，慢慢地迈出两步。小保问：“师傅，你能看见么？”

“不很清楚，蒙蒙的，对脸只看是个人，鼻子眼睛长在哪里都很模糊。”二胡师傅说。

“那你等下走回家要慢点啰。”

“我习惯了，又有拐杖做伴，还有它呢，不怕的。”二胡师傅说完，用手往他旁边一指，小保才发现，卧在地上的一只小狗，正昂头看着二胡师傅。

过后，二胡师傅坐在矮凳上，把二胡的结构、材料的制成一一告诉了小保。

小保惊讶地说：“你说二胡筒绷皮是用蛇皮做的，那我前几天看到一条大蟒蛇，不过，那条蛇不容易得到，至少有十来斤重呢。”

“哦，是这样，抓蛇的人是有诀窍的。”

“那除蛇皮还有什么也可以呢？”

“蚂蜗皮也可以，但是，一定要用大的老蚂蜗皮，嫩蚂蜗皮不结实，又薄……我也不会做二胡，只是听人说的。”

二胡师傅侃侃而谈起来，他接着说：“这样吧，明天，或是哪时都行，我几乎天天在王城一带逗留。你明天来，我送这把二胡给你，教你怎么练习。俗话说，琴不离手，曲不离口，要天天练，准能成。”

小保高兴极了，笑着说：“师傅，我要交点学费给你，这是对我的约束和鞭策。”说完他把口袋里的二十元交到了师傅手中。师傅死活不要，他大声说：“学还没学，我怎么好意思要你的钱呢。”

“师傅，你也要过日子呀，你要费时间功夫教我的，你实在不收，我也不想学了。”

二胡师傅答应小保，等学会以后再给学费也不迟。小保答应了。

这以后，在二胡师傅的指教下，小保时时练，天天练，不到半年，他基本会拉“哪嗬嗨”的全部了，只是音调的准确度，音质的悦耳，需再练练就行了……又过了不久，小保试着在彩排上拉二胡，慢慢地，他就能独当一面，能上台配乐唱调子了。

第七章

冬生在他制作叮叮糖的作坊，上蒸笼用急火蒸熟了几斤晶莹剔透的糯米，然后将它们摊在常用的、光滑洁亮的簸箕上，挥发掉糯米升腾的热气，待到达近常温时，就可以一层熟糯米，一层麦芽糖，外加上芹糖，在锅内进行熬制了。每当他兴致勃勃地进到这一程序，他心里从没有一点沮丧和迷惘，而是胸有成竹，非常老到地等待完成下一道工序了。

正当他用筷子快速地拨散开热气腾腾的小团状的糯米时，他的爱女满妹急匆匆地来到他的作坊，用机灵的眼睛扫视一下，就说："爸，媒婆路阿姨又来找你了。"

"你没问她有什么事？"冬生问。

"媒婆，媒婆，还能有别的事？还不是她的本行。不用问也猜得着。"满妹说。

"哦，我晓得了，你告诉她在堂屋里等着，我等下就来。"冬生漫不经心地说。

能讲会说，树上的鸟儿哄得落的路媒婆，来找过他好几次了。这个女人啦，她一不种田，二不耕地，四两担子不上肩，做媒，倒成了她的专业了。她走街串村，每到一处，人还未到，嘴巴就喊开了："媒婆来了，媒婆来了。"她只要看见一个人就问："你们这里有光棍的吗？有红花女吗？"其实，她对附近村庄及远处村落的寡公寡婆、青年男女，可以说早就有个大致的了解了。做媒，她尝到了甜头，每撮合一对男女喜结良缘，男家给一个十几斤重的猪头，女家给一个（大小不同）封包，还有七零八碎的零钱，一年做上几对，所需的油盐柴米酱醋茶，都在这里面了。

路媒婆几次来找冬生，总想给他牵线搭桥，说对河有个寡婆子好俊呀，又本分又殷勤呀，又朴素呀，又会做人又会做鬼呀。冬生一听，大为惊讶地说："其他的都可以，就是又会做人又会做鬼我最讨厌，最恶心，那叫阳奉阴违，我为人忠厚老实一辈子，讨个会做鬼的女人做老婆，岂不害了我们全家！"

几句话，把能说会道的媒婆说得哑口无言，眼鼓鼓看着冬生。

冬生最后说："你以后不要来给我做媒了，我单身一个好得很。等把爷成年后再讲。现在你要介绍个年轻的吧，我将来老了要吃醋。介绍个有子女的吧，替人家做后爸，我划不来，自己有几个子女了。介绍个同我年纪相仿的吧，也不会有舒服日子过，我最怕是隔夜的冷饭——捏不拢。我想和你媒婆吧，也是公鸡下蛋——不可能。算了，你就死了给我做媒这条心吧。"

路媒婆听了，一言不发，掉头屁颠屁颠走了。冬生目送着她。

从那以后，路媒婆好久不来登他家门了。今天，是什么风把她吹来了呢？难道又想扛我送她的猪头，还是什么企图？还是想给大仔天保做媒呢？冬生坐在四方桌边，乱想着。

他把叮叮糖的第二道工序做完了，离开作坊，慢慢地往堂屋里走去。

还没进屋，就看见一个四十上下的女人，头发扎个粑粑鬏，满脸的笑容，两眼像猫一样发着光亮。上身穿着下摆开衩的四棱布衣，布料显得蛮新。那一条半新不旧的黑色大裤脚裤子，要不是刚到脚踝骨上，准能把她的脚面全部罩完。她一个人站在墙边，东看西看。

冬生仰着头，大摇大摆地走进堂屋，嘿，还真把她吓了一跳呢。

"冬生哥，你吓着我了，我做不成媒了，你养我呀？"

"你做不成媒了，关我屁事呀，你要我养你，你想大了头也是白想！"

路媒婆自己找了一个矮板凳坐下来。冬生也从屁股后抽出他别着的竹烟斗，朝地上磕了一下，准备抽烟。他一边朝装烟的布袋里掏烟，一边说："你一来我晓得你没翘屁股就要屙屎了，是不？"

"你老哥晓得我是爱做这事的人，莫过不好呀，为男女牵线搭桥，也是我的前辈修了八辈子的阴功啰。还有人说我的长短。怎样，你还要我给你瞅一个女人不？人常说，少年夫妻，老来伴嘛。你莫小看我，我晓得几个要找老公的人，包你见了叫你流口水呢。"路媒婆突地站起来，显出娇滴滴的表情。

冬生的脸一下就像晴天红霞突然变成乌云密布，好像路媒婆得罪了他什么似的，他板起脸说："路媒婆，我叫你以后不要在我面前提这事，你又来了。唉，我不知怎么说你们女人才好，唉，唉，我不像你们有的女人说的，吃不愁，穿不愁，就怕没有老公压心头。"冬生说完，直顿他的一只脚。

路媒婆见冬生这个生气的样子，摸不准他为什么一提到给他找个女伴的事，他就一点情面也不给。半天，她才显出十分狡猾的谄媚的笑容，说道："你是狗咬吕洞宾，不知好丑人。老实告诉你吧，我今日是专来为你大儿子天保做媒的，我先同你这个做老爸的套套口气，看看你的想法。"

冬生真的一下猜到路媒婆的屁股门，她真的来给天保做媒了。冬生干脆直问她："你说说，给天保说个什么样的女子？"

"介绍个长两个奶的呗。"路媒婆坏笑地说。

"你在打狗屁！"

路媒婆红了脸，然后说："讲钱财，她家粮食满仓，肥猪满栏，肥牛几匹，票子塞满缸。"媒婆说完，对冬生瞟了一眼。

"我哪和你讲这个，找相好的，就要找一个和自己合得来的，身体好的，会过日子的人呢。"

媒婆一字一顿地说："论人嘛，不高不矮，不肥不瘦，一年四季穿的是绫罗绸缎，吃的是山珍海味，猪肝小肠当小菜。一年四季老爱打赤脚，走近对脸看，是个瓜子脸，细看是个麻子婆。年纪才十八啰。”

冬生在女人面前总是显出铁板一块的脸，总笑不出来。他的感觉是，在女人面前如果笑，就是对这个女人有意思了，就是看中这个女人了。这时，他坐在堂前，嘴里不时吸一口竹竿烟，听路媒婆乱说。他实在忍俊不禁，就说：“老路，你该不是在我面前唱‘哪嗬嗨’吧，这么好笑。听你介绍这个女子，是个神经病啵。我家天保呀，就是屌仔翘上天了，再难受也不要这样的女人！”冬生想不到自己下意识地会说出这样不堪入耳的粗痞话，简直是吃了大头菜还要加盐。说完又觉得有点后悔，两眼瞅着路媒婆，看她有什么表情。

媒婆毫不在乎，把冬生的话当耳边风，继续说道：“这个世道，哪个不讲钱哩，像你这个家，靠租人家的田过日子，一年还不够租粮和税，白替人家累，你天保找了这个女子后，保你家有粮吃，有钱用了。”

“算了吧，我天保没那福分。”

“还是同天保本人讲讲再说吧，是天保同她过一辈子，又不是你。我看，天保肯定同意。现在是民国了，男女婚姻，父母不能包办。要自由恋爱了，也要征求双方同意呀，我只是扯扯线，搭搭桥呀。”路媒婆继续说。

堂屋里，空气窒息了一阵。一会儿，天保回来了，他扛着一把铁锹进门，把铁锹放在门背。

天保永远不变的娃娃脸，黑色的唐装衣扣得整整齐齐，两只裤脚卷在小腿肚上，一只布鞋露出两个脚趾头，沾满了泥土。一双明亮的眼睛扫视着堂屋内。

“你们在呀？”天保礼貌地说。

“讲曹操，曹操就到。真是白天讲不得人，晚上讲不得神。”路媒婆抬眼看着天保。

冬生朝天保直瞪眼，没作声。他一时不知怎么对天保说。就凭刚才路媒婆介绍的那女子，他能开口说给天保听吗？他懒得启齿，他十万个不同意！千万个不同意！人常说，种个芋头也要选好种呢！光家里有钱又怎么样，还不是睡在那几尺宽的床板！天保要这样的女人，岂不毁了下一代。好吃懒做，疯疯癫癫，又痴又傻。看去像条葱，实际是条蒜。

路媒婆看到天保满脸慈祥地迈着旦角步子，轻轻地走到八仙桌旁，喝了一杯冷水壶中的水，然后抹了一下嘴，笑着问："路婶娘来我家有何贵干呀？"

"我没看错吧，天保这个后生仔就是有礼貌，是个人见人爱的好仔。"路媒婆笑着说。

冬生一言不发。

天保看着父亲，像有心事似的，笑着问："爸，怎么了？"

"你问路婶婶嘛。"冬生回答。

路媒婆说："我想给你介绍个对象呢。"

接着，她又把对冬生说的关于那个女子的话，原原本本对天保说了。天保静静地听她说完，又静静地思索了半天，然后才说："路婶婶呀，我还不想找老婆呢，我怕找了老婆睡不着觉。"

"我做了这么多年的媒婆，少说也有几百对男女，多说也有千对，从来没听说男人讨了老婆睡不着，只有未找到老婆才一夜难眠哩。"路媒婆十分惊讶地说。

冬生心里觉得儿子讲话有点新意，他是头一回听到这话。他擦着了洋火，点着了竹烟斗，一声不响地吸着。

"我反正不想找。"天保坚持着。

"我劝你，还是找一个回家，同你爸缝缝补补也好嘛。你也到了男婚的年龄了，你总要为你爸想想嘛，你爸不找，你也不找，地保也不找，小保和满妹还不到年纪，只有你合适的了，你要是不愿刚才讲的那个，那就另看一个，总行吧？"路媒婆耐心地说。

歇了老半天，天保对媒婆说："路婶婶，你一心想扛我的猪头，那就帮我到岭头村去说媒，我看上同年伯那个千金。"

沉默了半天的冬生，一听说天保要找老同家那个宝宝女，鼻子哼了一声，心头一下冒出了火，厉声说："这哪行，我同她爸又是老同，不行，不行！"

路媒婆一听，好像她捡到了金子，大喜过望，迫不及待地说："那好呀，老同好，老同好，好上加好，不同村，不同姓，不同族，如果两老同结成亲家，是上世人烧了高香，上世人修了道，这世人做了好事才有这个缘分呵。还不晓得你老同愿意不愿意呢。我去走走看，这事包在我媒婆身上了。”

冬生这下蒙了，不知说什么好。他抽着竹烟斗，思忖着。自他认老同以来，周家兴的女来过几次。冬生看出来，两个人倒有点心有灵犀一点通，有点儿默契。如果老同的宝宝女儿做了他的媳妇，他不知怎么祝福他们幸福。

他有意问天保：“你对老同那宝宝女了解多少呀？”

还没等天保说，路媒婆抢着说：“鱼找鱼，虾找虾，乌龟王八是亲家。不用了解，你能认他为老同，就是最大的了解了。”

冬生反唇相讥道：“我问天保，又没问你，你才是乌龟王八哩。”

路媒婆急忙道歉：“对不起，我没见识，嘴巴乱讲。”

天保说：“一切都是命，半点不由人。我是喜欢她的，你说一见钟情也好，是前世的姻缘也好，我同她真的是蛮合得来。爱好相同，她也喜欢唱‘哪嗬嗨’。”

冬生心里说，天保也是个闷头鸡，啄白米颗颗啄到底。虽是自己的仔，他心里想什么，也是人心隔肚皮呵。至于说她蛮想唱“哪嗬嗨”，那是笑话了。

冬生对与老同成亲家还没把握呢。老同那个人，才接触几次，还是摸不透他。他说他们村有个年轻人参加八路了，问他是哪家，他只说了半句就不说了。如果天保当真做了他的女婿，对他也是十八个瓢瓢摸不到一个把。冬生左思右想，越想越糊涂了。他忽然像做梦似的，对路媒婆说：“你看着办吧，你先到老同家说说，套套口气，摸摸老同的想法……”

路媒婆急忙喝一口水，离开坐热了的矮板凳，颠着屁股走了。

路媒婆去找了周家兴，又笑嘻嘻地来到冬生家。一进门，冬生正好在喝白开水，喝完后顺手倒了一杯递到媒婆手中，说：“先喝口白开水再说，我家呀，能喝白开水就不错了。后生们总是喝井水的，我们这里没有种茶，喝白开水才好哩。”

路媒婆着急要把事情告诉冬生，就说：“冬生哥呀，我去你老同家来。”

“他怎讲，他怎讲？”

“我怕你不愿意。”

“直讲嘛，讲都没讲怎么晓得我愿意不。”

“你老同要你天保到他家撑门。”

“那简直是公鸡下蛋——没指望。就是天保同意，我当白养个仔。算了吧，天保也不会同意的。他的弟妹也不会同意的。”冬生说。

“就是嘛，我吃不上你送的猪头肉了，我一猜就有十二层是行不通的，你老同家又没有家财万贯，我看也是马屎平面光，也没行情，算了，我走了。”路媒婆没精打采地说完，扭动着屁股，走出冬生的家门。

路媒婆头脚走，二脚天保就回来了。他刚刚把茹菜撒了，好做绿肥。

冬生一板一眼、一五一十照直把媒婆的话说给天保听。天保默言不语。

冬生斩钉截铁地说：“你就是一辈子打光棍，我也不允许你到别人家撑门，千千万万个不同意你做人家的仔！”

天保温存地说：“我确实看上了这个女子，没想到同年伯来这一手，我还是要同他的女聊聊再说，反正我是不去老同伯家的。爸，不急，我一定把周玲玲讨回来做你的媳妇。”

自从第一次在岭头村唱“哪嗬嗨”认识了周玲玲后，他俩就瓜不离藤了。在一个凉爽的下午，周玲玲来到他家，天保同她到岭上，排排坐在一块青石上，他俩海阔天空地谈，谈到了农村现状，农民们为什么受苦受难，衣衫褴褛，没食入口，都在饥饿中挣扎。而少数几个富裕的把全村的土地垄断了，这是什么社会？连女子上台唱“哪嗬嗨”都不行。

他俩谈得津津有味，几乎忘记了太阳，忘记了已是黄昏的时候了，湛蓝的天空突然被乌云覆盖了。

“快走吧，玲玲，怕天黑下雨呵。”天保站起来，拍拍屁股上的尘土，笑着说。

“哎哟，当真。我得到你家拿起我的斗笠，还要转回家哩。”周玲玲说。

他俩急速地走到冬生做叮叮糖的作坊门口，天保想叫周玲玲到作坊看看，还没开门，雨点子就打在衣服上了。

天保打开作坊门，看着她的莲子脸说：“快进屋！”

周玲玲站在屋檐下，仰头看着雨点子一下密集起来，简直就像一块白布，把远处的山上郁郁葱葱的树木遮住了。她心里打着鼓，心想，今晚回不去了。

天保站在一旁，看着“哗哗”的雨从屋檐下倒下来，心里七上八下，他想，万一雨下个不停，玲玲是回不去了，天又黑，怎么办呢？在家里住吧，弟妹们会怎么看呢？他们还不知道他和周玲玲相好的事呢。

那今晚上吃夜饭拿什么给周玲玲吃呢？哦，他想起来了，前两天，他爸同意他搬来作坊住，一来可以看着作坊，二来可以独个人练练台词，何不煮点糯米饭给玲玲吃呢？主意已定，他俩进到作坊，准备煮糯米饭。

天保也不知道弟妹几个到哪里去了。就是的，弟妹们都长大了，就像黄牛过水——各顾各了。

糯米饭蒸熟了，天保找了点黄糖，用刀切碎了，蘸着糯米饭吃。

他甜甜地看着周玲玲像樱桃一样的嘴，牙巴骨紧动紧动就咽下去了。他也吃一口。

他问：“好吃不？”

周玲玲瞅了天保一眼，说：“蛮好吃。”

吃完，天全黑了。天保点燃了带立把的豆油灯，一闪一闪的橘黄色灯光，照着他俩进到住房内，一张单人床和一张简易的桌子差不多把房内挤满了。周玲玲大大方方地坐在床沿，天保则坐在离她不远的一张长凳上，两人相视而笑，你盯着我，我看着你，就像久别重逢的一对恋人一般，好久不说话。

周玲玲看着天保那像娃娃一样的脸，是那么的红润，高鼻梁，小嘴巴，那迷人的神气，连外面的雨声也听不见了。

周玲玲委婉地说：“我还是走吧。”

天保说：“雨太大了，淋湿了会感冒的。就在这儿住吧，不要紧的。”

周玲玲犹豫着，半天才说：“那明天你爸问你，你怎么答？”

“我会答的。”

“那你住哪里？”

天保思索了半天。这一阵，小保总是天黑就出去了，也不知哪时才回

家。有一天，他好像看见小保大半天还睡在床上，他也不好吵醒他。反正没什么事做。

天保说："那我去小保那儿睡。"

玲玲心里同意，两兄弟睡在一个床上，也未尝不可。她下意识地说："你到小保那儿睡，小保问起来怎么答？"

"小保没在那儿睡，你放心好了。"天保没有如实告诉玲玲。

周玲玲甜甜地笑了。

天亮以后，天保睡在小保床上，还不见小保的踪影，他不知小保到哪儿去了，他不想问他爸，也不想问地保和满妹。他怕提起这事，怕他们问起周玲玲在他床上过夜的事，他也不想多嘴，还有爸爸在上呢。

天保到玲玲那儿，玲玲已漱完口，正用手把水戽在脸上洗脸，她见天保，笑眯眯打声招呼，轻悄悄地走了。

……

现在，天保听媒婆说，要他到老同伯家撑门，他非要去问个究竟。先找周玲玲谈谈，看她是什么意思，然后再做定夺。

快活不知时日过，不知不觉又有近一个月没有同周玲玲见面了，他说不出是什么原因，大概太忙了吧，周玲玲也不来找他。今天，他独自一人要去找周玲玲了。

他从村里走到岭头村，说远吧，也不算远，要是站在高山顶上，能看见人家村里的袅袅炊烟。说近吧，至少要走两三个小时才能看见村庄，要翻过好几座山岭才见村庄。

一路上，他也顾不得欣赏路边的花草树林，只想快走，恨不得一步就到周玲玲面前，看看她的面容，闻闻她独有的女人香气。对这条路，他并不生疏。走了一个多钟头，老远，他就看见似乎有点变样。原来要到岭头村，要翻过一座不高不矮的土岭。这时候，他站立不动，两眼朝前眺望，原来两土岭的山坳处变成了一条黄泥路，宽宽的，很平整，即使在那儿掉点什么东西，也容易找着。山路的两旁仍然长着一眼望不穿的茂密的丛丛灌木和高矮不齐的松树。

他加快了脚步朝那儿走去，见一个老人家还在用锄头挖修这条路呢。

他向老人走近，笑着问："老伯，这条路几时修的呀？"

老人抬眼一看，然后放下锄头，抹一下额头的汗粒，笑着说："刚修过不到一个礼拜，我看着有点不平，没事，来修一下。"

"你们村真好呵，众人都来修路。"天保敬佩地说。

"还不是周家兴这个司鼓带的头，他说，他们唱调子的人经常半夜才回家，要翻过土岭，蛮辛苦的，要走平路，得绕过这山，更辛苦呵，要到鸡叫才进屋。他喊这些调子鬼来修路啰。这一喊，家家户户都来修了。唉，修路搭桥，都是修阴功做好事呀，你说是不？"

"哦，是他呀，真好，真好。"

"咳，都是自己村里人走得多，别村的人，有来村做客的，来这里唱调子的，走这条路就近多了。"老人家说。

"老人家，你真好。"说完，天保会心一笑，朝前方走去。

还没进周玲玲家门，就听见他们父女俩讲话，他赶紧后退到门廊边，两人说话的声音句句听得清。

"这么久了，你还没告诉我那天夜里你为什么不回家睡觉呢？"是周家兴的声音。

"我不是同你讲了，你年纪大了，耳朵背了是不？"是周玲玲的声音。

"我不问你了，要问你正经话，你就打岔，我是为你好呀，宝宝女儿。女大不中留，翅膀硬了。你妈过世早，你忘记我给你喂饭，一泡屎一泡尿抱着你把你拉扯大？如今你大了，我怕你乱撞，没有方向，怕你吃亏哩。你想唱调子，我是坚决反对的，一个大姑娘家，整天和一些男人在一起，唱唱跳跳，成何体统？万一出了事，我怎么对得起你过世的妈呢？"是周家兴的声音。

歇了蛮久，只听周玲玲慢吞吞地说："爸，我长大了，我对人对事是有分寸的，你把身子骨养好就行。"

"你是我唯一的女儿，你的血管里流着我的东西呵，你的事我不操心能行吗？我的责任就是让你长大成人，有个满意的归宿，有平安日子过。我承认你老同叔的大仔是好样的，是个优秀的年轻仔，你俩也蛮般配。你实在要同他过一辈子，就叫他来我们家，做我的仔，别无选择！"听到是周家兴的音调。

“如果老同叔叔不同意呢？”周玲玲问。

周家兴硬邦邦的声音：“不同意就另起炉灶！”听上去好像有点愠怒。

“那你不是投反对票又是什么呢，爸。”

“你要不听我的话，你就不是我的女。”

“爸，你不要生气，人常说，男大当婚，女大当嫁。现在是民国了，婚姻自由。父母之命、媒妁之言不时兴了。我也不能老听你的呀。再说，你不是还有……”天保听着，好像周玲玲的话还未说完。

“你闭嘴，你不要乱说，记着了不？”

“爸，即使……我和天保也要照顾你一辈子的……”

“行了，你不用说了，你不听我的话，就不要回这个家。我晓得，来上门做我的仔，只有老实疙瘩的年轻人。聪明的调皮仔是不会来的，我走了。……你不想想，我花了多少心血来供你读了几年书。……”

天保听着，心里打着鼓。他刚要转身进周玲玲家屋，见周家兴从偏门出来，气咻咻地，朝反方向走去。天保身子一闪，退到隔壁家的墙角，身紧贴墙，听见脚步声远去。

周玲玲见她爸气咻咻走了，心里像他当众一巴掌掴在她脸上那样难受。她独自坐在矮板凳上，耷拉着脑袋，两手不时捶着太阳穴。千头万绪，真不知怎么办了。天保无声无息地来到她身边，她都浑然不觉。

天保轻轻地叫：“玲玲，别难过了。”

周玲玲猛一惊，抬头看，见是天保，急忙用手背擦干了眼泪，勉强笑出声来：“你来了。”说完站起身来。

天保没精打采地说：“你同你爸的谈话，我都听见了，看来我俩要结合在一起，怕没有指望了。……”

“那要看你对我诚不诚心啰，有没有忠心娶我啰。只要我俩海枯石烂不变心，天南海北情似海，那天王老子也阻挡不了我俩的结合。天保，你就来家算了吧？”周玲玲说。

“不行，我爸死也不同意我做你爸的仔，他用死来威胁我，你说我有什么办法，我总不能为了我俩的结合，给我爸带来痛苦。唉，做人真难呀。”

停了一下，周玲玲的脸像苦瓜那样难看了一阵，突然又变了，变得笑容满面了，她好像有了幸福感那样，好像找到了一把解开她爸内心痛苦的钥匙。她忽然说："我怕我爸一时回家，你往我家后门出去，在门廊边等我，我锁上大门，我俩到后山边坐一下，那里有一个安静的草坪，在那儿静一下心。"

一会儿，周玲玲带着天保来到一片丈把见方的草坪上。这里原来是一个老人家种的地，荒废了，慢慢成了年轻男女游耍嬉戏的地方。这块草坪，四周被灌木丛遮掩着，看不到外面的动静，但能听到近处的声音。

天保在草坪上席地而坐，周玲玲去找了一把杂草，把园门堵住了。

他俩没有越雷池一步，相对地坐着，面面相觑。只听鸟儿叽叽喳喳地叫着。鸟儿叫醒了他俩，他俩不再沉默了，说了许多话。

最后，天保说："一切听天由命，就看我俩的缘分了。"

周玲玲说："我非你不嫁！"

天保说："我非你不娶！"

他俩相偎着，各人的血液在血管里涌流，身上热乎乎的了。两人都怕失控，就像压紧的弹簧放松，突然弹起来。他们恋恋不舍地离开这片草坪。小鸟儿仍然叽叽喳喳地叫个不停。

第八章

俗话说，同人不同命，同伞不同柄。地保自从那天晚上莫名其妙挨村里那个王八蛋指使的王八蛋打了一顿以后，一直未去见春嫂了，他像完全变了个人似的，精神颓废，面容憔悴，郁闷无声，就是喊他唱“哪嗬嗨”也是不痛不痒的劲儿。下地做事，烧火做饭，天黑睡觉，天亮起床，都与往日有点儿不同。有时候看人瞪着那双眼鼓鼓的眼睛。尤其是看女人，好像要求她一样。他不但眼睛鼓，嘻嘻地笑，而且喉结一下一上地动，就像猫看见老鼠那样，恨不得向那女人扑过去。甚至看他的妹妹都有点咽口水了。

冬生觉得这仔好像有点儿病的形态，就去喊个中医来他家看地保。这位老中医，全身都是白，白头发、白胡须、白眉毛、白衣服。可以说，他是个神医，遐迩闻名。常见病，像什么感冒发烧，头晕头痛，腰酸背痛，久咳不愈，心律不齐，肝胆结石，男科阳痿早泄，女科白带异常、子宫下垂、不孕不育，还有精神失常，白癜风等等，尤其是外科接骨，只要一碗清水，把指甲朝水里一浸，然后弹几下，休息几天，保你无事。他有时长途跋涉，到深山老林中去采药，近至临桂灵川，远至兴全灌。

地保见这位神医来到，跑得远远的，一边走，一边唠叨。他说："我没病，你个老东西有神经病呵，大老远来给我看病，想要我家钱呀，你想大了头！"

冬生在一旁不声不响，用眼睛向老中医示意。老中医像哄小把爷那样对地保说："地保，你想不想老婆？"

地保两眼鼓得铜钱那么大，看着老中医说："你想给我做个介绍人哪，我不要，我就要村里那个我喜欢的寡婆子春嫂。"

老中医向地保招手："你过来，我看看你有没有福气要那寡婆子。"

地保又看着冬生，慢慢朝老中医走来。老中医先翻翻地保的眼皮，又摸一下他长满胡子的脸庞，在一碗水里把指甲浸了浸，然后向地保脸上一喷，地保猛然惊出了一身冷汗。老中医注视着地保的眼、脸，半天，又向地保脸上喷一下碗里的水，停了一下，就说："行了，地保没事，好好的，休息一下便好。"

地保没有一点表情，也不打招呼，向他的卧室走去。老中医得意扬扬地对冬生说："他像得了伤寒病，你去挖点野芋头，要芋头苗，烧熟给他吃，再配上我的药，连服三天，就会好转的。幸亏你喊我早点，这是初期，病久了也麻烦的。"

果然不错，地保连服了老中医三服煎剂，病情神速好转，他又煎服了三剂，身体恢复到原来状态。他兴奋地对他爸说："我们蛮久未唱'哪嗬嗨'了，爸，哪天去过过瘾吧！"

"你的声带还不行，讲话声还有点嘶哑，过一阵再说，你先把身体养好，有机会唱的。"冬生喜滋滋地说。他谢天谢地，地保的病叫老中医治好了，要不然，又是白生一个仔，白养活了十几二十年，成个废物，那他冬生真是倒了八辈子的霉了。

地保身体恢复得能打老虎了，他又扬眉吐气起来。他莫名其妙挨那两个王八蛋揍了几拳，心里总平静不下来，仇恨记在心头。他发誓，总有一天他要狠狠收拾梁家白这个老淫棍。他一定要把春嫂娶回家，要她做老婆，绝不能再叫梁家白这个王八蛋再霸占他地保心爱的女人。这是对梁家白最好的收拾。

他要去找春嫂，同她当面锣、对面鼓地谈谈，把心窝子里的话对她表白！

这天，他穿着一身浆洗得服服帖帖的斜纹布唐装衣服，一双帆布面千层布扎成鞋底的布鞋，准备去找春嫂。他突发奇想：是到她家呢，还是约她在哪儿等？叫哪个去约呢？没有人！他想一个人到她经常往来的路上去等。

他从早上太阳刚刚冒出头来就在那条路上等了两个多钟头，不见人影。直到中午吃过晌午，他又在那儿等到下午太阳偏西，还是不见人影。他一直等到太阳下山，还是不见人影。他回家了。吃过夜饭，天保叫他去排戏，他不去。说还要养身体，老早就躺在床上了。第二天，他照样按那三个时间段去等，又是岸上捞月——白费功夫。他的心就像没气的皮球，慢慢扁了下来。

到了第四天，果然皇天不负苦心人。他又打足了气，坚持照样去等，不见到她，死不瞑目，他心里说。

太阳当中了。这里的气候有点古怪，按往年这个季节，已经是穿夹衣，甚至是穿棉袄的时候了。今年不同，早穿夹袄午穿衫，晚上不盖也行了。

地保在原来的路上，靠在一棵不大不小的樟树旁，准备眯眼睡一会。他刚挪一下身子，老远就看见有一个黑点子朝他这边走来，越走越近，越看越清。这是个女人，头上戴着斗笠，双手摆得很起，脚步迈得很快。他看见这女人已敞开外衣，丰满的胸部随着步伐不停地抖动，这是正在喂奶的女人。因为有斗笠遮着她的脸，他不敢断言这个人就是春嫂。像她这样的姿势走路的女人，他见过好几个人了。他急速朝那个女人走去。

他走近一看，这人正是春嫂。

“我的春嫂呀，我苦等了你几天，今天总算看到你了。”地保说。

春嫂猛抬头，脱下斗笠，她那诱惑的眼睛闪着光亮。她真没想到地保突兀地站在她的面前，她惊讶地说：“你还讲，我还以为你死了哩，也不叫别人带个信给我，唉！”

地保一听她这句话，这是想他的话。他朝前后看看没人，就大胆地上前抓住她的一只手。春嫂没反抗，用迷惘的笑容相跟其后，扭捏地说：“你拖我到哪里呀？有什么话就在这儿讲行不？”

地保只是笑眯眯地拖着她不松手，一直拖到一块硕大的石头背，他看到这一片没有草坪，他失去控制，站立着同春嫂生米煮成了熟饭，他痛快了。

过后，他俩愉快地坐在大石头背，一句话没说。

地保笑眯眯问："你喜欢我不？"

"不喜欢你，我早就扇你一巴掌了，我早就喊人了。"春嫂羞赧地说。

"那你又同梁家白那王八蛋在一起？"

"是他把我逼得无奈，我想去告他吧，衙门朝南开，有理无钱莫进来。我一无钱，二怕丢丑，他有钱，又有点势力。我是哑子吃黄连，有苦说不出呀。"春嫂悲愤地说。

"他给你多少钱。"

"他给的钱我一个也没用。"

"不用白不用，你把身子都给了他了，为什么不用？用！用！用！"地保理直气壮地说。

"我吃点亏算了，我就想等着你，看看你对我有什么想法。如果我用了他的钱，就是我自愿了，我不干 。"

"你不怕他在肚子里下了种？"

"呸，这个……"

地保又用试探的口气问："我想你做我老婆，你同意不？"

"就怕你不同意，你是红花仔，我是二婚，又有个女把爷，又给梁色鬼糟蹋过，我真命苦呵。"春嫂说完，就用手背擦她的眼泪。

"我既然要了你，就要对你负责到底，就要同你过一辈子。我一言既出，驷马难追。说得出，做得到，绝不失言！"地保坚定地说。

"你同意，那你爸同意不？"

"我去同他讲，他会同意的，我爸也是个明白事理的人，他不是糊涂虫。"

"我还担心梁色鬼来骚扰我。"

"不怕，有我呢。"

"你是空的，听人家说，你不也是挨不明不白的人打了，难道你能拿起石头砸天！你不是不敢动他一根汗毛？"

地保一时无话可说了，一瞬间，一只喜鹊在泥巴路中跳来跳去，叽叽喳

喳地叫着，一会儿，又飞走了。

“喜鹊叫，有事找。”地保心里乱猜着。

地保心想，现在是民国了，婚姻应该有安全感。他同春嫂结婚前，只有到区公所去领张结婚证，名正言顺地娶她做老婆。有政府的认可，谁也干涉不了的。他同春嫂说，春嫂高兴地答应了。

春嫂不安地问：“我还是担心你爸不同意。你说呢？”

“好了，就这样吧，我先找我爸，爸同意了，我俩就去领结婚证。”地保说完，侧身又捧着春嫂的脸吻了一下。春嫂全身像浸在凉爽的河水里那样舒畅，那样难忘。自她嫁到这村来，她只是个会生养的动物，毫无半点感情。梁家白对她无理，她没有一丝动情，像个木头人一样毫无知觉的。

她听到地保那么坚定，那么死心塌地，她感觉自己就像骚甲子跳到油锅里——酥了。她说：“我反正是你的人了，生米煮成熟饭。若你爸不同意，你就来硬的！我跟定你了。我愿意服侍你一辈子，做牛做马都愿意，海枯石烂不变心。”停了一下。春嫂又说：“我刚从娘家回来，回去看看我妈，连屁股也没沾板凳一下，就走了，刚好碰上你。”

“你爸妈还好吗？”

“身子骨还好，挺硬朗的，两老担心我这辈子完了，守贞节难，不守又能怎样，幸亏我俩有缘分，下次回娘家，就要向两老道喜了。”春嫂喜滋滋地说。

地保站起来，牵着春嫂的手，站在大石头背，又快活了一阵，就各回各的家了。

地保离开这块大石头背，回头又看了看，这里，真正成了他的难以忘怀之地了。他的春潮就是从这里开始的，他的幸福也将从这里开始，这是他人生中的又一转折，是他作为一个真正男人的开始。

他走了一阵，转个弯，就看见他父亲挑着一对专用木桶慢悠悠地往家走。他今日去卖叮叮糖来，他的精神好爽，脸色红润，老远看去，还看不出他已是半百的人了哩。

地保甩开大步，赶上父亲，迫不及待地说：“爸，今日回来蛮早呀。”

冬生好像在沉思中，猛一抬头，说：“你又逛到哪里去了呀？”

地保看看前后无人，就拖着冬生一只木桶的挑绳说：“坐下，坐下，儿子今有要事同你商量。”

冬生见地保那急切的样子，卸下担子，就地找了块石头坐下来，说：“什么事呀？”

“爸，我就不绕弯子了吧，我要讨春嫂做老婆。”地保坦然地说。

冬生一听，顿时火冒三丈，头发都竖起来了，脸也变绿了。他毫不客气地迎头劈去，说道：“不行，绝对不行，你一个红花仔，香喷喷的红花仔，干干净净的红花仔，怎么能讨一个寡婆子呢？我的天呀，你是发疯了还是头脑进了水，你又患病了呀？胡思乱想，还是吃了这个女人的迷魂药呀，这要传下十八代祖宗去也忘不了。再说，以后你当真同她枕在一个枕头上，是吉是凶，谁也不晓得呢。”

地保努力抗争，说：“这有什么不行的，寡婆子怎么了？她又不是老女人家，她是我原来差点定娃娃亲的女人，我觉得寡婆子同红花女没有什么区别，只要身体健康，能生小把爷就行。爸，现在是民国了，不准包办婚姻了。你要真的不准我娶她，我真的要急疯的。”

“哎呀，我怎么生你这个没出息的仔，气死我了，你不要我活了，那你就娶她！”冬生用威胁的声调说。

“爸，你不用吓我好不好？为我的事，死了值不得，你还有天保、小保、满妹嘛，他们听话就行了。我是你的不孝仔，你就当白养大我不是想开了，这样就不气了。你保重身体要紧。”地保用低沉的声音说。

今天，本来冬生是很高兴的，他去找了一家买叮叮糖的人家，那家人要他供应十天的叮叮糖，他就省了脚力，不用走村串巷了。没想到，天保伤了他的脑筋，地保又来烦他了。他对春嫂这个女人稍微有点了解，这女人为人诚恳正直，不讲假话，又不娇，对人和气，说话笑脸迎人。她要是个姑娘嫁给地保，他没二话可说，双手赞成，而且要尽力操办婚事。可是，如今的情况是……这时候，冬生心里如刀绞一样疼痛，他坐也不是，站也不是，像个被掐了头的苍蝇。最后他斩钉截铁地说：“原来的老话，你要娶春嫂做老婆，就像水里捞月——白想的。”

地保本来不想讲的话，现在不讲不行了，这是最后的一张牌，他笑着温柔地一字一顿地说：“爸，我实话实说，我和春嫂已经生米做成熟饭了。”

这一句话，就像大晴天一声霹雳，乌云罩在他的上空，又像有人用木棍狠狠地在他头上敲了一棒，刚刚勉强站起的他，顿一下右脚，屁股又跌在石头上了。“这可怎么办呢？这下如何是好？”冬生心里闷闷地说。

地保仍然满脸笑容，竖起耳朵，想听听半天没有开口的父亲说点什么。谁知等了老半天，冬生捂住两颊，慢慢才说：“你不是说你仍然是个红花仔吗？”

地保温和地说：“爸，人是要变的呀。”

冬生仍在思索，一时拿不出主意。他想，要是不同意春嫂做他的媳妇，要是有了孕，挺着个大肚子来家里怎么办？那岂不是更在村里人面前丢了他的脸面，那唱“哪嗬嗨”连敲鼓都没心思了，那流言蜚语满天飞，他怎么在人面前说呢？人要脸，树要皮，人不要脸不是人。要是地保是哄他，假戏真唱呢？那他不是一头输在儿子身上，上了儿子的当？良久，他认真地问：“地保，你要是哄你爸，你就不是爸的仔！你要是真的做了那个事，我……咳。”

“爸，这么重要的事，我怎能随意说出口嘛，我要是哄了你，我就一头撞死在墙上。”

一听儿子说完，冬生的头脑晕晕乎乎的了。他不假思索地说了一句：“既然生米已煮成熟饭，也已无法挽回，就像泼出去的水，还能收回来么？那你实在要她，那就不要举办婚礼了，两人搬到叮叮糖作坊里去住。我给你买张新床，一张简易桌子，两张凳子。简简单单叫一些人吃一顿饭。平常伙着兄弟妹一块吃饭，你看行不？”说完，冬生挑起木桶就走。

这时候，地保赶紧拉住木桶的挑绳，说：“爸，莫走先，在家里反而不方便说话，不如在这把事情定下来算了。”

地保哭也不是，笑也不是，两眼鼓鼓地盯了爸一下，心里说，没想到爸来了这盘棋，难道讨寡妇就不能住正屋了？他问：“爸，你为什么叫我俩去住作坊呢？”

“作坊怎么了？有老虎？那里还清静些。你俩要是住在正屋里，叫我心焦！”

“那你不做叮叮糖了？”

“叮叮糖在正屋里做也行，在厨房里做也行，这事就不用你管了。”说完，立马就走。

地保回到家里，他好久想不出话来怎么同春嫂讲，万一春嫂不同意又该怎么办呢？第二天，他把父亲的话告诉她。哪晓得，春嫂高兴地说："没关系，反正晚上有地方住就行了，总比露宿在外好嘛。我俩只要真心相爱，喝口凉水也是甜的。"

地保心里想，既然春嫂愿意，不如趁热打铁，以免夜长梦多。他说："明日就去领结婚证好不？"

春嫂答应了。

他俩走了约两个多钟头，就到区公所了。区公所是几间平房，他俩先到区长办公室，没人，又到隔壁的房里一看，见一个年轻女人坐在一个男人的怀里，那男人一见有人来了，赶忙松手。那男人问他俩来做什么，地保如实说了原因。那男人看了地保和春嫂半天，才问："你是第一次同女人睡觉？"地保答："是的。"当问到春嫂时，她有点腼腆，忙说："我有一个两岁半的女儿，她爸不在世了。我喜欢同地保过一辈子。"

最后，那男人做了登记，又发给各人一张写有"结婚证"的写有喜字的纸。

春嫂不识字，地保告诉她，这就是结婚证。他俩走出办公室，来到院子里，正在高兴之时，有个人喊着："地保，你来这里做什么？"

地保倒吓了一跳，抬头见是梁家白，心里打着鼓。春嫂低下了头，没有说话。

地保镇定下来，大胆地说："你狗抓老鼠多管闲事，管天管地，还能管老子放屁！"

梁家白没有作声，故意走近春嫂，用臂膀撞了一下春嫂的臂膀，嬉皮笑脸地走了。

地保想，梁家白为什么这么规矩，大概他多少知道他和春嫂要结婚的事。他表弟又是副区长，怕惹事。他要女人也是偷偷摸摸的，他也怕人家讥讽他呀。

按照村里的风俗，要是个无儿无女的寡妇再嫁，要坐轿子抬进家来，那只有半夜才能进，而且要跨火盆，以驱散邪气。

地保同春嫂也蛮有意思，因她带了个女把爷，不坐轿，半夜才进家门，不做酒席。

那天，地保把春嫂半夜接回家。第二天，女方娘家来了几个人，一个未嫁的妹妹，还有一个兄长。

冬生不想惊动任何人，按当地风俗，招待女方来客吃了便餐。说是便餐，也还体面，荤菜有一盘拼盘，一碟白切鸡，一碟卤鸭，一碗荔浦芋扣肉，一碟肚子猪肝炒木耳，一个红烧狮子头，一盘酸豆角炒泥鳅，一碟清蒸鲤鱼，一碗三鲜汤，两盘炒青菜，一碗甜汤。

这些菜是唱“哪嗬嗨”的几个兄弟做的，也算拿得出手。酒是自己酿的三花酒。

菜上齐了，还不见春嫂她哥来，来的人屁股都坐成血痂了。冬生说，不等了，大家动手吧，春嫂犟着一定要等她哥来。正在这时，一个长着乱蓬蓬胡子的年轻人，穿一身粗布蓝衫，裤脚卷到脚踝上，脚上踏着布鞋，偏头偏脑地走进来。春嫂眼利，急忙喊一声哥。年轻人见在座的都动起筷子，喝起酒来了，也没应声，掉头就走了。春嫂和地保急忙跑出去，见她哥气嘟嘟地直走。地保上前拖住他的胳膊，叫他回来就餐，说实在对不起，左求右喊，年轻人红黑不听。春嫂又去喊地保爸。冬生对春嫂说：“你哥在我面前耍脾气，我还有脾气呢。你们都向他认错了，还要我这个前辈向他道歉，红公鸡下蛋，没指望，他不吃算了，他在我面前称大，我还要称大哩。”

大家七嘴八舌，望冬生去喊一下。冬生红黑不去，有好几个人都放下筷子去喊了。她哥红黑不来，反而脚步加快了。这两桌客人七嘴八舌，都说吃了餐有记忆的饭了。

梁家白知道春嫂的婚事了，而且办了酒席，他像口吃黄连——苦在心里。

春嫂一肚子气，她哥生气不就餐，新房放在叮叮糖作坊，她一口饭没进肚。

红黄红黄的豆油灯一闪一闪地照在叮叮糖作坊的一间小小的房间，没一个人来闹新房。按照传统习俗，凡嫁来的女子都要改名换姓。冬生把春嫂的名字改了，他说：“就叫王来嫂吧，这个名字，附近还没人叫呢！”

第九章

霜降过后，天气一天天转冷了。但有时气候也有些反常，人常说，九月微微冷，十月小阳春。暖融融的，人们随便活动一下，全身就出汗了。

在这种季节，漫山遍野的菊花开了，黄灿灿的，香喷喷的，远远看去，就像给大地铺上了一层金黄色的地毯，连家门口的墙角落，都点缀着金黄色了。菊花清心润肺，明目解热，可以当茶饮用。

好多老妇人和小把爷把菊花当成一个挣钱的门路，她们把菊花摘回家，摊在簸箕上晒干，就可以拿到药铺去出售，多少能收点小钱，解决点油盐酱醋茶了。

往年这个季节，周玲玲也要去采摘一些野菊花，接连地采了两年，她已品尝到味道了。这种不用施肥、管理，到时就去山上、岭地采摘，又能卖钱的事，何乐而不为呢。

去年到了这个季节，她是头一个去采的。不到半天，她就采了一担，高兴得把吃饭都忘了。谁知这时，她好像冲着了鬼，起得太早了，她所采的菊花，一朵不留被村里的一个赖皮抢去了，他硬说玲玲采的菊花是在他的岭上采的。两人争吵起来。正好碰见往周玲玲家去的天保，天保在赖仔面前把手一扬，唱了两句“哪嗬嗨”，那赖仔认得天保，天保温和地对他说了几句。果真是一物降一物，赖仔一句话没说，就松手把那担菊花还给了周玲玲。

今年周玲玲不去采菊花了。今天，她郁闷地走到上次她和天保待的那个草坪上，然后，躺在草坪上，两手枕着后脑壳，毫不在意地叉着双腿，把辫子甩在胸前。她一会儿看着天上的白云在蓝天上游荡，一会儿又侧过脸，看一下满山遍野的菊花。看了一阵，索性闭上眼睛，享受着温暖的阳光，享受着阵阵菊花香，十分惬意。

她想起了和天保偎依的情景，想起了同她爸的几次谈话，更想起了她哥哥周健玲。

前年秋末，也是这个月份，一个穿长衫的陌生年轻人（这里的人都把这种穿着的人叫扫脚老师，意思是，那长衫下摆都扫着地面了，这种着装都是读过书的知识分子），这个人头发梳的是左边分头，戴一副黑边框眼镜，长形脸，宽额下有一对既深沉又明亮的眼睛，高鼻梁，一股斯斯文文的神态。哥哥把他带到家里来的那天，爸爸不在家，他说了几句礼貌客气话，就安安静静地坐在一张高长凳上。健玲介绍说：“妹，这是我的老师，名叫刘邦人，我和他准备出去闯一闯天下，你告诉爸，不要为我担心，我们是去走正当的道路的，我们得马上走，马路上的汽车在等着我们。走了，妹，你要照顾好爸。……”

周家兴回家后，玲玲把哥的事情告诉了他。他顿时不知说什么好，只是默默无声。

玲玲说：“我看那老师顶实在一个人，也是个善良的青年，应该相信他。”

周家兴说：“这年代，男人不想当兵，女子不唱戏。他说是走正道，鬼才晓得。他要是去参加什么国民党三青团，那就糟了，要是去参加共产党八路军还好。唉，他也是个不争气的孽子！那个陌生老师，你了解不？”

“我想多问几句，叫他稍等一下，他说汽车在外等了蛮久了。”

“唉，我当白生了个仔，以后全靠你照顾我了。他到外面，兵荒马乱的，凶多吉少呵。以后，你少提你哥了，唉，唉。”

周玲玲的哥周健玲，比她早出生两年多，虎眼，圆脸，中等个儿，不肥也不瘦，只是短胳膊短腿的。他走路轻快如风，爬树如猴，弹跳力极强，眼力超人。他读过两年私塾，坐不住。勉强能背点《增广贤文》《三字经》《千字文》，也能写毛笔字。周家兴看他不是个读书识字的料子，就叫他在家看牛了。他看牛时，手里常常拿着个弹弓，见树上的鸟儿就打，几乎百发百中。他还练就了超人的臂力。有一次，村里有一头发情的母牛，一头公牛发狂地撵母牛。健玲怕这头公牛伤到小孩和老人，他纵身一跳到那头公牛的背上，一只手抓着公牛的痒。那公牛慢下来了。他趁机把那头公牛的辔抓住，公牛使劲同他拼命。健玲火烫起来，两只手抓住公牛的两只角，费尽全身臂力，把那头公牛的颈掰疼了。公牛卧倒在地上，老老实实地喘着气。有个人家杀猪，要叫四个小伙子来帮忙。他不用，仅一个人就能把猪杀死。只见他一只手抓着猪的耳朵，那猪仰着头号叫起来，他使用巧力，猪进他退，猪退他进，那猪猝不及防。他的另一只握刀的手，顺势朝猪的杀口处使劲一捅。猪的鲜血溅满了整个场地，慢慢地，猪血流尽了，猪倒下。

那个陌生的刘邦人老师准是看上了周健玲一身功夫，带着他去闯江湖了。

“要是走正道去参加共产党，跟着八路军去打日本鬼子，就派上用场了。他要是去参加什么三青团、国民党，那就糟了。”周玲玲记住了父亲的话。

她想着，不时有一阵菊花浓郁的芳香朝她的鼻腔袭来，她深深地吸了一口，她想到要是她和天保的婚事就像菊花那样自然顺畅就好了，那可真叫人欣喜若狂了。

天保呀，你怎么这样折磨人呀，你虽然是永恒地爱着我，但我要怎么冲开这把枷锁呢？你和我的婚姻，我可以不顾一切去争取，去奋斗，甚至去送命！天保，你听得见我叫你吗？ 我玲玲对天保的忠诚，是坚定不移的，海枯石烂不变心的。但是，父亲叫天保来我家撑门，那是不行的。因为我还有一个哥哥呀。要是哥哥回家怎么想呢？为了你，我周玲玲一定要冲出去，冲出这个村，到你那儿，免得人家眼胀，免得有人天天来纠缠。我希望和天保的幸福之神早日到来，幸福的花儿在心中绽放，我的梦想早日能实现。

周玲玲这么无边无际地乱想着，想着，朦朦胧胧地眯着眼了。小飞虫在脸上盘旋，又扑来扑去，“嗖嗖”地叫着，她无意间扇走小飞虫，又任由思绪自由驰骋……

那是去年，一个异常炎热的日子。我急着去山上割柴，我每次上山或是下地劳动，都是早上或下午。当太阳露脸一个钟头后，柴草上的露水消失了。当太阳慢慢西沉，山上凉快了。我急着带上磨得锋利的割柴刀，穿着一双烂布鞋，一套最烂的衣服，就一个人上山砍柴了。我一口气爬到高山中腰，一眼就看见那些柴，有的树叶凋零，有的树叶泛绿，有的树干大小不一。我弯腰不停地把面前的柴割倒了。我继续割，不到一个钟头，我就割好了几捆生柴了。我把割倒的柴收拢起来，捆好，就准备往山下运了。通常，割倒的柴很少在山上过夜，人们生怕好柴给人偷了。我试着把柴一捆捆朝山下滚去。捆好的柴从上往下跳跃着，我没想到，有好几捆柴被一块大石头挡住了，也有好几捆柴一直滚到了山脚下，有的滚得老远。

正当我朝那几捆被大石头挡住的柴走去，准备再往下滚的时候，我的两眼看见了山脚下有两个妇女用长扁担挑起我的柴，我大声吼着：“那山脚下的柴全是我割的。不要挑走啵！”“你怎么乱来呀！”

有一个妇女一声不吭，看也不看一眼，就挑起两捆柴走了。

我当时气得肺都要炸了，直往山下奔去。山路难走，满是荆棘，又有小石头，我不慎滑了一跤，裤裆处都被扯破了，露出红花内裤来，疼痛难忍。我顾不得疼痛，跌跌撞撞地朝山下走去。

待我跑到山脚，那女人已挑着一担柴走得老远了。还有一个妇人在重新捆绑剩余的柴。

我玲玲还没有见过这个女人，长得腰圆肩宽，穿一身又烂又脏的衣服，乱蓬蓬的头发，黑黑的脸蛋，约莫三十左右。

我大声问：“你们为什么抢我的柴？”

“那你为什么割我们老爷家山上的柴？你倒打一耙！”

“你家老爷是谁呀？这么蛮不讲理！可恶至极，无耻！”

我见她捞起袖子露出蛮粗的胳膊，好像要打架那样。

“你滚下来的柴，把我家老爷菜地上的菜全都砸烂了，从这地上往上的山，全是我家老爷的，你知道不？”

我当时一听，越来越糊涂了，问道：“你是从哪里来的？从来没见过。”

“是老爷请来的！”

“我不管你家老爷、嫩爷，你俩抢我的柴就是不允许，我是费力气割来的！”

“你在我们老爷的山上割柴，就是不允许！你毁坏了我家老爷的菜，一定要赔！”

我当时心想，这个老爷养的这条狗也蛮护主呵。不知什么时候，天保已站在我的后头。

天保铁青着脸说：“你抢人家的柴就是强盗行为！应该把柴归还人家，至于说到毁坏地上的菜也没什么，再种点不是行了，也值不了几个钱。再说，你又没看见是哪个损坏的，算了，邻村兄弟，理解一下，何必那样生气呢？你说是不？”

“你不怕我回去喊老爷来？”

“你们老爷才不像你那样心胸狭小呢，他是有钱人，他才不计较这点损失呢。”

那妇人没话可说了。天保趁机唱起“哪嗬嗨”来了，那妇人掉过脸偷偷地笑。

天保见那妇人态度上有点缓和，就说：“我看你也是个穷人家，无法过日子才出来帮人家做事，天下穷人是一家嘛，你何必这样苛刻对待我们穷人呢。”

“你只是说对了一半，我是离家来帮富人做事的。这富人不是你们村的。他要我每天割两担柴，才给全天的工钱，少一担也不行。我们那边又没有柴割，那只有到处想法子啰。今天看到有现成割好了的，真是得来全不费功夫，看看周围没人，就起了歹心，没想到，被这位妹仔抓着了……”

我问：“刚才偷柴的那个人是不是同你一伙的？”

“她不是，我不认得她。”

我激将她一下：“你不说老实话，你还是人不？”

“我是在路上碰见她的，她是哪个村的，我没问，只见她大大方方地把柴挑走，我还以为是她自己的呢。”

天保默默地看着菜地上那些东倒西歪、被树枝败叶损坏的菜，非常温存地说：“看在我们相识的分上，看在你这个人还算诚实，看在你这么远来到这里的分上，这一担柴我们不要了，你挑走吧。”

“那……那，太谢谢你们了。”

“不要紧的，我们再去割一担就是了，费点力气没什么。”天保说。

妇人的脸显出羞羞答答的样子，说：“太不好意思了。”说完就把那担柴挑走了。

那妇人走了以后，天保说，他去方便一下。我的心久久不能平静，辛辛苦苦在山上割得的柴，手掌面都被刺划出了血印，爆出了鲜血，衣服挂破了，屁股跌出血了，鞋底也磨破了，这妇人倒捡了个便宜，不晓得天保是怎么想的，当着天保的面，又不好拒绝。

天保半天还不见来，这时候，村里头那个富家癞子头突然站在我面前，关心地说：“你看看你，手都出血了，你是不是上山割柴来？”说完，恬不知耻地要来抚摩我的手。

“呸，莫乱摸，我的手也能随便摸的？”说完急忙甩开他的手掌。

“要什么紧，你不晓得我好喜欢你呀，做梦都梦见你，你要做我的老婆，我保证你的手细皮嫩肉的，绝对不叫你上山砍柴，你就不会被刺划破手了。”

“谁稀罕你，你要找我，无门。”

癞子头说：“我就喜欢，我就爱你。玲玲呀，人常说，好女不出寨，丑女远远卖。你是村里最漂亮、最能干、最逗人喜欢的女子，依我看，附近几十个村庄，点灯笼都难找你这样的女人哩。”

“呸，我才不要你奉承我哩，你太叫人恶心了，你这个矮子鬼，头又小又尖，嘴巴像个青蛙嘴，老鼠眼睛。我是爱一个人，不是爱你几个臭钱！你以为你们家有钱有田，就会得人心呀，错了！我是井里的月亮，你怎么捞得上来呀。你呀，村里人都晓得，你是八月的丝瓜——黑心。”

癞子头发疯了似的想动手。这时候，天保从树丛中走出来，他认得癞子头，说：“癞子头，你想做什么？你想挨我揍了是不？”

矮小头尖的癞子头，听见是个男人的声音，像被人点了穴位一样，站着一动不动。他定睛一看，原来是唱“哪嗬嗨”的天保，心里七上八下，心想，怎么偏偏又遇上了他？他妈的，他又破坏我的好事。

癞子头镇定下来，说：“没有呀，我在同玲玲捉迷藏哩，你怎么突然冒了出来？”

天保见他那嬉皮笑脸的劲儿，一眼就看出他心术不正，就板着脸说：“你小心点，下不为例，你以为我不晓得你在做什么呀，你没翘屁股我就知道你要屙屎，你给我滚！我不怕你家有财有势！”

癞子头不但不滚，他两眼看着在地上东倒西歪的菜，有的压烂了，有的被土覆盖，至少毁坏上百斤的菜，他的眼都直了，沉默不语。

老半天，他才挤出一句话来：“周玲玲，我家地上的菜是不是你滚柴时压烂的呀？”

离癞子头蛮远的我，显出镇定的情绪，不慌不忙地说：“你怎么乱冤枉人呀，你看见我滚柴了？你看有柴滚到你地上了？我就是滚倒了几棵菜又能怎样？”

癞子头一时回答不上来，只是说：“我……我……”他心里说，难道是我碰见的那个挑柴的女人？

天保和我看着癞子头直笑，天保说：“你走吧，你走吧，周玲玲的柴还在山上放着呢，我们要上山捆柴了。”

癞子头无奈，心里老不舒服，乜斜着眼，欠眯欠眯地走了。

过后，我对天保说：“还是你聪明。”

天保也笑眯眯地说：“这叫看风使舵，走吧，我同你上山捆柴。”

我说：“不了，你还要赶夜路回家呢。”

“不要紧，我一个大男人，同你把柴滚下山挑回家，唱‘哪嗬嗨’的人走惯了夜路的。”

周玲玲在这块被菊花环抱的草坪上，甜蜜蜜地想着，就像唱“哪嗬嗨”那样，唱一出，又一出。她睁眼看看天，刚才还是蔚蓝的天空，这时已昏暗无光了。她倏地一惊，弹跳起来，立刻朝家里走去。

周玲玲吃过夜饭，见父亲不在，她似梦非梦地睡了一夜。第二天中午饭后，周家兴把玲玲叫到跟前，相对坐在各人的矮凳上，把昨天媒婆来说媒的事从头到尾一五一十地叙说了一遍。开始，她还以为是她和天保的婚事，哪晓得那媒婆来给她做媒，要她嫁给那个癞子头。周玲玲听后，火冒三丈，气得直顿脚，她问：“爸，你答应了吗？”

“那有什么办法？人家癞子头家财大气粗，是方圆几十里村落算得上的一个富家，有田、有地、有山、有池塘，全是请人做。再有，你哥又不在我身边，你嫁给本村的，也好照顾我呀。你要嫁给天保，论人品，癞子头比不过他；论家产，十个天保也不及他家。况且，天保又不愿意来家上门，做我的仔，我想了想，我还是不和老同做亲家算了，你就依了我吧。”

“爸，你就是把我五花大绑到癞子头家，我也不会嫁给他的。随你怎么说不当家不知油盐柴米贵呀，君子无钱处处难呀，我都不会嫁给他的！嫁人不是嫁钱，钱是人挣的。爸，我要是嫁给不好的，那一辈子受气！钱财如粪土！爸爸，你如果硬要我嫁给癞子头，我不如撞墙死了算了。爸，你财迷心窍了？如今是民国了，婚姻可以自由，不能包办了。”周玲玲有点愠怒地说。

“媒妁之言，父母之命！我好心没得好，反而被狗咬。”周家兴气得上出气，下打屁。

周玲玲无话可说了，耷拉下脑袋，眼泪珍珠般掉在地上。

堂屋里父女俩紧张的空气一下寂静下来，只听见外面鸡啼声和鸟的啁啾。

隔了蛮久，周玲玲说：“爸，我看你是财迷心窍晕了头了。”

周家兴说：“人家能看上我周家兴的女儿，也就烧高香了，也是我俩的福分呀。人为财死，鸟为食亡，有钱有什么不好？人家过礼都要给这个数呢。”周家兴用手指比画着。

周玲玲痛哭流涕：“哥哥呀，你怎么不回家一趟呢，回家分辨一下我和爸谁是谁非呀，这下我可怎么办呀。”

“喊你莫提这个孽子，一提到他我就气，他走出去也不同我讲一声。这个动荡年代，靠老天爷保佑他呵。”

周家兴一提到他儿周健玲，心里就有说不出的苦和甜，因为他周家就剩他一根独苗传宗接代了。

现在，他坐在与女儿相对的板凳上，精神沮丧。这个一贯开朗、见人就谈笑风生的司鼓手，一会儿，又陷入沉思中了。

渐渐西斜的太阳从天池里射向堂屋中来，照着他苦闷忧愁、满是皱纹的脸。

后来，周玲玲又说了许多与他意见相左的话，这些话如同大风吹过他的耳边，他半点也听不进。

他想到儿子周健玲，一次，他父子俩上山砍柴，那同酒杯一样粗的树干，连不着用刀，他一只脚踩住一头，另一头用两只手使劲一弯，就断成两下了。这使他做父亲的望尘莫及，心中暗暗钦佩这孽子哪来的这么大力气，又是吃同样的米，喝同样的井水？难道是他母亲的缘故？他母亲是瘦瘦的，除了有点爬山如同鸟飞一样的天性外，再就是挑一、两里路的百十来斤的担子，也不喘点气呢。是像他吗？也不是，他要比儿子高半个头，手脚也比儿子的长，但是，每逢过溪时，他不是沿溪走老远过平桥，而是一跃而过，免走长路，节省了时间，又锻炼了脚力。

儿子周健玲，在他五岁时，他母亲就过世了。三岁时，生了玲玲，亏他公鸡带仔，寒来暑往，一年又一年，总算长大了。

记得健玲从开始学走路，二十年了，很少穿鞋子，脚板也随着时间的延长，都磨成铁板一样坚硬了，他上山砍柴从来没穿过鞋子的。踩到刺，刺头断；踩着草，草折断；踩着坚石头，石头埋进泥土里。即使踩在硬石板上的碎石，对他的脚板也如同抓痒一般。他十三岁就学会犁田了，牛走前来人走后，他走在水田里，不像一般人，脚板深深陷在烂泥里，慢悠悠地，他如同走在旱路上那么自如轻快，毫不费劲，再雄壮的公牛也没他走得快。他的成长，给周家兴增添了无比的力量。他不懂唱调子，声音是沙的，有时高声叫，气得周家兴哭笑不得，说："你不是唱调子的料子，一点遗传也没有。"他说："我才不唱调子呢，唱调子的人是癫子，看调子的人是傻子，我一不做癫子，二不做傻子，我做我想做的事！"

周家兴狠狠地瞪他一眼，说："这是泥腿子们的开心娱乐，你懂个屁！"

周健玲的出走，对周家兴是个极大的不安，屋里少了他，空气就单调了，屋里空荡荡的了，就像少了一条腿那么不自在。儿子呀，你到底在哪里呀，你怎么不设法搭个信回家，好叫老爸吃个定心丸呀。你出家在外，我总是保密的。我说你到外面学技术去了，别人就相信了。你如果参加了八路军，恨我们的人就会刁难我的，甚至会下毒手的。儿子呀，爸爸做梦都梦见你，梦见你去打日本鬼子去了。

沉思许久的周家兴，不知不觉眼眶已积满了泪水，他用手背一抹，如同在水里浸泡过一样，湿浇浇的了。

“爸，你休息吧，我去把你那件衣服补一下。”周玲玲温存地说声，就往她房里去了。

周家兴仍然默默无声地坐在堂屋中……

第十章

入夜，周玲玲早早入睡了。一床单薄的又硬又冷的棉被平铺地盖在她那穿着短裤、短袖的身上。她睡觉盖被不像有的人，把被子折成像口袋一样，人裹在里面，一翻身，那被窝一同随之滚动。有人说她睡觉盖被窝，同死后的人一样，平铺着就行了。她反对说："怎么这样打比方呢？"随即说她这样盖被窝的好处。

今夜，睡在平铺的被窝里，左一翻，右一翻，仰躺，扑躺，总睡不着。

她想到刚认识天保那难忘的情景，她想到他俩在草坪上，连翻几个滚都不觉得累。就要进入爱河的那一刹那，她想到她上山砍柴，把柴滚下山时，柴草滚坏了癞子头家的菜，他灵机一动帮她解围的那一幕。她想到她爸看上了钱财硬要逼她嫁给癞子头那一辈子忘不掉的怨恨。

她听说，再过十天，媒婆就要给她下聘礼了，到那时她将无地自容。到那时，她就像断了腿的青蛙——跳不起来，没有一

点名堂，捆绑拜堂了。到那时，她要同一个喂猪都吓死牛的龅牙齿癞子头睡在一块，再想同天保过日子，那就是公鸡下蛋——没指望了。那时，喊天天不应，叫地地不灵了。到那时，你天保又能上天么？那时，一切都完蛋了，自己的一生就将陷入这个不幸的痛苦深渊了。

爸爸呀，我一辈子也忘不了你对我的养育之恩。

我出生后还穿着开裆裤的年龄，妈妈就过世了，你挑起了抚养我和哥哥的重担。冬天，你生怕冷着了我，烧火给我烤；睡觉给我把被窝盖好，生怕我扯开了被窝，冷着了我，又起来给我盖好。夏天，你又怕热着了我们，给我们到山上去找山泉水喝；你生怕热着了我，就用大葵扇给我扇凉。有一次，我发高烧不退，村里人有的说去请一个看花的人来看看，是不是遇到了鬼神，你不信，跑到老远老远的村庄，叫了个神医，熬了几服草药。你一汤匙一汤匙地喂我，过后，我的烧退了，只几天，我就能蹦蹦跳跳了，可以同别人踢毽子比赛了。那一年，我骑在你脖子上到邻村去看调子，人家都笑话我了，说我一个女把爷，这么大了，还骑在一个老男人脖子上，将来男人会倒霉的，你装听不着。就是那一次，调子还没看完，老天爷突然刮起了风，风把地上的尘土、树上的黄叶、路边的杂草，统统都卷到半空中了，搅得满天昏暗，连眼前的行人都看不清了。树干在磕头，不久，哗哗大雨就下起来了。你把我搂在怀里，躲在戏台底下，等雨停后，你才背我回家。哪晓得，走到河边，那河坝都涨水了，你背着我蹚过河。你是打赤脚蹚水的，不小心踩着了一块不稳的石头，你的头一低，脚掌一滑，同我一起掉到河里去了。你左手使劲搂紧我，叫我仰起头，闭紧嘴，不要慌，那河水的浪花一下又打着我的眼，我两眼都花了，一连呛了两声，你的右手在水里划着，你的双脚在水里踩着，好不容易才划到岸边。你上气不接下气，喘着气说："今天也是天老爷救了我们父女俩，水没那么涨，要是再涨大点水，说不定，我俩都要喂鱼了。"

爸爸，我的命是你呵护大的。

周玲玲想着想着，眼泪就像雨点子那样，把她的枕头浇湿了。她想到最惊险的一次，就是她满十六岁那年，也就是老百姓常说的，叫出花园门那年。

有一天，我突然不见了，你顿时吓得天旋地转，你告诉哥哥，哪儿也别去，在家里等着。万一回不来，就去我舅舅家去。你断定十有八九是附近村里的土匪把我掳走到山里去了。

你真的猜对了，主动找到土匪家。你那巧舌快嘴，说服了土匪的老婆，叫她带你到土匪窝那儿。土匪看到你用刀放在他老婆的脖子上，逼得土匪赶紧把我放了。爸爸，那次，你要再迟来点，我的身子就要给土匪糟蹋了。还好，我还是个真正的红花女呢。

周玲玲一下又想到她和天保的婚事，一下又想到癞子头下个月就要到她家来下聘礼，她要怎么应对呢？她头都大了，又胀又痛，睡在床上，两个食指按住太阳穴。她想呀想，忽然，她不知从哪里来了一股无穷的力量，身体一弹，她像看见前方有火烧房子那样，急急忙忙地穿好衣服，闪电般地朝门外跑去……

天是黑黢黢的，一股遒劲的风向她头部打来，她打了个寒噤。她用手搂住宽松的棉袄，低着头，这样阻力小些，那风“呼呼”地如口哨一样在耳边响着，树叶树枝“噼啪”“噼啪”地响，她脸上都被泥沙打着了。她眼朝地，奋不顾身地朝天保住的叮叮糖作坊奔去。

差不多走了半个钟头，她上气不接下气了。她放慢了脚步，这才想起她没有同爸打声招呼呢。她又回头，朝家里走，走了几步，停了一下，她才下决心朝天保住的叮叮糖作坊走去。她脚步放慢了，风力小了一些。她一路想着，她绝对不能回这个村了，要是在家里多待一个钟头，癞子头就会多骚扰她一个钟头，爸爸也会抓住她不放，甚至把她囚禁起来。她只有跟天保去领取结婚证，得到县政府的认可，同天保名正言顺地大大方方地喜结良缘，那时，就没有任何力量破坏她和天保的美满姻缘，拆散他俩的夫妻关系了。现在，她实在对不住爸爸了。爸，我是你的宝宝女儿，你一定理解女儿的，一定会原谅女儿的不孝。今后，我找到自己满意的归宿了。你想要我留在家，叫天保做你的儿子，那比登天还难呵。天保只能做你的女婿，做你一个优秀的女婿！爸，你是晓得的，女儿就是一碗水，泼出去再也无法收回了。

我一定会照顾你老人家的，你放心吧！

周玲玲慢慢地走着，慢慢地想着，进了村，天明鸡已经开叫了。她迷迷糊糊地走到天保家叮叮糖作坊的门前。

她想轻声叫一声天保，又怕吵醒他的美梦；她想使劲拍一下门板，又怕

门的拍响声把周围的宁静惊动了。她试着轻轻推一下门，噫，那门居然是虚掩着的呢。她用手背揉了揉眼球，跌跌撞撞地走进屋里，屋里是一片漆黑，一点响声也听不见。她摸着黑，走进她同天保待过的房间，摸着了她原先睡过的床位，像死一样倒在床上。……

地保同春嫂结婚后，在这里已住了一段时间。昨天，春嫂说她要回娘家住几天，她把小把爷一块带走了。地保一个人守住这个屋。不知怎么，地保半夜做梦感觉肠胃不适，又没有吃什么东西，梦醒了实在忍不住了，大脑管控不住肚子，就爬起来到外面屙屎去了。

解罢后，他轻松多了，可以安稳地睡觉了。他摸着床上躺着一个人"呼哧呼哧"地、细声细气地、慢慢地打着呼声，十分匀称。他心里说，你才回去两天，这么快就回来了，想男人真那么要紧，要你守贞洁能做到吗？我也没精神，眼皮子要打架了……地保死牛一样倒在床上……

也有一些人，站着想瞌睡，坐着想瞌睡，一旦躺床上，就难入梦乡了，地保今日躺在床上老睡不着，他想筋疲力尽后，一定能睡着了。罢后，他心扑扑地跳，感觉不是味儿，他急忙点亮了灯，一看，糟了，周玲玲，你怎么把自己送给我了，我怎么对得起大哥？你怎么对得起大哥？难道你同大哥闹纠纷了？难道你是误入白虎堂？她喊醒了周玲玲。

周玲玲借着微弱的灯光，猛地一惊，见是地保坐在床沿，她一声不吭，心头怒火燃烧起来，倏地跑出房间。地保拉住了她，央求地说道："这不怪我，也不怪你，这是……"

周玲玲一言未语，耷拉着脑袋。

地保说："这样吧，我去叫大哥来，你睡在门廊上，半睡半醒的，叫大哥接你走……这是你误入白虎堂。这事，千万不要声张，只有天知地知就行了，你要声张，本来没有的事，反而成了事，就给自己下套了。你只要喜欢大哥我就心安了，我也不想知道你今夜为什么逃到这里来，你如实告诉大哥就行了。你不要把男女事看得太重，就当作一场梦就行了……"

周玲玲流了眼泪。地保把她安置在大门的门廊上，他就去叫天保去了。

地保一结婚就在叮叮糖作坊住下了。冬生把几个子女的住处进行了调整，天保住右前房，满妹住右后房，小保住左后房。左前房原先是地保住的，现在留给几个后生做娱乐室用，里面放置一些锣鼓之类，还有一些戏服、杂物之类。冬生住后院一间十来平米的边房。

地保来到正屋门前，他不敢喊叫，只能学着猫叫，这样，才不会惊动小保、满妹。他接连地叫了几声猫的声音。说也怪，天保做梦刚刚起来，听见了猫叫又不像猫叫的声音，他起来，找了一根木棒，走进门边，小声问："你是谁？"

"大哥，是我，地保，快出来，有事。"

天保听出是地保的声音，开了门。地保急忙把他拖住，把周玲玲在门廊上的事告诉了他。他一句话没说就跑到周玲玲面前，也一句话没说，就把周玲玲抱回自己的床上安睡了。

周玲玲睡在天保的床上，一开始上床就心知肚明的，她的心平静了许多，总算睡着了。

天保打地铺睡，他心里想，还没有正式拜堂，只有这样才心安理得，绝对不能越雷池一步，这是给周玲玲留下的最好的承诺。

天亮后，周玲玲还在床上，天保已收拾好地铺。周玲玲一五一十、原原本本地把她半夜离开她爸爸，来找他的事说了一遍。

天保问："那你为什么要睡在叮叮糖作坊的门廊上？"

周玲玲撒起谎说："我不敢吵醒你睡觉，就靠在那儿就地坐着了。"

天保信以为真，没有打破砂锅问到底。他怎么能想到自己的弟弟同周玲玲睡过觉呢？其实，世界上就是有这种事，越想不到的事，却偏偏会发生，就看你的头脑思维的灵敏度了。

天保说："今天是圩日子，我俩去逛逛圩去，顺便买点结婚用的家什。"

周玲玲愉快地答应了，他俩去得很早，生怕野狗圩还没吃晌午就散圩了。冬生一家人，各自做各人的事了。地保昨夜像做了一场梦，他心头的一块石头总算落了地。

就在天保和周玲玲往圩上走了不久，周家兴一大早起来，就跑到周玲玲的房间喊他的宝贝女儿。

他敲她的房门，没有动静，就推门进去，他往床上一看，连一个人影儿也没有，他又在房内扫视了一遍。他纳闷了，这小女子去哪里了？他去抖开她的被窝，用手试下被窝的温度，一点热气也没有。难道女儿出走了？到哪里去？肯定是去找天保那小伙子去了。不是我敝帚自珍，实不相瞒，天保和玲玲，倒是天生的一对的！要不是呢，这么大的女把爷总丢不掉的。不，这个年代，地痞、流氓、烂仔、黑帮、土匪，如果碰上这些人，她是彻底完了，那正是瞌睡遇到枕头——刚合适。要是像孽子周健玲那样，当真去参加什么共产党就好了。要是叫国民党抓去，也不会有什么好果子吃。

就是那癞子头的老头子托媒人老来纠缠我，说的甜言蜜语，简直叫我不想同意也得同意，不动心也动心了。从内心来说，要是玲玲不愿意，我也不会随意接受聘礼的。人常说，捆绑不成夫妻，强扭的瓜不甜，按着牛头不会喝水。还是先找到玲玲再说，她不同意这门亲事，就叫媒婆去退掉，反正没接过他家的礼嘛。

周家兴吃了点炒饭，就风风火火地上路了。走出村外，他坐下抽烟，犹豫着，去还是不去呢？他记起上次的事。有天，冬生急忙问他借钱。他说：“冬生，你可找错门了，我周家兴就是刚刚卖了一头猪，票子还未暖和口袋，你就来了。我养一头猪实不容易，不要说喂猪潲，就是供猪喝水也不晓得挑了好多，脚毛掉了好多在猪栏里。我还要买小猪仔回来续养哩。剩下不多的钱，我还需别的用场哩，等下拨猪养大了再说吧。”

冬生诚恳地说：“我是君子求人难开口，实在是我的叮叮糖接到一个买主，他要的数量多，我一时又筹不起那么多钱买麦芽糖，想到你老同这里打打主意，救救急，待我卖了叮叮糖，那买主付了钱，我就如数奉还，还重加利息，行不？”

“你不晓得让买主预支点钱给你？你没头脑想？真是榆木疙瘩！”周家兴没头没脑地说完，冬生顿时火了，脸都绿了，又压抑着气，停了很久才说：“我晓得你老同一定会急人之困的，附近村的人哪个不夸你有个善心，我是实在没法才来向你求援的。”

“老同你好会给我戴高帽子，我可同你不一样，扛着竹竿进门，直来直去，有就有，没得就是没得，实在对不住了……”

听了周家兴的话，冬生默默无言地走了。

从那天以后，冬生因一时筹不够成本钱，跑掉了一个大买主，损失了一点收入，他看清了周家兴这个老同了，他生怕好了我，眼红我得钱。这样，他同老同就没那么亲密了，到他村唱“哪嗬嗨”，也同平常的人一样的友情了。哪晓得天保这个仔，偏偏爱上了周家兴这个女，而且周家兴要天保去他家上门做他的仔，才同意他们成亲。这是打破头壳也不能答应的！除非周家兴女儿嫁过来！人常说，世人谁人没有过，毋为小事动干戈。我冬生才不计较你周家兴呢。

周家兴也后悔自己出言不逊，得罪了冬生老同，伤了他的心。他也几次想向冬生道歉，沟通沟通，但一时又难以开口。

周家兴坐了半天，想了一通，又继续上路了，他走了差不多三个钟头，才走进村。

刚站在冬生家门口，满妹就看见了，她赶忙出来，见老同伯上气不接下气，满脸通红，胡子拉碴的，看他穿的那件外衣，好像从来没见过水似的，黑得发亮。

满妹喊着："同年伯，好久不见，今日有空来我家呀？"

"不为别事，我想见见你爸再说。"

满妹调皮起来："你先同我讲先，要不然，我就不去喊我爸。"

"哎呀，小女孩子家的，知道的事越少越好，我讲出来你做不了主的，快去叫你爸。"周家兴边说，边往屋里走。他瞟了一眼满妹，她老成了蛮多。

满妹看到同年伯那个神气样，心想，我听爸说过你的一点板路，小气得太不会做人了，我爸没在你家吃一餐，你也从来没喊我爸去过你家一次，你只晓得来揩我家的油水，全靠周玲玲不像你。今天来找我爸，也算客人，就笑着说："那你先去堂屋坐坐，我去叫爸。"

冬生正在堂屋后院的作坊里做叮叮糖，刚好把糯米什么的蒸熟了，等凉了后再进行下道工序。他刚好往灶里添了最后一把柴，柴火把他的脸照得通红明亮。他站起来伸伸腿，见满妹进来说："爸，同年伯来了。"

"不见，他来干什么，你出去就说我不在，出去做事去了。我算白认识这个老同。"冬生不想就算了，一想到他，就有点愠怒。

"爸，你还是去见见他吧，我对他说，你在家，现在又说不在，这不难为我吗？爸，你不是经常对我们说，'做人要大人大量，君子不咎既往，无事不敢相扰'嘛，难道你说的话又忘记了？说到，就应该做到！"满妹毫不介意地说了一通，倒把冬生给降住了。他这时沉默无言，仍旧在灶门前拨弄着那些已烧成灰烬的东西，他的确把自己说过的话都忘记了。他心里不是说过，我才不计较你周家兴么？这下，又把自己的话丢到脑后了。

满妹心急火燎，生怕同年伯等久了，继续说：“爸，你倒是快点去见见人家啦，你又不是大姑娘上轿，半天出不了房。”

冬生苦笑了一下，站起来，拍了拍身上的草灰，就往堂屋里走去。心想，何不趁机把他的女和天保的事问个究竟，该怎么就怎么了。

已经等得有点不耐烦的周家兴，他坐着的凳子好像爬满了蚂蚁，实在坐不住了，就在堂屋里走动起来。他站在堂屋的门廊上，看着院子内的天井出神。

他正要往天井走去，冬生已从后院步入堂屋，他喊了一声：“老同，你来了。”

周家兴回过头来，对冬生笑了笑，就来到堂屋，坐到他的那张板凳上。他主动开言：“老同，我今日来贵府，不为别的，我想问问我的宝贝女玲玲是不是到你家来了？”

这下，真把冬生给问住了。他纳闷了：周玲玲来他家了？怎么一点蛛丝马迹也没有？想到这他就坦然地说：“没有呀，那么大一个活人进了我家的屋，难道还能逃脱我的眼睛？你的心肝女儿，怎么无缘无故地跑来我家呢？”

“真的没来么？”周家兴说完，又朝前房扫视着，房门是关闭的。

“没来就没来，来了我能哄你老同？”

周家兴有点扫兴，他把今早才发现他的女儿不在家的情况如同讲故事般说了一遍。这下，把冬生搞懵懂了。说真的，他今早是起晚了点，他起来洗漱完，简单地吃了点东西，也没过问后生们，就做他的事了。

冬生用安慰的口气说：“这样吧，等天保回家，问一下，不就一目了然了？放心吧，你的宝贝女儿是个聪明机灵人，不会丢掉的。你坐一下，我去拿点叮叮糖给你尝一尝。”

一会儿，冬生端上一大瓷盘，装着一大坨雪白的带有香味的叮叮糖，递到周家兴手中，说：“尝尝我的手艺。”

说实在的，自从周家兴同冬生相认老同以来，他还是第一次看见冬生端着的这样大的叮叮糖，以往他也吃过，都是小块小块的。

周家兴睁大了眼睛，一只手往盘里那坨叮叮糖一摸，他似懂非懂地问：“老同，这么大一坨叮叮糖怎么入口呀？”

冬生把事先准备好的一个铁器、一个小榔头拿了出来。他把铁器挨着叮叮糖面，小榔头朝着铁器轻轻一敲，那坨叮叮糖就分成两半了。随后，依次分开，像画格子一样就把那坨叮叮糖分成小块的了。

冬生说：“吃吧，这么小一块，可以入口了，含化吃，不要嚼。”

周家兴把入口的叮叮糖嚼了一下，有点粘牙，蛮甜，蛮香。他问：“是你老祖宗传下来的？”

冬生非常自信地说：“我爸的爷爷的爷爷就开始做叮叮糖了，听爷爷说，靖江王还吃过我爷爷的爷爷做的叮叮糖呢。”

周家兴似信非信，睁大着眼睛，直直地盯着这个老同。他又不自觉地捏了一块叮叮糖入口，含在嘴里，口水从嘴角流了出来。

冬生默默地看着他，心想，这下是好时机，可以当面锣、对面鼓地问问他女儿同天保的婚事了。

停了一会，冬生开门见山地问：“老同，我儿子同你女儿，今天该做个了结了吧，你女要嫁过来，我双手赞成，要我儿到你家撑门，做你的儿子，那是公鸡下蛋——没指望。你想大了头都是棉花锤打铁——空的。”

周家兴嘴里含着叮叮糖，听着冬生这么一说，心里不是滋味，刚一张口，那香甜的口水就顺着嘴角流出来了。他用手背抹了一下嘴唇说：“我俩都莫撑了，由他俩做主行了吧。不扯这个了。”他停了一下，转开了话题：“昨晚做了个梦，你猜梦到了什么？”

“你的梦我哪猜得准，还不是你女做了我的媳妇这件事？”

“不是的，不是的，我梦见我那个孽子参加了桂北游击队了，是共产党领导的呀，还当了个队长哩，这个仔真有出息了。”

“老同，你的梦做得好哩，我替你高兴，但愿你美梦成真。”冬生笑着说，但心里却说，你自己有仔还要我的仔到你家撑门，多难听。

周家兴这时嘴里的那个包不见了，眼睛射出了光，看着冬生，心里说，梦归梦，的确，最近我才从村里一位教书先生口中得到的天大的消息，要眼见为实。但愿孽子平安，在共产党领导的游击队里百炼成钢，成为一个优秀的爱国战士，为赶走日本鬼子尽一份力。

他俩又谈到了“哪嗬嗨”，歇了一阵，周家兴说要打道回府，冬生说吃了晚饭再走。周家兴说，不了，不了。冬生说，你要不吃这餐饭就不要认我这个亲家，就不要认我这个老同。他俩的客套话还没说上两句，门口就响起了脚步声，他俩不约而同地朝外看去，只见天保一只手牵着周玲玲，笑容满面地走进院里来了。

周家兴猛惊了一下，心里说，还未拜堂呢，就这样不知羞。他的脸绿了。冬生则咧着嘴只管笑。

天保恭敬地说：“两位爸爸都在呀。”

玲玲羞赧地低下头，轻轻地说了声：“两位爸爸好。”她已把她同地保的事忘了。

冬生用责备的口气说：“玲玲，你爸专来找你呢。你走了也不告诉你爸一声，害得你爸把肺都气炸了。”他停了一下，用温和的口气说：“这样吧，先吃早夜，我们两家人一起商量你们俩的喜事，也不用媒婆来回穿梭了。现在是民国了，不是清朝封建王朝了，要自由婚姻了……你父女俩来得正是时候，我早上杀了一只大公鸡，凑合一餐算了……”

周家兴喜上眉梢，忙说：“我们可以说是亲上加亲了，恭敬不如从命。你们先忙，我们父女俩出去转悠一下。”

为了这次别开生面的晚餐，冬生和天保忙得不亦乐乎。地保也来帮忙了，他帮着又杀了一只母鸡。满妹又帮着去菜地里摘了一大筐青菜。小保也帮着洗菜。来嫂不在，她回娘家去了。

晚餐开始，冬生先敬周家兴，接着大家举杯，餐桌上十分热闹。地保瞟了玲玲一眼，玲玲机灵地赶忙把菜夹到天保碗里。小保不喝酒，只低着头扒饭。满妹则不时看看大哥和新来的大嫂，内心十分钦佩。

周家兴喝得五老爷认不得六老爷，倒在冬生的床上，周玲玲也无可奈何。这一夜，父女俩只能在这里过夜了。由于只管喝酒，两位老同高兴得把天保和周玲玲怎么办婚事的事都暂时抛到了九霄云外了。

第十一章

在村里头，天保娶周玲玲，算是最简单朴素的一对了。一个红花闺女，在娘肚子里怀胎十月，出世后不久，她娘就去世了。多亏周家兴一把屎一把尿拉扯到懂事，又读了点私塾。出嫁这天，骄阳高照，她穿着天保做的衣服，坐着花轿，头盖红头巾，亲朋好友相送，也办了几桌酒席，就算完婚了。说是喜来又带愁。母亲不在人间了，连哭一声的人也没有，这是愁呵。她长到十八岁，同十分称心的优秀青年天保喜结良缘，没有被她恶心的癞子头要去，也算是大喜过望了。周家兴心中的一块大石头总算落了地。现在，他要操心的只有孽子周健玲了，他也不知道哪天才能看见儿子呵。

天保新婚后不几天的一个晚上，地保妻子来嫂等孩子睡觉了，她对地保直爽地说："地保，你看天保讨老婆要比你风光呵，披红戴花，玲玲又坐花轿，好神气呵。办的酒席也比你多，人家又住正堂，可我俩哩，住在这堆过柴草的屋里，又是爸爸做过叮叮糖的作坊。明天你同爸说，我俩搬回正屋去住，你看这里，房里连个窗户都没有，屋顶上连块大的明瓦也没有，里面黑黢黢的，耗子又多，你想叫耗子咬我呀？明天你去说，听到没有？你天黑一上床，只晓得要我，像个饿蚂蟥那样，叮着我不放，我受不了！”

做了一天农活的地保，吃了晚饭，连坐一会也不坐，就上床睡觉了。今晚来嫂倒有点冤枉他了，他似睡非睡、似醒非醒地听见他老婆的声音，一股酒气加烟臭味对着老婆说：“你这女人……要我怎样……讲你呢，头发长，见识短……住这里有什么不好，讲悄悄话没人听，两人高兴时怎么都行。要睡在正屋，有这么自由吗？隔壁住着满妹，你不怕吵醒她？天保两口子住在那里你就眼红，你也是，老想撇脱。住在那里不用搞卫生，是吧？那里的卫生有老头子打扫，我看你呀，就是酱油碟开荤——小眉小眼！我猜爸是不会同意的。”

来嫂冲着地保的脸说：“我不管，我红黑要住到正堂去。你金口玉牙呀，你讲都没对爸讲，你怎晓得他不同意？”

“我金口玉牙，你行，你去找爸讲呀，好人你做，丑人我来当，哼！”

“哎呀，你小声点行不？当真这里没人听，吵醒了女儿你高兴！明日我就去找爸，你怕吓缩了你那东西，我不怕！看他能把我吃去不！他明明看不起我这个二婚，他从门缝里瞧人，偏心，把金戒指给大嫂，不给我，我还在她先头做他的媳妇呢。还有，我进门那天，我娘家人还未到齐，你爸就喊开席，这分明是把我看得低人一等。”

“唉，都是过去的事了，你记那么久，伤心。”地保劝导说。

来嫂把头埋进被窝里，心里不舒服，不作声了。

地保想了一下，又说：“你说，我们搬到正堂去住，明天小保结婚住哪里？你不想想。”说完，又蒙头睡了。

来嫂拱了一下被窝，没头没脑地说：“月亮不讲，讲星星。”

一天下午，冬生把天保和周玲玲叫到跟前，他若有所思地对天保说：“我还未给你妻子取名字呢。名字我想了几个，最后，我看还是叫天嫂吧。”

坐在一旁的周玲玲一听，不明地问：“爸，我非要重取个名字么？”

“传统还是要的，周玲玲是你爸给你起的名字，现在你是王家的人了，就应该跟王家姓，名字自然要改。”冬生解释道。

“那你叫我天嫂，好是蛮好听，又好叫。是不是要我天天扫地呀？”周玲玲风趣地问。

冬生眯笑着，差点笑出声来。他解释道：“不是天天扫地，而是从天上掉下来的嫂子，天保和你是天赐良缘呀。”

“那以后，逢人就喊我天嫂，我应就是了。爸，我嫁给天保，最喜欢的，是想跟你们学学唱调子，你们教唱‘哪嗬嗨’，你可要同意了。”改过名的天嫂说。

冬生一听，眉毛皱了一下，两只眼睛睁得像铜钱那么大，脸色突然变成绿色的了，嘴唇翘起，盯着天嫂，半天才说：“不行，不行，绝对不行！唱‘哪嗬嗨’是泥腿子男人们的事，你看见哪个地方有女人唱的？你亲爸也不会同意你唱的。女人唱调子，是风骚女人，台词里有唱‘你是我的老婆呀’，你怎么回答？你说是，那不叫你男人吃醋呀？有的戏，男人要碰一碰，你也同意呀？自从有人唱‘哪嗬嗨’以来，不论是演旦角、丑角、小生，都是男人扮演的，天保演的旦角，在戏台上有哪个观众能认出天保是个男的？他扮演女角是无可挑剔的。演丑角的，无论怎么碰他，也无所谓。要是换成女的演旦角，那丑角只能演得拘束，不自然了，很造作，不逼真。因为对女人总有戒心呀。”

天嫂听了冬生一大套理由，她仍然坚持道：“爸，你讲的都是封建那一套，一点都不实在，没有看到社会在进步，你不晓得来一个一鸣惊人，叫女人进戏班子登上舞台，那准保轰动附近，看戏的人会人山人海。你的名气也大了，你大胆改革吧。”

冬生连连摇头，感觉索然无趣，他板起脸来说：“你们女人没有吃过亏，蚂蚱跳塘不知深浅！我问你，你一个女人，蹲着屙尿，我们大多男人，要想屙尿，怎么方便？再有，我们经常夜里外出演戏，有时回不来，常住在庙里，你一个女人家，怎么同这些大男人睡在一块，你想过么？年轻人，听听老人的话吧，老人过的河比你走的路还多，吃盐比你吃米还多，你就不要矮子比高硬撑了。好了，我还是保守点好，稳当点，拄着拐棍走路，跌不倒！不会出乱子，你就不要为难我了，我的媳妇，好了，就这样，我有事。”说完，走出去了。

天保在一旁，只长耳朵，听着父亲的言语，很受感动。

天嫂也被冬生一席话讲得哑口无言了，心里说，难道以后只有男人有娱乐，女人就不能有么？

她撅着嘴对天保说：“我看你在你爸面前，是个缩头乌龟。一句话不说。枉自是个男人。”说完，甩开手，走了。

冬生走出大门几步，又碰上地保两口子。媳妇来嫂硬拖他进屋，冬生面红耳赤。地保相跟在后面。来嫂拖住冬生的手腕，把他摁在一张长凳上，要他坐下。她坐在一张矮凳上，与他相对坐着。地保无声地挨着春嫂就座。

来嫂目不转睛地看着她的家公，亲昵地把她怎么嫁给她的前夫，不到三年就守寡了，后来又认识了地保，简单地成为伉俪（梁家白怎么要她，一字未提）统统坦诚地在家公面前叙说得头头是道。

冬生默默地听着，他一句嘴没插，看着他的二媳妇那乌黑的眼睛，厚厚的嘴唇，那黑黑的方形脸，不时显出一股温柔的表情。

沉默了半天，来嫂毫不拘谨，温和地说：“爸，你觉得我配做你的媳妇么？”

冬生没想到地保老婆居然责问他，他不假思索地说：“配呀，蛮般配的，身材相配，体魄相配，性格相配，年纪相配。”

“这是你的内心话么？”来嫂问。

“是我肺腑里发出的真心话。”

“你硬要我指点你，那没必要，你心知肚明，还要我捅破吗？”

冬生愣住了，他不知道他做错了什么，他觉得在对待两个媳妇上，是公平的，平等的。他用和缓的口气，试探性地说：“来嫂，自从你嫁入我家门，我对你没有半点偏心，你们妯娌俩，手心手背是肉，大品碗里的水，一眼看到底，我有不对的地方，可以开门见山地说，不必拐弯抹角，你说嘛。”

来嫂温和地说：“人常说，人贵有自知之明，你要不醒水，那我就像扛着竹竿子进门，直来直去说的啵？”

“那你说，我竖起耳朵听！”

跟着，来嫂把她和地保为什么要住在作坊里，她为什么没有金戒指，她带来的把爷从来没见他喊过一次，没吃过他一点叮叮糖，她哥还未到就开席，说她的女是个拖油瓶等等，一股脑儿地说了出来。

冬生如大梦初醒，两只眼睛像猫眼一样闪着绿光，他仍然低声地说：“你要这样想就想歪了，这样吧，你要不愿意，你想住哪儿就住哪儿，至于说我另眼相看你带来的把爷，那是你多心了，叮叮糖是用来卖钱的，不是自己吃的，你见我自家人哪个吃了？你没听人说吧，卖盐的喝淡水，做奶妈的卖儿郎，盖房子的住草房吗？”冬生回避了其他的问题。

来嫂低头思索了一阵，见地保像个木头人似的，低着头，也不知他在想什么，她扯了一下地保的衣角，说：“爸，我们也搬到正堂去住吧？”

冬生点着了竹烟筒内的烟丝，然后说：“你们实在要去住，就搬过去吧，只要你们愿意，不嫌吵烦就行了，那作坊暂且留着。你提到金戒指的事，是地保妈留下的唯一东西，她在临终时留下的话，要把那戒指送给天保的老婆，我是遵照她的遗嘱的，这个，你也要理解，将来，我卖叮叮糖有了钱，给你们每人都戴上一个……”

“但愿爸说话吉利。”来嫂兴奋地说。

当真，说干就干，立竿见影。第二天，地保两口子就迫不及待地乒零乓郎地把家什搬到正堂左边房去住了。左边房里的东西一件件搬到作坊去。后房隔一道壁板墙住小保。说句实话，小保才不愿意地保两口子睡在他的隔壁呢。原先他一个人住一间，隔壁又没人吵，多清静。头一晚上，点灯能看见亮，往尿桶里屙尿都能听见响了。地保两口子说悄悄话，再小声也能听得见了，要是做那种事，小保一夜都难眠了。

小保第二天清早就匆匆找到冬生，他说：“爸，你怎么同意二哥住我隔壁呢？你不想想，我是红花仔，听见二哥二嫂的动作，我就心焦了，我睡不着觉，我搬到作坊去住吧，那儿对我没影响。”

冬生笑着，看着他的小仔，嘴唇上都有毛黑胡子了，两颊的酒杯窝，一讲话就特别耐看。他猜想，这小子将来是不愁找老婆的了。

冬生说：“随你的便，随你的便，把那些唱‘哪嗬嗨’的家什搬到你那儿去吧。我说你呀，没翘屁股就晓得你要拉屎，住在那儿，你自由了，正好练你的二胡。”

小保抿着嘴只管笑，一句话没说。

自从小保搬到作坊后，他简直就像一只放飞的小鸟，自由自在多了。他不是吃得自由，因为吃是一家人一块吃的。也不是穿的自由，穿是由爸买布缝制的。也不是劳动的自由，劳动是由爸和大哥安排的。只有练习二胡的自由，那就由不得爸安排了，他可以毫不考虑影响大家的休息，一有空，就练习起来。

这天下午，小保做完了他该做的事，就练习起二胡来了。他练习演奏调胡的“大筒”，那左手指在二胡的两根弦上跳着，右手指握住了弓把，轻柔、快慢随着左手几个手指跳动，那美妙动听的声音就在筒体上发出来了。这声音，传到他的大嫂天嫂的耳朵里了。天嫂正在收拾房里的家什，准备把天保的衣服浆洗一下，看着能补的补补，实在不能补的就当补丁用了。她听着听着，她手拿衣服，都不知道做什么了，嘴里轻轻哼着调子，那手也学着天保表演的姿势，轻脚慢步，在房里练习脚步和手势了。她练了一阵，天保从外面进来了。见她毫无知觉地仍在练习，他坐在床沿，出神地看着天嫂柔美轻慢适度的动作，耳里听着她轻声哼着调音，心里说，我这老婆好瘾呵，将来有机会可以上台试试。天保突然没头没脑地说：“你好疯癫呵，你不怕爸讲你呀！”

天嫂听见这话语这么刺耳，就歇了下来，看着天保，心里顿时起了一团火，说道：“难道只有你们男人天生疯癫的么？我们女人开开心不行？我们女人自由一点也不行？娱乐一下不行么？要我整日守着你，你叫东我不敢往西，做你的奴隶你就高兴了。”

“我是说，你在这儿练，也是白练的，爸不准你上台演的。”

“上不上台演我不管，我只是现在要快乐！我高兴一下不行么？”

天保无话可说了。他主动也练起来了。天嫂主动地让开场地，坐在床沿上，一声不响地看着天保。只见天保一蹲、一跳、一起、一立、一斜、一转，那两只如同小鸟翅膀一样的手腕，柔和自如，没有一点生硬，那就是一首诗，天嫂简直入神了，醉痴痴地看着。

一会儿，天保停下来，喘着气说：“要把纸扇子练好，要把手中的手绢练好，还得下功夫。”他随即从抽屉里拿出一把纸扇来。一会儿，那纸扇在他手掌上方，旋转得叫人分不清扇骨，只见一片白色亮丽的图案，与天色融为一色。天嫂呆呆地看着丈夫就像巴掌劈砖头——硬功夫的演技，内心由衷地钦佩。

随即，天保那天生的女人声调，把她征服得五体投地。

天嫂之所以这样痴迷调子，是她天生独有癖好所在。自从娘肚里出来，不到三岁，她妈抱着她在台下看戏时，她就睁大眼睛，支起耳朵在看、在听了。以后，村里逢有人唱调子，少不了她在场。长大以后，也是她生活中不可缺少的一件事。

她想不到天保有天生的女子嗓音。更想不到天保一家人能唱一台戏。如果她能上台，定能轰动附近十八村里的调子迷。

天保练了一会，停下来，喘着气说：“还是有二胡配着音好练点，去小保那儿吧？”

“吃了晚饭再去吧，要不然，唱音配上二胡，就会忘记吃饭的。”天嫂说。

天保说：“在家里练习下可以，最好不要叫爸晓得，他要晓得了，他会大发雷霆的。”

“我先练好再说，难道在家唱唱，他也看不惯，我不上台行了吧？”天嫂说。

晚饭，是冬生这家人最集中的时间了。冬生家又多了三口人。平常，一餐下来，不要说炒几个菜了，就是光洗碗也得要点时间。新来的两个媳妇吃完饭，一抬屁股就往自己的房里去了。他的三个仔，这么大还没进灶台呢。满妹好点，交代她的还能胜任，又不是办酒席，日常的农家菜，满妹还是晓得放油放盐的，只是刀功、火功就差些了。

日常在饭桌上，冬生总要趁这个机会给小辈们讲这讲那，该批评的批评，该表扬的表扬，从不敷衍了事。比如，一个人在世上最要紧的是学会做人啦，女孩子家长大后要做个贤妻良母啦，去卖叮叮糖又遇上什么稀奇古怪的事啦，听人家讲日本鬼子为什么侵略中国啦，唱“哪嗬嗨”最要紧的是修身养性啦，为什么自古以来女人不准上台演戏啦。总之，一家人在餐桌上，一边嚼饭，一边听他讲。天保是个大仔，就说：“爸，你的嘴又讲，又吃，不要太忙了，我们都插不上嘴，你吃罢饭再讲嘛。”

“只有吃饭的时候，大家才能集中一块，吃罢饭，各走各的了，想喊都凑不齐。再说，我边吃饭，边唠叨，兴致就自然来了。话也多了。不管你们有没有耳朵，这是我的习惯啦。”冬生真诚地说。

天保本想在吃饭时把天嫂要练调子的事向他汇报一下，见老爸拿上筷子就讲个不停，好像以后再没有机会讲话一样，别人也想插上几句。讲的人不烦，听的人总喜欢新鲜事。

冬生讲到日本鬼子已踏遍大半个中国，已快逼近湖南了时，他敲着筷子，嘴巴里的饭都喷出来了。天保越听越有气，他打断父亲的话了：“狗屌的日本鬼子，他们丧尽天良，不得好死，他们要是侵略到家了，大家要有所准备，叫他们有来无回！”

冬生忙劝着：“万万不可冲动，听说，你要杀他们一个，叫他们知道了，他们要杀你们一百，要想想对策，要想想。”

儿女们听冬生这么讲，纷纷放下筷子，嘴里的饭含着，神情庄重地听着。满妹年纪小，总是问这问那。

冬生又说：“我也没见过日本鬼子是个什么样。只看见铁路沿边搭满了帐篷，里面住满了从北方为躲避战乱而逃来避难的。”

儿女们静静地听着，没有一个人插嘴，冬生接着说：“我们的‘哪嗬嗨’还要继续唱，我们租来的田还要继续种，我的叮叮糖还要继续卖，日子还得过下去。俗话说，‘兵来将挡，水来土掩’，日本鬼子要真的入侵到我们这里。全体军民是不会放过他们的！”

儿女们听完父亲从来没有讲过的话，心情难免有点儿与以往不同，真有点沉重似的。

吃完饭，儿女们丢下碗筷，就各走各的了。冬生慢慢收拾碗筷，到厨房用淘米水洗着。

小保一到他的住处，点亮豆油灯，就在那儿拉起调子音乐来了。天嫂一听二胡声，连天保也不打招呼，就到小保这里来了。紧接着，天保、地保也来了。他们一听见小保在拉二胡，就像丢了魂一样，不约而同地来到小保这里了。他们练唱词，练动作。慢慢地，天嫂跟随天保学了一段时间，差不多有了上台的水平，地保笑着说：“嫂子，我来演小生，你来演旦角，怎样？”

天嫂犹豫了，她想，既然想上这条船，就得有同船上的人一块过的准备，总不能跳到河里去吧。同天保是演，干吗同地保不能演？总不能叫旁人看出破绽的嘛。他又是天保的弟弟，同天保演的角色是两姐妹，那要同地保演的角色就是哥和妹了。又是自家人，演就演！

天保一听，半天不说话了，心想，爸不同意女人唱“哪嗬嗨”的原因难道是男人的专利？怕女人和男人搭台，不方便还是怕相互吃醋？自己的弟弟怕什么呢？天嫂练成了，我也轻松些，万一我有事，天嫂也可顶替一下嘛。真正的男女同台演出那才轰动人心呢。要是地保和天嫂演得出色，那我们一家唱调子，就可以一统天下了，将红遍天南海北，我们年轻人不能像爸那样太保守。

天嫂半天才说：“看看你哥天保同意不？他要是反对，我也唱不成呀。”

天保看着天嫂说：“为什么非要我同意不成？这是你的自由，我管不了你。”

天嫂的脸一下放出光来，笑着说：“我说是嘛，我男人天保是不会阻挡我唱调子的，我男人天保是天下最优秀的男人，会理解女人的心情的，会放开女人的手脚的，不会把老婆当成牛来使用的。”

天保铁青了脸说：“不说了，我不爱听奉承话，更不喜欢老婆奉承自己的男人，你想同哪个演都行，我走了。”说完，掉头就走。

地保连忙喊着：“哥，你别走呀，给我们指点指点呀。”他心里说，大哥阴阳怪气的。

小保一心一意只管练“大筒[1]”，眼睛眯着，也不知哥嫂们在谈什么。

天嫂看见天保脸色铁青，心里说，你走了我就不练了？她豪爽地对地保说：“地保，不管他，他就是这个脾气，转过背就没事的，我俩先练。”随即，她和地保唱起“王三打鸟”来。小保也随之拉起二胡配音。

就这样，他俩差不多都练了两个多钟头，天嫂的嗓子都有点沙哑了。地保说：“明日早上吃两个生鸡蛋，最好是鸡刚下的蛋，见效很快。赶紧去找大哥去吧，他在床上可能同你暖好被窝了。”

天嫂心里说，想吃鸡蛋？做梦去吧！果然不出地保所料，天嫂推开房门，天保已打鼾了。

① 大筒，是调子中人物出场前的音乐，由鼓、锣、镲钹配，也可以独奏。

第十二章

自从来嫂和地保搬到正堂屋来住后，倒也心安痛快，就是冬生有些看不惯来嫂带来的女把爷，他心里叫的“拖油瓶”。他最看不惯的就是她到处屙尿，女把爷尿急了，有时在堂屋正中央也屙，有时在院子的走廊上也屙，有时在房门口也屙，有时在厨房灶台边也屙，冬生最讨厌不过了。心里说这个“拖油瓶”是个有娘生没爹教的，总是看她不顺眼。有一天中午在正堂屋，他训斥道：“女把爷不要到处屙尿，又邋遢，又难看，到处臭熏熏的，像个什么样，又不是狗。你妈怎么教你的呀，下次我要看到你屙，我要敲骨磊了。”说完他摇动着右手弯曲的中指和食指。

冬生是知道伸手不打隔代人的。女把爷吓得“哇哇”地哭着。来嫂听见了，急忙从房里出来，见冬生满脸铁青，女把爷“哇哇”大哭得更起了，知道她的女儿挨训了，就说：“爸，不要这样瞧偏女把爷嘛，你不是也养了一个女儿么？”

冬生板起脸说："我养的女，不像你养的女，一点家教也没有，我的女我都有些看不惯，她是在她外婆家长大的。行了，你明日把你女儿送到她外婆家去，不要在这里，等大了再说，我最看不惯女把爷到处屙尿。将来你要是再生个女把爷，我是不会带的！"

来嫂反问道："要是天嫂生个女的呢？"

"那我也不会带！"冬生一字一顿地说。

"你那么瞧不起女把爷呀？"

"不是瞧不起，而是我对女把爷有戒备之心，实在不方便。要是你生个带把的，那我没日没夜都愿意帮你带，我不去卖叮叮糖了也愿意帮你带，就是没米下锅了，我喝凉水也要帮你带大的。"冬生坚定地说。

来嫂无言以对。第二天清早，她就把女儿送到她娘家去了。因为她的前夫家婆是个光眼瞎，自身难保。也全靠她有个已出嫁的女，要不然，她的日子也蛮难的。

这样，来嫂没拖累了，轻松了。这个女人不怎么喜欢看调子。她认为，看戏的是傻子，整场昂着头，张着嘴笑；唱戏的人是疯子，在台上走来走去，张着嘴乱喊。她不愿做傻子，更不愿做疯子。一到天黑，她就贴着床板子。这话传到地保耳朵里，他铁青着脸说："以后不准你乱嚼牙巴，这是骂人家懂吗？你才是又疯又傻哩，演戏是娱乐、开心，是文化，懂么？看戏的也是开心，在学文化，懂么？"

来嫂哑口无言，以后再也不乱嚼牙巴了。

地保每天晚上都要去小保那儿唱"哪嗬嗨"，来嫂也不再过问，就一个人滚在床上睡觉了。她睡觉一夜至少要醒来两回。头一回醒来，地保已同她睡在一个枕头上了。每次地保回来，总要同她兴高采烈一次。这样的夜晚差不多有一个多月之久。可是最近一个时期，来嫂头一次醒来时，老不见地保在她枕头上，自然而然就没有兴高采烈的事了。说句实在话，来嫂这个寡婆子，能嫁给地保这个红花仔，还是前世修了道，前世做了好事才有这么个姻缘，也是三生有幸呵。结婚以来，她感觉地保的人品老实、忠厚、勤劳，对人淳厚热情。他的身体，劳动技能，唱"哪嗬嗨"，还有男人应有的优点，地保是占全了的。可以说，她来嫂挑剔不出半点瑕疵。

来嫂多么渴望地保同她同睡同起呵。她讨厌地保半夜钻进她的被窝。

“地保你唱‘哪嗬嗨’也太瘾了，连觉也不想睡，你地保白天满腿沾泥，天天半夜才上床，把你老婆丢在一边，你不猜猜你老婆在想什么？”来嫂想着。

“哎哟，睡不着觉比将要死的人还要难受。”她翻了个身，又翻了个身，她仰起身，揉了揉眼皮，脑海忽然一闪：到小保那儿看个究竟，反正睡不着。

她一骨碌起来，随便披了件外衣，轻轻推开大门，就朝小保哪儿走去。

她到小保门口，轻轻地推开门，她悄悄地看见，在微弱的洋油灯光下，地保和天嫂小声地哼着调音，两人面对面，身子慢慢地进，又慢慢地退。地保手摇纸扇，天嫂手捏着手绢，手摆着，地保手中的扇摇动着，两人的屁股扭动着。两人脚步同时相对地向前，差点儿挨着鼻尖了，相互都闻着对方的气味了。那一左，那一右，他俩都牵着敏捷的手了。来嫂看在眼里，气在心里。她屏住气，一声不吭，生怕惊动了他俩的好戏。他俩是相互吸引了。来嫂死盯住他俩，连眼也不眨一下。就在这时，她清清楚楚地看见地保搂着天嫂仰天柔软的腰，天嫂温柔的脸，笑眯眯地，那对温情的眼睛看着地保英俊的脸。看着看着，她全身的血液一齐朝头脑中涌来，心脏就像百步赛跑那样，气喘难受。她拍拍胸部，静下心来，再细细地看，她看不见小保，小保哪儿去了？她思忖着，也许小保累了，眼皮子打架了，不能坚持陪他俩了，正在这时，只听天嫂突然一惊，停下脚步，毫不拘束地搂着地保的腰，惊讶地叫着：“地保，你看门边好像呆呆站着一个人似的，是人又不作声，是鬼啵。”

男人胆大，女人害怕，地保转过身来，借着不很光亮的橘黄色油灯光，凝视着。半天才笑着说：“哪有什么鬼，那明明是我老婆，她站在那儿眼红地看着我俩排戏呢。”

来嫂仍不作声，屏住气，站在那儿，一动不动。

天嫂突然一下像弹簧一样，弹开搂着地保的腰的手，急忙后退了两步，一只手捶着胸口窝，转过吓得像月亮一样白的脸，低下了头。

来嫂再也看不下去了，她扭头就走。她想，这哪里是在排戏，这明明像是活生生的一对情侣，照这样下去，不出事才怪呢。一个嫂，一个弟。呸，你做嫂子的想勾引我做弟媳的男人，成什么体统，没门！怪不得地保爸死不同意女人上台唱“哪嗬嗨”呢。我不告诉他爸就不是他的媳妇！他一定还蒙在鼓里。这个爸，整天只记得卖叮叮糖，家里的事一点不管，哼，如果当真在台上唱，台下的观众看见，不要说丢当今人的脸，还要丢祖宗十八代人的脸呢。有的人可能笑掉牙，有的人可能吐口水，有的人也许会骂伤风败俗呢。天保哥，你怎么不来看看呢？你难道同意你老婆同你弟弟这样，对脸眯眯笑，转眼又搂抱吗？你不吃醋？你不吃醋，我还要吃醋呢！不吃醋的人才是傻子呢！好丑，好丑！来嫂慢慢地走，慢慢地想。

这时的地保和他的大嫂，心里一下也说不出什么滋味。地保说：“没什么。对她解释清楚就没事的，不必放在心上，反正天保哥又没说什么，我们又没有偷偷摸摸干见不得人的事，人正不怕影子斜，脚正不怕鞋歪。大嫂，你说是不？”说完，两眼滴溜溜地盯着她嫂子。

天嫂没有言语，心里扑扑地跳。她一面用握紧拳头的手捶着胸口窝，一边心不在焉地听地保说话。她心里说，要是小保在场就好说些，偏偏小保又不知到哪里去了，这个天保也是，我和地保练习戏，他又借故说腰疼，要回去睡觉，要是来嫂不张扬出去那就烧高香，要是来嫂添油加醋乱说一通，那她天嫂莫说在这个家，就是在这个村也没法待下去了。她又想，她相信来嫂不是那样的人。难道她不怕地保收拾她？这只是唱唱“哪嗬嗨”，干吗那么大惊小怪，她相信来嫂也是个心肠宽阔的人。

地保见嫂子半天不说话，小保也不见人，他的眼皮子都打架了。他俩出得门来，把小保的门锁上（他们知道小保有钥匙）。他俩刚调头走，就见小保回来了。地保问：“小保你到哪里去了？也不讲一声。”小保说：“我的事你暂时不要知道先，以后我会告诉你的。”说完，开门进去了。

地保回头看看大嫂，她已经走了。地保急忙赶上，他一直看到大嫂进到她的房里。

地保轻轻敲他的房门，里面没有动静，又用耳朵贴近门板，里面仍没有动静。他想，难道老婆睡着了？他又轻轻敲门，叫着：“老婆开门，我是地保。”

还是没有动静。院子内鸡笼里的鸡听见人的声音，都“叽叽咕咕”地不安定起来。

“有什么意见，你也得开门叫我进去解释清楚呀？你要相信我呀。”地保耳朵贴着门板，低声说。他生怕吵醒了隔壁的满妹。

接着，笼子里的一只公鸡，拍了一下翅膀，“咯咕依哟”地叫响了。

这是雄鸡凌晨的第一次啼鸣。

地保紧叫慢敲，睡在床上的来嫂早就听着了。她不想开门，心想，就叫你地保睡外面吧！

“我在门外下跪好不好，你开开门吧，我求你了。”地保低声央求道。

房里仍无动静，更没有灯光从门缝射出来。看来，来嫂是执意不想开门了。地保想着。

地保不能再等下去，不可能倚在堂屋的板凳上休息，他不想惊动堂屋里所有熟睡的人。他更不愿惊动他的父亲。近来，父亲做叮叮糖算是走了红运。他联系上一家买主，隔两天要送一次货去，虽然得利不大，可也省点脚力，不要把脚毛掉在街巷村落了。

地保只有迈着不自在的脚步，向小保那儿走去，小保开了门，地保把缘由说了一下，小保也没再问，兄弟俩就睡在一张床上。

来嫂是听见地保的敲门声的，她不想开门，是想叫地保多想几下为什么？叫他长个记性，为什么不听他爸的话？为什么要同大嫂一块唱“哪嗬嗨”？为什么唱得那么瘾，连觉也忘记了睡？明天，她一定要把这事告诉他爸，叫他爸在他头上泼泼冷水，清醒一下头脑，要他的权威阻止地保不要同女人唱“哪嗬嗨”，更要阻止他同大嫂唱。不要一头栽倒在茅司里，弄得一身臭烘烘的，抬不起头来，没脸见人。她不会家丑外扬……

她等地保走了以后，就迷迷糊糊地睡着了。这一夜，她是似睡非睡的。

就在地保敲来嫂房门的时候，天嫂正用毛巾抹脸，她什么都清楚了，也晓得地保没进他的房，就是不晓得地保往哪儿走。

她没有想那么多，就掀开天保暖和的被窝，同天保背靠着背睡了。她同天保总是背靠背睡觉的，至于为什么，只有他俩知道了。

第二天清晨八早，大嫂给每人准备了一碗炒饭，从酸坛子里夹了一点酸萝卜，切成丝，另外给每人烧了一碗高汤，就算早点了。天保和天嫂先吃完了，接着是来嫂和满妹吃，地保吃在最后。还不见小保来吃早餐。

平常，冬生总是看到后生们个个吃完了早餐才收拾碗筷的，今天，他也不过问小保吃了没有，就收拾碗筷了。大家不明白他为什么这样袒护小保，这里面一定有什么机密。

两个媳妇三下五除二就吃完了，谁也不想吃在最后，怕吃在最后要收拾碗筷洗干净。有时候，吃到最后，就只剩鼎锅了，冬生每次煮饭总是定量煮的。春天，天保到田头薅田，总要抓点小鱼仔回来，有时，地保也要去桃花江搞点鱼仔，那是晚餐最好的佳肴了。鱼仔得多了，就用小火煎干，加上酸豆角同炒。冬生算是加菜，比平常总要多煮点米。照样，谁吃到最后，干鱼下饭，鼎锅刮烂。吃菜时，来嫂总是狠狠地把鱼仔夹到碗里，天嫂是个文明人，连称好吃，不好意思夹了两夹。满妹看不惯，气着说："你们两位大嫂，争抢着夹菜，还管不管别人吃啦！"说得两位大嫂脸红了。

大家闷头只是眯眯地笑。吃到最后的，还是冬生，因为他要抿点三花酒。最后饭也不吃，还是他洗碗，朗[①]碟，抹筷子。

为什么冬生每餐煮饭要给每人定量呢？原因很简单，因他家是佃农，一年粮食除了每亩田要交给梁家白一半的粮租外，还得缴重税。剩下就没有饭了。一年到头，耕作的那几亩田收到的粮食，只能够六七个月的口粮（每人半斤一天）。其余的不够糊口，那只能靠冬生去卖叮叮糖挣点钱来补贴。这一家人都是能吃能挑的人，要是放开肚子叫他们吞饱，这点粮食，要不了一季就搞清楚了。余下的数月，又到哪里去找米下锅呢？冬生这个家长，也只能委屈儿女们，试着点，肚子里有半饱就行啦！这样也不会饿死的。

一家人就这样烦中有乐，乐中有闷，乐中有趣地一日三餐过日子。

来嫂吃罢早饭，到房里打了一转，估计地保他爸做完了厨房的事，就往厨房走去。刚出房门，正好同地保撞了个满怀。

地保紧拽着她的手问："你去哪里，急急忙忙的？"

"你问你自己，你昨晚到哪里去了？"来嫂紧扯紧扯被地保钳住的手，总是扯不脱。来嫂的脸，都红彤彤的了。她疼痛难忍，想喊，又生怕引来家里人，只能小声说："你先放开我，一切都好说。"

"我不放，放了你好去爸那儿告我的状是不？"地保十有八九猜了个正着。他用尽全力，把来嫂的手扎得更紧了。来嫂的心跳得更快了，她"哎哟，哎哟"地叫着。

"你放开我，我投降了，我不去爸那儿告状了行不？你那么心狠，我的

① 朗（读音），桂柳方言，朗，用水冲洗的意思。

老公？”

地保看见来嫂的脸由红变青，慢慢放松了紧钳的手，来嫂的脸慢慢恢复到浅红。

地保漫不经心地说：“你要去告，我也不怕，我人正不怕影子斜，脚正不怕鞋歪，我吃得正，坐得稳，我是光明正大的，没什么见不得人的。以后，我还要同大嫂上台演出给众人看呢，真是少见多怪！你一天疑神疑鬼，你自从到我家来，我有做了对你半点不尊的事没有？我敢对天发誓，半点没有！老婆，你要相信我，我和大嫂只是演戏，是清白的，又没有假戏真做！我对得起大哥，对得住你，我看你头脑是不是进水了。……”

来嫂心想，要是地保一气之下，把她休了，那她的日子就难过了。她不想再嫁第三个男人。地保这个红花仔能娶她就该谢天谢地了。

来嫂忽然心头一转，满脸笑容，缓缓地说：“我的地保，我想通了，不干涉你了，你只要喜欢我就心安了。……”

地保忽然像在梦中一样，听到来嫂爱他的温柔的声音，他本能地来了激情，热烈地拥抱着来嫂。……

第十三章

从那次地保在房里阻止来嫂向冬生告状以后，来嫂再也不去找冬生告状了。一则她是为了使地保同她长相厮守下去过日子，二则是她不想叫一家之主的家公老子伤透脑筋，三则是她不想挫伤兄弟间、妯娌间的手足之情。但是，她并没有放弃、放松、撒手对地保同天嫂夜里去唱“哪嗬嗨”的怀疑和猜测。拿定主意，只要天保去唱“哪嗬嗨”，她就同地保形影不离。她没有一次对地保是放松的。地保刚到小保哪儿，她最多迟到一泡尿的时间就在小保的排戏地点坐下了。坐在一张靠背椅上，她全身心、神情专注地观看地保和天嫂排戏。开始看得很有精神，慢慢地高昂的头由仰起很自然地垂低下来，眼皮子实在睁不开了，她那不听指挥的脑袋就像舂米一样，她舂了一阵，觉得很不舒服，她索性把那梳着粑粑鬏的脑袋扬脸搭在靠背椅上了。她的嘴张得大大的，能把一个鸡蛋塞进去。她呼呼地睡着了，对地保和天嫂在橘黄色的洋油灯光下排戏的情况全然不知了。

正在这时，天嫂突然停下动作，悄悄走到她眼前，扑哧地一笑，对地保说：“你看你老婆睡觉睡得雷打不醒了，她的嘴巴张得想吃飞飞虫呢。”

地保不以为然地说：“她睡觉哪天不是张着嘴巴睡觉的，她就是那个样，不管她，我们练我们的。”说完，地保扫视一下屋里，小保又不知到哪里去了。

天嫂小声说：“我们练正经点，万一有人看见有不雅之处，传到天保那儿，传到家公老子那儿，我的脸没地方放 。”

“我俩是排戏，又没做其他的事，有什么可注意的，练好了，要是爸同意，还要上台演给观众看呢。”地保说。

这时正是夜深人静，万籁无声，冷风吹着洋油灯光轻轻闪动。可是他俩正热烈地、小声地、甜蜜地在那脚走手摆地排练着，来嫂仍旧张着她的大嘴，呼哧呼哧地做她的香梦。

过了一阵，地保拉着似醒非醒的来嫂回房睡觉了，天嫂也相跟着回到天保那里。

来嫂照常像跟屁虫一样，凡是地保去小保那儿，他前脚走，来嫂后脚就跟上。一天，地保笑着对来嫂说：“老婆，你有蛮久没去看你女儿了，难道你把她忘了？”

“哪能忘，她是我身上掉下来的一块肉。你才忘了呢。”

“你也该去你娘家看看她了。”

“我晓得的，我晓得的。”

来嫂心想，她早就想回娘家了，不知娘老子身体怎样？自己的女儿可安好？就怪自己心胸太狭窄了，没有一点肚量，老记着地保，生怕地保瞒着她干坏事。弄不好地保反感起来，也没有什么好果子吃。她还是服服帖帖听地保的话才能逗得他的喜欢，才能得到他的温暖，说实话，地保还从来没有离开她一夜呢。

地保今日突然叫她回娘家看看她女儿，她不由得自然而然地想起她前夫来了。人常说，一日夫妻百日恩，百日夫妻似海深。她和前夫过日子，早就超过几个百日了。难道她能忘记吗？她给他生了个千金，他脸上没什么红脸白脸表情，可心里也是想要个带把的呵。在她生育以前，前夫从来没有叫她上山砍过一次柴，连水也不曾让她挑过一担，就像捧着一碗油一样，生怕打泼了一样金贵哩。她一天除了煮饭时烧烧火以外，连菜也不曾洗过。他经常挨着她的耳边悄悄地说："你就安心给我传宗接代吧。"谁知，好人命不长，他还同她同床共枕过两年，就一夜之间突然归天了。……幸亏皇天有眼，吉门吉德，后来又与红花仔地保喜结良缘，免受村里色狼梁家白的糟蹋。那天，她对家公冬生说了几句，冬生给她准备了四块黄糖，用表香纸包扎好，正面盖了张大红纸，她就迫不及待地往娘家看她的女儿去了。

这天中午吃晌午时，天嫂突然又呕又吐，这下急坏了在座就餐的人。冬生也很着急，在屋内团团转。天保只是发呆地看着他老婆跑到外面院子去吐，一句话没说。只有地保开口："我看还是去找医生来看看吧。"

天保急得直顿脚，然后说："我还从没见她病过哩，给她喝一碗热开水吧。"说完，就去倒一碗热开水。

天嫂接过热开水，喝了一口，连开水也吐出来了，冬生生怕病情加重，就说："还等？等到外婆生屌仔呀，快去请医生。"

天保有点犹豫不定，抓着脑袋说："要是来嫂在就好了，她是女人，会知道多些。"

"她又不是医生，等她有什么用，你不去请，我去请，我走得快，要不了两个钟头，准能把医生请来。"地保抢着说，他也不等天保答应，头也不回，饭也没吃完，就风一样快地往门外走了。

在座的都一声不吭，闷着头扒完了剩在碗里的几口饭。天保慢慢地把天嫂扶到房内，然后到院里把天嫂吐的一塌糊涂的秽物扫干净。

地保离开家门，脚后跟像被火撵着一样飞往那医生家去。他爬过一个山丘，又溜过一个坡，穿过一片杂草丛生的山间小道，又经过一马平川的田间，这样紧赶慢赶，他要尽快喊医生，给病人减少痛苦，希望药到病除。他终于来到这个姓刘的老中医家。谁知这位老中医的家门紧闭，并上了锁，他一打听，才知道这位刘医生去邻村行医去了。

他又快步赶到这位刘医生行医的村落，又一打听，才知道这位老中医刚走。他问往哪儿去了，被问的人说不知道。他只有另寻一个医生了。

他穿过一个山坳，刚好遇到了这位姓刘的医生。刘医生年纪已经到知天命之年，医术老到，内科、妇科、外科全都在行。他身体强壮，由于经常在山村行医，练就了一双好脚板，他走路如飞，但终不如地保年轻力壮、气

足，待他相跟着到地保家，他已气喘不停了。

刘医生连水也顾不上喝一口，就跟着天保来到天嫂房间。天嫂歪歪地靠在床栏，背后垫着一个枕头，无精打采地垂着头。地保赶紧端来一条板凳，让刘医生坐着给天嫂号脉。刘医生叫天嫂伸出舌头，又问天嫂最近吃了什么。天嫂说："一家人吃什么我就吃什么，我又不会吃独食，又不是皇后。"说完那对温情的眼睛不时朝天保看看，又朝地保看看。这两兄弟，目不转睛地看着天嫂宽宽的天庭，稍微凸显的颧骨，那不大不小的嘴巴和那对会说话的眼睛。冬生则眼不眨地看着刘医生的动作。

过了一阵，刘医生那黑红黑红的脸庞，朝房内四周转了转，双眼又看看天保，又看看地保，然后喜出眉梢地对冬生说："恭喜你们，该做爷爷的要做爷爷了，该做父亲的要做父亲了，天嫂不是病，而是有喜了，哪个是她的丈夫呀？"

地保连忙说："她是我嫂嫂。"

天保走出去了，心里思忖着，红薯还未种下秧苗，怎么会有红薯呢？他百思不解，难道是上次他到地保那儿？不会，地保不是那样的人。当时的周玲玲更不是那样的人，绝不能因此而兄弟阋墙，让一家人难堪！不管怎么，是仔是女，他（她）叫我是爸，叫爸爸做爷爷，叫地保是叔叔！天保想了一下，就大模大样地走到天嫂跟前，对着在座的各位大喜过望地说："真没想到我这么快就做老子了，哈哈！谢谢刘医生高明的诊断。"

刘医生下了结论，又说他还有个病号在等他，不必多谈。地保送刘医生出门。天保急忙撵上去，递给了刘医生一个封包。刘医生说："地保早已给了，不必再给。"说完，扬长而去。天保目送着他。

天保满面春风地不假思索地对房里的冬生、地保说："我老婆一来，我就知道要不了三个月就要有喜！果然当真，这是我福大命大，哈哈，人家是没福跑断肠，我们家是有福不用忙呀，你们说是不？"

冬生这时也说不上高兴，要是天嫂生个仔，就是他们家兴旺的开始，要是生个女儿，那就等于又泼出一瓢水了。

地保也高兴地说："我爸再过几个月，又有两个孙子了。"接着，地保把来嫂有喜的事也毫不隐瞒地说了。

冬生一听，笑眯眯地走出去做事去了，回过头来重重地说："要是个男孙我就带，要是个女孙，就与我无关。”

睡在床上的天嫂听见家公老子这么说，小声道：“这老东西也太重男轻女了，难道你不是你妈生的呀？”

地保忙说：“不要管他，是男是女抢不来，听天由命，不管是男是女，我们做父母的就有责任把他们带大。大嫂，不要想那么多了，只要天保哥喜欢你就心宽了。你休息吧，我走了，有天保哥照看你，你一定很幸福的。医生说女人受孕，不能吃药，要听医生的。”

地保走后，天保一直陪着天嫂，天保慢悠悠地说：“我去熬点姜糖水给你喝。”说完，就到厨房里去了。

正当地保为他嫂子寻医翻岭爬山的时候，来嫂已在娘家看着她的女儿。她女儿长得蛮俊，脸又细嫩，又白。一双结实的腿跑到她妈身边，直扑到来嫂的怀里，“哇哇”地哭了一阵才慢慢地啜泣。小手背抹着眼泪，说：“妈妈，我要跟你回去，跟你回去，外婆家不好耍，妈妈，你带我回去吧！”

来嫂心里有点心酸，眼窝里的泪水在打转，温和地说：“宝贝女儿，我不是不带你回去，我要你陪婆婆不是蛮好……”

正在这时，婆家隔壁一个同辈的嫂子过来，顺便问：“你老公来了？”

来嫂漾开了笑脸，说：“他有事，一定很忙，要不然他会来的。”

“刚才我见他到村里那个医生家了，不晓得有什么事。”那邻居说。

来嫂一听，心里一惊，思忖着，地保去医生家做什么？难道家里有人生病？不会的，个个长得像牛一样壮，三天不喝水也能打死一头牛。她问道：“你看见我老公？”

“我在墙角看见他进医生家的，一会儿就出来了，后来就走了。”邻居坦诚地说。

来嫂听完，二话没说，就去村里医生家问了个究竟。他家里人告诉来嫂，说地保是来找医生看病的，医生外出行医了，地保就走了。

蛮久没回娘家的来嫂，今日回来，一来是看看自己的女儿，二来看看自己的母亲，亲热的程度自不必说。她原本打算陪母亲和女儿住两夜的，这下，听说地保为家公家里人寻医生，不知谁得了重病，她更加坐立不安了，她必须立马动身回去。她告别了母亲和女儿，就匆匆上路了。

刚刚天黑，个个都放下碗筷了。家公不在坐，天保、地保、小保在交头接耳。天嫂也不见。满妹眼利，一眼就看见她二嫂进屋了，她黑着脸，大家都猜不透她。满妹忙给她舀饭，还好，勉强舀满了拳头一样大小的一碗饭。她低头扒完了，大家见她有点忧愁的神气，都面面相觑，地保问："怎么啦，一进屋就黑着个脸，是哪个踩着你的尾巴了？"

来嫂本想不回答，等回房间清了地保再说。看到这种场合，她婉转地说："唉，在路上走得急了点，脸色才不好看。没什么的，女儿跟随外婆，蛮好的，她没有瘦，好像长高了点，你做养父的该放心了吧。"

地保的脸漾起笑容，他说："那行了，好就放心了。"

话刚说完，冬生端着一碗稀粥来到堂屋，热气腾腾的。他生怕把稀粥打泼了，两眼直盯着碗里，小心翼翼地走着。

冬生把稀粥放在餐桌上，甩动着手指说："好了，稀粥熬好了，里面加了点瘦肉，放了点姜和盐巴，蛮好喝的，端去给天嫂喝吧。"

他没指明要哪个端去，哪晓得兄弟俩同声说："我来，我来。"说完，天保就去端他面前的稀粥。

地保说："哥，稀粥蛮烫的，我受得起烫，我来端吧。"

天保用手指触了触碗边，那手指就像弹簧一样弹回了。地保主动用他的右手中指和大拇指，往碗底和碗边缘一扣，迈着轻快的步子，直往天嫂房里走去。

天保相跟其后。

地保把稀粥搁在梳妆桌上，甩动着手指说："嫂嫂，爸给你熬好的稀粥，你喝吧。"他看看碗里，连个调羹也没有，转过头，见天保手里拿着个调羹，就说："哥，你喂大嫂吧，我走了。"

"你莫走，有我两兄弟在，你大嫂会多喝点的。"天保说完，又瞟了一眼靠在床头的她。

天嫂一听，心里烦躁起来，掀开被窝，一抬腿下床，笑着说："你俩有事都走吧，我自己来，我又可以唱'哪嗬嗨'了。"

"我看你呀，'哪嗬嗨'把你迷住了。"天保不假思索地说。

地保走出去了，房内留下天保和天嫂。

堂屋内，冬生头也不抬，正同来嫂说话。

冬生抽出他别在裤腰带上的那支烟杆，摩擦一下那紫铜般闪光的烟杆，又入神地看着那黑得发亮的比大拇指还要粗点的外层包有黄铜皮的竹烟锅，然后，又在布制烟袋里用食指挖出点生切烟丝，塞在烟锅孔内，用纸枚点着了烟，猛地吸了一口，从鼻孔内喷出两条白龙，神情庄重地坐在来嫂的对面。他低着头，想听听他从来没正眼看过的二媳妇有什么话可说。

来嫂把她到娘家看女儿的情况，又为什么没住一夜就赶回来，一五一十地对家公叙说了一遍。当她问到天嫂的事时说："我怕吓死人啵，害个喜要几个男人服侍。我害过喜，也不见地保对我有半点体贴！"

"哎呀，黑豆黄豆芝麻酱，张三李四不一样，个人的身体不一样嘛，就像地保他妈，怀了四个把爷，一个也没有反应。她若无其事，照样到田头做事，到山上砍柴，到圩里买卖，生产时用个簸箕放在屁股底，像屙屎一样安安全全生下来了。只坐了一个月的月子，吃了两个鸡蛋，照样下地做事，下水洗衣服。……"冬生不想再说下去了。

来嫂低声说："真是同人不同命，同种不同心啦，人比人气死人；命比命，要吊颈啦，一切都是命，半点不由人啦！"

冬生听了，抽了一口烟，说："你是从哪里学来的话，蛮有意思的。"

"这是我爸吊在嘴边说的话。"

冬生只管抽烟，不作声了。

来嫂接着说："爸，我想把我女儿接回来，你帮忙看看行不？"

"在外婆家不是挺好，干吗要带回来？"

"我怕在外婆家久了，不认我这个妈呢，我没尽到责任，怕她长大了埋怨我。"

冬生摆动着未拿烟杆的手，说道："你就不要难为我了，我不止一次说过，凡是女把爷，我是不带的，你不要在我头上打主意了，再说，我也没有空，我还要卖叮叮糖，还要带戏班子的人唱'哪嗬嗨'。"

"妈是带得蛮好，这样下去，我隔三岔五又要回去一趟。既耽误做事，又麻烦，久而久之，母女都生疏了，没有感情了呢。"

"感情是慢慢培养的，母女情，就是打断骨头还连着筋哩。你女儿长大了，总不该是个冷酷绝情的人吧？"

"爸，你说话好听点行不？"

"我反正是不带女把爷的！"

来嫂沉默了。她实在弄不明白，这个老男人为什么要这样。说她重男轻女吧，那他对自己的女儿满妹又这样心疼得如掌上明珠，对满妹就像两手捧着一碗油一样，生怕打泼了。平日连一句重话都不曾对她说过，那是为什么呢？的确，自她嫁到他家来，家公从来没抱过女儿一次，也不曾同女儿说上半句话，看她一眼也是瞟着看的。有一次，女儿跌倒在地，他看见了，只是喊："来嫂，快来看你女儿，她跌倒了。"这个鬼家公，怎么这样狠心。

她突然想起了前年夏天在晒谷场上。那天，她女儿在谷垫上玩谷子，陪着她的是她的瞎子奶奶。那天天气很热，谷子就像火炭子一样。小狗崽在树荫下伸着舌头，连树荫下的石头都滚烫了。女儿玩谷子像入了迷似的，她穿着开裆裤，一屁股坐在谷子上，两只手不停地捧起谷子，又不停地撒在谷垫上，瞎子奶奶坐在树荫下，她也看不清孙女坐在谷垫上，她看看有没有鸡在吃谷子，隔一下喊一声，"啊呀，啊呀"。她手中的竹竿又不停地敲打着地面，好像这样，小鸡仔们就不会来糟蹋谷子了。其实，那么大的太阳，小鸡们也躲在树荫下，展开翅膀，张开嘴，在调节它们的体温呢。

瞎子奶奶对鸡仔没有方向地喊一声，又没方向地喊一声她的孙女，叫她不要在谷堆上，快过来乘凉。

这么点点大的女把爷，正玩谷子有味，怎能信你瞎子奶奶呢？等瞎子奶奶又重重地喊一声她孙女时，她孙女突然号啕大哭起来了。瞎子奶奶急得不知怎样好，不停地喊，又不停地把竹竿往地上敲打着，一边喊着，怎么啦，谁又惹你啦？快过来！春嫂呀，你快来看看你的女儿呀。

也就在这时，春嫂正要来翻晒谷子，看到女儿大声地哭着，急忙走到女儿身边，见女儿的一只手在抓她的下身，春嫂本能地朝女儿的下身看去，这一看几乎把春嫂吓了一跳，她见女儿的下身里藏着一颗谷子，还好，没有进去多少，孩子妈吓得魂不守舍了，头上冒出豆大的汗，谷子也忘记翻晒了。她把这事告诉了瞎子奶奶。姜还是老的辣，瞎子奶奶说："赶快用一个头发夹子把它夹出来，要不然进去太深，就更难了。"

瞎子奶奶的办法果然有效，不一会儿，那颗谷子终于夹出来了。真是不幸中的万幸。

来嫂想到这，终于明白了家公为什么不愿意带女把爷的根本原因！一个老男人，对女把爷有戒心呀，要是碰上女把爷屙屎呀，屙尿呀，他怎么好意思帮抹屁股呢？她不再强求家公带她的女儿了。

来嫂又转开了话题：“爸，你天天去卖叮叮糖，每天要走几个钟头的路，你不累呀？”

“那又有什么法子呢？一家人的油盐酱醋，客人来往，衣服穿戴，全靠叮叮糖解决。”

“你年纪也大了，不如在家休息吧，那叮叮糖由我去卖吧？”来嫂说。

冬生听来嫂这么说，他那深陷在眼眶里的眼珠，一动不动地看着这个他从来没正眼看过的二媳妇，没有回答。

这件事，来嫂早已想过了，总是找不到机会同家公谈谈。现在，她终于说出口了。

冬生从烟包里挖出一点烟，往烟锅里塞着，纸枚火点着烟，猛吸一口，低着头，然后漫不经心地说：“你怎么突然想起这个事呀？”

“我想了蛮久了，没有胆子对你说，今日我大胆说了，你同意吧？”来嫂说。

冬生没有回答，仍旧抽着他的烟。

“你只管技术上的事，跑腿的事由我和地保两个跑，你老人家就不要出动了。”来嫂继续说。

冬生觉得，二媳妇嘴甜，看见他总是笑眯眯地喊爸，但他不敢抬头看她。她自私，他在做叮叮糖时，总爱来瞅瞅，顺手就把敲碎的叮叮糖拿走几块，冬生才抬头看看她的背影，心里不是滋味，又不敢当她的面说她半句。她做事呢也蛮狡猾的，尤其是几个人在一块做事，她就是得个嘴，讲得多，做得少，要不就是稍微做了点事生怕人家不知道，爱夸夸其谈。大媳妇呢，正同他相左，金口玉牙，自从嫁给天保后，还从来没叫过他一声爸呢，好像他生下来只有一个爸，她男人家的爸就不是他叫的爸。大媳妇要自觉点，从不乱动别人的东西，她看见叮叮糖，你不开口，她还不知道是甜是咸呢。做事蛮会看人行事，她是乌龟无肉在肚里，闷头鸡啄白米，颗颗啄到底。

冬生此时瞟见来嫂那个非要去卖叮叮糖的脸，蛮逗人的。他调开他的脸，缓缓地说：“这件事，先别急，容我再想一想。”

来嫂此时板起了脸说：“还想什么呀，你是一家之主，一言九鼎，难道你还要同哪个商量？”她怕夜长梦多，她想趁热打铁，人常说，隔夜的饭会抓不拢的。她理了理头发，走近冬生身边，满脸笑容地说：“爸，我的爸，你就同意了吧，没有哪个眼红的，你相信我，一定会把这件事做好！这样，我一个礼拜同你结一次账，最多半个月结一次账。你在家只管做叮叮糖，外面的事包在我身上，你要晓得，我是你二媳妇呀，媳妇等于半个女儿，我已是你家的人了，难道你还怀疑我？”

冬生一面听二媳妇唠叨着，一面低头抽他的烟，两条白龙从鼻孔里钻了出来。

“爸，你少抽点烟，抽多了要咳嗽的，我看你老抽烟，心里担忧。”来嫂关心地说着，顺手就拔掉冬生含在嘴里的烟杆。

冬生低着头，他那尖利的眼睛瞟了二媳妇一眼，没作声。

来嫂见家公半天没作声，就用激将法说：“爸，我看你整日去卖叮叮糖，到底核算了一下成本没有？我看你呀，你敲开那些成块的叮叮糖，大小不一样，有的一块可以敲成两块，有的甚至可以敲成三块，这样不是多卖点钱？你说呢？”

冬生听二媳妇这么一说，果真来了劲，急得满脸通红，又拿起那紫铜色烟杆，用铜烟锅敲着地面说：“我敲成大块的，价钱贵点，敲成小的，价钱少点，有哪点不好，就是你来敲，哪能敲成这么均匀。明天我倒要看看你有什么功夫显出来看看。”冬生说完，感觉自己说漏了嘴。话已说出口了，就像水泼在地上，无法收回。他想，他走街串巷卖叮叮糖好几年，也感到有点筋疲力尽了。他已是半截子入土的人了，人常说，人老气力衰，屙尿滴湿鞋，讲话流口水，咳嗽屁又来。他虽然没到那个程度，也该少去东撞西撞了。

他不晓得二媳妇葫芦里装的什么药，她去卖叮叮糖，同地保商量过吗？还是头脑发热，突发奇想呢？天保不是一个外出做事的料子，天嫂更不用说了。小保呢？还未成器，只管拉他的二胡，有时候半夜也不见一个人影，也不知他搞什么，你要问他，他说，总不会是去干坏事嘛，到时候再告诉。至于满妹，那迟早是人家的人，更不合适做这种事。冬生想到这，没头没脑地说了一句：“你去试卖一下吧，不行，就赶快告诉我。”

来嫂的耳朵没想到会听到这句话，她又不敢再问，以免转移了目标，她粲然一笑，只说了一句：“爸，我一定干好，放心吧！”说完，像小把爷一样，跳着离开了堂屋。

第十四章

一天，天嫂悄悄来到满妹房间，心情不快地对满妹说：“满妹，你爸怎么同意你二嫂去卖叮叮糖呀？我看，你爸也被她迷魂心窍了啵。叫她这个人掌控全家的钱财，她不在里面抠点油水鬼才相信呢。她这个人，自从来到王家，你难道一点也看不出她的心计呀？”

正在纳鞋底的满妹，突然看见她大嫂不声不响地走进来，吓了一大跳，她放下手中的针线，心不在焉地说：“大嫂，管她卖不卖，是爸叫她卖的，我们做子女的，吃现成饭，也无权管。再说，爸也老了，他想少奔波点也好，事情总要人去做呀。至于她要从中抠油水，也要凭她的良心啰！”

“你爸是个有技术的人，也闲不住，他不但做叮叮糖卖，还要做麻通，做南糖，一起叫你二嫂卖呢。”天嫂说。

“唉，爸还不是一心为这个家，为了大家日子好过一点。”满妹夸奖着父亲。

一向不关心家事的满妹，这下被大嫂提醒了。俗话说，常在河边站，哪有不湿鞋的。久而久之，二嫂不是要吃成个大胖子？她反问着天嫂：“大嫂，你晓得去同爸说说，叫他对二嫂多个心眼，就怕我爸骑牛找牛——老糊涂啦！你说是不？”

天嫂一听这句中肯的话，总算合了她的胃口，急忙回答：“满妹，你得赶快找你爸说说，久了，就像一脚踩在泥潭里一样，越踩越深，一下拔不出脚哩。”

“看你急的，那你去同爸说呀。”

“我实在是不方便，一个媳妇去找家公，多不好意思，我脸皮又薄，你是他的宝宝女，随便怎么讲都行。”天嫂催促着说。

满妹心里说，你倒蛮精，我扛木头，你吃菌子。其实，满妹也是怕父亲的，万一说不好，碰一鼻子灰，她才不想呢。她估摸着，大哥二哥肯定不会去的，他两个去了，家里的重活就没人干了，小保更不会去。

她不明白地问：“大嫂，万一爸不叫二嫂去卖了，难道你想去接她的班？”

天嫂想了一下说：“你先去问问吧，总有人去做的，黄狗不吃，白狗吃。”说完把手一扬，心里有点不舒服。

满妹离开了板凳，在房里踱了几步，然后说：“大嫂，那我俩一同去找爸说？”

“去就去，你走前面，我跟着来。”

天嫂说完，扭头就往她的房间走去，满妹也在镜子面前照了一下，用手按一按头发，捏一下辫子，来到大嫂房门口，听房里有大雨般的响声，她后退一步，一下下，一股尿酸味从房内吹出来。

天嫂一边扎着裤子，一边往房门口走，一眼见满妹站着不动，她婉转地说：“满妹，你一个人去吧，我有点肚子痛，再说，我一见爸，就哑巴了，我不陪你进考场了，你去吧！”

“去就去，你呀。……”满妹没想到大嫂有这么一手，是个十足的唆狗咬羊的人，真是个闷头鸡，啄白米，颗颗啄到底的人。满妹心想，我才不像你呢。我是扛竹竿进城门——直来直往。

满妹见大嫂真的走了，她穿过堂屋，迎面碰到了二嫂。

二嫂正要往她爸那儿去，满脸的笑容，一见满妹，就笑眯眯地问：“满妹，你也去爸那儿呀？莫败我的火啵。”

“没有呀，你莫乱猜。”满妹站着说。

“我乱猜，你瞒得了我？我火眼通天，你怕我不晓得，大嫂同你讲的话全装在我肚子里了，不过，我才不计较呢。”

“既然你全知道，那又何必来问我呢？我晓得我二嫂是宽宏大量的，你听到什么，只当耳旁风就是了。二嫂，我没有背地里讲你半句怪话是吗？”满妹索性返到堂屋里来。

“那就对了。有人眼红我出去卖叮叮糖，生怕好了我，八字还未见一撇就怀疑我从中得了好多油水。其实呀，我左算右算，直算得我屁股打转转，还是逃不脱爸爸的精心计算。”

“我爸是怎么精心谋算的，你说说？”

“你爸呀，他每做一锅叮叮糖，红黑要收我50元，卖多了钱他不要，卖少了钱一分不少。满妹呀，你生怕我去卖叮叮糖有油水捞的，哪个想大了头啵，这同我家租赁梁家白的田交租金的办法差不多的做法。一天走得脚抽筋，你怕是好事呀？”二嫂坐在了原来的凳子上。

“既然那么辛苦，那你莫去了呗！”

“既然上了船，就得想法划到岸上去，硬着头皮也要去做呀，你说是不是这个理呀。”来嫂说完，脸上露出狡黠的笑容。

满妹心里说，如果没有油水，你会咬着那块腊肉？早就丢了，何必死咬住不放呢。

满妹见二嫂没作声，她笑着说：“二嫂，你辛苦一天多少抠点油水是应该的，总不能有白食不吃嘛。况且，你交足了应交给爸的钱，其余的钱归你，合情合理，天经地义的。”

“孙猴子还能逃出如来佛的手心？你爸做了这么多年，算是老油条了，再精也精不过你爸……”二嫂说完，耸了耸肩。

满妹是了解爸的心意的。假如他心里没数任凭二嫂去做，那一家人吃喝拉撒就没有保障了。爸之所以这么做，是经过深思熟虑的。

来嫂见满妹在沉思，她扰乱堂屋里的静寂，说道：“满妹，不瞒你讲，原先我把卖叮叮糖的事想得好简单，没想到条条蛇都咬人，不但狗娘蛇会咬人，而且连菜花蛇也咬起人来了。唉，我不讲了，我去帮爸做事了。”来嫂站起身来，直往后院走去。

二嫂前脚走，后脚就看见大哥天保从大门进来了。真是太凑巧了，满妹正要去找大哥呢，没想到大哥自己来了。

天保问：“满妹，你没事站在重门口做什么呀？”

“大哥，我还想问你呢，你不做事来做什么呀？你不怕大嫂揪你耳朵呀？”

“我回来脱件衣服，正要去找点猪潲。”天保顺口说。

天保一边说，一边就脱下袖筒。从外表上看，天保永远像个女把爷样，娃娃脸长相，说话柔柔和和，斯斯文文，细声细气的，一点也看不出男子汉的气魄。可一旦做起事来，他会发出全身力气，生龙活虎的，不甘拜下风，大嫂不是他的对手呢。

“你和大嫂一起去呀？”满妹问。

“没有，大嫂有她的事。她说，一年到头，想缝套衣服呢。”

“噢，是这样，难怪……”满妹没说完，停了一下，她又说：“大哥，你莫走先，那担猪潲捞得快的。我想问问你，爸叫二嫂去卖叮叮糖的事，你晓得不？”

“晓得，晓得，没有不透风的墙，我们这个家，哪个半夜去抓个蚂蚜都晓得，何况是这么大的事。爸也是的，做个什么决定，总不和我们商量，我还是听你大嫂说的。”天保说。

“是的是的，我做女儿的，只有听爸的就是了，我是不会闹着去卖叮叮糖的。”

“那就对了，你这个女把爷哪能做这种事，一天独个人在外，会不安全的。这个年代，兵荒马乱的，土匪、地痞、流氓、帮派，这些人看见了女人，准不会放过的。”天保说。

满妹见大哥打开房门锁，把衣服丢在床上，调头就走了。

满妹也跟着大哥。天保沉思了一会，半天才说：“不过，你二嫂一个女人家，虽然是个二婚的，也要提防坏人呵。整天出去，有时天黑才回家，她就那么胆大？”

“我也是这么想的，可二嫂满不在乎，她连二哥算起，已见过三个男人了。听人家说，女人见的男人越多，胆大就越大，男人见的女人多，就会越来越害怕，大哥，你说是不？”

天保说：“还真看不出满妹你小小年纪，说话比大人还老到呢。什么胆大，害怕，我也说不清。”说完，就撇开满妹做事去了。

满妹见大哥走后，她也觉得该出去看看天，看看景了。她平常爱刺绣。她绣了一幅嫦娥奔月，就惊动了附近的村落，梁家白出高价要买，她死活不卖呢。

满妹坐在草坪上，看到日头渐渐往西移了。山顶上一片粉红，那一丝不动的白云逗留在山巅。田野里的白花、黄花、红花，在绿油油的枝叶陪衬下，显出无限的生机，这是一幅绝好的璀璨夺目的美景。

正在这时，她忽然看见靠河边的一条小溪边站着一个人。一会儿，又卷起裤脚往溪里走去。她看见那人两手不停地翻弄着溪里的泥块。小溪有的地块干涸了，有的地块还有点脚面上的水。她定睛细看，那人竟是二哥地保。她想，二哥又在挖泥鳅了。

二哥也是个闲不住的人，家里的重活，像犁田、耙田、往田里挑粪、割禾，他没有一件不抢着干的。他唱“哪嗬嗨”，演的是丑角，讲话大声大气，走路风一样快。二嫂嫁给他，也算是她的福气。这也是二哥命里注定的呵。

她往二哥那儿走去，那双绣花鞋都被田基上的泥土染成黄色的了。她没有走惯狭窄的田基路，甩着两手，摇摇摆摆地朝地保那儿走去。她老远就喊开了：“二哥，真的是你呀，我还以为你在别人家看字牌呢，你怎么又来捉泥鳅了？”满妹看着鱼筐内的泥鳅说。

鱼筐内的泥鳅相互拱着，相互间挤满了泡沫。“你不冷呀，二哥。”

“不见得冷，脚冷身上热。”

“你不打牌了？”

“莫讲了，你晓得我除了喜欢唱‘哪嗬嗨’外，另一个爱好就是打牌。可自从上次挨爸训过以后，我就像被砍断手指一样下了决心，不打牌了。我知错必改，总算可以了吧，妹。”地保好像唱台词那样，笑着说

满妹深知二哥的脾性。他也是个见牌上瘾的人。起初，他不会打，只看别人打。一站就是半天，一动不动，眼不眨。就是天塌下来也与他无关，就是别人抢了他老婆也若无其事，人常说，常在河边站，哪有不湿鞋的。后来，他学着打，越来越瘾了，输了想赢，赢了还想赢，简直一发不可收。入

迷的程度常常忘记了吃饭，忘记了睡觉，忘记了他还有个老婆。有一次，二哥在别人家打牌，二嫂去叫他，说家里有客人来了。二哥手中捏着牌，眼睛盯着牌，嘴巴只随应一声：知道了。连眼也不抬一下，仍数着他的牌，这事传到爸耳朵里，在吃饭时，爸气得满脸通红，好像全身的血液都涌上脸上一样，爸连饭也没进一口，放下筷子，大声训道：“我们家连饭都吃不饱，你还有闲心去打牌，你吃错药了？我怎么生你这个会打牌的仔！爸几十年了，连牌是蓝还是白都没见过，你是学到哪个的？我郑重告诉你们，你们要是我的仔，我的媳妇，就要同牌一刀两断！好好生活，做点有益的事！下不为例。我要是看见你们中再有人打牌，我就拿刀砍断你们的手指！听见没有?！”

当时，饭桌上连只苍蝇叫的声音也没有，在座的后生们，个个低着头，一声不吭。听着爸严厉训话，只见他眼眶内含有湖水一样明亮的眼泪，他把爷爷因赌而败家的痛苦说给大家听。

爸的威严和煞气好重呵。大家从肺腑里感觉是爸妈给了自己生命，千万别惹老人生气了，要毕恭毕敬地听爸的话呵。

满妹想了一阵，抬头走近二哥，见他仍然一声不响地在烂泥巴里翻弄着。他不假思索地说：“满妹，你不在家绣花，跑来这里，一定有事吧，不然，用八抬大轿抬你，你也不会到溪边来的。”

“二哥，莫那么讲嘛，好像我是小姐一样，我才不怕累呢。”说完，满妹脱掉鞋，卷起裤脚想往溪里去。

“你莫下来。搞脏了衣服，莫下来。”地保阻止着满妹，满妹没有下去，穿上了鞋，地保也上岸了。

满妹问：“二哥，二嫂上街卖叮叮糖好不好呀？”

“那当然好啦，爸同意的肯定蛮好，怎么，你今日突然问起这件事？”

满妹直言不讳地问：“二嫂除了交完当日一定的票子给爸之外，肯定还有点油水吧？”

“你听哪个讲的，你二嫂怎么没同我讲？爸是铁公鸡、铁算盘，经他的头脑一转，哪还有什么油水？满妹你就不要瞎猜了，这样反而搞得兄弟间起戒心，闹不和呢。”地保用手抹了一下脚板，穿上了鞋子。

“二哥，我是瞎猜的，我是言者无心，你是听者，就不要有意啵。”

满妹说。

地保看了看鱼鼎里的泥鳅，又用手朝里捞了捞，好像很满足的样子，笑眯眯地。

满妹顺势对地保问道："二哥，今晚上用泥鳅打汤，还是用酸豆角和辣椒炒？"

"你想得美！爸又没规定我抓了泥鳅要给大家吃！要吃也只能吃死泥鳅。活着的，明日我还要拿到圩上去卖呢。一家那么多人，我哪能供应得上呀？"地保毫不遮掩自己的想法。

满妹哑口无言。停了一阵，她说："那我希望你得的泥鳅都死，我们才有吃的。"说完她头也不回，直走在狭窄的田基路上，心想，原来二哥还是这样的吝啬鬼！

地保见满妹悻悻地走了，自己提上鱼鼎。看看天，太阳全躲起来了，隐隐约约的月亮从东边悄悄露了脸，闪着白光的星星稀稀拉拉地跳了出来。他往回家的路上走。

刚上岭，遇上一个中年男子，他说他去丈母娘家，他岳父老子病了，想去看看，又什么也没拿。碰巧遇上地保鱼鼎里的泥鳅，就像瞌睡遇到了枕头——刚合适。他想全要地保鱼鼎里的泥鳅。地保只同意给他一半。中年男子付了钱给地保，就各走各的路了。

地保回到家，家里人个个都吃罢饭了。天保和天嫂吃罢饭就甩手到自己房里了。来嫂也不在堂屋，冬生收拾碗筷到厨房去了。只有满妹和小保安静地坐在靠墙的一张长凳上，他俩小声地嘀咕着什么。满妹看看地保进大门，就说："二哥，我们都等你回家吃你得的鳅鱼炒酸豆角呢。等得喉咙都痒了，还不见你的影子，我们只好各人扒了一碗饭，就算一餐了。"

地保轻轻地走近堂屋，没答话，心里想，全靠没把鳅鱼卖光，要不然，又有闲话了。他走到满妹跟前，不以为然地说："满妹，你看嘛，鱼鼎里的鳅鱼还活着呢，明日再炒吧！"

满妹两手捧着鱼鼎，走到橘黄色的洋油灯前，朝鱼鼎里瞅了瞅，疑惑地说："噫，好像里面的鳅鱼少了一些似的，二哥，在路上跑掉了一些是不？管它，明天还够一餐，我拿到厨房去，交到爸手里。"说完捧着鳅鱼鼎就走。

地保也相跟着满妹，满妹说："爸给你留着菜的，放心吧。"

满妹来到厨房，见父亲不在。地保在一旁舀了饭吃着，满妹将鱼鼎口盖好，挂在墙上的木桩上。乡里人对能吃的东西，都要保管好。一来怕家猫偷食，二来怕老鼠捣蛋。满妹安置好后，向地保瞟了一眼，走了。

地保吃完，把碗筷丢进锅里，回到自己的房间，见老婆来嫂坐在床沿上，呆呆地看着桌上的洋油灯出神。

“吃完了饭，不去小保那儿了吧？”老婆按常理问。

“不去了，累了。”

“那你坐着，我问你话。”

地保排着老婆，自自然然地坐着，他没有抽烟，他说：“我也正想问你话呢。”

“我先问，你听着。”来嫂说。

“我先问，你听着。”地保说。

“哎呀，一个男人家，同女人家争这争那，连问话也要争个先后……”来嫂说。

地保没想到被老婆将了一军，就说，“那你说吧，我竖起耳朵听着。”

“那你先猜猜，我要同你讲什么？”

“我猜不着，也没那神气。”

地保沉思着，他猜想，要么是她女儿的事，要么是他同大嫂唱“哪嗬嗨”的事，要么就是她去卖叮叮糖的事。这个女人家还有什么摸不着、想不到的呢？这女人心计不少，真有点十八个瓢瓢摸不着一个把的味道。

这时，来嫂靠近地保，就像初恋时那样亲昵，那样娇。一会摸着地保的大腿，一会儿抚摸着地保的手面，娇滴滴地说：“地保，我俩同大哥大嫂分家吧。”

这突如其来的一句话，像一根棍子一样打在地保的头上，他头上猛地一震，眉毛皱了一下，盯了来嫂一眼，一言不发。好久才清醒过来，他一时不知怎样回答才好。他也觉得，一家大小十来口人，担子全挑在父亲肩上，这个年过半百的父亲，压力是蛮大的。吃喝拉撒他全管。哪怕到圩上去逛一下，也要告诉他一声，连一点自由也没有。哪个要用点钱也得向他讨。他平时有空去得点鱼仔，也要交公。他想得点私房钱那是想晕了头也没门。真是比登天还难。虽然一年到头的三十晚上给点压岁钱，那也塞不满牙缝。这样想来想去，地保真的也想分家了。分了家，各搞各的，各人有各人的自由，各人按自己的办法去做事，岂不是更好。

他试问道："你怎么突然想起这事来？"

"这还用问，你看那小鸡仔，小的时候总跟随母鸡一块啄食，母鸡跑哪，小鸡仔也随着跑哪，母鸡嘴里含有一点食，也要吐出来给小鸡仔啄呢。待小鸡仔长大了，它们就各找各的食了，各跑各的路了。那小狗仔也一样，小狗仔生出一两个月时，总是围着母狗不离，为的是想吃它妈的奶。待小狗长大后，它妈供不上奶了，小狗要吃它妈的奶，它妈还要咬小狗仔呢。长大的狗独立了，不用吃母狗奶了，人也是一样的呀，人常说，树大开叉，兄弟们长大后也要分家的啰。"来嫂表面地说出了一点理由。

地保偏着头，傻傻地看着老婆圆圆的脸庞，他顿时觉得老婆是那样出奇地精明，那铁算盘是她骨髓里就有的。但是，她只是表皮地、不痛不痒地说了点兄弟分家的理由。实质的东西，内心深处的东西，她是不敢拿到桌面上的，地保也是不敢正面向他爸和大哥提出的，那只有来嫂去说、去讲！无意中他的手掌压在来嫂的大腿上，不时又捏又抚，像要挑动她异性的灵动。来嫂呢，她默默地两眼不时瞟地保一眼，她等待他的表态。

踌躇了半天的地保慢慢地说："那你去找爸说说看，试探试探他的口气。"

"要说你去说，什么事都叫长头发的人去，你枉自站着屙尿，白做了个男人。"

"我是相信你有张不烂之舌嘛，你能说会道，能把卖叮叮糖的权力搞到手，爸是相信你嘛，爸同你讲得来嘛。"

地保几句奉承话，叫来嫂沉默了。她的脸有些发烫了，笑着说："你就会奚落人，假惺惺的……"停了一下，她又说："这事还是你去好，你是他的仔嘛，你的话一句顶我十句呢。你说是不是呀。"来嫂推迟着。

"仔好不如媳妇好，女好不如女婿好。"

来嫂犹豫了一会，然后说："那我俩一起去？"

"我说喊你去你就去，你实在不去，就当我白说了这么多话。"

来嫂目不转睛地盯着那盏闪烁着橘黄色光亮的洋油灯，半天不说话。她忽然拍一下地保的大腿，慢悠悠地说："我看你呀，枉自是个带把的，这点事也要我这个长头发去。……睡觉！"说完，她脱起衣服来了。

第十五章

来嫂同地保舒舒服服地睡了一夜。第二天醒来，西边的月亮还挂在灰白的天空，鸡笼里的鸡仔们相互拥挤，叽叽咕咕地，都想尽快冲出去，展开那垂了一夜的翅膀，欢快地去觅食了。来嫂忽然想起，昨天卖叮叮糖，她从中扣除了两元钱还塞在枕套里，躺在床上的她，侧过身，头虽然压在枕头上，但她还是往枕套里伸手，勉勉强强地摸出了两张一元钱的票子，又从她的床头栏杆下扯出一根细麻绳，麻绳尾牵着一个锁布袋，那里面还有一扎厚厚的纸币呢。她又小心翼翼地把那两张一元的票子塞进布袋里去了。然后，她又正儿八经地仰卧在床上。谁也不信，就在她掀动被窝的时候，睡在他旁边的地保，却扯着呼呼的鼾声，没有一丝的动静。这是她的私房钱，再没有第二个人晓得她把钱藏在这个十分隐蔽的地方，她最怕地保发现，地保要是知道，她就无地自容了。

她怕吵醒地保，怕吵醒他的美梦，就悄悄地掀开被窝，穿好衣裳，到院子洗漱完毕，到灶房舀了一碗饭吃了。家公不在，她如果看见家公，她会提及同大哥们分家的事。

看着时间不早了，她到叮叮糖作坊挑起那担叮叮糖，欢天喜地地去卖叮叮糖了。

她慢悠悠地走着，叮叮糖不重，不怎么费力。她想着，她不想再分家了，庆幸还没有找过家公，话一旦说出口，就收不回了。她想，要是一分家，她怕家公把卖叮叮糖的好事收回去，就再也不会有机会了，再不会有油水抠了。她深深庆幸自己，有吉有德才抓到这份差事做。她要死啃着这块腊肉不放！她迟早要学会这门手艺。到那时，即使老头子发命令分家，她也成竹在胸，不愁没办法过日子了。她主意已定，她不想在地保面前提及这事。地保要提，她会搪塞他的。她确信天保两口子是不会提分家的事的，万一天保两口子突发奇想，那她也是稳坐钓鱼船了。

她这样想着走着，那一棵棵郁郁葱葱的松树，那一丛丛灌木一晃眼从她眼前掠过，她全然不觉。走了一阵，就到一片田野，她眼前一亮，老远，她看见前面有一个人，低着头，挑着两个粪桶朝她走来，扁担一摇一摇的，看样子，那桶里装满了粪，敞开的外衣一张一合的，像两片叶扇。这人走路的姿势像足了地保他爸，她又觉得不可能，地保他爸怎么这么早就去挑了一担粪了？她细心地看着，越走越近，她猛一惊，天哪，正是地保他爸。

恶心的粪臭向她吹来。

怎么办，是向前走向他打招呼呢？还是拐过弯，绕道走？她思忖着。

还是让开一下，走到拐弯处，叫地保爸走过后再走。

她避开了他，走到拐弯处，她看见他是低着头看路的，她确信他没有发现她。

家公真好呵，为了明年能多收点谷子，为了填饱后生们的肚子，现在就准备明年开春的肥料了，她不由得从心底对家公产生了由衷的钦佩。

待家公从岔路口走远后，她也掉转头，向她要去卖叮叮糖的目的地走去。

正当来嫂走后不久，地保醒来了。来嫂还在那会，他在床上似醒非醒，他仿佛听见来嫂掀动枕头东摸西摸似的。他猛然睁开了眼，故意打着鼾声，看到来嫂在动作。当他翻身看到来嫂扯出那个布袋时，差点惊出声来，他又假装打鼾了，来嫂却浑然不觉地保已经醒了呢。

他确信来嫂卖叮叮糖走远后，他放心地睁开双眼，又揉了揉乜斜的眼睛，侧过身，掀开被窝，在来嫂的枕头底下翻了个够，又伸手往枕头套里摸，里面什么也没有。他坐起来，把枕头翻了几遍，又抓起枕头甩了起来，仍没有一点东西。就在这时，他无意间发现床头的栏杆处有一根细细的麻绳，他顺便用食指把那根细绳勾动一下。“噫，那根细绳牵着一个东西。”他心里说。

他把那个口袋提上来了，他松开手绳，从布袋里抓出一沓票子来。

“呀，这女人还藏有私房钱哩。”他差点叫出声来。

他没有把布袋里的票子全部收入囊中，还留有一半在布制的锁口袋里。他怕打草惊蛇，他要细水长流，他要他老婆像泉水一样神不知、鬼不觉地给他钱用。他又惊又喜，他想，他绝对不会把这事说给任何人听，更不能告诉他老婆锁口袋里的钱是他拿的。让她去想，去寻找那些票子吧。他估计，老婆是个糊涂虫，她那锁口袋里到底有多少票子，她也没去数呢。

他自言自语地说：“这年头，管他老婆不老婆，抓到钱再说。……”

他起床，脸也没洗，就喜滋滋地往外走，他拍了拍衣袋里的钱，全身都乐了起来。他出门外不远，就看见大嫂的背影了。他看见她的屁股一摆一摆的，肚子里的把爷大了，上身穿一件蓝色外衣，大裤脚黑裤子，梳着粑粑鬏的头发，一只手提着个竹篮子，里面好像有点东西。走路慢腾腾的。他撂开双脚撵上她，毫不拘束地朝她肩上拍了一下，笑嘻嘻地问：“大嫂，这么急匆匆去哪里呀？”

天嫂好像在睡梦中被人击了一下，吓得打了个冷战，回头说：“死鬼地保，你拍我干什么，没大没小的。”

地保龇起牙笑嘻嘻地问：“今晚还去小保那儿唱‘哪嗬嗨’不？”

“我回家看看我爸，好久没回去了，爸一个人在家，我念想着他呢。”天嫂边走边说。

地保一听说天嫂要去看看她爸，心想，这时给她一点钱不是更好？他和天嫂也是心照不宣的一次呀。他瞟了一眼天嫂低头的脸，有点毫无表情的样子。他想急一下她，就从衣袋里掏出张票子，一下就握住天嫂的手，说：“大嫂，我给你两块钱，算是我一点心意吧，这是我抓鱼卖得的钱，放心吧。”

天嫂的手突然被地保的手夹得紧紧地，想喊又喊不出声，她绯红了脸，忍着痛，站着说：“不要，不要，你的钱我不要，我怎能平白无故地要你的钱呢？”

地保不松手，坚定地说：“大嫂，难道你同钱过不去吗，世界上没有人不爱钱的。”

“哎呀，你这个人怎么不通理呀，我说不要就不要！”天嫂坚定地说。

“你不要算了，我讨贱。世上少有你这样的人啦，哪个人不是爷爷奶奶，见钱眼开的。”地保铁青了脸说。

天嫂一句话没说，眼角只瞟了地保一眼，头也不回，大踏步朝他的爸爸家走去。

一到家，她感到一切很新鲜，很光亮，好像家里有什么大吉大利的事情。父亲坐在堂屋中的一张靠背椅上，仰着头看着上面的屋梁屋瓦，他在沉思，他好像听见了脚步声，他看到女儿玲玲了。他的嘴角动了一下，张开嘴笑着站起来说：“玲玲，你还想着你爸爸呀？你呀，要是我走得早，那坟头上长了草你还蒙在鼓里呢。”

玲玲喘着气，一见她爸，眼泪都流出来了，急忙走近她爸，放下竹篮，还没叫一声，就拥抱着周家兴哭了。她小声抽泣着，说道：“爸，女儿这不是回家看你来了，我虽然是人家的人，可心里还时时想着爸的呢。再说，你不是久不久去看我来嘛。”说完，她把竹篮里的几块黄糖，几个鸡蛋一齐放在敬桌上，并说，这是女儿的一点心意。

“我也是感谢老天爷呵，我前几天才烧了高香，想不到你和你哥都回来看你爸了。我正想搭信给你，说你哥回来了。”周家兴退了一步，认真地看着玲玲挺着个大肚子。

周玲玲一听是他哥周健玲回来了，高兴得像小鸟一样快乐，她几乎忘记自己有身孕了，耸了耸肩，她假装没听见似的，忙问：“爸，你刚才说什么？再说一遍。”

“你是高兴得不相信自己的耳朵还是装聋呀，我说是你哥周健玲回来看爸来了。”周家兴一字一顿地说。

这个出其不意、难以置信的事实，先是叫左邻右舍的叔叔伯伯婶娘伯娘为之一震，现在更叫周玲玲深感惊讶了。忙问：“那哥呢？怎不见他？”

“他说回家只看我一眼，又去别人家打个照面去了，他的事多着呢。他问了你的情况，心里蛮高兴的，夸你有个好归宿，他就心安了。”周家兴慢吞吞地说。

“你没问他在外面做什么呀？”

“问了，他说你老人家只管放心就是了，多多保重身体就是了，他在外面不用我操心，好着呢。”周家兴诚实地说。

父女俩相对坐着，谈兴正浓时，周家兴站起来，悄悄走了。周玲玲一个人坐着，她正要起来，忽听见从门外传来了脚步声。玲玲望去，一眼就认出是他哥哥回来了。哥哥有些变了样，虎眼，瘦脸，高了一点，武武蹬蹬的。兄妹俩相视了一下，两人同时喊出声来：“哥！”“妹！”周玲玲眼圈红了，周健玲看着她的肚子。

停了一阵，还是玲玲先开口：“哥，你变了，你变黑了，你走路的脚步声变小了。”

“妹，在这个混乱年代，人总要变机灵点嘛。原先我在家，慢步快走，总是人未到，脚步声早就到了。自从我受到老师的指教后，我的脚步声比原先小得多了，我还得继续练，要练到在屋瓦上行走也无声的轻功。”

玲玲一点不拘束，大大方方地看着自己的同胞兄，她一时也不知说些什么好，只是关心地说：“哥，我看真了你，你瘦了，在外辛苦吧？吃得饱吗？”

“蛮好，蛮好，我快活着呢。”

“那你在外面做什么事呀？”

周健玲沉默了。他老师交代过，他在外面做的事该保守机密的，一点也不能透露，不然会掉脑袋的，还会影响一大批人。当然，表面的公开身份一定要讲。对任何人都不能说参加了国旗大游行，而是说，他看见了有好多人抬着特制的国旗举行大游行。

周健玲在自己妹妹面前，总不能一句话不答吧。他想了一下，说：“我在一个中学里打勤杂哩。那天，是今年六月份的一天吧，我看见了一次国旗献金大游行。那国旗是特制的，四周的骨架有坠着的布袋，布袋很深。国旗的骨架四周都有人抬着，参加游行的人有男有女，好多人都是戴眼镜的，看样子都是有文化的读书人，个个手里都拿着红红绿绿的小小的纸旗。从市中心往南看，整个游行队伍连尾巴也看不到，至少有几万人之多。游行队伍浩浩荡荡地高喊着口号：‘打倒日本帝国主义！’‘日本鬼子从中国滚出去！’高呼：‘有钱出钱，有力出力！’‘一百万不多，一块钱不少！’那洪亮的声音震撼着街道两旁的门窗嗞嗞地响。慢慢地，参加游行的人越来越多了，街道两旁都塞满了人，黑压压的一片。街上人头浮动，充满着既严肃又紧张的空气。巡警也增多起来，他们没有平日那么威风了。平常他们殴打过学生、工人，教师也出面保护学生。那天，巡警们束手无策，不知如何是好，他们懒洋洋地，眼睁睁地无可奈何。

“游行队伍从南门走到北门，又从水东门游到艺术馆。沿街的商店老板们个个站出来往国旗的口袋里丢钱，也有在街上看游行的人往国旗的口袋里丢钱。我记得清清楚楚，游行的第二天，当队伍走到水东门时，一个卖叮叮糖的老人家走到一个年轻人跟前（其实那就是周健玲）问：‘老弟，你们要叮叮糖不？我把叮叮糖捐给你们。’

“那年轻人说：‘我们不要叮叮糖，我们要捐钱给抗战前线的将士们，他们要吃饭才能打日本鬼子，只有票子才方便投寄。’

“这位卖叮叮糖的老人（后来才知道，他就是小保的父亲），他两眼直盯着那面看不够的国旗，他一只手拽着担子的绑绳，一只手很迅速地从他的衣袋里掏出钱来，兴奋地说：‘小奶仔，我捐五块钱，往哪儿放呀？’

“‘就往国旗的布袋里放。’小奶仔说。

“这位卖叮叮糖的老人哪里知道，他儿子（小保）也在游行队伍里呢。

“国旗献金游行了三天，受到广大市民的夹道鼓掌和支持，大家纷纷掏腰包献金。”

周玲玲聚精会神地听着他哥哥周健玲如同滔滔江河那样的叙说，她不解地问：“这些钱怎么寄到前方战场上呀？还有八路军的抗日战士呢？”

“我听说是交给组织的领导们先寄到重庆八路军办事处，然后再由八路军驻重庆办事处投递到革命根据地。”周健玲说。

“想不到在我们大后方的城市，也有人组织领导抗日活动呵。你看见过游行队伍中的头头不？”周玲玲说。

“没见，听我们老师说，是一个叫李济深的和一个叫田汉的人组织领导那次国旗献金游行的。”周健玲回答。

“你说那个卖叮叮糖的，就是我的家公。碰巧，那时他正在卖叮叮糖，遇上了国旗献金游行，他舍得解囊，拿出票子捐给抗日将士，他实在是可敬呵。”周玲玲说。

“你说得对。”周健玲说。

周健玲抬头往院子内看看，说道：“不讲了，玲玲，我马上就要走了，我是请假回来的，我撒了个谎，说我爸身体不好。……你有归宿哥就心安了。我同你说这些话，有些话要烂在肚里，你就在家陪陪爸爸吧，相信我，我一定要干出点名堂来！我是走正道的。唉，我本想去见见妹夫。唉，来日方长。目前，谁也摸不准，日本鬼子会不会打到城里，就要看湖南那边的抗日将士抵抗得怎么样了。行了，要是有什么消息，我会尽快通知你们。行了，不久我就要做舅舅了。祝妹妹幸福安康。”

周健玲连晚饭也没吃，就匆匆地走了。周玲玲同她爸谈了下板路，说要回天保哪儿了。她爸要她住一夜，她说不了，她要走慢点回去，太迟了走夜路不安全。周家兴觉得很扫兴，心里说，嫁出去的女儿泼出去的水，想留都留不住……

天嫂离开外家，平平安安地快到天保家了。恰巧，还没进家门，就碰上了来嫂卖叮叮糖回来。这时，太阳已经落山了，夕阳的余晖照着这两妯娌的脸庞。两人相互对视了一下，没作声，好像一个过路客，各干各的事了。

来嫂回到房间，把当天卖叮叮糖的所得仔细地数了一遍，她把应该上缴的数目扣了出来，多余的收金，就归为己有了。

她照例地把拴在床头栏杆底的锁口袋绳扯了出来，抓一抓有点分量的布袋，然后，又解开锁绳，用手朝里摸一摸。非常敏感的来嫂顿时发觉锁口袋里有点异常，她在里面有一张记号单不见了。她又反复找了几次，仍未发现那个记号单。她心里像十五个吊桶打水——七上八下，她索性把锁口袋里的票子通通倒在床上，一五一十、十五二十地数了两遍，她仍然没有发现那张记号单。她从那张记号单上可以记住往口袋里塞了几次钱（每次钱数是一个数字），记号单不见了，这里面必有蹊跷。

她有点疑心了，她十有八九地猜着了是地保动了这个锁口袋，并拿走了一点票子。她不想惊动地保，她怕把事情闹大；闹大了，搞得全家风雨，反而暴露了她的秘密，她就无地自容了。她想，地保要偷就偷吧。她必须仍旧用锁口袋做假象，里面多少放点钱，而把更多的钱放在另外一个任何人也找不到的地方。就是你地保变了蚊虫、苍蝇，变个臭虫，也难找到我的最隐蔽的藏金之处！

她这么想，信心是百倍的，精神是奔放的，她的脸是容光焕发的，她的两眼是熠熠发光的。她的心是如同湖水一样平静的。这是她卖叮叮糖得到的希望和力量所在。

世上没有不透风的墙，纸总是包不住火的。来嫂这个新的藏金秘密，不几天就被地保发现了。这天，地保早有预谋，他要确切知道他老婆到外面卖叮叮糖从中到底扣出了多少油水。他又去床头栏杆底找那个锁口袋，找着了，锁口袋里还有些钱，但不多，他犹豫了。这么多天来，锁口袋里仍是那点票子，不对，他警觉起来。他点亮了洋油灯，在床底下照着。他又把床上垫的、盖的，统统翻了个遍，仍没有发现一点踪迹。

他又不声不响地把衣柜里的春夏秋冬要穿的衣裳统统翻遍了，把衣裳里的所有口袋搜遍了，翻箱倒柜全搜遍了，仍然不见半点来嫂新的藏金地方。

真是皇天不负有心人，最后，他挪动衣柜，终于在靠隔壁的衣柜外，紧贴木板排着一个长条布块。他几乎喊出声来："这女人真有灵性，把她卖叮叮糖抠出的票子，藏在谁也想不到，连狗也闻不着，巡捕也无头绪找到的女人用布缝制的月经带里。……"

来嫂这个新的藏金秘密终于叫地保侦破了。她还蒙在鼓里呢。……

地保从来嫂的月经带里小心翼翼地抽出两张一元的票子，放进自己的荷包，然后，又十分谨慎地把月经带挂回原处。这一举动绝不会让他老婆有半点猜疑。他想从月经带里有细水长流的钱用，好比钱存在银行里，像泉水般源源不断地供给。

他摸着衣袋里的钱。不由得哼起"哪嗬嗨"来：人逢喜事精神爽，不觉得口袋有钱装，"哪嗬嗨"！

正唱着，忽见他大嫂往房里走，他三脚两步走到大嫂跟前。

"大嫂，你去哪儿？今夜去唱'哪嗬嗨'不？"地保大声说了句，又小声说："你有钱用不，我给你钱用。"说完把钱掏出来。

天嫂瞟了一眼地保手中的票子，地保手快，急忙把票子塞到天嫂手板心了。

天嫂猛一惊，无声地把她手中的票子返回到地保手中，这时，刚好周围只有他两人。地保同她推推搡搡，他装着唱醉的样子，把天嫂搂上了。天嫂喘着气，勉强挣脱了，她使尽全身力气，随即朝地保脸上就是一掴，地保被打了个踉跄，摸了摸嘴唇，牙出血了。他哑口无言，低下头，自卑了。自他长大以来，二十几年了，还没有哪个掴过他的脸。天嫂真掴他，是平生以来的第一次，而且是给一个女人掴的。他的脸火辣辣的发烫，他顿觉得不应该这样对嫂不尊，对哥哥不敬！

天嫂呢？她觉得再不给地保点厉害，再不给地保点颜色，再这样叫地保纠缠下去，家庭会大乱了，也许会地震呢。她下定决心，不允许地保再纠缠！她下定决心，不再同地保排戏了。她想，天保他爸之所以不让女人同男人同台唱戏，原因就是要避免男女之间出事吧。

地保耷拉着脑袋，无声地走开了。

天嫂走进房里，关上房门，侧躺床上，轻声地抽泣了。她不想太伤心，她怕动了肚子里小把爷的胎气。她想到健玲哥哥临走时对她说的话：要好好同天保过日子，要认认真真地做人，夫妻要和睦，要同你的家公、兄弟妹们好好相处。老话说，家和万事兴嘛。

第十六章

这天，来嫂老早就起床了，她感觉肚子一天天大起来了。两个月以前，当她向家公要求出外卖叮叮糖时，肚子不怎么显眼，家公也没有提出意见，当时要是她挺着个大肚子，那家公死也不会同意她去卖叮叮糖的。

还好，苦命人临产时还在田地里做事呢，她想这是天生自然的，哪能难倒她外出卖叮叮糖呢。她没有同地保打声招呼，就高兴地挑着叮叮糖往圩上去了。

每月，逢六逢九是圩日子，即初六、十六、二十六、初九、十九、二十九这几天是圩日子。这是这一带的老百姓自然形成的不成文规定，久而久之，人们就记住这些天是圩日子了。

这个圩，非去早点不可。圩场不大，圩棚内仅有丈把长的肉类行，丈把长的杂货行，其余的买卖行当就在圩口路边了。而且散圩特别早，每到中午十二点后，圩场内只有出圩场的人，而没有进圩场的人了。这样，来嫂知道，要是去迟了，那她的叮叮糖就无人问津了。就是上圩说好的兑给老板的货，去迟了老板不在圩上了，也只有英雄白跑路呵。

从家里往圩场去，约莫要走一两个钟头，来嫂一步一步稳当地向前走着，她生怕错过了成圩时机。自从他接手卖叮叮糖以来，赶圩卖总要比平时走街串巷好卖得多，不但卖得快，价钱还是平常的两倍。因为从四面八方来赶圩的人，都喜欢吃叮叮糖呢。来嫂是看准了这个市场的。

她甩着手，挑着担，屁股摆，看去还有点逗人。走着走着，她的膀胱胀了，她本想忍到圩上再放松些，但实在忍不住了，就把叮叮糖担子歇在小道旁边。她踩着杂草和小灌木丛，找了个平展的地方方便完了。当她刚起身要走时，有三个蒙面人朝她走来，这三个人长得很魁梧，衣服穿得很褴褛。来嫂几乎吓出了尿，心里怦怦地跳动。

“你们几个想干什么？”来嫂红了脸说。

“不想什么，就想要你到我们那里。”那矮个蒙面人说。

“我一个有身孕的人，到你们那里做什么？”来嫂显出镇定的神气，毫不害怕地说。

“老老实实跟我们走吧，我们不会绑你的。”那矮个蒙面人说。

“我不跟你们去呢？”

“那就别怪我们不客气了。”

“我的担子呢？”

“不用你管，我们帮你挑。”

来嫂没办法了，她一个妇人，怎能敌得过这几个男人呢？她只有顺从他们走。

“不急。”那矮个蒙面人说。

“我们得委屈你一下。”那高个蒙面人跟手就把一条黑布给来嫂的两眼蒙上了。

“我怎么看得见路呀，跌倒了我肚里的把爷，你们就是杀人犯。”来嫂气嘟嘟地说。

“来，我拉着你走。”

“不用你拉，路上有石头，有坑凹，你们告诉我一声就行了。”来嫂说完，用手把蒙布往上扯一下，她可以看着地面走了。

“几位好汉，放了我吧，我给钱你们。”

“我们也没办法呀，要是放了你，我们回去要挨的呀。”那高个蒙面人说。

“你不晓得讲，这女人后面有几个男人跟着，我们不敢抢。”来嫂说。

“走吧，你就不要难为我们了，等我们把你交给梁把头那儿，你再求他放你吧。”又是那高个蒙面人说。

“你们梁把头是谁，能告诉我吗？”

“不讲，到时你就知道了，快走，别擂堆了。”矮个蒙面人凶狠狠地说。

来嫂知道要放她走是无门的，就不再多费口舌了。她走了一下感到吃力了，她踩着那些杂草刺蓬，踩着一些枯枝败叶，就像踩在烂泥巴中一样。她幸亏能从蒙面布中能偷看着行走，她不为别的，她要保护好肚子里的小把爷。她走得更慢了，她说：“老弟，你们怎么带我走这鬼路呀，你们那个梁把头在哪里呀。”说完，她索性站着看走在前面挑叮叮糖的那人。

“这山路近多了。到梁把头那里，有奶给你喝的。”那高个蒙面人嬉皮笑脸地说。

来嫂听到这话，心里倒惊了一下。心想，今日遇上狼了。矮个蒙面人推她赶快走，她只有挪动双脚，慢慢地走。她朝前望去，只见那个挑叮叮糖的人坐着吃起叮叮糖了。

“我把这些叮叮糖送给你们，放了我吧，我晓得你们也是受苦人，也是心地善良的人，我会恩赐你们的。”来嫂边走边说。

“俗话说，一子受皇恩，全家食天禄，你又不是皇帝，我们不要你恩赐。快走，别耍花样了。”那高个子蒙面人说了句，就到那个挑担子的人那里吃叮叮糖了。来嫂偷偷地看着那矮个蒙面人还跟在她后面，看来，他们也是船头怕鬼，船尾怕贼，怕她跑了。一个有身孕的女人，落在你们几个大男人手里，由你们要瘪就瘪，要圆就圆。他俩都站着不走了。

那高个子蒙面人手里拿着两块叮叮糖递到矮个蒙面人手里，说：“走吧，还要走点路，要迟到了，梁把头要操娘的。”

当他们来到没人知晓的洞口时，太阳已经西斜了。

这个山洞，洞口朝东，朝阳可直射全洞。有那么一间卧室大小，一个半人高，洞底平展，无碎石。常年冬暖夏凉，没有半点潮湿滴水现象。在洞口，瞭望远处的田野、湖泊，那弯弯曲曲的小溪流水，叫人心旷神怡。近处葱郁的松林和苍翠的灌木丛，小鸟们在松林里跳来跳去，啁啁地叫，大鹰在空中摇摆着翅膀。从山洞口往下看，任你怎么看也找不着上山的和下山的路。

蒙面人所说的梁把头，就是那个色狼梁家白。他把村里所有的寡妇都要了，还不过瘾，越来越贪，越来越大胆，越来越放肆了。他找了几个大汉，为他在路上专抢过往的女人。红花女更好，黄花女不嫌，老女人勉强。他没有白要女人，只要女方同意，打发点票子他也高兴！

来嫂被这几个蒙面人连拉带推，就踉踉跄跄地走到这个陌生的山洞。梁把头听见有人说话，老早就露出了黄黄的牙齿，眯眯地笑了。但没有出声，给那蒙面人打个手势，那几个人就走开了。

梁把头见这妇人是个大肚子，心里埋怨起这几个蒙面人了。他一下还认不出来嫂，待他近看，又解开来嫂的蒙眼布，就大骂起那几个人来了：“你们这几个狗屌的，一样不找，找个大肚子来，我怎么搞？”随后又低声对来嫂说：“对不起，是我养了这几个没用的狗，错把你带上山洞来了。呀，对不起，老情人。”

来嫂没作声，她扫视着山洞里：靠山洞尽头处铺着厚厚的一层稻草，平平展展的像有人睡过。山洞中央有个用砖头砌的四四方方的大约有两尺平方大小的可当板凳的桌子，上面放着些茶壶之类的东西，其他就什么也没有了。

来嫂心想，梁家白你这个色狼，难道你白白带我到你这儿就算了，你不付出点票子给我，能对得起我吗？她说：“梁把头，你得赔点损失费给我呀，你还想把我怎样？”

梁家白抓了一下脑袋，半天没作声，他就到洞外去了一下，转回来说：“你得把你的叮叮糖全部留下，我全要了，我如实把钱付给你，你说要好多钱？”他心里想，我夹过的菜吃了，别人又吃了，又要我吃，我才不呢。只在碗里挑动下筷子算了。

来嫂不假思索地说：“至少要十块钱！”

梁家白又抓着头，半天才说：“是不是多了点，就是你平常出去卖，我胆大的估计，最多卖八块钱。”说完，把钱一丢，走出山洞了。

来嫂捡起了钱，她双手摸了一下肚子里的胎儿，有点轻微地动了一下。她稳坐在那砖砌的桌子上，数了数钱。这人到底要把她怎样？她估摸他是不会对她不尊的，他也是有家室的人。她记得那时他要她时说过的话，他要女人的企图，不单单是为了快活，更要紧的是想为他多添个后生。他要过无数的女人，难道没有一个能为他达到目的？她百思不得其解。

她坐了半天，想找个地方小便，走到洞口外，见那几个蒙面人还在嚼叮叮糖，没看见梁家白。她说：“你们几个走开，我要方便了，你们梁把头呢？”

“荒山野岭的，到处都是茅司，你在哪里解手都行，我们不会看你的。”一个人说。

“那我去了啵。”

来嫂哪里是解手，她是找借口想开溜罢了。

“谅她不敢逃走！”一个人说。

“把头叫我们看好她，她要是真的逃走了，怎么向把头交代，走，去看看。”

“人家女人解手还不是蹲着解，只看见庙看不见菩萨的，走，去看看。”

于是有两个汉子，嚼着最后一块叮叮糖，他俩分别去找来嫂去了。

来嫂没走多远，就躲在一大丛灌木中，她看到那两个大汉分头走，又没有出声，探头探脑的，两眼朝灌木丛中扫视。来嫂等那两人走远了，她立起来，看了看四周，全是大大小小的松林和灌木丛，她一时又不知道往哪里走才能下山，这里哪有路呵，她要是再往前走，弄不好就要迷失方向，那一夜一整天也只能在山上转来转去了。她想，还是老老实实进山洞，同梁家白周旋后，由他叫人把她带下山去。

她刚回头走了两步，又踌躇了。她想，既然已经溜出，不能再回去，开弓没有回头箭，万一到山洞里，梁家白不叫走又有什么办法？万一他寻她陪他过夜，她怎么应对呢？即使梁家白抛弃她，万一叫那几个蒙面人捡了便宜呢？她想了半天，决定继续在大山林找路。她在想，她回到家，怎么向家公一家人讲呢？卖叮叮糖的担子又不在身边，连撒谎都找不到头绪。唉，晓得把那几个蒙面人哄开，把叮叮糖担子挑走就好了。这下真难倒天不怕地不怕的来嫂了。

她在大山林深一脚浅一脚地走着，虽然也能看见前方，但到底哪头是通往回家的正道呢？她心急了，身热了，头没方向了。这时的她就像一个无头的苍蝇，在大山林晕头转向。一时抬头看看阴森的树林，她的两眼都花了，头也晕了，脚也困了，她心慌意乱了，天黑了怎么办，万一有野狗出没怎么对付？这种季节，也许还能碰上蛇呢。她越想越害怕，身上都起鸡皮疙瘩了，心里打起小鼓来……

正在这时，从老远传来人说话的声音，她的心稍微宽慰了一点，饥饿也忘记了。

过了一阵，她看见有两个人朝她走来了。一个手里拿着像粽子一样的东西，一个人挑着她的叮叮糖担子。她不理解他们是什么意图，忙问：“你两人是来叫我回到梁把头身边是不？你们就是抬我，我也不会再回去了。再不然我就死在你两人面前。”

那个手拿粽子的人说：“不是的，不是的，你误会了，梁把头是要我俩把你找着，送你到大路上，叫你自己回去。喏，他还给了一条粽子你吃呢，怕饿着了你。你看你的叮叮糖担子，我们也给你送来了。”

来嫂紧张的心一下平静下来，心想，这老色鬼倒还念点旧情。她接过那条粽子，忙不迭地解开粽叶，饿尝尝地咬了起来。

她嚼着粽子，忽听见离她蛮远的那两个人在窃窃私语。

一个人说：“先把她弄罢了再把担子交给她，顺便搜搜她身上有没有货。”

另一个人说：“我不敢，他是把头的情人，你不怕她叫把头整我们？”

“嗨，弄了就弄了，有弄白不弄，会后悔的。她也不好意思告诉把头呀。这个年代，哪样不是先下手为强，你干不？”

“我不干，你要干，等我走了你再来。”

“你不干我也忍着算了，弄一个大肚子也没什么味道。”

来嫂听着这两个人要对她起歹心，她嘴巴里的粽子含着了，牙巴骨也停止了运动。最后，她确信，有一个人不同意，那个人也就心冷了。她急出了一身冷汗，这时才静下心来。

她又嚼起粽子来。

一个人嬉皮笑脸过来对来嫂说：“走吧，边吃边走，天黑了你不害怕呀？”

“有你们两人陪着，我胆子大着哩，小伙子，你的心好呵，你娘没白养你，我谢谢你了。”来嫂笑着说。

“不用谢，是应该的，把头交代的事我们一定做到，你放心吧，我俩不会对你……”

“把头给你们好多钱呀？看来你俩对他蛮忠心的啵。”来嫂试问着。

“你不要问了，再问我们也不会说的。”

他们继续在大山林里走着。……

天已经渐渐黑下来，村里有的人家都亮起了洋油灯。冬生见她二媳妇还未到家，心里乱猜着。按往日，来嫂外出卖叮叮糖早就回家了，尤其是那个野狗圩，更应该回家了。一家人正在吃饭，冬生发话了：“地保，你老婆到现在还未回来，你得赶快去找找，天黑了，我有点不放心。”

地保漫不经心地说：“放心吧，她是个老油条，不会有事的。再说，天这么黑，去哪儿找呀。”

天保看到地保对来嫂漠不关心，麻木不仁。又想到，他老婆天嫂有病时，地保火烧脚跟似的跑到外村去请医生。这时，他怎能若无其事呢？天保急切地说：“地保，我同你一块去吧，万一碰上了流氓，就没有好果子吃的。”

“老虎吃天，就凭我们两人，到哪里找？”地保仍然坚持自己的意见。

小保在一旁沉思，一言不发。其实，他在想二嫂为什么不能按时回家，到底到哪里去了？是不是遇到麻烦？他一时也没有头绪。他表态说：“我们还是分头去找找吧。”他停了一下又说：“二哥，你到梁家白家打听一下，看看二嫂她……”

“你二嫂是不会去那个色狼家的，我谅她不敢去！”地保斩钉截铁地说。

“万一是梁家白找她呢？”

“我看，就叫天保和小保去梁家打听一下，地保去路上找找。”冬生发

了话。

天保和小保还没到梁家白门口，就看见梁家白刚从外面进屋。他俩确信，来嫂没有进梁家白家的屋，于是，天保和小保就一直朝地保走的那条路走去……

在夜色茫茫中，三兄弟无声地东张西望，哪能看见什么呢？他们又没有大喊大叫，生怕惹来了狗叫声。因为，他们已离闪烁着灯光的村庄不远了。

地保心灰意冷地往回走了。正在这时，天保忽听见有响动，那声音越来越清晰，像是人走动的脚步声，而且还伴随着‘咿呀咿呀’的声音，又看不见人影。天保走近小保身边，小声对小保说：“小保，你听。”

小保早就听见这声音了，只是他没吭声罢了。他同大哥站在一棵大树背，想看个究竟。

不多一会儿，天保隐隐约约地看见一个人迎面朝他这儿走来，样子像地保老婆，两手一摆一摆的，肩上挑着担子。他小声问：“来嫂，是你吗？”

挑着一对木桶的来嫂，突然听见有人叫她，她有点不信，心里怦怦地跳着，她拍一下胸部，定了定神，看了半天，然后说：“是你们两人呀，大哥，小保，吓死我了。”

“讲曹操，曹操就到。”小保说。

来嫂问：“就你们俩，那地保呢？”

“地保都找你蛮久了，半天没看见你，估计他到你来的路上找去了。”天保说。

“没有呀，一路上连个人影也不见哟，可能他反走在我的前面了。”来嫂说。

小保说：“天这么黑了，不见你回家，爸要我们兄弟几个分头去找你，二嫂，你没事吧？都急坏我们了。”

天保扯了一下小保的衣角，示意不要多问，找着人就心宽了。小保问：“那要不要再找找地保哥？”说完又大喊了几声找着二嫂了。

“唉，找着了冬瓜，西瓜又丢了。”天保说完，停了一下，又说：“他一个大男人家，丢不到哪儿去的，走，回家！”

来嫂有点不放心，支支吾吾地说：“万一他……”

“走，回去，说不定他先到家了呢。再说，我们出来找你那么久，还不见我们回去，他心里也着急呢。”天保板着脸说。

地保在老远听了小保喊叫的声音，他知道他老婆找着了，就撂开双脚朝家里走去。

冬生已在堂屋中等候多时了，他烦躁得只管抽烟，抽了一锅，又朝地上敲敲。他实在坐不住了，在堂屋里踱着步，不时抬头往神台上看看。洋油灯一闪一闪的，映照着神台上中央那幅“天地国亲师”几个大字。他想，他没有做过对不起天，对不起地，对不起国，对不起亲，对不起师的事，为什么总有叫他不省心的事在吵烦他！他刚把叮叮糖交给儿媳妇去卖，就来了个莫名其妙的不快的事。他不知道将来还会发生什么……

正想着，天保和小保回来了。天保说：“爸，来嫂找着了，她到作坊去了。”冬生松了口气，随即又问：“地保呢？”

话音刚落，地保在门外听见了，赶紧推开大门，说：“爸，我回来了。”

一会儿，来嫂也无声地来到家公面前，轻轻叫了一声爸，就往墙边站住了，她等待着家公的发落。

冬生很严肃地说：“天嫂和满妹都睡觉了，我要当着你们的面宣布一件事：从明日起，来嫂再不要去卖叮叮糖了。”

堂屋里鸦雀无声，只有洋油灯在闪着光……

第十七章

地保同来嫂默默地走进房里，按照往常早应该睡觉了。今晚，鸡都啼叫头遍了，两口子还相对坐着。一个坐在床上，一个坐在对面靠墙的一张小凳上。他俩一直沉默着，双方都想叫对方先开口，哪晓得，等呀等，地保耐不住了，眼皮子实在睁不开了，就说："你不开口，我也晓得你今天一整天到哪里去了，还在假作正经。"

来嫂只是双眼盯了地保一下，仍不作声，心里想，你讲吧，你讲准了，我不开口，讲不准我也不回声。看你有什么招数能把我的嘴撬开。她索性衣服也不脱，蒙头睡了。

地保也上床，他脱了外服，在来嫂耳边响着："你是不是同人家那个了？"

来嫂气嘟嘟地，她脱掉衣服，侧身睡着，假装扯起呼来了。

地保激将她，说："看来你咬着叮叮糖这块肥肉已经丢了，多可惜呀。唉，也怪你倒霉，明日再找爸求求吧。"

来嫂仍假装扯呼，扯着扯着，当真睡着了。地保也困极了，岔开双腿，一会儿他就扯呼了，他扯呼，简直能把蚊帐震动起来。

有一天清晨八早，来嫂就去找家公。她先到叮叮糖作坊里去找，见作坊里空空如也，连那装叮叮糖的木桶也不见，又到他的房间瞅了一眼，又在院子里打了几个来回，仍不见家公。她想，她要是能说服家公恢复她去卖叮叮糖，那也是多费口舌，白日做梦了。自她嫁到他家以来，他发现家公决定的事，就是九条牛也拉不回的。她歇气了，蔫蔫的。她想到那次的那一幕，运气多好呵，她没有损掉一根汗毛，只是惊吓了一下。但是，谁又相信呢？就是要昨天那几个人来证明，也是说不清的。家公找不着，她回房间去了。

那天，冬生一大早就挑着一对木桶装着叮叮糖出去了。他还未走出村巷，就被梁家白的家丁喊住了。冬生看着家丁，还是个陌生面孔，约莫三十上下年纪，瘦瘦的身材，一对老鼠眼。他一见冬生就像狗叫一样地喊道：“喂，卖叮叮糖的，我家把头喊你有事呢。”

冬生歇下担子，瞟一眼这人，说：“你是梁家白家的用人？我怎么没见过呀？”

“才来的，要不是看见你挑着叮叮糖，我也不敢喊你呀。走吧，你要不去，我回去准要挨罚的。”那家丁说。

冬生满口拒绝道：“那我要去卖叮叮糖呀，你回去告诉你们梁把头，说我没得空，改日吧。”说完，挑起担子走了。

那家丁一对老鼠眼盯着冬生，一只手早已拉住那绑木桶的绳索。冬生站住了。

冬生两只手抓住木桶的绑绳，使劲拽着，两只眼睛鼓鼓的，直盯着那个老鼠眼家丁。他想迈开大步，大声喊着：“你放绳不？小心我扭断你的脑袋。”

那家丁倒有点胆寒了，他没有发怒，他不想为这事眼前吃亏，仍然笑嘻嘻地说：“我求你了，给我面子呀，我家里穷，还有老母，我是迫不得已才为梁把头卖命的呀，为的是我和母亲的五寸喉咙呀。”

冬生一向是吃软不吃硬的，看这人那苦命样，一股同情心油然而生。又想到他是梁家白的佃户，还得罪不起他。待他做叮叮糖有了底子，荷包鼓起以后，他腰杆硬了，他连“哪嗬嗨”也不想唱了。他就会离开故土，到城里去过安闲日子啦。他想，唱“哪嗬嗨”是娱乐罢了，又挣不了钱糊口，即使有人请去唱，那几个封包钱，买墨擦卵都不黑。到城里去那也是他的梦想吧，能否实现，还要看天时地利人和。

他站着一动不动，低头沉思了一会，就说：“你回去对你梁把头说，我明日登门去。”

“不要你登门。”

冬生话音刚落，那有点沙哑的声音吵着他的耳朵，他回头一望，正是梁家白站在他后头呢。他那三分像人七分像鬼的样子，叫冬生大吃一惊。他穿着大裤脚黑布裤，布纽扣黑色唐装衣。光光的头，一对又深又黑的眼睛，就像藏在螺蛳壳的螺蛳。眼圈黑得又无光泽，脸上凸起的颧骨，看去就像僵尸鬼那样。

今天，他没有去山洞里，就来找冬生了。他对那家丁一挥手，那家丁走了。他没有带水烟壶，而是从烟袋里掏出生切烟，用烟纸卷成了喇叭，递到冬生手中，假惺惺地说：“冬生，你猜猜我来找你做什么呀？”

冬生假装没听见，没有接烟，准备挑担。梁家白按住他的扁担，他无可奈何，只能应对一下，他说：“你刚才说什么呀？”

“你装聋呀，你猜我专来找你做什么？”梁家白又重复一遍。

“我哪晓得你呀，我又不是你肚里的蛔虫。” 冬生说。

“莫装蒜了，你的租金还没交够呢。你忘了？你不是说，这个月底一定交完，至今都超过几天了，还要等到外婆生仔呀？”梁家白一下又板起了脸说。

冬生瞟了他的脸，显出难为情的样子，笑着说：“是的，是的，我记着呢。别人的钱可以欠，可以赊，唯有你梁老弟的东西，超一天就要加息！我是不会忘记的。”

“你说呀，今日要是不交，那这担叮叮糖就算利息了。要不，明年就不要租我的田种了。”梁家白要挟着说。

冬生沉默下来，他在琢磨他的话，他的话就像和尚念经——老一套。他这人小心眼，嫉妒人，生怕人家比他强，心狠毒。又是色狼，笑里藏刀，皮笑肉不笑讲话。但是，冬生对他也无可奈何，只能忍着。

梁家白见冬生半天不答话，他伸长了被衣领罩着的脖子，就说：“你倒是说话呀，我是看在同村人的份上，对你也是网开一面了，你说是不？”

冬生实在沉不住气了，就说：“梁老弟，你不晓得我为难呀？俗话说，饱汉不知饿汉饥，我租你的田种，忙了一年，只得四成收入，其余的都归你，我还要一两不少地交各项苛捐杂税，这日子怎么过？你也为我想想呀。你说你要这担叮叮糖算是利息，你的心未免太黑了吧。”

梁家白铁青着脸说：“那当然算利息呀，亏你问得出口。不按期超一天，拿一担叮叮糖来顶数，直到你把租全交完为止。”

听梁家白这些狠毒的言语，冬生不但不强硬，不生气，反而温和地说：“我的梁老弟呀，求求你行行好，开开恩嘛。要不是今年先涨大水，把禾苗淹了，后才补种上，老天爷不照顾一点点，又有两个月不滴点水，河里水少，想车水，又挖不出水源，我冬生眼巴巴看着那青青的禾苗慢慢干死，那禾苗都能点火烧着了。我站在田基上，流了几天眼泪你晓得不，你租给我的田，没有一块是肥田，没有一块不是靠天吃饭的，没有一块不是漏水田。我下老米放的肥料，那肥水，没有一点存留在田里，通通流到你那块田里去了。梁老弟，你做人要讲良心，不要光顾自己，不想别人，这样会……”冬生实在讲不下去了，他的眼眶内已存有湖水一样清澈的眼泪了。

梁家白听冬生这样悲痛地说完，就缓和了口气说：“我租给你的田是三等田，又是你自己选的，说交的租金少些。你还讲这讲那，要是你租我的一等田，要的租金又多，那你更加交不起租金了。货不同货，你应该清楚。”

冬生不想同他再争辩下去了，再争也是合同上白纸黑字写清了的，还按了手印，他只有忍气吞声了。半天，他才慢吞吞地苦笑着说：“梁老弟，能不能再给我延长一个月，到那时我如不交清，任由你罚，我认了…… ”

梁家白垂下头，抓着脑袋，一言不发，也算默认了。

冬生也无声地挑起叮叮糖担子去卖去了。

那天下午，冬生一个人从外面回家，走在前不着村、后不着店的路上，忽听见从不远处传来女人的呻吟声，他仔细地听着，好像是个女人的声音。他循着声音走去，越近，声音更加清晰了。不时“哎哟，哎哟”地叫着。他继续朝那灌木丛中走去，当他看见是个女人半卧在那里时，他吓得心都快跳出来了。怎么像他的二媳妇在这儿呢？他不揣冒昧叫了一声：“你是地保老婆么？怎么在这里呀，突然得病了？还是不小心跌倒了？”

“家公，今日我去外家才回来，走到这里，我的肚子疼起来了，痛起来了，哎哟，哎哟。……”来嫂猛听见是家公的声音，兴奋起来。

“那地保呢？”冬生站在老远问。

“地保这个野鬼，不晓得他今天去哪里去了，你也不晓得呀？”来嫂忍着痛慢慢地说。

“家公，我不能走动了，看样子我是要生了。”来嫂认真地说。

冬生这下真是六神无主了，一个女人，又是自己的二媳妇马上就要生了，他埋怨起地保来，看到自己的老婆快要分娩了，还不守住她，还要去野什么？真是个不中用的东西！

“唉哟，唉哟，家公，快过来……”

“我过去有什么用，我一个老男人，什么都不懂，再说，你是我二媳妇……”

“快过来，给我解开裤带。”来嫂说。

“你自己解裤带，我不过去。”

“我解得开我还喊你，唉哟，家公，痛死我了……快过来。”

冬生不理解为什么要解裤带，就问：“解裤带有什么用呀？”他看她双手也在肚子上摸着。

“亏你是个有四个子女的父亲，不解开裤带，小把爷怎么生出来？还不要闷死在裤裆里么？唉哟，不要问那么多了，快过来帮我解开，快破羊水了。”来嫂痛苦地说。

冬生沉思着，要是不过去做这件事，小把爷就不可能安全见到阳光；要是过去的话，她是我二媳妇呀。他无声地朝路上瞅着，他希望有个女人路过这里，他将解除烦恼。

他说：“你是我二媳妇，我不去！”

“到这种时候，我都顾不得那么多了，你还怕这顾那，唉哟，疼死我了……”

来嫂继续呻吟着，冬生急得团团转。他平时连个女把爷都不敢带，现在要给二媳妇解裤带，简直是敢冒天下之大不韪，简直是乱了伦理。他对不起祖宗了，对不起地保了，不，这事决不能告诉地保。

他鼓起勇气，小声说："我对不起你，地保老婆，我过去了。"

他喘着气，像挑着百万十斤担子那么费力，他的十指都没有指甲，他做叮叮糖的，留指甲，怕不卫生，十个指甲全剪到肉了。以后，他就养成了剪指甲的习惯。这时候，因为没有指甲，裤带又是个死疙瘩，难死他了。他只有小心地，用牙齿咬，他的下巴一点也没有碰着来嫂的肚皮，他的两眼一点也没看见来嫂的下身，他全是眯着眼睛的。他更没有碰见她的乳房。

裤带终于解开了，来嫂急切地说："快把我扶到那个没有刺的草地。"

他遵照她的指示去做了。他说："我没有看着你呀，来嫂，你放心，我对得起天，对得起你，更对得起地保。"他终于轻松些了。

"这样就能生了？"他不解地问。

"不行，不行，你得帮我在屁股底下垫点布，等把爷出来后，不要躺在草上，怕地气影响小把爷呢。"

"我不垫，我把我的外衣脱下来给你，你自己垫吧！我不好意思过去。"

"都什么时候了，还顾虑什么，你就把我当作你的老婆，勇气不是来了。"

"混账不要脸的东西！"他生气地走了。

他来到路上，他一会儿朝东望望，一会儿朝西望望，他一会儿踮起脚尖望，一会儿又找个高地望，他心急如火，就盼望来个女人为他解难，他忐忑不安起来。

看了一会，他想打转去看看二媳妇，就在这时，他看见不远处有个黑点了，这个黑点越来越清楚，慢慢朝他走来。渐渐地，他才惊奇地看见，这人是本村的，他叫她做二婶娘，他高兴起来，急忙赶到她跟前，把事情说了。

二婶娘一听，还没答话，就听见"哇哇"的小把爷哭声了，这哭声在山林里震撼，鸟儿都飞起来了。

二婶娘急忙跑过去，冬生站在老远看着。他也没有问是男是女，呆呆站着。

二婶娘急切地说："趁脐带还同胞衣连着，得赶快去找块门板来，把她抬回去，快去吧，耽误不得！"

冬生一声不吭，扭头就去找门板了。

来嫂见把爷生下来了，她告诉二婶娘，先不要把生下来的是女把爷这事对冬生说，免得他扫兴。二婶娘叫她忍着点，这里连一口水也没有喝的，幸好，二婶娘去找了点野山梨，叫来嫂嚼了，她有了精神了。

大约过了半个钟头，冬生一个人扛着一块门板来了，他喘着气说：“二婶娘，全靠你了，你看怎么办？”

二婶娘比冬生大不了几岁，二叔身体还好，女儿出嫁了，一个儿子在冬生那儿学唱调子，人还诚实可信。

二婶娘正在用来嫂的外衣盖着她的连着脐带的婴儿，女婴的眼睛还眯着，嘴巴一张一合。听见冬生叫她，她赶忙说：“快过来，把她母女俩抬到门板上去。”

冬生听到是个女婴，一下凉了半截，双脚都软了。这下怎么抬得动呢？他说：“二婶娘，我实在没力气抬了，我喊个人来。”

“你的力气叫你那个刚出世的孙女用掉了啵，你呀，冬生，我不是讲你，你也太看不起女孙了，要是生个带把的，你的力气自然就有了，我说得对不？”二嫂娘直率地说。

“多少有一点想法。”冬生说。

“大人和小孩都不能耽误太久，快，要不然，对大人小孩都不好。”二婶娘心急起来。

冬生一听，忽然又来了力气，他同二婶娘把来嫂和婴儿一起安置在门板上，二婶娘抬前，他抬后。他两人使尽全身力气，吃力地往前方走去。

刚走了不到一袋烟的工夫，天保和地保急匆匆地赶来了，他俩是回家时，在路上碰到一个他爸的朋友告诉他们的。

原来，冬生正在犹豫到哪儿找门板，巧遇上他的朋友，说了点情况，朋友忙说：“等你回去，怕来不及了，到我家去拿……”

天保和地保轻松地抬着，来嫂忽然睁开眼，看到是天保和地保抬着她母女俩，笑了一下，又眯上眼了。

二婶娘说：“要喊醒他，叫她不要睡觉，她体质还好，没有流多少血。”

冬生本想在路上训斥一下地保，又想到怕伤着来嫂的心，就忍下来了。他心里说，待来嫂母女都安顿好了，再收拾你不迟 ！

还好，冬生也是行路遇贵人，要不是路上遇到朋友，遇上二婶娘，他也许得不到这个孙女了。二婶娘是村里的接生婆哩！她至少也接生过两位数的把爷了，村里的大男小女，几乎都是经她的手顺利地从娘肚子里接到世上的。

冬生叫地保打了个大封包给二婶娘，二婶娘三推两搡，最后才接下这个封包。二婶娘临走时吩咐，来嫂至少要坐月子两个半月才能做事。

过后，冬生把地保叫到他房里，一下下，火冒三丈高。他本想把他看见来嫂从肚子发作的前后情形通通讲一遍，不知怎的，他本能地直讲到他全靠看见了二婶娘来，才顺利地将这个孙女迎到这个世上，这样，他就心地坦荡地叫来嫂是他的二媳妇。地保心里也感到内疚，他也感觉来嫂是个命大福大造化大的女人，他解释道："想不到来嫂提前一个月就分娩了。我原来也想到顺产那个月守在她身边的，没想到，女儿提前一个月就来到世上了。爸，你要告诉哥，大嫂也快生了，要他老早就做好做父亲的准备，哪里也不要去。"

"吃一堑，长一智。"冬生说。

第十八章

这天，冬生从城里铺面回来，晚饭后，就到床上躺着了。他躺在床上，一忽儿想到天保两口子，一忽儿又想到地保两口子和他的亲孙女，一忽儿又想到小保和满妹，一忽儿又想到他的铺面的事，一忽儿又想到唱“哪嗬嗨”的事。想着想着，一阵激昂带劲的二胡声飘进他的耳朵里来了，他先听到的是“哪嗬嗨”中的“大筒”，后又听到像歌曲一样的声调。他先是左耳贴着枕头睡的，觉得听起来不怎么悦耳，又侧过头，用右耳贴着枕头睡，左耳听起来也不自在。他就坐了起来，倚在床头上听，他越听越有味，越听越激昂，越听越精神。这二胡声是从小保那儿传来的，这里除了小保能拉二胡外，再找不出第二个人来拉二胡了。奇了怪了，小保今夜拉二胡，不光是拉“哪嗬嗨”的音乐，还有学生们唱的歌曲的曲调。他在一个学校门口卖叮叮糖时，经常听到这种歌曲的曲调。他仿佛记得几句：起来！不愿做奴隶的人们！把我们的血肉，筑成我们新的长城！中华民族到了最危险的时候……后来几句，他就记不起来了。这时，居然从小保房间里传出来这种音乐，他感到奇了怪了。他又专心地听，听了一阵，好像又有一曲，他一时想不起歌词来。他是懂点艺的人，应该说有点文艺细胞，很容易记起的。难道是自己年纪大了？忽然，他脑瓜子一闪，他想起来了。那天，他在一个学校门口卖叮叮糖时，从校园里飘出了这种音乐，他大概记得几句：“大刀向鬼子们的头上砍去，全国无数的弟兄们，抗战的一天来到了……”

他兴奋了，身子骨一弹就起来了，披上件外衣，他要到小保那儿看个究竟。

夜很黑，老天就像一口大铁锅那样罩着大地，连一点点星光也没有。他刚走出门，那二胡声就消失在夜空中了。

他迈着小步，拐过弯就到小保哪儿了。这是他最有感情的房子了，在这不大不小的房间，他做了几年的叮叮糖卖。后来天保一个人在这住了不到一个月，又到地保两口子来住。这间屋原来是小保他爷爷废弃后由他重盖的，轮到这代人，还真发挥点作用，闪了一点点光呢。世界上任何物质，只要你不放弃它，它就会为你所用，就会发热闪光的。

冬生站在门口，朝屋里望着。屋里是一片漆黑，他思忖着，难道小保就睡了？不对，不会这么快就熄灯吧？

在苍茫的暮色中，他挨近木门，用手推了推，木门不开，他这才知道门环上已扣上铜锁了。幸好，这间屋唯独他有钥匙，他摸着开了锁，推门进到屋里。

他摸黑在一张四方桌上，点亮了一支蜡烛，借着橘黄色的亮光，朝房内扫了一眼，慢慢低头，看到桌子上用笔筒压着一张褪了色的红纸，上面写有密密麻麻的字。

他吃惊地想：小保什么时候会写字了？而且写得工工整整。

仅凭他读过两年的私塾，在一闪一闪的蜡烛光下，他仔细地看着纸上的字。

父亲，我写以下东西，已写了蛮久了。我知道你会来我这儿的，我不在这里，你也有钥匙开门的。你一定很惊讶，怎么一天只晓得拉二胡，一天只晓得看牛、捡牛屎的小保，怎么一下会写字、

识字了呢？而且写了像信一样的内容了呢？我如实告诉你吧，这是我到城里，在地下共产党主办的“工人子弟识字班”学得的。都学了快一年了，一个礼拜学四节课，都是晚上学的。学的是《三字经》《千字文》，还有《增广贤文》《幼学琼林》等启蒙书籍，有几个老师教，在那里，我还认识了大嫂的哥哥周健玲，他也同我在一个班学习。老师耐心好，又负责任，教我们一字一句地读，又在黑板上写。我们这些人都是下老本学到老师教给的知识的。老师还组织我们学点课外书呢，都是些革命书籍，有《论共产党》《论游击战》《大众哲学》，毛泽东的《论持久战》《新民主主义论》，还有《新华日报》《救亡日报》等，我学到了不少的进步文化和革命思想。父亲，读书好辛苦呵，要比看牛、捡牛屎辛苦万倍，要动脑筋。我还参加了歌咏队呢，老师说我有音乐天赋，我学会识谱了。以后我慢慢同你讲吧。

好，我走了，老师说今晚上还有新的任务，一定要去。

你的儿子：小保

（信看完后，不要保留）

冬生一口气看完信，全身的血液都向他的头部涌来，他的脸涨红了，连他的颈部都红了，而且热乎乎的。他有说不出的滋味，他的心沸腾起来了。他真的没想到，也从来不敢想，他的小儿子小保居然瞒着他去干他喜欢的事了。他说不清、理不顺小保去城里是否安全，是福还是祸，他心中没底。学文化是他求之不得的。要是去做其他秘密事，他有把握么？要是去参加什么共产党？他内心是舒坦的。他听说过共产党是为穷人的党。要是参加什么三青团，那就糟了。他听说过，三青团的上级是国民党。哦，对，从小保读的课外书来看，他肯定是参加进步组织了，上次国旗献金大游行，都是进步人士组织的呀。

他不知道小保要到几点钟才回家，他想等一等他，可是小保要是三四更天才回家呢？还是等明天再同小保聊聊吧。

他回到床上，老是睡不着。他想到，万一日本鬼子真的打来了，他们这些人往哪儿躲？他在外面买的用来做铺面的屋子，能放心么？

冬生是出于怜悯才痛下决心买下那间不大不小的房屋的。那间屋，好就好在长长的，有一层木板楼。全部都是木架结构，前屋靠路边可以做门面，中间可以铺张床。那天，他挑着担路过那里，看到那间屋门口有一个十五六岁的女把爷在哭哭泣泣，他上前问个缘由，这女把爷说她的母亲病重，躺在床上动弹不得了，急需寻医生来治病。家里只有她一个人。她说把靠路边这间屋卖了，得点钱给母亲治病。冬生忙问："你把房子卖了，那你们住哪里呢？"

"我们已搬到外婆家住了，没办法，人命关天，治病要紧呀。"女把爷说。

"那你家里还有什么人呀？父亲呢？"

女把爷抽泣着说："我爸不在世了。哥哥也不在了。"

冬生沉默下来，半天，他低声说："姑娘，我是蛮想要这间房屋的，不知你要多少钱？"

女把爷一听这位叔叔想要，急忙用手背抹掉眼泪，说："能给一百元就行了，怕要多了，你也为难。"

冬生见这女把爷忠诚，有股慈善心肠，急人之困之心油然而生。他笑了笑说："这样吧，我看你也急着用钱，我也不砍你的价了。就同意你的出价买下。不过我得进去看看房子内部怎样才定，行吗？"

女把爷脸上漾开了笑容，说："我谢谢你了，叔叔。"说完，就打开屋门，由冬生自己随意在里面转转。

冬生抬眼看了看，整座房子全是木架结构，两层。楼底离地面仅有两米左右高，有些立柱都倾斜了。他用手摸了摸，全是杉木的，没有一根杂木。他又踏上狭窄的木楼梯，弯着腰上了楼。楼上屋顶有一块透明的玻璃瓦，把外面的光线投射进来，楼板都七拱八翘了。他在楼上走了走，用脚底试着压了压楼板，安全上没有什么大碍。看了一阵，他下楼，姑娘坐在一张矮凳上，两眼凝视着冬生，显出诚惶诚恐的神态，急忙问："叔叔，你看这房子还可以么？叔叔，我不是自卖自夸，要不是我妈要治病，你再加一百块钱我也不卖！"

冬生从屁股后的裤袋上抽出竹烟杆，慢慢用手指从吊着的布烟袋里挖出点生切烟，一声不吭，抽了一口，又抽了一口，接着又咳嗽了几声，慢条斯理地说："妹仔，我是看到你的困难上，看到你对母亲的一片孝心份上，像这样的房子，要住人还得花点钱修补一下才可靠……"冬生犹豫着。

他想了一下，又问："妹仔，是哪个叫你出这个价的？"

女把爷直说："是我的舅舅。"

冬生摇了摇头，半天才说："贵是贵了点，但看到你还是诚实的，又急等钱用。这样吧，我身上没带那么多现钱，先给点定金，明日这个时候，你照样在门口等我，等我把钱全给齐了，你再把钥匙交给我，你还要写个字据给我，证明你这个房子已卖给我了，行吧？"

女把爷大喜过望，爽快地答应了。

冬生把这事告诉了后生们，个个都很赞成，满妹说："爸天天卖叮叮糖的钱，都能买房子了。"

天保说："这是爸从牙缝里抠出来的钱呵。他不知有多少脚毛掉在路上，脚底已磨成厚厚的茧了。磨破的草鞋都用箩筐挑了。实在不容易呀，爸一天在外，连碗米粉也舍不得吃，总是空着肚子回家。爸实在值得我们孝敬呵。他年过半百了，还操心这，操心那。"堂屋里充满着快活的空气。

冬生买了房子，不几天，就像风一样，吹到人们的耳朵里，唯独梁家白还蒙在鼓里，大家都不知道他到哪里去了。

"冬生，听说你在城里买了房子，我的仔就在你那房子附近读书，能不能到你那儿住一下呀？"一个人说。

"冬生叔，你是好人，我的仔也在你的房子附近学校读书，饭米我们给，食宿吵烦你一下可以吧？"

"民国了，男把爷都想学点文化，就是家里离学校太远，冬生伯，我的仔想到你那刚买的房子住住可以吧？做做好事吧，我们会报你的恩的。"

"我的仔才十三岁，我不放心他到城里读书，天晴跑一下可以。中午带饭在学校吃。要是遇到下雨，又要过河，河水猛涨，太叫人担心了。我的仔也想到你那刚买的房子里挤一挤，将来我的仔读了书出来，他不会忘记你冬生伯的恩情的。"……

听到这些恳求的声音，冬生沉默了，他思忖着，真是树大招风呵。我这点东西，就有人盯上了。说实在的，这些男把爷要求学，也是实在困难了，能帮就帮，能助就助，他们又不是问你要钱要米，住一下有什么不可以呢？他估了估，至少有八九个人对他说了，答应一个，又不答应一个，会得罪人呵，索性统统叫他们一块来住吧。至于做叮叮糖的事，只有交给天保了，天保做好的叮叮糖，挑到铺面来卖就行了。这八九个男把爷，他们在楼上挤一挤，将就点行了。他可以帮他们煮饭。唉，人就要急人之困嘛。

这几个男把爷来了以后，冬生给他们定了规矩：不准在上面点蜡烛，怕不小心起火，不准超过规定的时间睡觉，不准大喊大叫大声讲话。这些男把爷，个个遵照冬生的规定。没有床铺，只有睡在楼板上了。

冬生今夜没有到城里铺面去住，由几个男把爷在看铺面。他回来想同后生们聚一聚，尤其想同小保聊聊，没想到，小保写下这些字。今夜他失眠了，鸡都叫二遍了，他才迷迷糊糊地睡着了。

小保写了那些他该说的话，就按惯例出去了。他是按时准确地同那几个人见面的。他想到今晚上一定有什么重要任务，说不定要准时到达保密地点，不得有误。他双脚踩在狭窄的田基上，想走快点生怕跌跤了，要是崴着脚，那更加急死人了。

他走了近一年的夜路，已锻炼成像个夜猫一样的敏捷了。他在田基路上跳着走。走过一段田基路，就到荒野地段，他可以像夜猫一样轻松自在地往目的地走去。

马路上半死不活的黄色灯光照着他找到了一条又黑又长又窄的巷子。

他轻轻地敲了几下木板门，这是他们的规定和暗号。记住这些暗号，就晓得是自己人了。个个都对这些暗号烂熟于心。

开门的是周健玲，他白天在学校打杂，晚上就像夜猫子一样来到这里。这也是他夜宿的地方。

屋里有一盏洋油灯点着，小保朝里一看，至少有六七个人无声地朝他看来。

周健玲向小保一一作了介绍，小保惊讶地说："原来教我文化的刘邦人老师也在。"

刘老师微笑着伸出细长的手掌，小保紧紧地握住他的手，半天才放。看着他那斯斯文文的神气，穿一套褪了色有两个补巴的中山装，洋油灯照着他精神焕发的脸庞，高高的鼻梁，不大不小的眼睛。

刘邦人见人都到齐了，他用地道的东北腔怡然自得地自报家门：“我是东北人，大学毕业后，我的家乡被日本鬼子强占了，我只得流落异乡，到南方来了。……”

他说完几句，声音沙哑了，而且有点接不上气来。停了一下，他接着说：“同志们，国家兴亡，匹夫有责。日本鬼子侵犯我国领土，我们年轻人要舍得抛头颅，洒热血，誓死捍卫我们的国土。今晚叫大家来，就是去街头巷尾去贴抗战宣传标语，这也是抗日行动，以唤起广大市民的抗日热情和斗志！我相信，在座的各位，一定会做得很漂亮的……”接着，他把标语的内容念了一下：“打倒日本帝国主义！”“国家兴亡，匹夫有责！”“有力出力，有钱出钱！”“全国同胞团结起来，同仇敌忾，把日本帝国主义赶出中国！”“日本鬼子从我国滚出去！”

他简短地讲了几句，就把他事先写好的标语分内容叠好，然后说：“两人一组，一个提糨糊桶，一个拿标语，标语放在布袋里。要注意安全，见人来了要避开一下，等人走了以后再贴。我们做事要快，不要叫人发现，避免麻烦！你们先去贴，要提高警惕。完后回来这里一转，我还有事交代。”

街上万分的寂静，就像在岩洞里一样。天是黑洞洞的，一颗星星也不见。要不是街旁有寥寥无几的要死不活的灯照着，城市的上空就像被一个大锅盖罩着似的。

街上一切的一切都像进入地窖一样的了，电影院已寂静无声，就是那些夜耗子也不知藏到哪里去了。还有那些妓院的老鸨们，都安然地做美梦了。整天整夜靠卖脚力的担子米粉的伙计们，他们也许正在家熬制卤水呢。

忽然间，有一股凉风吹在他们的脸上，紧接着，又来了一阵冷风，街旁的树枝在点头哈腰。房屋的门、窗也乒乓地响起来了，连那些要死不活的街灯也一闪一闪的，像被漫天飞舞的飞虫遮住一样，树叶、纸屑、尘土在街上乱飞起来，地上像被清道夫扫干净一样。这阵风，它唤醒了人们的抗日热情和斗志，它扫荡着中国大地的灾患！

小保的胳肢窝里夹着标语，周健玲手提着小小的糨糊桶，狂风对他俩没有一点损害。他俩要把这些标语贴在骑楼下，贴在电影院一带，贴在街道两旁房屋的墙壁上。

说也怪，待他俩正准备刷糨糊时，风停了，也没雨。天老爷是会照顾这些热血青年的。

“小保，我刷糨糊，你贴。”周健玲说。

小保年纪轻轻，做事老成持重。他唯恐万一又有风把标语损坏和吹跑了，他去找来了一块砖头，把布袋里的标语拿出，一张张折起来，用砖头压在地面上，拿一张，贴一张。他看到刘老师写这些标语的字，工笔端正，苍劲有力，叫人一看，醒目耐品。

他俩贴完一处，又往另一条街走去。

街上无人影，像死一般寂静。他们除了能听见自己的轻微的脚步声外，再也听不到一点响声了。当他俩在街道旁的几家门面的木板壁上贴完后，正准备继续向前走时，忽然有两个人影朝他俩走来，只听一个人老远就喊着：“喂，深更半夜，你俩在搞什么？”

小保抬眼一看，竟是两个巡警，心里打了一下小鼓。周健玲一手提着糨糊桶，一只手揣着小保手中的布袋，箭一般掉头就走。

“站住！要不，我们开枪的啵！”那个矮个子用威胁的口气说。

周健玲拉住小保，站住了。

“你俩在干什么？”矮个子巡警逼近说。

话音刚落，另一个高个子巡警赶上来，看了他们两人一眼，小声对矮个子说：“他俩是贴标语的，莫管了。”

“什么标语呀？”矮个子巡警问。

“宣传抗日的标语呗。”高个子巡警说。

“我不信，抗日的标语不在白天贴偏偏到半夜才贴？”矮个子巡警说。

“哎呀，我讲你也不懂，走吧，没管那么多闲事。”高个子巡警说。

“我不懂，你懂，不行！我非去看看不可，万一不是呢？”矮个子心里不服，就三步并成两步朝小保刚贴的标语那儿走去。

高个子巡警一只手握着步枪，看了小保和周健玲一眼，一言不发。

小保见矮个子巡警走了，高个子巡警又不作声，努了努嘴，周健玲挨着小保，用手扯一下小保的衣角，小保会意，提着布口袋，一声不吭，甩开大步直往前走，周健玲随之相跟着走了。高个子巡警睁只眼闭只眼，背朝着小保和周健玲，装没看见的样子。

小保走了离高个子巡警丈把远，见矮个子巡警来了，他小声对高个子巡警说："走吧。"他看看四周，不见小保和周健玲，也不吭声。小保和周健玲索性走到一个墙角，想听听两个巡警有什么屁放。

他俩看着那两个巡警站在马路边，一会儿，那矮个子巡警蹲在地上，把枪放着，好像累坏了一样。只听那高个子巡警说："是吧？我不会哄你的，这两个年轻人是抗日的嘛。"

矮个子巡警没说话。

高个子巡警也蹲下来，继续说："我就是要反对日本帝国主义侵略我国！我一听日本鬼子就火烫。你看人家李宗仁、白崇禧不都是率领大军打日本鬼子么？还有毛泽东领导的八路军不是在北方打日本鬼子么？国共两党都在打日本鬼子。要是日本鬼子侵略到我们这里，我第一个报名上前线，老子不信打不跑日本侵略者。"高个子巡警声音越来越大，小保和周健玲都听出味道来了。

"我同你不一样，对门火烧山，与我不相干，真打起来，那子弹不长眼，你不怕死，我还要活命呢？"是矮个子巡警的声音。

"那个个像你一样，我们国家早就成亡国奴了。难道你不是中国人？你一点也不爱国？日本人要是来了，做汉奸的，少不了你这个卖国分子！"是高个子巡警气嘟嘟的声音。

"哎呀，谁也不晓得日本人来了会怎么样，我也不晓得什么汉奸，到哪个山头唱哪首歌！"矮个子巡警低沉的声音。

"你没听说过呀，凡是日本人到过的地方，就搞烧光、杀光、抢光！好可恨，好残忍，好可怕。千千万万的中国人在日本的暴政与毒刑下过日子，这种日子，中国人民不起来抵抗能行吗？好了，我不同你抬杠了，你这个死脑筋，有哪根筋同我不一样，只晓得钻牛角尖，走吧，到那边看看。"高个子巡警口气很硬，他的右手把着枪柄，说完，就往江边走了。

矮个子巡警不再说话，他不知说什么好，他也怕得罪这个伙伴，就立起来，背起枪，朝四周扫了一眼，懒洋洋地跟着高个子巡警。

小保和周健玲静静地听完两个巡警的争论，沉默了一阵，周健玲先开口："这两个巡警，一个跟我们穿一条裤子，另一个撑硬气，最后要吃亏的。"

"就是让我们多宣传啰，开开这些死脑筋的窍啰。爱国的是大多数的，反动的是极少数的。像那个矮个子巡警，我们还是可以争取过来的呀，那高个子巡警的一番话，说不定还打通了那个矮个子巡警的死脑筋呢。……”小保接过周健玲的话说。

周健玲朝四周扫了一眼，见无人，就在一根电线杆上刷起糨糊来了。小保跟手贴上，他数了数布袋里的标语，没有几张了。

他们俩终于把带来的标语贴完了。小保和周健玲到刘邦人那儿，只见那两组的同志都在等候多时了。小保心里说，要不是碰上那两个巡警，他们还要回来早些呢。

刘邦人见贴标语的同志都顺利地完成了任务，心里很高兴，眉宇间显出特别的精神。他不慌不忙地在洋油灯旁，用两眼扫视一下在座的同志，然后，慢条斯理地说：“今夜大家顺利地完成了既定的任务，很好，很好。接下来还有新的任务，这是上级党组织布置的。……”他停了一下，急切地说：“据可靠消息，日本鬼子不久将入侵本地，日本鬼子们是先用飞机轰炸，然后再出动地面部队。据我们了解到的情况，目前，本地的防空警报是有限的。为了本地儿女的生命安全，不至于叫日本鬼子的飞机活活炸死，那就要事先通知老百姓疏散，逃到防空洞内，本地的山洞多，飞机丢那些炸弹是炸不通的。怎么办呢？我们要发挥耳朵的功能，发挥眼睛的功能。听见有异常的声音，或是看见天上有什么不对劲的东西，就赶快喊叫人们藏到防空洞内。这样，我们得组织一个‘抗日夜呼队’。一个队三个组，一组两到三人。白天晚上二十四个小时轮流值班。发现敌机来时，就边跑边喊：‘敌机来了，各人防备’，要是没有情况，也可以到街头巷尾宣传抗日。要喊口号，口号要简短明了，比如：‘打倒日本帝国主义！’‘有钱出钱，有力出力！’‘国家兴亡，匹夫有责！’等等，千万不要喊错。我看还是要有专人喊，要选一个声音洪亮、口齿清晰的，还可以到街头巷尾发情报。当然，这些文字上的宣传，由我和几个人商定。……”歇了一下，又说：“你们各自回家多组织一些‘抗日夜呼队’……”

在座的聚精会神一声不响地听着刘邦人生动、准确、贴切又迫切的讲话，十分钦佩这位北方来的老师。随后，自行组合“抗日夜呼队”。小保和周健玲一组，还差一个人，小保说：“我们回去再找一个人吧。”

完后，各人肩负着各人的重任，踏上自己回家的路。小保撂开双脚，回到他的房间，雄鸡都叫天光了。他躺在床上，忽然想到碰上那两个巡警的事还没有向刘老师汇报，就像有一项任务没有完成那样不自在，不舒服，就像一个战士遇上了敌情，如果不向组织汇报，就是犯了大错误呵，他想着想着就睡着了。

第十九章

礼拜天，冬生没有去铺面。洗漱完后，就生火。昨天，天保在圩上买了两斤多米粉，说今早上过早要吃米粉了，平常，冬生一家人过早，总是吃头天剩下的饭炒来吃的。久了，也要换换口味，那就是最方便又可口的米粉。

要讲到桂林米粉用的卤水，那可是很有讲究。什么八角、花椒、生姜、草果等等，那几十种制作卤水的原料，都必不可少。不过，穷人家就没条件那么讲究了，只是简简单单地吃碗原汤粉哄一下肚子就行了。讲究的荤的原汤粉，汤料里照样用八角之类的原料用作调料，还要加猪筒骨、排骨或是牛骨头，把事先切好的猪瘦肉、猪肝、小肠放到熬好的汤汁里，等大火一开二开，就往事先在开水中烫软的米粉用瓢浇上一两瓢，再撒点香菜葱花，想吃辣椒的就放点辣椒，拌匀，就可以往嘴里送了。要是吃素的原汤粉，搞点酸豆角呀，酸菜呀，那味道也很好，叫你吃了一碗还想吃一碗。冬生家现在可没有条件太讲究了。

今晨，几个后生们各自吃了一碗冬生煮好的素的原汤粉，就各自去做自己的事了。冬生看了看，还有小保没进厨房来。他估计可能小保昨晚回家太晚了才睡觉，正在做梦。自从他看了小保那封信，一切保密的事都在肚里装着。他太喜欢小保了，这个小仔正在走正道呢。他心疼他，是要他保重身体就万事大吉了。

他把铁锅里的原汤用锅盖盖着，然后剩下的二两米粉放在碗里，意思是，叫小保自己冒米粉吃，爸要做事去了。

冬生刚迈出厨房，小保低着头，用右手背揉着眼睛，同冬生撞了个满怀。

冬生猛然抬头，见是小保，心痛地说："小保，灶台上还有二两米粉，自己冒热了吃。"他边说边走。

"爸，你莫走，我还有话对你说呢。"

小保自己冒热了米粉，浇了一瓢原汤，放了点酸豆角，就坐在矮凳上嘲起米粉来了。冬生也顺手找来一张矮凳，与小保相对坐着。他看见小保那饿得伤心的样子，懊悔米粉太少了。一个正在长架子的小伙子，二两米粉怎能填饱肚子呢。

小保嘲完了碗里的米粉，用左手背往嘴唇上抹了抹，说道："爸，我那封信的意思你还记起吧？"

"能记起，爸没有白养你，你是个争气的仔。你说吧，有什么话要对爸说，放心地说，爸都会支持你的。以前爸有做不对的地方，一时不了解你，现在知道我误会了你，话讲明白就把误会解除了。"冬生掏心掏肺地说。

小保听他爸说得这么恳切，这么实在，这么掏心掏肺，这叫他很放心，很相信。于是就细细地、原原本本地把他去干什么事来，有些什么人，都毫无保留地从肚子里全倒了出来。

冬生就像看人唱调子那么精神集中，几乎全都听明白，听懂了。然后拍了一下膝盖，站起来说："中国有你们这样的年轻人，一定能把日本鬼子赶出中国！放心吧，爸会支持你的。你刚才讲的，爸听明白了，我有我的想法，有我的安排。今天，你先去看看牛吧……"

小保高兴地说："在家里，我听你的安排，我还要挑粪箕去捡牛屎呢。"

冬生看着小保那逗人喜欢的神气，看着他那脸上深深的两个酒窝，那大大的眼睛，内心深感欣慰。心里说，像小保这样的仔，多生两个就好了。

在小保没有对冬生讲话以前，他早有打算了。他听人说日本鬼子迟早要侵略到这里的，因为他晓得日本帝国主义的狼子野心是要全部吞掉中国，把中国这块肥肉当作日本人的下酒菜。他多少也晓得，在北方，有毛泽东领导的共产党建立的八路军在打日本鬼子呢。毛泽东运用游击战的战术，照样把日本鬼子打得四处逃窜，坐卧不安。蒋介石是个怕死鬼，是个卖国贼，他不去打日本鬼子，反而把枪杆子调过来打八路军，真他妈的不是人。李宗仁、白崇禧还不错，还有点爱国心呢。

要是日本鬼子真的打来了，老百姓到哪儿躲呢？那些不长眼的飞机，那像屙屎一样的炸弹丢到地上来，遍地火光熊熊，烟雾浓浓，房屋挨炸了，这些人去哪儿去躲呢？他为这事，都想了好几天了，只是他从来未对后生们，对任何人说过这事。今天，既然小保这些年轻人都有准备了，那他也得按他的想法去做做呀。

他独自拿了一把磨得飞利的柴刀，准备到山边瞅瞅。他不想惊动任何人，也不想拖累任何人。他这样做，怕有的人不高兴，扯后腿。一个人去，没有人说长道短，自由点。他想实际去做，万一他捡到点金子，也没哪个抢。万一遇到麻烦，也不会有人责怪他。

他早就听说过了，在附近右边的一座不怎么高的起伏连绵的山下，有一个不显眼的山洞，没有一个人晓得，也没听人说过。他听他的父亲说过，他想去那儿看看。

他走到往洞口去的路间，往前看，那一丛丛灌木，那密密麻麻的松树林，抬头看天，看不见太阳和云彩，低头看地，不见土。倒是听见鸟儿啁啁的叫声了。显然，成串的人流要往山洞里去，是相当困难的。

他想沿山边用柴刀开出一条路来，成串的人可以直往山边去，直到那个洞口。这样，日本人也不易寻找到那个洞。新开辟的路，得用乱石或柴草遮蔽，日本人来到这里，人生地不熟，做梦也不会想到的。

他来到山体边沿，用柴刀先开路，只割了两步路长，然后把那些灌木荆棘撂到一边，继续往前割去。他的两只手都被刺丛扎得鲜血溢出，手心手背沁出的血印如同用红笔划了一圈，疼痛难忍。比他还高的灌木丛，比针还利的刺，这下真把这位土生土长在这里几十年的老农难住了。他想到日本鬼子说不定就要侵犯到他的家乡了，他想到众多的男女老少为躲避日本飞机轰炸，他浑身的劲又使出来了。他不敢弯腰，一弯腰他的脸和眼就被刺伤。他只有挺着胸，手握柴刀，挥动着，挑动着。他生怕这衣服裤子被刺挂烂，他小心翼翼地避开着荆棘和刺。他头上已布满了豆大的汗粒，身上热乎乎的了。他脱掉衣服，打起赤膊来了。

他费了大半天的工夫，终于找着了一个洞口。这洞口圆不圆，方不方的，他仔细观察一下，勉强可以一个人弯腰进去。

他穿好衣服，探头往里瞧着。里面黑黢黢的，什么也看不见。他捡来一块拳头大小的石块，朝洞里扔进去，“当”的一声响后，忽然，他听见“扑嗒扑嗒”的声音在里面响了一下，他再继续扔进去两块石头，又是“扑嗒扑嗒”的声音。他心里打着小鼓，一刹那，两只黑黑的东西朝洞口箭一般飞来，差点撞在他的头上，他吓得手都打起颤来。他拍了拍胸脯，定了定神，那东西又往洞里飞去，他这才看清，原来是几只蝙蝠。停了半天，洞里一点动静也没有了，他猜测里面不会有什么伤人的东西了。他去找了些杂草，扎成长条条的、碗口粗的草棒，点着了火，在火光的照耀下，他在洞里走着，走着，造物主把这个洞造得非常好，洞顶只有比人高点的空间，顶上凹凸不平，没有滴水，洞底倒不怎么平整，有一些细石碎土，里面很干燥。借着草棒的光亮，他看见了一两个小鼠蹿来蹿去。他手中的火把，有时灭了，他舞动一下，又闪出了通红的光亮。

大约在洞里走了一支烟的工夫，才回到原进洞口。

他估摸着这洞有五间房大小，也可在里面容纳百十来人，就是找不到出口。他思忖着，万一日本鬼子发现有人藏在里面，用枪扫，用烟熏，用火燎，那里面的人将会没有生还的机会。他思来想去，他又重新回到洞内，沿着他先前走过的路，他的火把向洞顶照着，照着，火把都快烧光了，洞内充满了烟雾，他咳起嗽来。就在咳嗽时，忽然发现洞的一侧有一点光亮，他找到那个有光亮的地方。

“噫，从这里可以跑出去呢。”他自言自语地说出声来。

他用手扒开碎石，越扒洞口越大，他弓着腰，爬到洞外，他扒开草丛，这时，一缕刺眼的阳光照耀着他。

“行了，有进有出，这里是一个绝好的躲飞机的地方。”他兴奋地自言自语说。

他又继续在这座山的边沿寻找着。他想再多找找，还有不有这样的山洞。

功夫不负有心人，他简直成了个地质队员了。他又找到一个比这稍小的山洞。

说实话，他是在这里土生土长的，自从他懂事以来，成家以后，整天忙于生活，日出夜归，为的是填饱肚子。尤其是这几年，他除了经营自己租来的农田外，又喜欢上了“哪嗬嗨”，又迷上了叮叮糖的制作，整日忙得不可开交，哪有时间去山里走走呢。他从来没听老人说过附近有一个山洞，因为这一带荆棘丛生，连砍柴的人也不曾光顾这里。

他边走边想，不觉来到一面平坦的草坪上了。远远看去，地上的草不怎么葱绿了。近看，也能分辨出一些嫩绿来。从山那头赶过来的一大群牛，争分夺秒地在啃食地上的嫩绿。牛们知晓，它们很快就要走回自己的牛栏了，又要过一夜自己的单独生活了。

小保肩上挑着一担牛屎，他歇了下来，用牛粪刮刮吆喝着牛群，他在牛往回家的路上同牛们脸对脸相持着。牛也和人一样，每到黄昏，也要回到自己的住地。

小保一眼就瞅见了冬生。他不知道父亲怎么这么晚了还没有回家，因为冬生出去做什么，从来也不同后生们讲的，后生们认为这是父亲的缺点。儿女大了，总是牵挂老人的，万一老人碰上什么，后生们心里也有个底呀。

待冬生走近小保，两人相互盯了一眼，小保问：“爸，你还未回家呀？”

“我在附近转悠了一圈，找到了两个岩洞。”冬生很自信地说。

“呀，你去找岩洞来，那太好了，里面有好宽？”小保惊喜地问。

接着，冬生温存地把他找着的两个岩洞的大小、高度，慢慢对小保说了一遍。小保认真地听着，半天，他才平心静气地说：“爸，你说的那两个山洞可以，就是离住的地方稍远了点，日本鬼子的飞机要来轰炸，要跑到那么远去躲，人还未到，飞机的炸弹早已丢下了。”

冬生默默不语，沉思着，半天才吐出一句话来：“那你说怎么办呢？”

小保很自信地说："连用不着去找，就在北面有个敞开的岩洞，像一个青蛙张开了嘴，里面又宽，亮堂堂的，空气又好，又不闷人，能看见日本飞机朝这里飞来。人躲到里面，谅飞机丢完了炸弹，人也毫发无损。离住地又近，人只要听到飞机声，或是人的呼叫声，三跑两跑，飞机未到，人已躲到岩洞里了。"

"呵，是这样，我以为要找个隐蔽的山洞啰，我怎么没想到，唉，又白跑了半天，害得又白白地开通了一条路进去，白累了半天。人老不中用啰。"冬生十分懊恼地说。

小保肯定地说："多找出几个岩洞也不是坏事，说不定以后会有大用场呢。"

"但愿吧。"冬生说完，独自走了。

小保十分钦佩父亲，心里很高兴。他看着他的背影渐渐走远，就吆喝着这几十匹黄牛，挑着牛粪，牛们低头咬着短草，走一步，又低头咬短草。小保心里说："牛们，我爸同你们一样，忠厚，老实，他回家做饭去了，你们抓紧吃吧。天快黑了，马上就要回你们的家了，你们的主人已打开牛栏门，等着你们回去呢。"

第二十章

又是一个礼拜天。小保已有几个礼拜没到王城耍了。这天天气不错，不冷不热，天蓝、气爽。这样好的天气，小保等急了要去耍了。过完早后，他没和父亲打招呼，就提上用布袋装的二胡，一个用帆布做坐垫的活动折叠矮凳，甩开那修长的双腿，直往王城去了。

他听父亲说过，王城是明朝靖江王住过的皇宫，宫内是不允许人们去耍的，平常人们休闲的地方，是在宫外。

他开始走得很快，走了一段路，脚步又缓慢下来。他想到了拉二胡的盲人师傅。

他有蛮久没有去看盲人师傅拉二胡了。他不是忘记了师傅，不是不想师傅，他记住师傅是他拉二胡的启蒙老师。他也晓得，学艺的古训是：师傅领进门，修行在个人。他心里是常常想念他的，他不是那种不尊师重道的人。他同父亲一样，每逢到农历春节、元宵节、清明节、端午节、七月半、中秋节，在祭神台上烧香祭祖时，就要看看神祭中央那几个用大红纸写着的“天地国亲师”五个偌大的醒目的正楷字。师的位置已排在神祭上了，可见，老师、师傅的地位是那么崇高呵，他哪能把师傅忘记呢，他只是有自己的事务在身。而他的事是保密的，不能叫第二个人知晓的。他怕自己万一有什么不测，怕连累师傅和有关的人。这是他必须十分谨慎的考虑。

他缓慢地走着，眼睛似乎迷糊地盯着前方，他轻轻地踢着了一块拳头大的石头，心里敲了一下鼓，他的眼睛才看清楚了前方的路。

王城里像圩场一样，人们来来往往，熙熙攘攘。在他来的路上，他早就看见盲人师傅在街旁的一个铺面前的一块平地上，坐在那儿拉二胡了。师傅仍旧拉他的拿手活，拉“哪嗬嗨”大筒。小保不想吵烦他，只是在围观人的外围，朝里瞅了瞅，就赶快走了。

小保独自一个人来到王城的南门大道旁的一块空地上，取出他的二胡，打开他的帆布坐凳，正经坐着，那二胡挨在左膝盖上，伸长右腿，移好码子，对正了弦音，两只手就忙碌起来了，二胡随即发出了委婉动听的曲调。人们又蜂拥地围上了他。他先把“哪嗬嗨”的大筒演奏了一阵，然后就转调了。他独奏了一曲冼星海作曲的《黄河大合唱》，接着又独奏他的《大刀进行曲》，接着又独奏刘天华的《光明行》。人们的眼看着他的左手四个手指同时在弦上跳动，不时地在弦上滑动。右手握着弓，一会儿轻轻地，一会儿重重地在筒上推动。

这清越悦耳的声音在王城上空缭绕，引来了大群围观的人。里三层，外三层，挤得水泄不通。有的人伸长脖子朝里瞅着，有的小把爷骑在父亲的肩膀上看着，也有的小把爷拱在大人们的裤裆底下。有的人踮起脚跟，都想目睹一下这位拉二胡的人。

小保身上都毛毛热了，他轻松自如地坐在那张方便的折叠帆布凳上休息了一下，就站立起来，对观众说：“我给大家唱几首歌吧。”话音刚落，围观的人鼓起掌来。

小保毫不害羞，面对着大家唱着：“大刀向鬼子们的头上砍去！全国爱国的同胞们，抗战的一天来到了……”

他怀着激昂奋进的精神，一口气唱完了这首雄壮而有力的歌曲，赢得了阵阵掌声。

他听见有人说：“这是种新音乐，从来没听过，好听，听起来有力了，有劲了，精神也来了。”“这是鼓舞我们的抗日斗志呢，它激扬我们的抗日热情啊！”另一个人说。

“我在学校听学生们唱过，不听不知道，听到不想睡觉。”一个穿学生服的青年说。

“抗日的歌曲有蛮多，我在学校听到一首歌，叫《义勇军进行曲》。那首歌，听了叫人精神振奋，叫人激奋昂扬。你们要是听了，都不想充瞌睡了。”又是那位穿学生服的青年说。

站在人围中的周健玲，朝里瞅着小保正正经经地在演奏二胡。今天，他是专来找小保有事的。他原先想到他家去找，后来一想，今天是礼拜天，天气晴朗，小保有可能到王城来拉二胡，他来看看。没想到，小保真的在这里了。他还没有同小保打招呼呢。

这时候，有的里围的观众走到小保面前，一个个都把一元的或两元的票子丢到小保面前，有的在外围的观众把纸币卷成筒样，向着小保面前扔去。也有的人悄悄走了，也有的人把票子传递到小保那儿。

像一股热流涌上小保的头上，小保深深地向观众们鞠躬。然后，高兴地说：“各位大哥、大嫂、大伯、伯娘，各位兄弟，我今天不是专为自己得两个钱而来的，大家这么看重我，我对在场的各位发誓，大家给的这些钱，我一分文都不会装进我的腰包！我将这点钱捐给正在抗日前线的将士。上两个月，街上举行了一次献金大游行，号召国人有钱出钱，有力出力，支援抗日将士。我把这些钱，将通过有关渠道，捐到前线。我对天发誓，说到做到！大家请相信，苍天在上，天地良心，请放心吧……”说完，他把地上的钱捡了起来。

“我看你这小子蛮厚道，不像个三教九流的人，我相信你会说到做到的！”一个观众说。

就在这时，小保刚把地上的钱捡完，忽然有个人站在他背后拍了他的肩膀，小保惊了一下，转过背来扭头一看，见是上次那个请他吃米粉的马公子。他还是那个老样子，一点没变，只见他穿了件黑色西装，黑裤子。他还没有同他说一句话，周健玲在小保背后轻轻拍了一下肩。小保感觉如同一根扁担打在他肩上一样疼痛，他算是醒水了。他急忙看了一眼周健玲，他俩使了个眼色。

小保装不认识马公子，也不还嘴，也不看他。他面对观众，来了个90度鞠躬，又来了个90度鞠躬。然后说：“谢谢大家了。”

忽然，王城里响起了哨子声。周健玲灵机一动，急忙向小保使了个眼色，小保意会，赶紧提起家什，跟随周健玲飞一般跑出了王城外。两人放慢了脚步，都喘着气。

周健玲排着小保走，也不看小保一眼，说道：“刚才是巡警吹哨子，可能在抓什么人啵。”小保也不看他，说：“这种世道，耍一下都不安。”街上的行人一点也没觉察出是他俩在说话。

周健玲同小保又无声地在人行道上匆匆往西走，走到稀稀拉拉的人流时，周健玲忙问：“刚才问你话的那个人你认识？”

“也是在王城里。”小保说。

接着，小保把马公子叫他到米粉店去吃米粉的过程向周健玲细说了一遍，然后说：“对这种人，我是有警惕性的。看他那花花公子样，同我们这些穷人走的根本不是一条路。”

“你有警惕性我就放心了。”周健玲说完，拉着小保的手，站着又说：“你晓得不，他是一个地道的三青团分子，专门到处拉拢社会上的、学校的一些年轻人加入三青团，他好去领赏。千万要提高警觉，他为什么喊你去吃米粉？这种人，他没翘屁股我就晓得他要屙屎。国民党三青团也想发展他们的队员呢，也想同共产党争夺年轻人。三青团是个反动的青年组织，它是反共反人民的，它是投降日本人的，是为反动的地主资产阶级服务的，是与共产党领导下的共产主义青年团走的路不同的。你千万千万不要同这帮人打交道，不然，他们会把你拉下水，上他们的当，进了他们的套，走在了共产党的反面，与人民为敌，你还蒙在鼓里。到那时，你就是拿脚抹眼泪都后悔不及了，你记着了不？”

“我晓得，叫组织放心吧。你不要把我瞧扁了，从门缝里看我。我要是那样的人，我就不会写申请书要求加入共产党。”小保郑重其事地说。

“你猜到我要来找你不？”

“猜不到，我又不是孙悟空，钻到你肚里，什么都晓得。”

“是刘邦人老师叫我来找你的，他再三嘱咐我，一定要找到你，叫我带你到他那儿。”

小保一听是刘老师找他，心里咚咚地打起鼓来。他昨晚梦见刘邦人通知他，党组织批准他加入共产党了，他将成为预备党员，他高兴得在屋子里跳。一会儿，他就醒来了，原来是个梦。他盼望着梦想成真，说不定刘邦人老师就是为这事找他呢。

小保早就晓得刘邦人老师是共产党在本地的秘密地下党组织的党支部成员，现在又是他的入党介绍人。他曾经找小保谈过几次话，感觉小保为人诚实，做事扎实，有不怕吃苦，爱憎分明，对剥削阶级有深刻的认识，全心全意为劳苦大众做贡献，为国家做贡献的思想基础，是一个可以发展成共产党员的好料子，就叫他写了一份入党申请书。小保早就听说中国共产党是全心全意为中国人民求解放、谋福利的，又是领导中国人民抵抗日本帝国主义侵略，推翻压在中国人民头上的三座大山的，为中国早日富强的，叫中国人民过上好日子的，叫全中国四万万老百姓信得过的好党。中国共产党是以出生在湖南湘潭韶山冲的毛泽东同志为首的几个革命先进人物领导的政党。

他俩站着谈了一阵，就慢慢走到一个绿树遮日的村庄。这个村庄紧靠铁路和公路交叉附近，不远处就是一座山。

周健玲带他到村边的一幢矮小的平房前。小保认真仔细地看着，这房子没有同村里的房屋相连，单独一间，墙是用泥砖砌成，屋顶是泥烧青瓦，木板单边门，木门有一个小小的猫眼洞，从洞眼看，可以瞄视外面的动静。小保猜测，这房屋就是一个农家人堆放杂草的。

周健玲习惯地朝四周扫了一眼，看看没人，正用食指轻轻敲着门。过了一会，走出一个年轻人，周健玲和小保都没见过。那人说出了暗号，周健玲轻声回答，那人就让他俩进去了。

参加革命以前，周健玲走路往往是人没到，脚步声在两丈远的路上就听见声音了，为了革命的需要，他学了点轻功，如今走路就像小猫那样轻巧无声。小保尾随着他，也是掂着脚跟走，他生怕因走路声引来不必要的麻烦。

房子内前侧靠右有一间牛栏，里面没有牛，也没有猪，只是堆放着一些柴火。

那年轻人把周健玲两人引到最里边的一间屋里，小保一眼就看到里面有一张床铺和一张简易的四脚木桌，没有抽屉，靠墙放着几张矮板凳，一个戴眼镜的先生坐在打开的一个单窗边，借着窗外射进的光，正聚精会神地在看

《新华日报》。

这人正是刘邦人，他穿着一套破旧的灰色中山装。听见周健玲轻轻地叫了一声，他急忙放下手中的报纸，站起身来，很温和地说："来了，坐吧。"小保把二胡放到一个角落。

他从口袋里掏出一只怀表，看了看，这时，门外又响起了敲门声，不一会儿，又进来两位年轻人。

刘邦人说了说他原来住的地方不太合适秘密工作，找了蛮久，才找到这个偏僻的，对某些人来说，是很难想到的地方。

他兴奋地说："这里离铁路和公路较近，不远处又是一座小山，那一片又是山连山，岩洞又多，遇到异常情况，是隐身、甩脱特务人员的方便之地。"说完，用手指动了动眼镜。

他的眼扫了一下，然后，又不紧不慢地说："今天，召集在座的来，是传达经上级党组织审查、并批准通过了，王小保的入党申请，党组织同意接受你正式加入中国共产党。我和周健玲作为你的入党介绍人，我们将在这里举行一下入党宣誓仪式。"

小保这时心潮澎湃，不知说什么好。他只是感到，春天来了，给他送来了温暖，他只是感到，他朝思暮想，左盼右盼要加入党组织的一天终于实现了。他只是感到，加入党组织后，党交给他的任务会更加繁重和艰巨了，他同一般群众，在分配革命工作和任务上也会不一样了。应该吃苦在前，享受在后，助人为乐的精神就要努力去实践了。从今日起，在政治上他就要开始走上一条康庄大道了。

他对刘邦人是牵肠挂肚的，因为只有他才知道自己入党的消息。现在，他对在座的人宣布，王小保要成为一个候补党员了。

小保正在沉思时，村里传来了狗叫声。接着，从屋外进来了一个放哨的小声说："刚才有两个陌生人从这里过，他俩朝这间房瞅了蛮久，又停下脚步听了蛮久，然后，又慢慢走了。"

屋子里鸦雀无声，过了一阵，刘邦人站起来十分老练地说："走吧，赶紧转移，过铁路，直往铁路边往北走，分开来一个个走，不要两人结伴走。要眼观八方，看看四周情况，要大大方方地走，不要鬼头鬼脑，装作若无其事的样子。大家就在靠铁路西的公路边集中，那里没有人行走。小保留一下。”

他们走后，这位大学历史系毕业的高才生，从他的一个随身携带的布袋里拿出一个叠得四四方方的红布来，展开在四方形桌子上。他的两眼放着光，嘴唇漾出了笑容，轻轻地对小保说：“这是党旗，我们看到它，就看到了希望和前途。”

小保又惊又喜，在这样的环境下，能亲眼看到这面党旗，他是多么骄傲和幸福呵。他是平生以来，第一次看见这样的旗帜呢。用金黄色的布缝制成的镰刀和铁锤交叉地缝在鲜红的布上，鲜艳夺目。小保涉世不深，他揣摩这面红旗的意义，就问：“刘老师，这镰刀是代表农民，铁锤代表工人是吗？”

刘邦人目不转睛地看着小保，说：“你说对了。我们共产党人就是要用不怕牺牲的精神，来实现自己的信仰。共产党人的信仰就是社会主义，最终实现共产主义。指导思想是马列主义。马列主义就是国家富强，人人平等、自由，人人有饭吃、有衣穿，没有压迫和剥削，还要有民主，做人诚信。当然，还有很多……”

小保两眼盯着刘老师的嘴唇，一声不响地听着。完后他心里说，刘老师懂得太多了，全靠书读得多呵，要好好向刘老师学习才行。

刘邦人接着说：“等一会宣誓，我宣誓一句，你跟着宣誓一句，走吧。”说完，就把那面神圣的党旗折叠成四四方方的，用一张报纸包着，然后慢慢放进布袋里，生怕搞皱弄脏了似的。

谁也说不清这座山名的来由，这几个人也不去考究。几个人穿过铁路，来到公路交叉口，一座不高的山就如同一座大楼一样呈现在他们面前了。从远处看过来，这山就像一个大罗汉，稳稳当当地坐在铁路边，目视着半天不见的火车和汽车。

山上的树木都把岩石遮盖了，到哪儿去找岩洞呢？他们在山体边缘朝山上望着，这里阒无一人，山边的池塘，浑浊的水面还零零星星浮着小片小片的荷叶，这是遗漏的或是后来长出来的莲藕。

正在路边东张西望的小保，突然兴奋地说：“呀，到处去找岩洞，眼前这不是岩洞么，还到哪里去找。”说完用手指着被灌木丛遮蔽的黑黑的洞口。

正在向山上扫视着的刘邦人信以为真，兴奋地同几个人来到小保身边，小保目不转睛地看着。他们一同走近洞口，再走近几步，大家都看见洞里有一汪汪的清澈无底的水呢。刘邦人蹲下来用手捧了点水到嘴里，连连说："好凉快的水，还有点甜味，你们喝点吧。"

大家非常好奇地用手捧着喝了点岩洞里的水，完后，他们就沿着山间披荆斩棘地走着，瞅着，爬着，瞅着。刘邦人眼利，两只手划开着荆棘，忽觉得在不远处现出了一个偌大的黑洞，他用手一指，大家高兴地相跟着他往上爬去。

这岩洞还不错，洞不大，约莫有一间房屋大小，光线不错，还比较敞亮。对面是山，背面的铁路被山挡去了，还很隐蔽。洞里是否还有洞，他们不想进去了，这里是绝对安全的。黄灿灿的阳光穿透树叶同树叶之间的间隙，向几个人照射，个个脸蛋都红通通的了，尤其是小保，他那圆圆的脸蛋更加红光闪亮了。

刘邦人说就在洞口举行活动吧，随即他小心地从布袋里拎出那面鲜红的党旗，又从竹筒里抽出马恩列斯毛领袖相来。几个领袖相都粘贴在特制的布上，然后，叫小保折断几根树枝做木钉，再把党旗、领袖相分别挂在岩洞壁上。他们都找了个合适的位置坐下。

刘邦人简短地说了几句，他面对着党旗和领袖相，小保也并排站在他的左侧。

刘邦人领头举起右手庄严地说"我宣誓"，小保也举起右手，跟着说"我宣誓"，他那对明亮的眼睛注视着党旗和领袖相，他俩都用很小很小的声音，在场的都清楚地听见了。誓词如下：

> 我志愿加入中国共产党，拥护党的纲领，遵守党的章程，履行党的义务，严守党的纪律，保守党的秘密，对党忠诚，积极工作，为实现共产主义奋斗终生。随时准备为党和人民牺牲一切，永不叛党。

宣誓完后，小保反而更加深沉了，他不知道用什么语言来表达。他心里说，叫党考验他吧，叫同志们监督他吧。

刘邦人用又兴奋又激动的声音，对在座的党员们温存地说："今天，小保在这无人知晓的山洞里宣誓。从今算起有三个月的预备期的考察。三个月后，小保要是没有什么问题，就可以堂堂正正地成为中国共产党的一个名副其实的正式党员了。小保的入党，为我们党支部注入了新的血液，我们的党又增加了一个新生的力量。这说明，我们党在极其艰苦的环境下，队伍是不断扩大的，党的力量进一步加强了。全国的劳苦大众，是向往共产党的，是相信共产党的，是看清我们党是大有希望的，大有前途的。在白色恐怖的险恶环境下，对党是充满信心的。今后，我单线与你们联系。我们地下党活动的总方针是：'隐蔽精干，长期埋伏，积蓄力量，以待时机。'每个党员都有自己的任务，我单独同小保谈。

"我们党员学习和培训期间，不得互通真实姓名，不得对外泄露学习地点，离开后在路上相遇也要装不认得。

"作为一个共产党员，除了有肉体的生命外，还有一个政治生命。共产党员应该把政治生命作为第一生命，共产党员最讲究道德和勇气，他们最忠于自己的共产主义，最忠于党，忠于人民，忠于革命事业。为了革命事业，不惜牺牲个人的一切，为共产主义奋斗终生。一个共产党员如果为了个人利益而损坏革命利益，就失掉了政治生命，他将永远被党组所抛弃，也必然被人民所藐视和反对。哪个人都会死，这是自然规律，没有长生不老的。但为人民而死，就死得光荣，因为是为解放全人类而献身的呀。这就是一个共产党员的革命的道德观和生死观。

"我们共产党员，要发扬顽强的不屈的斗争精神，不论在何种场合，在战场上，各种岗位上，在任何极端恶劣的情况下，都要冲锋陷阵，要有无比的坚毅的战斗精神。即使在刑场上，牢房里，集中营里，也绝不放弃革命斗争。绝不能对革命事业悲观失望，要有革命的乐观主义情操，坚持马列主义，要看到光明就在前面。

"万一被捕，必须坚持'不承认''不自首''不出卖'。以上讲的，就是一个真正的共产党员的必需的精神武器。有了精神武器，万一与党失去了联系，也会有无穷的力量斗争到底，具有一定能实现自己信仰的坚定决心和勇气。"

岩洞内鸦雀无声，大家都聚精会神、目不转睛地看着刘邦人那温存庄严的神态，听着他流利的语言。

小保更是没想到刘老师这么会讲，讲得这么有条有理，就像写书一样。原以为他只是个多读了些书的人，真没想到他读书读得这么活，运用得这么实际。小保全身心都沉浸在春天般的温暖里。

刘邦人把手伸向在岩洞口蹲着的小保，小保连忙站起来，双手紧紧握住了刘老师温暖的、不怎么厚实的手掌。他慢慢吐出一句话："那我什么时候交党费呢？"

刘邦人把一只手放在小保肩上，微笑着说："党费是要交的。一个共产党员如果不交党费，就算你自动脱党。一般交党费，要等预备期满而成为正式党员后，从党龄算起那天就开始交党费了。"

"交多少？我上午在王城宣传抗日，得了点捐款，我把这些钱全交给你吧。"小保实话实说，激动得就往口袋里掏钱。

"那就作为支援抗日的捐款吧。"这位有文化的党支部书记兴奋地说。

岩洞内一时又寂静下来，只听见洞外的小鸟的啁啁声。接着，一阵轰隆的声音从不远处传来，大家赶忙立在洞口一望，原来是一列火车从北面驶过，就像一条黑色的长龙。小保还是第一次看见呢。

"小保，祝贺你今日成为中国共产党的预备党员了，请我们几位去吃餐饭吧。"

"不吃了吧，人家小保的钱来之不易。"

"小保有把二胡就有钱的，吃一餐吧。"

小保抓了抓后脑壳，他没答话，想听听刘老师的意见。请大伙吃一餐饭，也不是什么违反纪律的事，反而能看出一个人的性格是吝啬，还是大方呢。

刘邦人看了看小保，微笑着说："我们共产党人，要有劳有逸，只要不是铺张浪费，大伙在一块聚一餐，也是可以的吧。"

小保连忙说："不是我不舍得钱，大家在一起，目标太大，我把钱分给各人，由你们去自由支配吧。"

刘邦人拍了一下小保的肩膀："你懂了点知识了。"

小保当真给每个在场的人一毛钱，他想，这是自己终生难忘的一天，也是一生政治生命的开始，大方一点是应该的。

天色渐渐暗淡下来，这几个年轻仔检查有否遗留的东西，就分别下山了。

来到街上，简直把小保惊呆了。他驻足观看着，只见街道两旁的书店、书摊鳞次栉比，街旁的人来来往往，川流不息，街中没有见一辆机动车辆。

小保走进一家书店，里面电灯还没眨眼，书架旁仍站着好些人在翻书，琳琅满目的书籍叫小保大惊失色。他见刘邦人也在书店里看书，他只是用眼睛瞟了一眼，装不认识。他看见刘邦人在翻阅茅盾的小说《霜叶红似二月花》，随后，他就去付了款，把书放进布袋里。

小保也很想买一本刘天华的《二胡独奏曲》，他也不知在哪儿找。他从这排书架看到那排书架，都没有找到那本书。他抬头看见刘邦人往那墨宝店去了，他也离开了这家书店。

小保没想到这条街有书店、画店，又有戏剧院，还有学校、出版社、乐器店、文具店等等。城里还来了好多文化名人呵，作家、诗人、戏剧家、画家、科学家都到这个美丽的大后方城市了。那不是嘛，这里交通方便，李宗仁、白崇禧也算开明，能容纳众多文化名人。小保要是能看见他崇拜的音乐家就美了。每当他拉起二胡时，他的忧愁、烦恼、苦闷就烟消云散。他敬佩音乐家，他们能给人以快乐，能激发人战胜困难的斗志。的确，音乐能激起人们的抗日斗志，成为动员人们、打击敌人的有力武器！它的力量是无穷的。

刘邦人告诉小保，他去参加“西南剧展”了，刘老师真牛。

小保想了一下，又走到刘邦人那墨宝点，他轻轻同刘邦人打声招呼，小声说：“走，我俩到老乡亲那饭店吃夜饭？”

刘邦人点头答应。

这时，街上的街灯亮了。小保走在刘老师前面，快到饭店时，他忽然看见那个马公子也进去了。“不好，这餐饭不能在这里吃了。”小保心里说。

他回头一望，只见刘邦人离他仅有五步之遥，他站着，等刘老师过来。刘邦人走近他擦肩而过，他小声说：“我看见有猪。”

刘邦人会意了，他直往张贴栏那儿走，他有意在看张贴栏里的广告和消息。

小保也走到张贴栏前，同刘老师一起看一张广告。他小声说：“我俩去水东门吃米粉吧，那家担子米粉店老板我熟悉。”

小保看见周健玲在饭店门前东张西望，马公子不认识他，他放心。

刘邦人仍在看张贴栏里的东西，小保也凑近看，原来张贴栏里有两条标语，是用毛笔写的小字，一条标语是：“共产党万岁！”一条标语是“打倒日本帝国主义！”。

小保小声告诉刘邦人地点，让他在那儿等他，刘邦人点头答应。

小保认识的这家担子米粉店老板，家里只有他一个人，这人四十岁左右，姓朱，穿一身浆洗得很干净的唐装衣，衣色都成灰色的了。他说他老婆回老家了，他也担心日本鬼子打到城里，怕米粉店开不成了。到那时，也只有往他老家灵川大圩方向跑了。

小保小声地介绍刘邦人是他的老师，那朱大哥莞尔一笑，说：“你俩来得正好，先尝尝我的担子米粉，完了，我再去夜市上卖。”

“你天天晚上去卖呀？”刘邦人看着朱大哥在热米粉，问道。

“不去不行，碰上运气好的，还卖得几个钱，要是哪天倒霉，遇上巡警吃白食，拍拍屁股，说声味道不错，连句谢谢的话也没有，就大摇大摆地走了。”老朱马上变了脸，他心里感觉不是味。

小保和刘邦人各人吃了二两，刘邦人掏出钞票给朱大哥。朱大哥死活不要，两人推来搡去，忙说：“你到我这里就不要客气了。你又晓得，我和小保是不论的好友，他拉二胡，我听着都醉了。还有他爸卖叮叮糖，我的仔爱吃，也从来不要我的钱。”他边说边用瓢舀了一瓢汤到刘邦人碗里，又舀了一瓢给小保。

“先吃米粉后喝汤，这是米粉的吃法。要是在街上吃，就没汤喝了。”朱大哥说。

小保喝完汤说：“朱大哥，你要不收我俩的钱，下次我们不敢来吃你的米粉了。”

“哎呀，你们真客气，那我不好意思，真的要你俩的钱了。”

他们又说了几句客气话，刘邦人怕耽误朱大哥的事，就告辞了，随即与小保往漓江边走去。

一阵凉风吹拂着他俩火烫的脸，凉爽极了。漓江上缓缓移动的灯火，一闪一闪地泛着光亮。这是来往在漓江上运送货物的帆船，这些船只，有的把货物运往平乐一带，也有向北往兴安，然后转到西江，再往梧州一带的。

江边寂静无人。只听见江水拍打着岸边的声音。他俩并排坐在码头的一块石阶上。

刘邦人小声说："好在马公子没有碰见你，要不然，这个龟孙子又要纠缠你了 。"

"他认识我，不认识你吧？"小保说。

"难讲，你不认识人家，不一定人家不认识你。平常我上完课就不在办公室了。他是学校三青团的成员，小保呀，三青团是反动的托派分子，他们歪曲了三民主义理论，到处散布反动谬论，说什么马克思主义不符合中国国情。他们那一帮子在同我党争夺青年学生，妄图引导青年走国民党反共反人民的道路。我们必须要有清楚的认识，不要昏了头脑，上当受骗！"

小保激动起来，说："怪不得这个马公子见到我，老是笑着同我讲话呢。我同他一不沾亲，二不带故，就是在王城认识一下，看来，他是醉翁之意不在酒啵。"

"你有清楚的头脑就好。"刘邦人说。

"要是他死缠硬拉我不放怎么办？"

刘邦人沉默了，半天才说："那你就答应他！你老不答应他，弄不好反而会暴露你的身份。上级地下党也指示我们把少数地下党员打入三青团中，秘密掌握领导权，阻止他们发展，限制他们的反动宣传！不要给蒋介石的阴谋得逞！刚才在张贴栏里那两条标语你看见了不？"小保说："看见了。"

刘邦人又说："这说明，广大老百姓是拥护共产党的，反对日本侵略中国的。"

小保听得津津有味，他说："刘书记，你既懂国文，又懂历史，能不能讲点革命史给我听呀，叫我也懂点革命历史和道理呀。"

刘邦人想了一下，说："文史不分家嘛。"接着，他用熟稔历史知识、纯真的文学语言侃侃而谈起来，他看了看小保身边的二胡。

他说："辛亥革命后，军阀混战，民不聊生，哀鸿遍野。俄国十月革命的成功，给中国带来了马列主义。1919年5月4日，北京学生爆发了'五四'运动，极大地推动了马克思主义在中国的传播。1921年7月1日，中国共产党在上海成立，它决心为中国的老百姓过上好日子而努力，把中国这个受尽帝国主义、官僚资本主义和封建主义欺压剥削和奴役的民族解放出来，把中国建成文明、富强、自由民主的国家而奋斗。这以后，共产党队伍不断扩大。蒋介石为了中国地主、资本家的利益，没有一天停止过镇压革命，镇压人民，妄图消灭中国共产党。1927年，蒋介石国民党背叛革命，一年后，北伐军到了山东济南，将日本人打败了。蒋介石决定北上，不敢跟日本人较量。这样，日本帝国主义就把蒋介石对外投降、对内镇压人民的真面目看清楚了。日本人的胃口更大了。

“1931年9月18日，日本帝国主义进攻沈阳，蒋介石反动政府采取了‘绝对不抵抗’的政策，使日本帝国主义在三四个月的时间就占领了东北全境。

“1932年1月28日，日本帝国主义进攻上海，随后，迁都洛阳，炮制了所谓的‘满洲国’。这年4月7日，国民党政府在洛阳召集国难会议，议决‘对日交涉，合理剿共’的方针。可是，4月15日，中华苏维埃政府宣布对日宣战。国民党一直往后撤退，另一方面，加强剿共，镇压人民。

“九一八事变后，党中央做出了一系列的坚决反对日本帝国主义侵略的决议和反对国民党卖国政策的正义主张，号召全国人民武装起来抵抗日本帝国主义的侵略。

“1931年1月15日，苏区中央局成立。到了1934年10月，中国的红军北上抗日，进行长征。

“到了1935年，国家的危亡已到了人人都看得见的程度。可是蒋介石仍然坚持卖国，禁止一切排日活动，镇压一切抗日活动，要跟日本人去讲什么亲善。

“到了这年年底，中央跟红军军委会又发布了‘抗日救国宣言’。再一次号召抗日者团结起来，组织抗日联军，跟国防政府提出了抗日救国十大纲领。这以后，引起了北京学生的‘一二·九’运动。而就在1936年的5月，国民党还同日本签订了华北防共协定。

“1936年12月12日，在中国共产党和全国人民的抗日行动和呼声的感召下，国民党东北将领张学良和西北的杨虎城将军，在西安临潼抓住了蒋介石，他被迫接受了中国共产党关于‘停止内战，一致抗日’的主张。这就是双十二事变，也叫西安事变。

“1937年7月7日，卢沟桥事变发生，日本帝国主义欺骗、麻醉日本人民离开自己的家园，来到中国屠杀中国人民，就这样，一场非常残酷的历史悲剧终于发生了。

“开始，国民党政府的对日作战是比较努力的。由于国民党政府的片面抗战路线与单纯防御战略方针的错误，又加之长期推行失败的外交政策，在日本人的进攻面前节节败退，造成国民党正面战场上的严重失败，在这种情况下，党中央决定八路军主力赶赴华北前线，配合友军打击来犯的日军。

“八路军的平型关大捷，有力地挫败了日军的嚣张气焰。之后，在党的领导下，开始局部的游击战争。

“1938年年底，桂林八路军办事处建立，较好地开展了桂系地方当局和各民主党及广大文化人的统战工作，有力地支援了抗战前线。

“本来，在八路军和游击队武装把日寇打得节节败退的时候，国民党军队是应该积极配合的。但是，蒋介石国民党政府于1939年年底到1940年春，发动了一次反共高潮，向我陕甘宁边区进攻，都被我八路军打退了。接着，在1940年下半年，国民党把反共活动的重点由华北转到华中，由八路军转向新四军，又发动了第二次反共高潮。我党实行在军事上坚决自卫，在政治上猛烈反攻的方针，这样，国民党第二次反共高潮失败了。

“在对敌斗争中，根据地军民创造和积累了丰富的人民战争经验，广泛开展地雷战、地道战、麻雀战、伏击战、破袭战、水上游击战等等，有力地打击了日军，出现了千千万万可歌可泣的英雄事迹。……”

小保觉得，刘老师同他并排坐在石阶上，就像在讲台上对学生们讲课那样，又认真又有表情，非常熟稔地诉说着。他讲得有头有绪，生动明了。小保深感自己不但学到了历史，还学到了政治和语文，简直让他听得入迷了，他几乎能记住了。听过刘老师的讲述，他更加体会到中国共产党的伟大、英明，是全心全意为老百姓谋幸福的好党，更加清楚地了解了蒋介石国民党政府的不得人心的本来面目。

小保转开话题，关心地问：“刘老师，你成家了不？”他的左手摸了摸挨在身边的二胡。

刘邦人痛心地说：“我的家乡被日本人占领了，父母被日本飞机炸死了，还有一个十一二岁的妹妹，不知流落在何方。不把日本鬼子打出中国，我是不会考虑个人问题的。国家万一亡了，成家有何意思呢？我是铁了心的。小保呀，日本鬼子入侵到湖南了，战事非常吃紧，广西党组织已通知在本地的民主人士，那些名人、知识分子要尽快撤离本地。看来，日本的狼子野心已很明显，不久，他们的铁蹄就要践踏到这山水甲天下的桂林了。你回家也要有所准备，要尽快想到你们那里的老百姓的安全呵。”

小保信心十足地说：“你放心吧，我爸已经在我们那里吹了风了。刘老师，你也要注意自己的安全，只有你安全了，你周围的兄弟的安全才会有保障……”

“谢谢你的关心，走吧，时间不早了。”

小保拿起他的二胡，朝家里走去。

第二十一章

“快跑呀！快跑呀！日本的飞机来了！”

“快去躲飞机去！日本鬼子的飞机来了！”

“你不要扫地了，快，找地方躲去，日本鬼子的飞机来轰炸了。”一个学生对正在“唰唰”地扫地的清道夫说。

这是巡逻了一夜的青年学生自动组织的夜呼队，在晨曦到来的时候，街灯有点要死不活地眨着暗黄的光的时候，他们在大街上边跑边喊着。几个星期的夜晚，他们都在巡逻，当他们正准备回自己的住处，眼皮子打架的时候，他们的耳朵，由远而近，听见了轰隆隆的飞机马达声。他们在大街小巷跑着，叫着。有个夜呼队，看见一家米粉店里还亮着灯，一个队员急匆匆跑进去，见一个年过半百的老人还在做事。

“老师傅，你还在熬卤水呀，日本鬼子的飞机马上就要轰炸城里了，快，把火熄了，找地方躲去！”他催促道。

那老人正在聚精会神地看着卤水锅里的卤水，又在翻弄着锅里的卤肉，他用瓢舀了一点点卤汁品尝了一下，一会儿又用筷子截一下卤肉，猛听见有人喊他，他慢慢地抬头看看，好像没听见一样，大声问：“小伙子，你说什么呀？”

“不要熬卤水了，日本鬼子的飞机来轰炸城里了。”一个学生说。

“我没有听见警报响呀？”

“我们是顺风耳，已听见飞机声了。说不定警报失灵了呢，快，找地方躲去。”

“哦，我晓得了。”老师傅急了起来。

几个学生见老人听了他们的话，又赶紧在街上喊起来了。

老人家急忙叫醒了他的正在熟睡的家人，也顾不得洗漱，也没有收拾什么东西，就急匆匆往他家原先准备好的防空地跑去。

街上，灰蒙蒙的早晨，来往奔跑的人流不断，嘈杂的声音乱哄哄的，老人家跑了一阵又停下来，跟在他后面的家人，有他的一个十五六岁的女儿，还有他的老婆。

“忙什么，我都跑不动了，反正警报还没响呢。”他老婆说。

他们刚歇了口气，那短促的、凄厉的紧急的警报声响起来了，街灯黑了。

米粉店老板的防空地，四周围都是用沙袋砌成的，再用木料架起成个三角形，可以隐蔽家里几个人。上面盖些草丛之类，出太阳下雨，也无碍躲在里面的人。他说，这样目标小，就像个草堆，敌机不易发现，可以避弹。他说，飞机要轰炸也是炸目标大的房子、兵营驻地之类的大目标，它轰炸那些干草堆有什么用呢。他的防空地就在离城不远的河滩上，他认为是更加上了保险锁了。

夜呼队果然未雨绸缪，料事如神，不到几分钟光景，日本帝国主义的飞机就在山水甲天下的桂林城的上空，轰隆轰隆地叫着，它屁股头那些炸弹就像老鹰屙屎一样砸了下来，砸到哪里，哪里就响起了巨大的爆炸声，大火在燃烧，有的房屋倒塌了，有的房屋震坏了门窗，玻璃碎裂了，墙上到处有挨炸的洞，有的街道被炸凹了，整个城市发出凄惨的恐怖的稀里哗啦、乒令乓当的声音，还夹杂着女人和小孩子的尖叫声。

城里有好多没有逃难的人都死在了日本帝国主义的飞机炸弹下呵，有好多民房被日本帝国主义的飞机炸倒了，炸起火了，夷为平地，到处是断瓦残垣，到处是遇难者的尸体。

米粉店老板一家人，也没能躲开日本飞机的轰炸，他们的尸骨都飘到河里去了，他们要是早一点逃到山洞里去躲，就不会丧命了。

日本帝国主义是想吞并全中国，搞东亚共荣圈。湖南长沙、衡阳失守后，1944年10月29日，日本侵略军从全州、兴安、灵川分三路向桂林发动炮击，江东岸从猫儿山一带，日本军先后向穿山、屏风山、月牙山、普陀山等据点进攻，驻守在漓江东岸的国民党官兵拼命抵抗。后来国军撤至七星岩大本营一千多兵，仍然坚持战斗。日本围山后，先用山炮猛袭岩口，再倾倒大量汽油，投入大批瓦斯毒气弹，用火焰喷射器向岩内喷射，致使爱国将士只有少数从后岩突围，其余全部壮烈牺牲。

在当时，漓江成为阻止日军跌蹄进犯城内的天堑，后来，日军以优势兵力强行渡过漓江，占领沿江各阵地。随后，战斗在城内发生激烈巷战，国民党守城官兵大多数壮烈牺牲。

北面虽然易守难攻，但由于寡不敌众，日军有七万多官兵，我驻军不足日军的三分之一，敌我力量悬殊太大，日军有地上坦克，天上有飞机，我驻军武器不良，又没有外援，就这样，仍然浴血激战了十三个昼夜，我驻军为国玉碎一万三千多人，日军死伤有两万余人。最后于11月10日这个历史性的日子，日军的坦克像山上的巨石滚下山一样的声音，从北面通途开进城内。……街头巷尾处处是一派惊慌、混乱、凄惨的景象。

“日本鬼子踏进城里了。”

刚从老虎岩洞里躲过飞机轰炸的泥腿子们，都知道了这个凄惨恐怖的消息，有的人站在半山腰的老虎口，目睹着城内冒着浓浓的黑烟和红通通的火光，心里也冒出了一团火，气愤极了。有的人带上该带的家什，携儿拖女，背井离乡，纷纷外逃，先躲避一下保保命再说。有的人什么也不带，一股劲地往大山里自己的亲戚家去避难，他们存有保险的心理，说日本人是不会去的。也有的毫无目的地逃到深山老林没有人迹的地方去了。

也有的人，像走不动的老爷爷、老奶奶有病在身，他们死也要死在故土。有的老人说，我都这把年纪了，还死不过他们这些任意践踏我们国土的年轻日本鬼子？

也有的想亲眼看看日本人是个什么样，看看他们是人还是鬼？要给日本鬼子一点厉害，决心跟日本侵略者干！他们不愿当亡国奴。

也有的人，像梁家白之类，他们不相信日本人这样蛮不讲理，这样惨无人道。认为他们也是人，只要老老实实听日本人摆布，他们是不会怎么样的。有的人听了梁家白的煽动，都没有逃到外面去避难。

鬼子进城了，冬生急得团团转，抓头挠腮。他想，我们的七星岩、象鼻山、风洞山、独秀峰、伏坡山、漓江、桃花江，还有好多好多的山和田地，难道都要变成日本人的了？天还是这个天，怎么会变成这样呢？只有跟日本鬼子干到底，死也不做亡国奴，要把日本人赶出中国去。

他叫地保和两个媳妇，背上背个蹲着屙尿的，还在吃奶的，还有那个带来的，顺便天嫂也跟着一块逃，一块到深山老林去。还有天保小保和女儿满妹，也不知道哪儿去了。兵荒马乱的，他们都长大了，自己会照顾自己。

他对地保特别地交代了一下，就让地保领着她们俩和孙仔、孙女们逃难去了。

冬生觉得要找小保聊聊，看小保有什么主意，又不知小保到哪儿去了。

正当他想着的时候，小保气冲冲回来了，他专注地看着父亲，父子俩对视着。

还没等冬生开口，小保急着说：“爸，我还得离开，我不愿同你们一块受日本鬼子的气，我一看见那个膏药旗，我恨不得用剪刀剪烂！我得走！”

冬生没想到小保说话那么坚定，口气很硬，他急切地问：“你打算到哪儿？”

小保沉思着，停了一会，就说：“我得先找到刘老师，看他还在城里不？若找不到他，就找周健玲，同他们商量一下。”

冬生一时不知说什么好，不同意他走吧，万一日本人晓得他是个……那小保的头就保不住了；同意吧，他翅膀还没怎么长得牢靠，年轻气盛的，万一……他八九不离十地猜着小保是同他的兄弟去搞日本鬼子。他能找到那些人吗？日本飞机一炸，谁都不晓得谁在哪里。

冬生沉思了一会，见小保再没有说话，好像在想什么。他说：“你要是真想出去闯一闯，看看外面的世界，我随你的便。不过，到外面世界，人生地不熟的，要十分小心。俗话说，在家靠父母，在外靠朋友，要是你真的找到了组织，那当然稳当，就怕……”

“爸，我看出你的心思，你嘴上同意我走，可心里是舍不得的。老话说，儿行千里父担忧。我了解你的想法。爸，我走了以后，你得保重身体，有大哥和二哥在你身边，你会安然无恙的。叮叮糖就不要去卖了，‘哪嗬嗨’也不要唱先。总之，一切的一切都要先保住身体。这年月无论做什么事，都得小心，走一步，看一步。你和大哥二哥他们，也是战斗在敌人的心脏里呢，为了保护自己，也要看山砍柴，看菜吃饭。我相信，日本鬼子在中国，兔子尾巴长不了，中国人民是铁了心要把侵略者赶出去的。”

冬生坚定地说：“我不会当亡国奴的，你放心吧。我是不会到外面去躲的，家里的铁锅、坛坛罐罐都要人看管，我那些做叮叮糖的家什，都舍不得弄坏的呵，还有那些唱‘哪嗬嗨’的道具之类，万一叫日本人损坏了，以后要重新添置，蛮困难呵，就是家里一把扫把，也要费时费钱去买呀。我叫地保带着你两个嫂子和侄子侄女逃走就放心了。我都这么大年纪了，还怕狼心日本鬼子？大不了是个死！我还死不过日本鬼子？他们年纪轻轻就来侵略中国，我倒要看看，日本鬼子是怎么吃人的，我是留定在家了。你天保哥也不愿走，他说，一家人都走完了，明年开春，还要去种田呢，还有这些猪和牛，总得有人看和喂呀。”

小保又紧张又兴奋，听父亲这么说，他也心安了，也不怕家里人出汉奸了。这个家，有父亲坚定的掌舵，是会在惊涛骇浪中奋力抗争，划到彼岸的平坦大道上的。

他说：“爸，那我去收拾东西了啵，趁日本人还没有理顺头绪，我必须赶快走！”

小保来到自己的房间，把陪伴他多年的心爱的二胡装进布袋里，然后用草绳捆好，放在一个不显眼的泥墙夹层里，这样，既不挨雨淋，又不易叫人发现，即使遇火，也烧不到。然后，他自己浆洗过的衣服、裤子用一块被单对角打结包好，准备到父亲那儿道别。不料，父亲已来到他面前了。

冬生还想看看这个未成家的小儿子，就他一身轻，就他头脑机灵，就他身板子过硬。自小保出世以后，他没有刮过一次痧，扭过一次脖子呢，连清鼻涕水也没流过一次，更不要说感冒发烧了。几个子女中，就他胃口好，吃饭从不挑挑拣拣，粗细不论，好吃难吃的，全都可以放进肚里，第二天拉出的屎是香蕉型的呢。没人教他，又自觉，懂礼貌，懂规矩。吃饭时，夹菜总是夹自己面前的，他的筷子从不飞出去夹别人面前的菜。冬生总是正儿八经地说，你看看小保，多懂事。他每每看到地保的老婆不懂规矩，一盘菜用她的筷拱来拱去，好吃的都被她夹到碗里。这下激怒了满妹，她说：“二嫂，你吃菜尽挑好的吃，筷子尽在盘内乱拱，别人还吃不吃呀？”

说得来嫂都脸红了。冬生说：“大家都要向小保学习，吃饭也要讲规矩，今后夹菜只允许夹自己面前的！”从那以后，一家人吃饭都文明了，大家只夹自己面前的菜，有些吃剩的菜就好像没动过筷子一样。

别人看牛得耍，可小保看牛正忙。他还要挑着粪箕跟着牛屁股，见牛屙了屎，赶快把牛屎捡到粪箕里。吃饭时，头天吃剩的饭是他的，煮焦了的饭是他的，他总是把好的东西让给别人吃。不好吃的、差点的留给自己，从来不浪费一粒饭。他神不知鬼不觉地到外面学了文化，他又明白事理，孝敬老人，又不爱出风头，遇事沉着稳重，不乱喊乱叫，是个好苗子呵，这样的仔，多生两个就好了。

冬生偷偷地看着他，看他又急又稳妥地收拾他所需的东西，就说：“收拾得差不多了吧？身上多穿点，要带把伞啵。”

小保见父亲进来了，笑着说：“我收拾些方便的、急需的衣服就行了，重要的是要带一颗纯真的心，还有头脑里的东西。天是被窝，地是床铺，男人四海为家嘛。”

“哪能这样子呢，鸟还要絮个窝呢，这样身体吃不消的。”冬生不同意地说。

小保嘻嘻一笑，他看着父亲，有点儿依依不舍的表情，一时又不知怎么安慰他才好。

“仔大不由人。俗话说，红公鸡，尾巴长，讨了老婆不跟娘。有哪个年轻仔一辈子守在父母身边的呀，真正守着父母的仔，那才没出息呢。走吧，走吧，走得远远的，出去闯一下，闯出一片新天地，跟着共产党，把日本鬼子赶出中国去！”冬生一会儿这么想着，一会儿又想到他刚买来不久做门面的房子，被日本人的飞机炸得稀巴烂了。还好，学校早就停课了，屋子里没住人。要不然，那几个男把爷会一个不留地死在日本飞机的炸弹下。

冬生问：“小保，你知道日本人的飞机把我们的门面炸毁了么？”

“听说了，我没有去看，看也无用，反正炸没了，只有把日本人赶跑了，才能有自己喜欢的房子。”小保坦诚地说。

冬生咬牙切齿地说：“我也没去看，炸完了后，有人路过看见的。那所小学也挨炸了，全靠学校放假了。日本人是疯子，不是人！他们侵略别国，他们不想想，被侵略的国家的人民能不抵抗么？大家齐心起来抗日，日本人是不会得逞的。日本人不在家好好过日子，干吗要侵犯到别国领土呢？”

冬生提到这个问题，小保听刘老师讲过，但他理解不深，只是表皮能说出一点。这时听到父亲提出这个问题，他许久没作声，只是看看天，耳朵又听见了城里坦克轰隆的响声。他不能回答父亲的问题，他不假思索地说：“这是帝国主义的本性，本性就是侵略，去掠夺别国的资源，把别国当成他们的附庸！任由他们宰割，把别国人民变成他们的奴隶！”

冬生听儿子这么一说，仿佛也得上了一堂简短的政治课，他语气重重地说：“日本帝国主义狠毒，没人性！我们切记不要相信他们有善心！”

“爸，你说对了，你在家里，万一日本鬼子来骚扰，要注意方法同他们斗，前提是先要保存自己，然后再打死敢来侵犯的鬼子！”小保嘱咐着。

冬生的两眼有点湿润了，要不是日本帝国主义来侵略到自己的家乡，他是不肯让小保出去的。为了国家、民族的利益，他想通了，他几个晚上都睡不着，想小保出去会怎样。这下，小保真的要走了，他真正是恋恋不舍呵。

他看到小保把东西收拾妥当了，他鼻子一酸，不说话了。

小保也沉默了，他沉默，是想尽量控制住自己的眼泪，把感情藏在心里。

冬生用左手一摆，高兴地笑出声来说：“你走吧，多保重！我要去看看‘哪嗬嗨’班子里的人，他们有的人想逃难，有的人愿意留着，我得去看看。逃到那深山里保险，日本人是不会到那里去的，因为那里山路难走，没油水可捞。”说完，头也不回，甩手走了。

小保看着他的背影消失，自己也挎上背包，走出房屋，锁上门，在门廊上呆呆看了好久。他本想同哥嫂们打声招呼。时间来不及了，有掌舵人父亲晓得就可大踏步朝前走了。

他刚走出村寨，一眼就看见大哥正朝他走来。

天保手握着细细长长的青竹鞭子，紧张地东张西望，生怕有日本人撵上他一样。同他以往走路总是低着头，生怕踢着了石头鼓跌跤的样子，判若两人了。

小保先驻足，小声问："大哥你去做……"然后把行李放下来。

小保十有八九猜到大哥去把牛赶到什么地方了，他故意问："大哥，你把牛赶到哪了？"

"把牛赶到山窝去了，日本鬼子一到这里，他们是非要杀牛杀猪不可的。牛在那山窝里有草吃，有水喝，没有人去牵，牛们是不知路下山的。有好多牛都被赶到那里去了。"

"那栏里那两头猪呢？"小保索性问问。

"那猪赶到爸爸找到的山洞里了，日本鬼子做梦也不会找到那里的。"天保告诉小保，是爸告诉他赶到那山洞里的。

小保说："牛在山窝里就怕挨雨淋着，猪呢，就要人去喂。"

天保说："那山窝里也有个洞，同房子那么大，到天黑了还得把牛赶到洞里去，至于猪，我每天辛苦点，挑点猪潲喂喂行了。"

小保放心了，他告诉大哥，他要出去了，也许就在城里，也许要到很远很远的地方，现在他也没谱，他要找到刘老师才知道。

天保看到小保的行李，还未来得及问，小保先说了。他听了，坦诚地说："你去吧，一个热血青年，应该出去闯闯，男人四海为家。家里有我和地保，完全可以照顾一家人。你出去见见世面也好，你头脑好用，保准你到哪里，都吃得香的。你是个惹人喜欢的年轻人，是我的好弟弟，是爸爸的好儿子。"天保说完，用手揺揺湿润的眼睛，又笑了。

小保见大哥这样，内心有说不出的难受，低下头，不言语了。人常说，长兄如父。他记得他还小的时候，家里的大事小事，全是大哥一肩挑起来的。家里租来的那些田地，犁、耙、种，哪样都少不了大哥。就是吃饭烧的柴火，也是大哥一马当先全包了。莫看大哥唱起"哪嗬嗨"来是个旦角女人样，扭扭捏捏的，可做起事来，好多的大男人都不如他呢。

小保忽然想起来，亲热地叫着："大哥，要是日本人叫你唱'哪嗬嗨'，你唱不？"

"不会吧，日本人又不懂'哪嗬嗨'。"

"难讲，我是说万一。"

"万一也不唱！"天保坚决地说。

“全靠没叫大嫂上台唱‘哪嗬嗨’，要是真的日本人叫唱，像大嫂这样美的女人，日本人不像猫一样嘴馋才怪呢。”小保风趣地说。

“哎呀，这也难讲，运气不好，万一冲着了鬼呢，那就倒了万年霉了。是福不是祸，是祸躲不过。”天保自己宽慰着自己。

小保对大哥有点不放心，万一大嫂真的叫日本人抓走了，他是个软糍粑。小保严肃地说：“大哥，你千万不要做汉奸啵，到那时，你莫怪我不认你！”

天保不明地问：“什么叫汉奸呀？”

“汉奸，就是帮日本人做事！”小保说。

天保有点愠怒，说道：“小保你也太小看你大哥了，我哪能这样，我又没吃错药，我比你还恨日本鬼子呢。他们炸毁了我们家的铺面，爸刚买不久，就遭了殃。”

小保笑着说：“大哥，我是开玩笑的，也想试探你的心，刚才听你说我就放心了。我实话告诉你吧，我出去就是去打鬼子的。”

“我晓得，你不讲我也猜到个八九不离十，你放心吧，打死我也不会告诉别人的，我会守口如瓶，包括你的嫂嫂和地保他们。有人实在要问，我就说你去外地做学徒去了。”

“千万不要乱讲啵，要是外人晓得了，一传下去，万一传到梁家白耳朵里，这人心怀叵测，他要是给日本人报信，那我们全家都没命了。你千万要记住，东西可以乱吃，话可不能乱讲，讲漏了嘴，掉了头还找不出原因呢。”

天保有点嫌小保啰唆，就说：“不要讲了，我没有白比你多吃米。”说完，就用手捏了捏包袋里有一条猪大肠一样的东西，又使劲捏了捏，就很有把握地拍了拍小保的肩膀，笑着说：“我怕你晓不得带吃的东西啰，不错，想得蛮周到。”

小保说：“如今是困难时期，兵荒马乱的，肚饿了到哪里找东西哄肚子。是爸帮我装进一条长布袋里的，全是些炒米，方便些。”

“往哪儿去？”天保问。

“沿江边走，然后过河，先去看看被日本飞机炸坏的铺面，然后再去找……”

听小保这么一说，天保不得不钦佩羡慕小保的聪慧伶俐。他明白小保之所以沿江边走，那河边的樟树、槐树、桂花树和那些小灌木丛，人在树荫下走，天上飞的，地上走的，河里漂的，是不易把他看清楚的。心想，小保是个成熟的人了。

天保说：“天可能要下雨，南边有点黑云，要走得赶快，要不明天再走，不会误事吧？”

小保看看天色，有点像要下雨的样子。他又怕今日不走，见不到刘老师，他们会着急。已有半个月没见面了，不知他们怎样。他是按照原定的日子去那里会合的，他没有对大哥讲真话。

时间不等人。小保该动身了，他全副武装，该带的东西全带了。他辞别了大哥，迈开双腿，头也不回，直朝前方走去。天保的双眼湿润润的了，像唱“哪嗬嗨”遇到悲痛的角色，也是眼眶内含满泪水的。

小保疾走了一阵，又放慢了脚步，脸朝着这条玉带般的河流，他在想，他不知道日本人会怎么对待江岸的老百姓。他愤怒，一股燃烧的火在胸膛升起。他孤独一人朝前走着，一个多钟头，他没听见鸟的鸣叫，没看见一个人行走。四周静悄悄的，简直是鬼都吓死人。远处，坦克的轰隆声不时地在他耳边恐怖地响着。要是在太平年月，每到冬藏季节，那些不到田间做事，全身会发痒的农民，总要到田间找点事来做做，直到天擦黑了，才回家炊烟，夜猫开始发情地叫了。城里已经华灯初上了，热闹极了。

小保继续走着。当走近铺面时，他眼前呈现的是一片黑灰和碎瓦，连一根完整的原木也找不出来了。路的不远处，被炸起了一个大坑。这是他爸积攒下天天走街串村，卖叮叮糖，省吃俭用，从牙缝里挤出来的钱买的房子，无偿地给几个小把爷读书住在这里，不到一个学期，就给丧心病狂的日本鬼子的飞机炸平了。这些房子有惹着他们了么？不，它们是一些走不动的物体呵。是他们，日本帝国主义，狂妄至极，如同野兽，把铁蹄踏进中国的肥沃的热土，企图想永远并吞霸占下去。呸，中国人民是不会答应的，中国四万万同胞是要反抗的。漓江在咆哮，桃花江在咆哮，日本鬼子的企图一定不会得逞！全中国人民在中国共产党领导下，一定能把日本鬼子打出中国去。小保气愤地想着。

小保站着想，他恨不得马上要去收拾几个日本鬼子。正在这时，一阵冷风吹来，他扫视着四周，忽然，雨点子毫不留情地打在地上了。他知道，不远处有一座祠庙，他没顾得上打开雨伞，就直往那座庙跑去了。

他佩服大哥会看天色，雨越来越大了。

祠庙的正中有个关公像，像前的香炉里燃着香和蜡烛。他在靠墙的地面席地而坐。他把包袱当桌子，双手扑在上面，看样子，他今日要在这里过夜了。

雨点子在屋瓦上滴答滴答地响着，他似睡非睡，仿佛还能听见日本鬼子坦克的轰隆声。

小保哪里睡得着呢，虽然没有蚊子，老感觉有虫子在身上爬似的，左也不是，右也不行。他扑在包袱上都快两个钟头了。雨停了，他立起来想走，又怕走在半途挨雨淋，他索性坐回原地，包袱仍旧放在屈起的双腿上，双手扑在包袱上，头扑在手腕上，他想尽快进入梦乡。他哪里能睡得着呢，外面静悄悄的。

这时，他听见门外有脚步声，他抬起了头，朝庙门外望去，隐隐约约地看见一个人朝庙里走来了。他不敢作声，这个人大约有一米五六高，衣服看不清是什么颜色，裤脚卷在膝盖上，看他一点也不怕冷的样子。他一进来咳也没咳一声，就靠在小保对面的墙边坐下了。他双脚跟落在地面，脚板对着小保，好像是穿着一双靴子。也没有带什么雨具之类，他可能没有看见小保。

“难道他是小偷？不像，小偷怎么往庙里来？是土匪？也不像，土匪是成群结队的。是叫花子？要是叫花子总要带点什么东西的，这人一样都没带。难道他遇上了无米之炊的困难？难道是……不可能，不可能。”小保想着，猜着，他壮起胆子，他想准备同这个不熟之人对话了。他有两手准备，如果是中国人，是好人，他是心安的，他也要问个究竟。如果是出乎意料之人，那小保就要在庙里同他斗起来了。

小保小声地“嗯”了一声，试探他发现庙里有人没有。那个人仍无动于衷。小保又“嗯”了一声，那人挪动了一下屁股。

小保接连“嗯”了几声，那人终于开口了：“我早就看见你坐在那边了。我懒得同你打招呼，我也估摸你是怎样的人。反正我是堂堂正正的中国人。我是同日本鬼子打仗的中国人，给日本人打败了才留下一条命，好不容易才走到这座庙里来的。……”

小保没有作声，静静地听他讲。他一下估摸不到这是个怎样的人，他心想，难道他是驻守城里的士兵？他多少知道些，驻守城内的官兵，为誓死保卫城市不受日本帝国主义的侵略，已同日军奋战了十几个昼夜，除极少数官兵逃出留下一条命外，其余全部阵亡了。小保试着问道：“你当真是中国兵？你是怎样逃出来的？说来听听。”

那人听小保的声音温和可亲，不像个坏人，倒觉得小保是个可结交的兄弟，就坦诚地说：“我们一个排，坚守在观音阁附近，同日本人打了十三个昼夜，终因敌强我弱，胳膊扭不过大腿，最后，我们的子弹打光了，又没有补给，日本兵用手榴弹朝我们掷来，我们一排人，就剩我一个没有被炸着。当时，幸好那里的老百姓全部搬家了，全城的居民差不多都逃难去了，搬不走的房屋也大多被炸毁了。我想，我的命大福大造化大，没有死。要是落到日本人手里，也活不了，不如自己用枪了结自己算了。我摸摸手枪，一颗子弹也没有了，我怕日本鬼子来抓我，我灵机一动，把自己的脸上，手掌上，小腿上，抹满了战友们的鲜血，然后，我就埋着头躺着。用战友们的尸体压在我身上，我虽然难受，鼻子闻着血腥味，几乎要呕吐出来，我忍受着。

“鹦鹉山、老人山的守军已弹尽粮绝，全部官兵阵亡。就这样，日本人的坦克轰隆隆地开进我们的城市中心，日本鬼子的铁蹄就践踏在我们这座山水甲天下的城市了。一场历史性的大灾难来到了这座美丽的城市，一阵冷风吹来，全城的桂花树、樟树发出大声的哀鸣。

“我偷偷睁开眼睛，见街上凄惨冷清，没一个人，就勉强爬起来，战战兢兢地朝江边走来，这时又下起了小雨，就进到这座庙里。现我就像断腿的蚂蚂，跳不起来了。……”

小保听这人讲话，语音低沉，口齿清楚，不像是在胡编乱讲。就是精神欠佳，好像几天肚里没有进食一样。他睁大了眼看了一下，见这人的右手还携着一个钢灰，一身脏兮兮的军装，一股血腥味还逗留在他身上，他确信这个人就是同日军血战到底的国军。

小保试探着问：“听你的口气，你像个当官的，起码是个排长，高姓？”

“高姓不敢，小姓李，两江人。我的兄弟都阵亡了，我现在什么都不是了，只是个逃难的兵。”他没精打采地说。

小保说：“刚才听你的讲话，你还有股爱国之心，是个热血青年。如果你真的还有一股爱国精神，那就跟我一同去找抗日队伍吧。”

这个李排长听小保一说，顿时心里像太阳拨开了云雾，开朗起来，他似乎忘记了干渴和饥饿，他走到小保跟前，小保伸出双手，他也伸出了双手，它们紧紧握在了一起……

小保问：“我看你也累坏了，精神不怎么爽，像是没吃东西的样子，肚子饿扁了吧？”

“我刚在一家挨日本兵毁掉的米粉店门口，找着了一点潲水米粉，酸臭酸臭的，也算填了点东西进肚吧。”姓李的说。

小保从包袱里拿出那像猪大肠一样的布袋子，笑着说：“来，我这里有点炒米，要点水送进肚吧。”

“不了，不了，留着充饥吧。我去同关公做个揖，问他要点东西吃。”姓李的说。

接着，他真的到关公像前，借着蜡烛光，先做个揖，然后就顺手拿上敬贡的两个油堆。

他问小保：“兄弟，你吃一个？”

“我不饿。”

小保还能说什么呢？叫他不要拿吧，又不好开口；叫他拿吧，又说不出口。由他罢了。

关公老爷是同意的。关公爷一身正气凛然，他是支持抗日的热血青年的。

第二十二章

一听说日本鬼子进了城，好多人就像羊遇上狼一样，拼命地向他们避难的地方逃去了。

还好，天老爷没有下雨，只是早晚稍微有点冷。到了中午，若是没有日头，穿件寡棉袄，也可以凑合凑合的。

虽然没有见日本人来，地保同大嫂及她的仔，他老婆来嫂和她那个前夫的女儿，还有来嫂背上背着正吃奶的女儿，像屁股头有野火烧来一般，脚不落地地往他们的避难地跑去。

地保肩上挑着一对箩筐，里面有几十斤炒面，两头还挂着个大被包。天嫂背上背着她的仔，手里还提着个大包袱。他们相跟着地保。

一路上，逃难的人，有的人扁担上一头挑着箩筐，一头挑着被窝。有的人一头挑着把爷，一头挑着箩筐里的炒米。走在前的箩筐撞着后面的被窝，走在后面的人的箩筐钩住前面人的筐绳，你撞我来，我撵你，个个都想尽快地逃到自己的避难地，个个都怕日本鬼子撵上来。一路上，只听见跑、快跑的声音，大家心里既紧张又恐惧，除了喘气，就是怒叱日本人，狗屌的！

地保身体好，有力气，两个有拖累的女人，怎么撵，也跟不上，相距越来越远了。地保想尽快挑到半途中或是目的地后，再回头接她们，他恨不得三脚两步就到达目的地，他碎跑着，气都喘不过来了。路远着呢。

地保碎跑了一阵，脚步放慢了，回头看看大嫂和他老婆，她俩被他抛在后面了。他心里又急又喜，急的是万一日本鬼子撵上来了，或是碰上了鬼子，她俩不知怎么对付；喜的是，大嫂居然生了个带把的，老头子高兴得逢人就讲，他有个带把的孙子了，又有一根肠子下来的接香火的后生了。他想到老婆来嫂，要是生个带把的，老头子肯定把她当油捧着，老头子口袋里的票子，那不是由她想要好多就给好多。哪晓得，老婆偏偏不争气，屙出个蹲着屙尿的。从那以后，老头子好像变了个人似的，对她不怎么看重了，叮叮糖也不准她沾边，喊他爱答不答，爱理不理，好像来嫂不是他的媳妇，他的媳妇只有大嫂。

地保挑着这担炒米，是冬生两天前就准备好的。自从小保要求冬生做夜呼队的人，冬生就要了几个唱“哪嗬嗨”的人。躲日本人的飞机，是他凌晨就敲锣带喊告诉了。开始，那飞机的声音他以为是雷声，后来，他听准了，就跑着，喊着，日本飞机来了，大家赶快去躲！一会，人们就蜂拥地跑到山洞里去了。幸好，飞机没有轰炸到这里来。过后，他又挨家挨户去告诉，日本坦克开进城了，大批日本兵也进城了，日本人见了女人就奸，见了粮食就抢，见了男人就杀，得赶快带点东西到深山里去避避。好汉不吃眼前亏，先保住性命要紧！好多人听见冬生的话，能跑的，都纷纷跑了。愿意留下的也留下了。有的走不动的也留下了。

现在，地保挑着这担东西实在累了，就歇下来，他出汗了。

他看着大嫂也跟上来了，她背上背了个仔，手上提着个包，急速地走，她头上也冒汗了。他说：“大嫂歇歇吧，到那里还远着呢。还要走几个钟头才能到，弄不好，今晚都到不了，这里不怕了，日本鬼子不会来的。”

天嫂站着，挪了下背上的，那小豆子鬼就“哇哇”地号哭起来了。

天嫂解下背上的小豆子鬼，同一般人一样横抱在胸前，避开地保，从遮着肚皮的衣襟捞起到胸部，赶紧把奶头塞到小豆子鬼嘴里，就没有哭声了。

地保没头没脑地说："要是这么嚎叫，万一日本鬼子听见了，我们怕遭殃了。"

"那有什么法，就看命大命小啰。就看这小豆子鬼有没有知啰，他有知，也许日本人老远就耳朵聋了呢。耳朵聋了能听见响声么？"天嫂也不假思索地说。

地保走近她身边，两眼瞅着小豆子鬼那白胖胖的脸，小嘴巴一嗦一嗦地动着。天嫂有点羞赧，又掉开她的脸，背对着地保狠狠地说："看什么啊，看什么，有什么好看的，你小时候不是吃妈的奶长大的？要看看你老婆的，怎么看都行！"

地保不作声了，脸红得像个红萝卜，走开了。他想到了来嫂，她背女带女的，还没来。

这时的来嫂，因为拖着三岁多的女儿，紧赶都赶不上地保。逃难的人都把她抛到后尾了，这样，她连一个人影也不见，她心里焦急起来，身上热起来了。

忽然间，她耳边好像有人说话，有一句没一句的，不怎么清楚。她猜想可能是逃难的人，她的心稍微平静些。声音越来越近，就是听不清楚。她竖起耳朵听着，好像这声音一点也听不懂，她心里着了慌，拉着女儿，挽着个布包，她决定不往前走了，先到路旁的灌木丛中躲一躲，看看有什么动静。

她听见"嚓嚓"的脚步声，她心里害怕了，一只手捶着胸口，叫心脏跳慢点。

她想找个地方蹲下来，她刚蹲下，背上的女儿"哇"地哭了一声。她回头望，原来是灌木丛的枝条划着女儿了。她赶快把女儿的绑带解脱下来，把女儿抱在怀中。她看见有两个日本兵从她眼前走过，他俩都背着枪，她仿佛看见两个日本鬼子从裤前掏出牛肠子一样的东西！接着"哗哗"的声音砸在灌木丛叶上。她脸红了，急忙低下头，她生怕抱着的女儿哭出声来，把奶头塞到女儿的嘴里。见大女儿没哭，紧紧拉着妈妈的手。她全身打起颤来。

她从来没见过日本人是这个样子，头上戴着个像大山羊耳朵样的帽子，不高不矮，穿一身军装，一双皮靴。两个日本兵还没有觉察她们，大摇大摆地走了。

不知怎的，当她抽出女儿吮吸的奶头时，女儿大哭起来，她赶快喂女儿的奶，女儿仍然哭，她索性用手捂住女儿的嘴和脸，女儿不哭了，像熟睡了一样。她生怕山脚下的乡亲们被日本鬼子发现了，会没命的，这下她放心了。

隔了蛮久，她估计那两个日本鬼子走远了，要不，他们怎么不回头呢。她放开了捂在女儿嘴上的手，满脸笑容地看着她体内掉下来的这块肉，她用手逗一下熟睡的小女儿，小女儿一点动静也没有，她附耳在小女脸上，连一点呼吸声也没有。她又摇一下女儿的头，女儿一点动静也没有。她心里着了慌，就像吊着十五六个桶，七上八下的。她继续摇动着小女儿，她仔细地瞧着小女儿的脸，脸色变成纸一样的白了。她的小女儿的脸原来是微红的，怎么？怎么？她向小女儿的人中掐了一下，小女儿没有哭声，她倒放声大哭起来了。

“妈妈，你怎么哭起来了？”大女儿问。

“妹妹没了，没了……”她抽泣着。

大女儿见妈妈哭了，她也大哭起来。

“宝宝女呀，你的命怎么这么短呢，这样脆弱呢，我只是轻轻捂一下你的脸，是想叫你不哭，生怕惹来了日本兵，日本兵要是看到我们，准没命了……”她边抽泣边自言自语。

她竟然抽泣不止，像疯人一样，把抱在怀里的小女儿放在摇篮里那样摇晃着，像是在哄她睡觉。大女儿仍然在一边哭泣。

她仿佛又听见了草动的声音，她止住了抽泣，掉开脸一看，见是两个日本兵像猫看见老鼠一样，正悄悄朝她们走来。

这两个日本鬼子，手里握着上刀的步枪，不时挑动着地上的杂草和灌木丛，嬉皮笑脸地嘴里发出听不懂的声音。

她真的看见日本人了，她大大方方地把抱在怀里的小女儿递给走在前面的日本兵，连连说，救救我的小女儿，救救她吧，她是被你们吓死的！两个日本兵站在她面前，她一点也不害怕。一个日本兵接过她手中的小女儿，连看也不看一眼，顺手就像扔石头一样扔到老远的灌木丛中去了。这时，她发疯似的，抓住那日本兵的手咬了一口，日本兵挣脱了她，她踩着杂乱的灌木和刺蓬，往小女儿那儿走去。两个日本鬼子架住了她，大女儿过来咬住一个日本鬼子的手，咬了一口。那个被咬的日本鬼子咬着牙甩开了大女儿，然后松开抓来嫂的手，抱起大女儿，脸朝下，肚朝下，往高空一抛，另一个日本鬼子，也放开了来嫂，用刺刀对准从高空坠下来的大女儿的肚皮，一刹那，血花从大女儿肚皮下迸了出来。就这样，一个3岁多的小女子，不到几分钟，就夭折在惨无人道的日本鬼子的刺刀下……

来嫂目睹日本鬼子的残暴，疯了一般跑到倒在草丛中的大女儿身边，见血淋淋的肠子出来了，痛心地把肠子塞进肚子里，然后纵身一跳，抓住一个日本鬼子的手，死劲地咬起来了，咬得日本鬼子像猪一样地嚎叫。她咬了一口，然后喊道："你们日本人害死我的两个女儿，我要咬死你们！是你们丧尽天良，惨无人道，连两个小女把爷也不放过！"她疯了一般地抓着一个日本兵不放。

两个日本鬼子都没有对她动刺刀，只是如同饿狼般把她轮奸了，最后，还用树尖插进了她的体内。

就这样，不到一个钟头，一家三口人，在逃难的半途中，死在了日本鬼子的手中。

又走在天嫂前面的地保，在他满心高兴的时候，突然回转头来看看天嫂还没跟上来，他又歇下来。这时，不知为什么，他的心有点不安起来。等天嫂走近他时，他下意识地说出了一句："大嫂，不知怎的，我的右眼皮老是跳，来嫂和她两个女儿，不知走到哪里了，我去接她们一下。"

天嫂急切地说："你快接她们吧，我在这里等着。"

地保把担子歇在路旁，调头就走。

他一直走，也不朝路旁看看，路上连一个人影也没有，他的心焦急起来。

走了一阵，又回头看看，生怕有人从他后面来。就在直往前走时，他老远就看见路旁的草丛上好像有个人躺着似的。他疾步赶上去，离他丈把远路，他看见一个女人岔开两只腿。他心里的鼓打得更响了，头脑也晕了起来，他怀疑自己可能已大祸临头。

待他走近一看，眼前躺着的，正是他老婆来嫂，她照样穿着裤子，只是她的一只腿的踝骨处有点血。她蓬松的头发，一只手抓着一个像羊耳朵一样的黄布。他用手指挨近来嫂的鼻子，他吓了一大跳，头脑立即嗡嗡地响起来。他检查她的下身，那根树尖还插在体内，他果断地抽出那根树尖，这时，来嫂的嘴唇动了。

地保兴奋了一下，嘴巴挨着她的耳朵说："老婆，是我，地保。你告诉我，是什么人把你折磨成这样的。"他一只手抚摸着来嫂的脸，眼泪滴在她脸上。

昏迷了蛮久的来嫂，忽然间听到有人在她耳边叫她，她勉强地睁开眼，恍恍惚惚地看见蹲在他身边的是她男人地保，蔫蔫地说了声："是……日……本……鬼……女……"话没说完，她抓住黄布块的手往那边一指，就再也动弹不了了。

接着，来嫂的头在地保枕着的手腕上一歪，再也动弹不得了。地保拼命地喊："来嫂，我的老婆，你不能死，你要报仇，报仇！"

来嫂终于离开了人间。

地保怒火万丈，心里骂着，日本鬼子连畜生也不如，不是人，是魔鬼！他握紧拳头，发誓一定要报仇！不打死几个日本鬼子誓不罢休！要同日本鬼子血战到底！

这时他才想起，他的两个女儿呢？他这下简直没方向了，脑子嗡嗡地响着，他拍了拍脑袋，坚强了起来。举目四望，眼前是一大片松林和灌木，到哪里去找两个女儿呢？

他思忖着，难道两个女儿她没带来？跟爸在家？他没有来得及问来嫂，两个女呢？她就再不能讲话了。

他想起了来嫂说了声"女……"，手往北一指。

他沿着往北方向的灌木丛中寻找着，找了一阵，最终，在离路边的不远处，看见了他的小女儿躺在血泊中，纸一样白的脸，她早已停止呼吸了，他心如刀绞。他惊愕地发现，大女儿肚脐眼的地方，还露出寸把长的肠子，他的嘴张得大大的，想哭又哭不出声。他踉踉跄跄地在灌木丛中把他的两个女儿抱到来嫂的身边，一边一个，平躺在枯萎的草地上，然后用树叶杂草遮盖着……

他振作起精神，人死不能复生，这是小把爷都知道的。

他先要回去告诉天保哥。在回家的路上，他想，这一带已进入危险区了，万一碰着了那几个日本鬼子怎么对付？两个鬼子可以，要是多了还得避开一下，躲一躲。遇事先得沉着点，不能冲动，君子报仇，要有智有谋。现在是怎么个报仇法？绝不能叫日本鬼吓倒！

地保两眼一下朝前看看，一下又朝后瞧瞧。一会儿朝左，一会儿朝右，他还真有点提心吊胆呢。他怕万一从路边或是前后有日本鬼子，他猝不及防，要吃亏的。

他想起他和来嫂结为夫妻的时光，时间不长，没过几天好日子，瞬间就被日本鬼子糟蹋归天了。还有她带来的那个女儿，他没爱过她一天，老以为她是人家的种子，人家的爸也没得罪过他呀。这个女把爷多乖呵，每天一见他，总是先喊他做爸爸，他连吭一声也没有，只是抬眼看看。何必这样瞧扁人呢，说不定，人家长大了，做出件惊人的事来，那时是没有后悔药吃的，地保知错了。她已不在人间了，小小年纪，还有奶腥味，就死在日本鬼子的刺刀下了。还有他的亲骨肉，还没有抱过她几次呢，他对不住她了。难道生个没带把的就被另眼相看？她也是你的种子呀，这世界上，要是没有女人，哪能传宗接代呢？可以说，女人是天下第一伟大的人。当然，生个带把的固然好，要是没有女人，那不是同挑担子一样，一头重，一头轻，能挑得起来吗？爸也是的，自从来嫂生了个女把爷后，他从来没抱过一次。来嫂坐月子时，连一只鸡也舍不得杀，爸的思想也太陈旧了，太不可思议了。再怎么样，也是你的孙女呀。

不管怎样，她们三个女人都安息吧。人都要死的，你们死得太早了。这是个战争年代，哪能说得清楚呢？地保呵，你对她母女三个，一定要薄养厚葬呵，钱从哪里来呢？

他灵机一动，忽然想到了，来嫂那时卖叮叮糖得的钱，为了这个家，连件新衣服也舍不得花钱去缝制，老是补丁打补丁。他悄悄偷了她的钱，还不叫她晓得，甚至她藏在月经带里的钱，他也找着了。他拿到赌场上去赌，他听了梁家白的唆使，说男人不嫖不赌像条牛。来嫂出来逃难，难道身上没带钱？他真是晕了头了。他怎么不搜搜她身上有钱不？她的钱是不会装在布衣袋的，一定在那个月经袋里。

他又回转到来嫂的尸体旁，他在她的身上搜了又搜，翻了又翻，还是没找到。他想，她的钱是放进月经袋里，日本鬼子对他糟蹋时，性太冲动，劈手就把那月经带甩开了，不知甩到哪里去了。

他的心在悸动。他两手扒动着灌木和杂草，眼睛在瞅着。他的眼睛都花了，看到的是绿色。双手被刺蓬划出了血痕，他没感觉疼痛，只是觉得有点儿辣。他的确累极了，他真想打退堂鼓了。难道她没带来，藏匿在家里什么地方？如墙缝内。难道她的钱拿到外家去了？她到底有多少货？

他正在全神贯注地寻找，心里乱想的时候，他下意识地朝一蔸灌木丛上一望，哈哈，那个月经带还真的挂在树枝上了。这时，他劈手就把月经带抓住，他忘记了悲痛。

他捏着那长长的带子，平平的，厚实得很，要是你不仔细观察，你就是从来没见过女人月经带的人，你哪里能发现它的异常之处呢，你只能对它嗤之以鼻。你怎么能想到，这条月经带里藏着好货呢。

他欣喜地拿出里面的钱，数了一遍，又放回去了。这些钞票，足够她们母女三人的丧葬费用，完全可以厚葬了，还多少有点富余。

待他返回家里不远的路上，他巧遇到大哥天保。大哥肩上扛着一把铁锹。

他轻轻地叫了一声大哥，眼泪就控制不住了，一直像蚯蚓一样沿眼角流到脸颊上。他一声不响，没精打采地低下了头。

天保莫名其妙，一时摸不着头脑，惊愕地看着地保伤心的样子，就急切地问："地保，你这是为什么啦？"

地保一声不吭。

天保刚刚从河边自己的田里回来，他看到地保这么不同寻常，猜想一定遇上了什么不好说出口的事，他一定要问问清楚，就蹲在路边的草坪上，拉着地保的手叫他也蹲下。

地保突然间双手环抱着他大哥的腰，脸贴在大哥的耳边，眼泪一直往下流着，没说一句话。天保也环抱着他。

"你说说呀，天大的事有大哥呢。"

地保仍不作声。天保说："你不是同天嫂、来嫂几个人一块逃难去了么？怎么又打转回来？还哭哭泣泣的。到底发生了什么事？你总得开口呀，你不讲，闷在肚里，能解决问题吗？"

天保心急如火："我的地保，我求求你告诉我，到底发生了什么事，叫你这样悲伤？你讲出来，叫大哥为你分担一点忧愁，你不是少难过点？你把苦水倒出来，心里会舒服些，你要挺住，有哥在，一切都会过去。"天保说完，他的两个眼圈也红了。

地保仍在抽泣。

天保心里七上八下地想着，男人有泪不轻弹，地保肯定碰上大事了，他一时琢磨不透，他学着调子里的腔调，继续关心地问：“你到底碰上什么坎了？男人大丈夫，要顶天立地。怕什么？日本鬼子也不怕！什么难事使你这么伤心？你倒是说说呀，你当真要看到大哥也同你一块流泪么？男人流泪有什么用，流泪是软弱的表现，是无能的表现！要坚强些。”

地保听大哥一席话，一下抹去了脸上的泪水，他不愿叫大哥痛苦。有苦只有他一个人担当，他怕大哥流泪，大哥要是不坚强，气着了老头子，这一家子就会地动山摇了。自己还年轻，只要活着，一切都会过去，好日子会有的，他这么想了一下，就如实地把他一家三口的悲惨遭遇对天保说了一遍。

天保听后，如同晴天一声霹雳，一阵闪电，一阵闷雷打在他的头上，他也晕了，张开了嘴，半天说不出话来。

蛮久，天保握紧了拳头，充满愤怒地说：“侵略者把我们搞得家破人亡，妻离子散，这个仇一定要报！”说完，他的脸铁青了。

地保听他哥这么倔强，有骨气，有决心，同他在戏台上的样子简直是判若两人。地保抬起了头，抹去了脸上的泪水，也握紧拳头说：“晓得那日本鬼子到哪里死去了，要是碰上了，我要把他们的头拧下来，喂野狗！”

“不能冲动，要冷静地想办法，不能再付出代价。战争时期，兵荒马乱的，牺牲是难免的。只要有不怕死的精神支柱，什么都不怕！”天保说。

地保认认真真地问：“大哥，这事对爸说不？”

天保踌躇着，心里想，不讲吧，这事太大了，三条人命呀；告诉他吧，又怕他受不了，万一……但是，纸是包不住火的呀！

他说：“还是先不要说，人已经不在世了，若讲给爸听，反而增加他的痛苦，为了叫爸心情好点，一切痛苦由我们承担，以后，找个适当的机会再告诉他吧。”

天保又说：“小保走出去了，还未告诉你呢。我怕多一个人晓得，多一份担心，就没告诉你了。你不要同别人讲。”

“大哥，你这就把我当外人了，我是他的二哥，我有权知道，你说是不是呀。我们兄弟间情同手足，打断骨头还连着筋呢，万一有什么事，也好有个照应。”地保有点不自在。

“不是这样的，你多心了，小保也是让你少操点心呀。”天保为了分散地保的悲伤情绪，才如此转开话题，没想到地保这么认真。

地保郑重地说：“大哥，以后家里有什么事，千万不要撇开我啵。”

接着，天保把那天小保对他说的话，原原本本地告诉了地保。最后再三嘱咐，刚才讲小保的事，一定要烂在肚子里。实在有人追问，就说逃难去了。

地保点着头说：“我一定守口如瓶。”

天保告诉他，两个钟头前，他在河里下坝的回水窝里，看见两具尸体，是穿黄军衣的，帽子也没带，背朝天，在水里浮着。不知是日本鬼子还是国军士兵。当时有点恶心，不敢再多看一眼，掉头就走了。

“叫河里的鱼撕烂算了。这么个乱世之秋，没有亲人认领，有哪个人去管呢。”地保说。

地保接着说：“你猜是日本鬼子还是国军士兵？”

天保想了一下，说：“看样子像是日本鬼子，国军士兵都是死在战场上的。”

“那肯定是日本鬼子的多，多半是桂北游击队打死的可能性大些，说不定是小保为我出了口恶气呢。”地保说。

“莫乱讲，千万别提小保的名字，给对头晓得了，要掉脑袋的。就是小保他们干的，也不能讲，要封住嘴巴！记住了？”天保嘱咐道。

停了一阵，地保说：“不讲了，给锹我用，我去给她们母女三个每人挖个坑，暂时用土埋在那里。过一阵子，选个好日子，再做三副棺材，入土为安吧。”

天保说：“那我同你一块去。”

这时，夕阳早已不见了，天色暗淡下来。

第二十三章

天嫂看到地保去接他老婆和孩子去了，她和她背上的仔，在路边一直站着。双眼盯着从她身边走过的男男女女，携儿带女的，眼都看瞎了，还不见地保和他老婆过来。她看着她的一担东西，万一遇上土匪，那就糟了。

她心里很是焦急。她猜不透地保到现在为什么还不来，应该早到了。就是回家杀完一只鸡，也该到了。人常说，等人是最叫人心烦的。光急也无用，她索性解下背上的仔，喂起奶来了。

她用手扒开遮着仔的脸的衣襟，仔细看看这个仔，白胖胖的圆脸，像柳叶一样的眉毛，鼻梁高高的。这仔一不像天保，二不像地保，就是像她。人说仔像娘，黄金万两。她喜滋滋地笑了。

这个仔很乖，饿尝尝地吸吮着她的奶，吃饱了，也慢慢睡着了。她把仔背在背上，用背带扎好。

她心火又燥起来了，她坐着的石头都暖热了，还不见地保来。她想，难道来嫂还没动身？或是遇上了什么麻烦？她急得转来转去，不时在草地上直顿脚。

这地方比较安全些了，日本人是不会来的，他们在市中心都搞不清楚，还来这山坳坳做什么。这段路，一边是土山土岭，树林枝繁叶茂，有个人进去也难找；一边是一条小河，往水里看，眼睛都花，头都要晕。

“天保也是，老婆也不要了，偏偏要去照看那些猪和老母牛。”天嫂埋怨起天保来。

为逃难的事，天保和天嫂有过一番争论。

天保说：“你同地保一家人去就行了，我在家有事。”

“牛和猪是全家的，老婆和仔是你个人的，哪头轻哪头重你都弄不清，亏你是个男人。”天嫂有点恼怒。

“哎呀，你不当家不知油盐柴米贵，我就是舍不得这匹牛，明年开春还得靠它犁田，万一叫日本鬼子搞走了，成了桌上的菜，一家人租的那几亩田，拿什么去犁田？还有那两头猪，能白白送给日本人么？”天保争辩着。

“你就不怕我出事？”天嫂问。

“还能出什么事？你们到那个山窝窝里去，保险叫你睡个安稳觉。日本人是不会到那里去的。再说，又有地保他们，你就老实安心地去吧，不要东想西想了。我会去看你们母子的。我不是空手去，而是要给你们送吃的。我信得过你，你一定会保护好自己和我的仔。”天保宽慰着她说。

天保再也想不出什么话来鼓励天嫂了，将心比心，他要是个女人，也会舍不得离开自己的男人的，除非她有两个心。

天嫂想着她在家时同天保的谈话，不觉得天色黯淡下来。天快到亮灯的时候了，眼前叫她为难的是，要往前走吧，这一担东西，要她挑，是挑不动的，因为她背上背着她的仔。平时，她到田头挑稻草，或是挑一担百十来斤的谷子，走那么半里一里的路，是难不倒她的。现在，摆在她面前的担子，虽然不怎么重，但要挑得远啦。人说好手难提四两，走远路，不要说挑担子，就是光甩开双脚走也要费力呀。但是，她不走不行了，时间不等人，死等不如慢爬，笨鸟也入林。她把背上的仔放得低低的，免得肩上的扁担碰着了仔的头。她迈步，像个八九十岁的老人走路一样，挪动着步子，非常吃力地走着。

这里听不见机关枪的枪声和大炮声，更听不见坦克的声音，只听见猫头鹰的叫声。逃难的人个个都把她抛在了后面，人越来越多了，把路上塞得满当当的。她的双脚像套着铁链那么沉重，仍然艰难地往前走着。

这时候，一个男人从她身边擦肩而过，他背着破被单，胸前挂着个布袋，差点把她撞了个踉跄。她看见这人走路的样子像鸭子一样，好像是村里的七五。她试着喊：“你是红头兵七五吗？那么匆忙呀？”

红头兵七五惊讶地听见有人喊他，驻足回头一看，见是天保老婆天嫂，笑嘻嘻地说：“是你呀，天嫂，天保呢？怎么是你一个人？”

天嫂先歇下担子，抹着额头上的汗粒，喘着气说：“天保把事情安排好了再来，地保去接他老婆女儿去了。”

“哦，看你背上有个仔，肩上又压着担子，够呛呵。来，你帮我提包，我帮你挑担。”红头兵七五边说边朝天嫂走来。

“当真？那我是败将遇上救兵，久旱的禾苗遇上雨水了。谢谢你。”天嫂高兴起来。

红头兵是条光棍，三十多岁了。从外表看，人挺老实，身体蛮结实，就是穷得家徒四壁。一个瞎子老母，全靠他有一亩田耕种，母子相依为命。他是个孝子，冷怕母亲冷着，晚上要起床看看。饿又怕她饿着，总是把饭舀到手，等母亲吃够了，吃饱了，自己才吃。嘘寒问暖不离口，要是他母亲身上不舒服，红头兵还帮她刮痧。

他额头上红得像贴着一张红纸，大家都叫他红头兵，而不叫他的名字七五。

他头发天生卷曲，又黄又枯。一年只有夏季才到河里洗澡，才见见水。他的牙齿黄黄的，像有一层黄泥糊着，从来不知道也没看见牙刷是什么样。老远就能闻着他嘴里的腥臭味。

红头兵的一只手接过扁担，不小心碰上天嫂的手面，心里麻乱了一阵。天嫂也紧张了一下，急忙走得远远的，她闻不惯他的嘴臭。

天嫂说：“你那被包给我拿。”

红头兵嘻嘻一笑，露出满是牙浆的黄牙，说：“行了，我把包挂在扁担的一头就行了，又没有好重。”

天嫂说：“重是没好重，总是累赘点，我就是一条被子，一个布包，箩筐里装着几十斤炒米。”停了一下，又说：“红头兵哥，你没带炒米吧，你吃什么呀？”

红头兵说：“哦，这个呀，我没想过呢。到那山里，就去挖山芋吧，饿不死的。”

红头兵听见天嫂叫他哥，心里亮了一下。他的双脚迈得更快了，仿佛肩上没有压着东西一样，一点不觉得费力。

天嫂小跑着相跟着他。

天嫂喘着气说：“你图撇脱[1]，你妈呢？”

“她又是个光眼瞎，走不得了，留在家里看那些坛坛罐罐算了。即使日本鬼子看到那个样子，也不会把她怎样，她要我赶快跑，生怕被日本人抓去，就没命了。”红头兵放慢脚步非常自信地说。

“唉哟，也只能这样了，不过，她一个人孤苦伶仃的，也蛮难。听说日本人吃蛇不留头的，哪个稍微不顺他们的心，就没命了。”天嫂说。

红头兵说：“她一个人习惯了的，可以摸着煮饭了。不怕的。”接着又开门见山地问：“你去过避难的地方没有呀？”

“没去过，蛮远的，就跟着前面的人走吧，辛苦点了。”

红头兵心里说，你说的比唱的还轻巧，担子没压在你身上啵。

他俩走了一阵，来到一个岔路口。红头兵歇下担子，一声不响，抹着头上的汗粒，想着往哪条路才能到达那里呢。两条路都有人走，他问天嫂，天嫂也分不清走哪条路。她随口问一个中年妇女，这妇女支支吾吾地说不清，就像嘴里嚼着个热汤圆，用手往前面一指，他俩就跟着这个妇女走，老跟不上她。走着走着，那女人就拐个弯走了。天嫂看见前面不远处的山脚边边，影影绰绰地现出一闪一闪豆大点的火光，他俩就径直往那里走去。天嫂想，天已经黑了，先找个地方歇歇脚再说。

原来这地方是一座孤零零的庙，看来，这里是附近村民们求神拜佛常来常往的安神的地方。庙门前有一对石狮子安然地守着，门前有一株硕大的樟树，樟树周围地面插满了香，香还冒着白烟。他们才发现那女人把路指错了，还是没听清楚。反正今夜是不能赶路了，山路难走，也只有在庙里将就一夜了。

---

① 撇脱——桂林方言，方便、省事的意思。

刚要进庙，里面的嘈杂声不绝于耳。

庙门口已挤满了人，庙的走廊上、院子里，烧香拜佛的大厅，全是些逃难的人，菩萨前还有点蜡烛的光亮。天嫂朝院子内扫视着，眼前是人头浮动，熙熙攘攘的男女混杂的声音。有的已经坐下，也有的躺在自带的草席上，有的人扑在膝盖上，女人们有给把爷喂奶的，也有的站着抽烟的。红头兵把行李歇下来，看着。

天嫂犹豫了，这样不大不小的庙宇，挤着这么多人，要是在夏天，汗臭都要熏死人了，幸好碰上好天气呵。她想走进去看一下，能找个地方安身就好了，可是哪里走得进人呵。她听一个人说，就在这扑一夜吧，厅里面拜佛烧香的铺垫都坐人了，只有一个菩萨边还没有人。

还好，他俩找了个靠墙的位置。

天嫂把仔解下来，抱在手上说："乖乖呀，你看好多逃难人呵。"

红头兵说："你的仔叫乖乖？"

"就是的，是他爷爷取的名字。他爷爷做梦都想有个宝贝孙仔，希望他乖点。"天嫂说。

乖乖两只小眼睛转动着，朝庙里的人望着，一声不响。红头兵伸手去抱他，天嫂把仔掉过来，她闻不惯红头兵那种臭味。乖乖大哭起来，红头兵缩回了手。

怎么睡觉呢？来嫂思忖着。她还好，可以靠着墙边，勉强的安全，勉强的自在。她叹着气，把带来的布床垫铺在石板上，还好，床垫补丁摞补丁，等于加厚一层布。

她离红头兵老远，问："红头兵哥，你有东西垫不？"

"没有，我去外面找点草就行了，我这床烂被单还管用。天要不黑，到人家田里找点稻草垫更好呢，防寒保暖……"红头兵说。

他感到有人体贴他了，他都三十的人了，还第一次碰上一个女人这样关心他。当然，他的母亲应该是体贴他的，但她是个光眼瞎呵。这时红头兵的心里乐不可支。

红头兵出去找草去了。天嫂把那布床垫扯过去一点，她怕他找不到草来垫，睡在石板上会着凉，明天还要赶路呵。这个年月，不生病就万事大吉了。她一点也不担心红头兵动粗，中间还隔着她的仔呢。庙里的人，个个都穿着衣裤睡觉的，又有那么多人呵，谅他没有那样的胆！她知道，她之所以关心他，是他帮她挑担子，要不然，该不知怎么办了。

红头兵去找草回来了，他一点草也没找着。

过了一阵，红头兵旁边又插进一个男人，挨着他躺下，随口说："在这打个尖算了。"

天嫂不作声了，把被窝裹得紧紧地，她的脸掉开，向着墙。她的仔正扯着呼，就像水开了一样"噗噗"地响，声音很柔和，像给人以催眠曲。

庙门外又往院子里拥进好多逃难的人，把院子内都挤得水泄不通了，乱哄哄的，有的人骂老蒋，说他不派兵支援驻军打日本鬼子，有的骂日本鬼子，兔子尾巴长不了。也有的知根知底的说，共产党领导的八路军把日本鬼子打得落花流水。有的说，忘记了带衣服，也有的说，他老爸不愿意出来逃难。有个人说，日本鬼子有一个排住在铁路附近的一个村。……

来嫂都听得很清楚，她翻过身来，抚摸着自己仔的头，又亲一下他的额头。心里对日本鬼子恨之入骨，要不是日本人侵犯到她的家乡，老百姓怎么会受这样大的罪呢。要是在太平年月，没准这会老百姓正在欢乐地看着调子呢。

天嫂往日睡觉，总是往右侧靠才能睡着，躺左侧睡不着，再加之，红头兵的脸向着她，那腥臭味受不了。她只能向左侧蒙着头睡，这样就稍微好些了。

天保也是，自己的老婆、仔还不如那头牛和两头猪，老婆和仔可以丢着，对那些畜生反而照顾得很周到，天下还真有这种人。他同地保相比，从心疼老婆方面来讲，地保要比天保会体贴人些。人家地保见老婆没有跟上来，就打转去接老婆呢，感情多深呵。还是个二婚的呢。可是天保就像个冷血动物，木头人一样，没有半点心思去心疼老婆，体贴老婆，照顾老婆。

自己的亲爸不晓得怎样了呢，那里来了日本鬼子不？哥哥健玲又不在父亲身边。天嫂原本想回去看看。可恶的日本鬼子，丧尽天良的日本鬼子，把我们的亲人都拆散了，搞得我们家妻离子散了。日本人简直同野兽一样。

天嫂就这么东想西想，半夜了，庙堂内仍旧杂声不断，有的人说梦话，有的嚼牙巴，有的打着响屁，有的咳嗽，有的小把爷"哇哇"地哭着闹着，有的人在吸烟。

天嫂又翻过身来，脸对着乖乖。

她想到乖乖从她肚子里生出来时，刚一落地，天保和他爸在房门外等着。一听接生婆说是个带把的，他爸先跳了两跳，就去鸡笼里抓了只大公鸡杀去了。爸比天保还要紧，天保没有他积极，心疼她。坐月子那个月，鸡蛋吃了几十个，清水煮鸡，连生姜不用放，香喷喷的，有空还帮天保洗仔的尿布和她的衣裤，饭舀到手，问寒问暖不离口。全是家公服侍的。天下哪有这么好的家公老子？难找，难找，点灯都难找。不知内情的人，还以为他在服侍自己的老婆呢。天嫂总觉得过意不去，对天保说：“你爸这样对我好，怕别人说闲话呢。”

“管人家说不说，爸是看到你为他添了个男孙，要是个女孙，打死他也不会这样服侍你。我不是睁眼说瞎话，你看他对来嫂就同你不一样。他这样也是开心嘛。”天保直言道。

原本，冬生是不同意他的孙仔乖乖离开他的，他要天天望一眼孙子才睡得着觉。日本鬼子一来，把他的计划全打乱了。

“正在吃奶的嫩仔，哪能离开娘呢？仔不跟娘，难道跟爷爷？”天保不同意。

冬生想通了，还是要逃难去，保命要紧，万一日本鬼子进了村，一家人就性命难保了。

“放心吧，你的孙仔是我身上掉下来的肉，我总比你还要心疼他吧。”天嫂说。

这样，他眼看着他唯一的孙子离开了他，他流了泪，他恨日本鬼子。

天嫂想着想着，又翻过身来，红头兵那个臭味，呛得她都想恶心了。她掉过背，像小把爷睡觉一样，把头蒙在被窝里了。她警惕着红头兵，留着神，她知道他没睡着，她生怕他越过界。她想起来出去走走，又不敢离开乖乖。她坐了起来，抬头看看天上，还有几颗星星呢，天不怎么黑了，她能看见院子里的一切。有个人身上披着件棉袄，靠在墙边，歪着嘴。有的人仰着头，张着嘴，丢进一个红枣也没问题。有的人扯起呼来，东一个，西一个地把头压在别人的身上。她想出去，可根本插不上脚。她只有忍耐着，等待着漫长的夜过去。

红头兵呢，他虽然在国民党军队里混过半年，也算是走出了家乡，见到了外面的世界，认识了一些人，但都不在世了。那时兵们睡地上，东倒西歪的，但是，那些都是同一号的呀。他也见过女兵，那都是搞宣传的，没有拿过枪的。都三十的人了，就像晒干的柴火，一点火就着。现在离他一尺来宽的距离睡着个女人，他怎么睡得着呢。他想同天嫂讲讲话，提提精神，又怕别人听见，影响别人休息。他一会儿想他的瞎眼娘了，他都记不清他父亲的模样了，听娘说，父亲是个木工。一年到头，除了耕种那一亩多田外，其余时间，就拿起木锯、木刨、斧头走村串巷，帮人家做点木工活，找点油盐米。父亲唯一给家里留下的遗产，除了那些木工家什外，还留下他做的一张八仙桌。后来就病故了。

红头兵呢？那年，他正满十八岁，就被国民党抓丁去当炮灰了。他辗转来到上海，同日本人打了一仗，一连的兵没留下几个了，算他命大，他半夜说拉肚子，跳下满是血红的苏州河，好不容易才游上岸，他都记不清他的老家在什么地方了，只有沿着铁路走，他也问过别人，往南走是哪个方向。就这样，他走过了近三个月的艰苦日子，终于找回了自己的家，找到了自己的瞎子娘。

瞎子娘希望他能接香火，托人做媒。媒婆接连介绍了两个女人。头一个女人一见他讲话露出一排黄牙齿，牙浆臭臭的，家里又没田地，就不愿意了。另一个女人不但讨厌他的黄牙齿，还看不惯他头上像鸡窝一样的头发，还有额头上像一块红纸贴着的红额头，怕晦气。再说了，他那么穷，穷得家徒四壁。那女人说，这种男人，再老实也不嫁给他。哪个愿同他睡在一起呢，看着都恶心。就这样，红头兵打光棍一直到现在。

当他看到天嫂对他那么热情、温柔，以为她对他有意思，口水一直在喉咙里打转，又不敢大胆一些。只能心里焦焦的，只能忍受着，比他在上海时跳到被血污染的苏州河里还要难受。女人们哪里能想得到，一个男人要想女人的滋味呢，是多么心焦和难受。是一种说不出的比痛苦还要难受的难受。他睡不着。

他想着想着，用手搖了搖身边打鼾的那人。那人翻过身来，小声说：“那女的是你老婆呀，好漂亮，水灵灵的，怎么还不滚到她被窝里去，何必一个人受罪。”

红头兵没作声，他的心“咚咚”地响，他小声说：“胡说，再说我打掉你的牙。”

“你这个男人这么不中用，是阴阳货吧？”打尖男人鄙夷地说。

红头兵没作声，心里说，放你娘的狗屁，你才是阴阳货呢。我是个真正的男人，就是家里穷点罢了。他在被单内翻动着。

不知怎的，他好像做梦一样，他的一只温热的手，神不知鬼不觉地伸到天嫂的更暖和的被窝里去了。他先摸一下熟睡了的乖乖的胸，乖乖毫无反应，仍然“哧哧”地睡着。

他发现天嫂一点动静也没有，他得寸进尺，壮大了胆，他那像铁耙那样的手指，居然越过乖乖的身，向天嫂身上摸去。

天嫂正在迷迷糊糊，感到有个东西在她背上爬，她虽然穿着厚衣裳，但也能感觉到。她动了一下，红头兵又缩回了手。

停了一会，红头兵以为天嫂睡着了，又把手伸过去，他想往她胸部摸去，好像有点障碍，他只得在她的背部往下摸。天嫂一仰身，刚好压着红头兵的手，叫他疼得不敢作声，像哑子吃黄连，有苦在心里。她的背压着他的手，慢慢地，他没有感觉疼痛，反而温暖了。

天嫂是醒着的，要不是看着人多，她真想起来煽红头兵一下，问他是什么意思。在这种场合，即使红头兵动她的手，她能喊出声来吗？要一喊出声，整个庙里逃难的人都轰动了，多丢丑呀，要是传到天保耳朵里，天保会怎样对她？家公会更加瞧不起了，那她将无脸见人了。她的心如同潮水一样翻滚着，她恨天保为什么不来，万一碰上了土匪，那又该怎么办呢。

这下，她不知怎么办才好。她只有把身子紧贴墙边，离红头兵远点，或是坐起来，叫红头兵自量点，知趣点。她又翻过身来，把乖乖抱得紧紧的，她也顾不得红头兵的嘴巴臭了，保护自己要紧。

红头兵见天嫂没睡着，赶紧抽脱被她压住的手，内心不安起来，勇气没了，一下下就阳痿了。他害怕了，他怕天保知道了打断他的腿，更怕冬生打断他的腰。偷鸡不成，反而落了个贼的丑名，更无法在村里混了。他转了个身，心想，宁可穿朋友的衣，不能要朋友的妻。

天光鸟叽叽喳喳地叫着，庙院里渐渐显出了奶白色，天亮了。这一夜，在庙里暂时避一避的人，除了小把爷外，好多人都担惊受怕，一夜没合眼呵。也有些人，哪怕刀架在脖子上，眼皮子也要沾在一起呢。

一个人在遇上困难，或是痛苦的时候，最想念的就是自己的亲人了。只有亲人才是心中的一盏灯，才能排忧解难，只有亲人在时才能开心嬉笑。

天嫂这一夜，更是想到了亲人天保呵。

也就是这一夜，地保同天保简单地用草席卷着来嫂和她的两个女儿，将她们安葬了。之后，天保要地保立马赶到天嫂那儿。地保没精打采地说："哥，我实在没力气走路了，还是你去吧。"

天保完全可以去看自己的老婆和仔的，可是他想到，要是他去了，地保控制不住伤感，把这件不幸的事告诉爸，那不知爸会有怎样的状态呢，他想了一下，坚定地嘱咐地保道："你一定要在今夜天亮以前找到天嫂，千万不要把这件不幸的事说出去，以避免震动带来太多的忧愁。人死不能复生，可活着的人千万不能一气之下发生意外的不幸呵。再说，老婆是人家的女，不在人间了你还可以讨嘛。你还年轻呀。况且，来嫂又不是红花女，没那么要紧嘛。"

地保沉默不语了，他想，他这个老婆已做了几个人的老婆了，要真想起来也不怎么值得留念的。不管怎么说，一日夫妻百日恩，这是任何人都知道的事实。他也许可以忘记来嫂，但自己的亲生女儿总是在头脑甩不掉的呀。

地保流着泪说："我的命怎么这样苦呀？怎么把这样的痛苦降临到我头上呢？"

"命运在自己手中。"天保说。

就这样，地保在天保的再三说服下，终于迈着沉重的脚步往天嫂等着的地点走去。

这条路，爬山坳，山边是一条小河，挑担子只能一个肩挑，不能换肩，可想而知，这条山路窄到什么程度了。他虽然双肩上无一点重物，但他总是没力，想走快点双脚不听使唤了，只得艰难地向前挪动着步子。

到达天嫂等着的地点，已是半夜了，连天嫂的影子也不见，担子不见了踪影。他漫天遍野地喊着大嫂，连一点回音也没有，很是叫他惊骇。他沉思着，难道天嫂自个儿走了？不，那么沉重的担子她能挑得动么？难道是土匪抢走了？地保这下丈二和尚摸不着头脑了。

也难怪呵，他要是不耽误那么久的时间，大嫂肯定是不会走的。大嫂也许是等得不耐烦了，天又快黑了，才这么决定走的啵。他当时一边同大哥铲着土，一锹一锹地往他老婆和两个女儿卷着的草席上盖土的时候，他几乎忘记了周围的一切。他痛苦难堪，他不相信自己是在埋葬老婆和女儿，他什么都忘记了，把大嫂在等他去避难地都忘记了。

这时，他急得像热锅里的蚂蚁，在那儿转着。忽然，他来了劲，忘记了痛苦，他觉得要把大嫂和侄子找到才是大事。大嫂和侄子要是有个三长两短，他怎么向大哥交代？怎么对父亲诉说呢？侄子乖乖是父亲的宝，是父亲的心和肝。他想，大嫂是有勇有谋的女人，说不定她已到了那日本鬼子想不到的避难地了。他直往避难地走去，月黑风高，他想走快都不行。

好多人都知道那个地方是最好的避难地。一是因为离城市远，山路崎岖狭窄，机车无法通行，日本鬼望而生畏。二是那里的地势险要，又隐蔽，三面山峦起伏，山路临江，苍翠的老树林是藏匿的天然佳地。三是那里的人善良，对人厚道，诚实可信，而且人心齐。有的土匪进村抢东西，没有一个能跑掉的。四是那地方没有多少田地，老百姓大都靠种植红薯芋头过日子。像这样贫瘠的地方，不要说日本鬼不会来，就是当地官府也不见得会光顾。

冬生早就打听到那个天然隐蔽的场地，他告诉了家人。为了不叫心怀鬼胎的人知道那个避难地，怕他们图谋告诉日本鬼，只能悄悄地告诉一些能信得过的人。

地保终于到了那里。刚到江边，还没进村，就听见狺狺的吠声了。他不禁毛骨悚然，他小心翼翼地往村里走，四周静悄悄的，连一个人影也不见，哪能看见大嫂呢。只听见狺狺的吠声，他更加揪心了。

地保没有找着人，只好打转回到原来的路上，背靠着一株硕大的樟树歇息。他一动不动，眯着眼养神，一忽儿，他居然睡着了。

迷迷糊糊中，他在小保那里同大嫂唱“哪嗬嗨”，老婆在看他和大嫂唱，眼都不眨一下。很晚很晚了，都不肯收场。唱着唱着，突然停住了，才发觉小保的二胡声没响了。接着，又唱起来，但声音很小。他们都不晓得小保到哪里去了，地保去问来嫂，她却像鸡啄米似的充起瞌睡来了。

忽然，地保又看见许多小把爷挨日本人的刺刀尖刺了，鲜血飞溅，他又看见许多的女人被日本人奸污了。他突然尖叫起来，原来是个噩梦。他睡眼惺忪地睁开了眼，心里仍然恐惧着。这时，晨光熹微，大地苏醒，太阳光透过树叶，斑斑点点洒在他身上，他都不知道天亮了好久了。他又眯上了眼。

一个中年男子，长得不高不矮，穿着一件破旧的寡棉袄，站在他面前，跟着他的一条大黄狗，龇着牙，嗯嗯地哼着。

地保没有发觉有人和狗在他面前，仍然自言自语地说：“只要日本鬼还在中国，不知有好多妇女和小把爷死在鬼子的刺刀上呵。”

中年男子突然问：“你说什么？”

地保打了个冷战，睁眼一看，见他面前站着一个男人和一条狗，他若无其事地说：“我没说什么呀，就说了刚才那句。”

“难道你……”中年男子不想再问，他停下来，想着，也许这人遇上了伤心事呢。他转开话题问：“你在这里坐一夜，不冷么？”

地保立马站起来，擂了擂眼睛，提起了精神，说：“不冷，不冷。”

“你是来这里避难的吗？”中年男子问。

“正是的，老哥，我想问一下，昨天下午，有一个年轻女人，背上背个小把爷，你看见了吗？她还挑着担子呢。”地保问。

“没看见呵。这两天有好多人逃难到这里，来来往往的，有好些人都住在村后的山脚下了。你去看看吧。”中年男子热情地说。

“谢谢你了。”地保勉强笑了一下，就往中年人告诉他的地方去了。

中年人怕地保找不到，主动走近地保前面，地保见他这样热情，证明了他听说的这里人的热情淳朴，就情不自禁地打破砂锅问到底，更清楚地了解了这里的情况。

中年男子笑着说：“你们来我们这里躲日本鬼，算找对地方了。我们这里呀，连土匪也没来过，谅土匪也不敢来。我们村里每家都配有镖子和扁担一样长的砍刀。这里又穷，除了能捕东西外，再没有什么。日本人是来不了的。尽是些又陡又窄的山路，汽车开不进，三个轮的车也不行。鬼子要走路，也没方向。弄不好，在半路就会死在我们的砍刀下。进村前有一条小河，小河只有个独木桥，一般人不敢过桥，怕不小心掉到河里，你都看见了吧？”

地保没精打采地听着。中年男子用手一指，他说，拐个弯就会看见有好多人了，他不去了，让地保自己去找亲人吧。说还要走一下就到了。

地保看到有的人已扛着从山上砍下的松树杆，有的在劈树枝，有的在扎草帘。他不用张嘴就知道这些忙碌的人是在搭盖避难草棚的。他一眼望去，

至少有十来个草棚框架已搭好了，只剩盖草帘了。

地保沿着山脚走了一圈，找了个合适的位置，捡了几块石头做标记，大约有两间草屋大小。他不放心，生怕别人占用了，惹来口角，又找来几根树枝打上木桩，等找着了大嫂和侄子，就可以在这里搭盖避难草棚了。

地保还得去找大嫂和侄子，他心里亮了一下，他想起昨晚走到岔路口时，他估计大嫂可能走那条路。一个人要背仔又挑担子，真是难为了她呵。大嫂要是走这条路，天又黑，又挑担子，路又难走，一看到山边的小河，头都要晕了，心都要跳出来呵。他也听说那条路的远处有座庙，菩萨会保佑她的，老天爷有意叫她走那条路安全些。

没等地保走到岔路口，就见村里那个红头兵站在那儿，旁边歇着担子，好像是他地保挑的东西，大嫂也在一旁站着，看着山脚那些搭盖草棚的逃难人，他俩都没看见地保。

他走近大嫂身边，高兴起来，他忘记了几个小时前的痛苦，天嫂猛然转过头来。

地保说："你叫我好找呵，大嫂。"

天嫂也吃惊地说："你叫我好难等呵。"

随后，天嫂把情况一一对地保说了。地保却听了天保哥的话，一句话没提来嫂的事，他撒了个谎，说："我把来嫂带到那边山避难地去了，打转才来找你，我安排她们到一家人那儿住了，我不用操心了。"他说完，鼻子有点儿酸。

天嫂一点也没有看出地保的表情，只是说："不用操心就好。"

地保看着红头兵那个样，若无其事的一下又脸红了一阵，低下头说："我和你大嫂早来这里两个钟头了，到那边的避难地找不到合适位置，就到这边来了，才看见了你。"

地保问红头兵："昨晚大嫂平安吧？"

"那还有什么事，不相信你问问你大嫂，那庙里塞满了的人，男男女女，老老少少，个个都长个心眼呢。"红头兵很平静地说。

"没事就好，就怕有了事，说不出口。"

"那你呢？"来嫂反问。

"我还能有什么事，牛都能打死！"地保嘴里像被糯米塞着，一时说得不怎么流利，有点儿结巴，说完，又低下了头，掉开了脸。

天嫂感觉地保同往日不一样，像变了个人似的，还以为他存有疑心，就说："放心吧，人家红头兵好心帮着我，没碰见他，我都不知怎么办，天又黑，路又难走。背上背个仔，我是败将遇上救兵啦。红头兵人又老实，没有歪心，我可以在你和大哥面前拍胸脯，我对得起他，我不是那种人啦。"

地保听大嫂说话是那么坚定，那么肯定的语气，也就不再提这件事。他也强振起精神，当作一切事情没有发生那样。

红头兵对地保说："你还是帮帮挑担子吧，昨夜我一夜没合眼。"

就这样，他们几个人就往地保打上标记的地方走去。……

第二十四章

梁家白看见日本军队有十几个人驻扎在对河村，他猜测要不了两天，准有日本兵踩坝过河，来村里了。

他找了块白布，有簸箕那么大的方块。然后又剪成两块长方形样，又找了两块红布，剪成两个比白布小点的圆不圆、扁不扁的圆样，分别缝在两块长方形的布上，找了两个手指粗的竹竿做棋杆，插在大门两边的墙缝里。

他还嫌不够，又做了六个小小的红膏药旗（膏药旗：日本国旗，中间有个红圆圈，其余空间是白的。像一块红膏药一样，有的人叫日本旗叫膏药旗，也有的叫太阳旗）。在一旁的老婆问他："做那么多旗子有屁用，日本鬼子还不是要你圆你就圆，要你扁你就扁，喊你慢走，你敢跑啵。我没见过日本人，他们既然派飞机来轰炸城里，把坦克开进城里，把兵踏进城里，就不是什么好东西！"

"你这个女人，头发长，见识短，屙尿屙不到三寸高，你懂什么？我做这么多太阳旗，表示我对日本人忠诚、信赖和高兴，欢迎他们来。那日本兵看见这样的旗子，以为我们同他们穿一条裤子，对皇军百依百顺，他们就绝不会对我怎么样。遇上难事总要对我网开一面，放我一马。”梁家白恼怒地说。

听梁家白这么一说，老婆缄了口，不言语了，只是瞟了他一眼，往后院去了。

后院的地下室躲藏着他的儿子和满妹。他的儿子住在一家懂点医的人家里，治了一段时间，已基本上能懂事了，神志基本清楚，刚说过的话还能记住，医生就放心叫他不住院治疗了。

那天上午，福生看见两个穿黄衣服的兵，他不知道那兵看见满妹没有，只见满妹刚从一间草帘房子出来，急匆匆地跑着从他家走过，让他看见了，他一把手就把满妹拖到他家来了。

满妹喘着气说：“好险，日本鬼没看见我，要不，我就会遭殃了。”

“到我家就不怕了，放心吧。”福生说。

福生叫满妹坐在一张凳子上，他就出去了。

梁家白早就看见福生牵着满妹的手，心里高兴得说不出话来。只是暗暗庆幸自己的仔知道拖女把爷了，不愁无人接香火了。停一下又默默地想，这块肥肉怎么叫儿子叼了去呢？抢了他的好事，唉，抢就抢吧，又是儿子，抢到手就好，儿子不行再说。

他看见儿子在门外东张西望，猜到十有八九碰上了什么不快的事，就到儿子跟前问：“你俩怎么啦，失魂落魄的？”

“满妹看见日本鬼子了，她路过我家后院，我把她拖到地下室去了。满妹好可爱的，不能落到日本鬼手里。”福生说。

梁家白张大了嘴：“哦，是这样，到后院地下室就保险了，有老爸在，更加放心。”

就这样，满妹也没法出去告诉她爸和大哥，就在梁家白的地下室住了一夜。福生蛮好，给满妹铺好床，就把地下室的门锁起来了。他是先拿了点东西给满妹吃饱后，才上锁的，满妹一点也不知道。

第二天上午，梁家白换了一身浆洗得很干净又合身的唐装，是灰白色的，脸也洗了又洗，胡子也刮得光光的。他心不惊、肉不跳地坐在堂屋敬桌边的靠背椅上，慢慢品着广西的极品茶。他还准备了一瓶本地名酒——老三花，还准备了永福的野葡萄酒，还有糍粑和粽子，油炸花生米，刚刚蒸熟的在灶头上用柴火熏了半个多月的腊肉。他想，日本人要是来了就用这些佳肴美酒招待他们。他吩咐用人在门口放哨，要是老远就看见日本人进村，就立马告诉他。

茶都品了一壶又一壶，都变成尿了，还不见日本人进村。他想到后院看看满妹，刚起身，尿还憋着，用人跑进来了。

他气喘吁吁地说："我看见日本人了，我看见日本人了，有三四个之多，穿黄军衣，头上戴着罩耳朵的黄帽子，背着上好刺刀的步枪，我是爬在树上看见的，他们快过河了。……"

梁家白先是一惊，把憋的尿都忘了。后平静下来，训斥道："来了不是来了，进来也不喊声老爷，像吓破胆一样。"话音刚落，他小跑着去屙尿去了。他吩咐用人，看看太阳旗插好没有。

他边扎裤子，一边问用人，烧开了水没有，准备好了中午的饭菜没有，用人一一做了回答，他才放心了。他想，只有用心招待日本人，把他们当父母一样敬重，笑脸相迎，日本人就会看上他的。

他为了安定自己的心，他先沏了一壶茶，品了一口，又往水烟斗的烟锅上放了烟丝，擦燃了火柴，猛吸了一口，他才放松了心。然后，又上了一锅烟丝，慢慢地抽着。

他在等待日本鬼的到来。

哪晓得，这几个日本鬼子，走到离村不远处，老远就看见梁家白的门口插着两面膏药旗子。领头的没有进梁家白的家，而是在村里转悠着。

村子里还有些狗叫声。村里还有些没有外出逃难的人，多半是老女人，也有中年女人、老男人，也有一些中年男子，多半是唱"哪嘀嗨"的。妇女们各在各的家，男人们都像往常一样，老爱在冬生那间空房子里，围着个大圆圈，烧着满是浓烟的柴火烤呢。

妇女们一听见狗叫声，知道日本鬼子进村了，她们就急匆匆地到灶门口，把锅底或是鼎锅底用锅铲刮了点墨黑的锅灰，又用灶黑的草木灰掺合在一起，放点水，胡乱地涂在脸上，耳朵根，平常梳得光溜溜的粑粑鬏头发，急忙弄成像鸡窝一样。那双又皱又瘦的手掌，也涂得黑不黑、灰不灰的，叫人看去，就像个十足的疯婆子。她们几乎是不同的样子，各人在各人的家里，心里咚咚地打着小鼓，眯着两只连蛐蛐也看不清的眼睛，等待着日本人，看看日本鬼到底是什么样的货色。她们以为这身打扮，就可以平安无事，可以保身。

也有的能跑的男女，纷纷往山上、树林，凡是能藏身的地方跑去。

领头的日本鬼吩咐了一声，一下就分成两伙人，一伙三个，一伙两个，他们分头在村里到处转悠、乱窜。

三个一伙的窜到村尾的一家，恰巧是红头兵的家，只见红头兵的娘，仍旧把头发梳得光溜溜的，一点也发现不了头发里那两根银白的、插在粑粑鬏头发里的银针。她的脸上什么也没有涂，一眼看上去是蜡黄的，很瘦，两颊瘪瘪的，显出毫无生气的神态，看不出一点快活来。

她独自坐在堂屋中靠墙的一张樟树板凳上，一只手抚摸着凳子的一只脚，她想起这凳子是儿子的父亲做的，心头闷了一下。

正在这时，门口的那只小黄狗龇起牙，狺狺地叫着。她知道有人来了。

一个日本鬼子悄悄地踏进门来，一声不响地站在她面前，此人人中两边长着飘飘黑胡子。

红头兵娘是个光眼瞎，要是有人进屋，就是狗不报信，就凭她的两只耳朵，也是晓得有人进来了的。

飘飘胡子日本鬼子见红头兵娘长得天庭饱满，有两个酒杯窝，长得也蛮秀气，坐在堂屋右边的矮凳上，两眼直勾勾地盯着他。他笑眯眯地用手掌在她脸上抚摸了一下。红头兵娘的脸摆动一下，吐了一口唾沫，她闻到了野狗的腥味。这飘飘胡子日本鬼不知道她是个光眼瞎，笑嘻嘻地说了几句听不懂的野狗语，意思是要红头兵娘站起来，给他欣赏一下她的身材。

红头兵娘因为看不见飘飘胡子日本鬼是什么样，她吃得正，坐得稳，没有一点歪门邪道，她心里一点不慌，坐在那儿，一动不动。

飘飘胡子日本鬼用手去扯她身上穿的寡棉袄，她两只手抓住棉袄的扣子不放。

飘飘胡子日本鬼发了怒，一只手拽着她的左胳膊，她咬着牙立了起来，飘飘胡子日本鬼用手去捏她的胸，她用手一挡，飘飘胡子日本鬼又去抠她的下身，她趁飘飘胡子哈哈大笑时，她的右手闪电一样从头后的粑粑鬏头发里抽出了那根银针，握在手中，她一句话没说，胸中燃起了怒火，她准备着，万一飘飘胡子对她残暴无礼，她将毫不惧怕地进行自卫。

既狠毒又狡猾的飘飘胡子日本鬼用手扯她的裤裆，凭她的听觉，她迅疾转身扑到他身边，飘飘胡子眼利，一眼发现了她手中的那根银针，随之一闪，又闪一下，迅疾拽住了她那拿银针的手，银针掉在了地上，发出轻微的响声。随即，这狠毒的飘飘胡子日本鬼硬把这个光眼瞎强奸了，接着，他扣动了步枪“砰砰”的响了两声。红头兵的娘倒在了自己的堂屋中央……这时，红头兵还蒙在鼓里，正在盖草棚呢。

有个日本人听见了枪声，跑进来，看到红头兵娘倒在地上，就说：“不要开枪！”他们怕惊动了抗日游击队的人。

接着，两个日本鬼搬来了柴和草，卷成了草球，点着了火，扔在神祭上，顿时，牛栏里、房间里、灶台里，一眨眼工夫，整座房屋燃起了熊熊大火。这时，屋前屋后的树枝树叶摆动起来了，一忽儿又弯腰，又磕头，门窗在乒乓地响，风来了，发出“吁吁”的叫声。那火势有了风的助燃，更加狂舞起来。

这几个日本鬼，又挨家挨户撞进农家屋里。屋子里尽是空荡荡的，连一个人影也不见，有个走在前面的日本鬼，像老鼠一样东窜西窜，也没发现鸡和猪牛之类的东西。然后，日本鬼丧心病狂地点着了火，一刹那，又有几家的房屋烧了起来，到处噼里啪啦地响着，黑烟、红火在大风的摧助下，火势已到了无法扑灭的程度。

这几个日本兵终于在一户农家里听到了水响声，过后，从里屋内出来一个疯疯癫癫的女人，鸡窝一样的头发，脸上没有一点光泽，又黑又脏，好像从来没见过水一样叫人恶心。

一个日本鬼一见，后退两步，抬起枪朝着这个女人“砰砰”地响了两下，那疯癫的女人倒下了。有个日本鬼铁青着脸对那开枪的日本鬼说：“不要开枪，要悄悄地搞死，不要惊动游击队的人，你们老是记不住！”

正在堂屋等着日本人到来的梁家白，忽然见用人气冲冲地进屋喊着：“不好了，日本鬼烧房子了。”用人头上冒出了汗。

“烧了哪家的房子？”梁家白急切地问。

“红头兵他们家的，在他们家，响了两枪。”用人神情很紧张。

“还有呢？”

“还有是……”

“是什么鬼！去哪家都不晓得，白养了你呀，笨猪！”梁家白骂了一声，他站了起来。

用人擦了擦额头上的汗粒，静下心来，很有把握地说：“放心吧，老爷，烧不到你家的房的，我敢打保票。”

梁家白听后，才缓了口气，一会儿，他的屁股重重地砸在凳子上。

堂屋里一下安静下来，梁家白告诉他老婆，不要乱出去，把满妹和他的仔福生看好。万一出去了，日本人那个杀人不眨眼的，不讲情面的，扣响了步枪，说送命就送命。

他也烦闷极了，也很担心，他怕日本人不讲情面，烧他的粮食。他要出去看个究竟，他吩咐老婆看好屋，他和用人一块出去看一下马上回来。

为了讨好日本人，他和用人每人手里握着个小膏药旗。他相信，这个旗子会给他带来好运，绝不会伤害他的，说不定还有官当呢。

他叫用人走在前面，他在后面跟着，顺便看看势头。

他俩走不到两百步路，梁家白两眼发呆地看着那乱吹的黑烟，那红通通乱舞的火苗，他的嘴巴像死鱼一般张得大大的，他耳边听见了噼里啪啦的声音，叮咚叮咚乱响的声音。他站在那儿，目睹着那屋瓦砸在地上，那烧断的横梁掉在地上，有一头靠在泥墙壁上。要是在太平年月，乡村里要是烧着了房屋，全村人听见敲锣声和喊叫声，个个会提起水桶，挑起水桶，抓起脸盆，到池塘里挑水，到井里、到河里舀的舀，提的提水，用梯子爬上屋顶上，地上的人一桶水、一盆水递上去扑火。可是现在，日本人烧房子，全村人都没有一个出来救火，梁家白却像个傻子一样，睁着两眼，呆呆地看着。他的眼都花了，张大嘴，手不停地舞动着膏药旗。

用人在他耳边说：“老爷，如果再烧下去，我看你的那个粮仓不保险呵。”

“烧不掉的，烧不掉的，你没看我手里握着太阳旗嘛？你的嘴放干净点！臭嘴！”梁家白训斥用人。

梁家白不相信是日本人放的火，他问用人：“你看清楚了是日本人放的火？”

“我躲在墙角，真真切切地看见两个穿黄军衣戴羊耳朵帽的人拿着火把，往房屋里走，又看见那日本人跑出来，那房子顶就冒烟了，这还有假？”

“他妈的×，畜生养的，畜生养的。”梁家白小声地嘀咕着。

梁家白家的粮食，储存着佃农交来的当年甚至两三年都吃不完用不完的谷子，平常日子，他叫用人白天守护，晚上住在那儿。

梁家白心里像压着块石头，好难受，他和用人急匆匆地往他的粮仓走去。他没走几步，就看见有几个日本人手里举着火把，正朝着他的粮仓走去。他急破了胆，手里的膏药旗在空中挥动，嘴里不停地喊：“日本皇军，那是我的粮仓，不要烧，不要烧，那里有成百担的谷子，可以捐给你们，日本人大大的好！”

那个懂点中国话的走在后面的鬼子，听见梁家白喊着话，他立即用日本话喊了两句，走在前面举着火把的日本人，回过头来又讲了几句野狗语，就把火把丢在了地上。

这时的梁家白，压在心上的石头总算落了地，那吓得铁青的脸，一下下就恢复到了常态。他弯着腰，手里的膏药旗挥动着，踽踽地向日本人走去。在日本人面前鞠了个90度的躬，又接连地鞠躬，才慢慢抬起头来，嘻嘻地笑着说：“日本好人，我的老子，你们大大的好，看在我的脸面，没有烧掉我的房子，哈哈。”说完，又鞠躬。

梁家白清清楚楚地看见他隔壁地保老婆原先的家婆家和那个红头兵的家都叫日本鬼烧得零打光。他幸运赶得及时，要不然，他的粮仓挨烧，他就不准备活在世上了。

那个懂点中国话的日本鬼板起脸孔，不相信地问：“那房子真是你的粮仓？”

“我要讲半句假话，你就用刺刀立即刺死我！”梁家白红着脸，发誓一样坚决。

“那大大的好，走，开门叫我们看看。”那懂中国话的日本鬼说。

梁家白松了口气，见日本人不烧他的粮仓了，喜滋滋地直笑，又哈腰又鞠躬地来到粮仓门口，叫用人开了门。

两个日本兵睁大了死鱼样的眼睛，先用手摸摸那些装得鼓鼓的还没有进粮柜的麻袋，日本鬼不相信，怕是沙子。一个日本鬼用刺刀往麻袋一捅，随即，那金黄灿灿的谷子便“哗哗”地流在地上。

梁家白心一惊，日本鬼子却嘻嘻地笑个不停。

一个日本鬼子对梁家白说：“谷子好得很，大大的好，叫人挑到对河我们的驻地去。”

梁家白的脸，立马又由红转成了白色，他没有后悔药吃，千不该万不该叫日本鬼来看粮仓，这下反而找出麻烦来了，他颓唐的心一时不知说什么好。不同意吧，他有可能一下下就会躺在堆满谷子的地上，再也起不来了。日本人得罪不起，他不能拿性命开天大的玩笑，更不能拿性命来打赌。他还要在别的女人身上下种子，给他生个带把的把爷呢。他要是一口同意吧，那他粮仓的谷子就白白地积存了这么久，他本来是想留着卖高价钱的呢，他的家这下就可能败在日本人手里了。这时的梁家白，左右为难，只是张着嘴，像是哑巴吃黄连——有苦讲不出，太揪心了。

日本人还在粮仓屋里逗留着，一个鬼子进到边房里去，看见一个差不多占据半间房大小的特矮木柜，觉得好奇，他有意挪开那杉木柜盖，伸手就在柜里翻弄着，又用刺刀在谷子里挑动着，连连说：“这里面的谷子好，把这些谷子全送到皇军驻地去。”另一个日本人，无意间把手伸到木柜的角上抓谷子，吃了一惊，他的手碰着一个硬东西。日本人不甘心，把谷子扒开，发现里面埋着一个尺来长、半尺左右宽的木盒子。

梁家白一见着了慌，又不好拒绝，心里“怦怦”乱跳，站在一旁，一言不发，两眼盯着，牙齿咬得“嘣嘣”响。

他想，这阵子蛮难对付了，慢慢地他头上出了汗，心想日本人怎么就扒到这个木盒子了呢？今天他算倒了大霉了，这盒子里装的是金条呀，他妈的。

日本人两手捧着木盒子，看着盒子上了锁，就问：“这里面装的是什么东西？这么重？”

梁家白急得心跳加快了，忙点头说：“没什么，没什么。”

“打开看看。”一个日本人说。

两个日本人离得远远的，叫梁家白打开。

两个日本人同时看见了盒子里的金条，眼睛睁得大大的，叫着：“哟西！哟西！”话音刚落，立马把梁家白手中的盒子抢到手。

梁家白又鞠躬又作揖，说：“这是我的全部家当，我可以给你们俩各人一块。”

一个日本人发了怒，吼吓道：“谷子通通的要！金条通通的要！”

站在一旁无声的用人仿佛做梦一般，他在这里住了那么久，居然一点也没发现木柜里有黄金。他惊讶梁家白老谋深算，深藏不露。他忽然想起几乎每天晚上，梁家白都要来这里，还要到边房去一下，原来这里面有秘密。

梁家白沉默了半天，点头哈腰地说：“是，是。”真是无奈的回答，好汉不吃眼前亏，不要他的命就谢天谢地了，又说：“你们大大的好，先到我家坐坐，喝点桂林茶，喝杯本地老三花酒。”

“哟西，哟西。”两个日本人同时说。

一个日本人捧着金条盒子，左看看，右瞧瞧。另一个日本鬼跟在其后，手握着枪，一直紧跟着梁家白和用人往前面走。

家里的用人哪知道日本人来得这么快，一见两个杀气满脸的日本人，身体哆嗦一阵，站在一旁，听梁家白吩咐。

用人急忙在堂屋正中摆上餐桌，又抹桌子，又抹凳子，又拿碗筷，又摆辣椒碟，一时忙得不可开交，生怕怠慢了一下。

那个懂点中国话的日本人，两眼扫视着堂屋，那个手捧金条盒子的日本鬼，小心地把盒子往敬桌上一放，那敬桌被震响了一下，又看了看。那个懂中国话的日本人向女用人招手，女用人低头提心吊胆地往日本人身边走。那日本人老早就看见女用人寡棉袄里藏着两个白皙的奶包了，用手拧了一下女用人的脸，哈哈地一笑。女用人急忙后退两步，她脸上变了铁青色，心里打着鼓，她害怕了，没想到日本鬼这么可恶，这么无耻！

梁家白眼快，急忙上前拍了一下日本人的肩膀，说：“先米西米西再玩不迟。”

两个日本鬼子相对坐下，一个日本鬼还在抓他的下身。

梁家白问用人：“粑粑蒸好了吧？”

“好了。”

“白切鸡弄好了吗？光这点花生米摆在桌上，有点对不住日本朋友。”梁家白说。

“白切鸡没有，只有香菇鸡。”

梁家白看着两个日本人用手抓花生米，又抿一口酒，就说："还不快上菜。"

站在桌边的女用人，连头也不敢抬，摆动着屁股，三脚两步朝院内厨房走去。

梁家白给两个日本人斟了酒，嘻嘻地笑着说："这是极品老三花酒，在岩洞里储存了五六个年头了，我们总舍不得开坛，你们皇军是贵宾，来。"他举起酒杯，日本人不理睬，只是嚼花生米，梁家宝又说："我先干为敬。"

两个日本人，先闻闻酒气，一时不敢碰杯，他们也精着呢，提防着，生怕死在餐桌上。

梁家白猜透了日本兵的心思，就把酒重新换了一杯，两个日本兵扔不动杯。

梁家白问："怎么？怕我的酒里有毒？嫌特酿三花酒太冲，不敢喝？哎呀，你们是我的祖宗，我还能害你们？没听说呀，喝了特酿三花酒，晚上睡在被窝里还要抖三抖。"

那个懂中国话的日本人大笑起来，说："你说话真有意思。我俩不是不敢喝酒，而是同我们一块来的兄弟，不知道哪里去了。"

"不会的，不会到哪里去的。可能在一家找到花花姑娘了，正在享受女人滋味呢。"

两个日本鬼，鼻孔早已闻到了特酿老三花酒的喷喷香气了。今天，他们两人真有口福，他们要感谢他们的上级把他们带到这里。听说这里的花花姑娘美，他们还没见一个花花姑娘。在眼前的特酿老三花要比花花姑娘更刺激，不喝白不喝。说不定明天要调走，也说不定哪时就叫游击队要了命。他们来中国之前曾受到军部训斥，要他们随时为效忠天皇拼命，为实现日本人的亚洲共荣圈而战！他们的头都是用香棍串着的，随时有掉的可能。这时，他俩四只老鼠眼盯着餐桌上的佳肴，口涎三尺。那个日本鬼早就想抿一口老三花酒，那个香菇鸡的鸡腿，他看准了，一闻就往嘴里送。

"小野君，莫管他们三个了，我俩先照顾一下嘴巴和肚子再说，你现在去找他们，怕打扰他们同花花姑娘的美事呢。"那个啃着鸡腿的日本鬼说，他的嘴和两只手沾满了油腻。

这时的梁家白也来了劲，很客气地说：“是呀，是呀，刚才那位爷说得好，先照顾一下嘴巴再说，有吃不为输，来，我敬你们两位一杯，要一饮而尽。”说完，他一仰脖子，那一小杯三花酒如同清水流进了干涸的田里。

那小野日本鬼子终于坐下来，一同喝起酒来，三个人一饮而尽。

小野说：“你们中国的酒文化堪称世界一流，又浓又香。你们的古人有诗，我记得几句：‘对酒当歌，人生几何……酒逢知己千杯少，话不投机半句多，是不？”

梁家白是个乡巴佬、大老粗，哪懂得这些，只是瞎猫撞耗子地乱点着头，夸奖着：“你小野还是个中国通呢，从哪里学来的？”

“我认识一个中国人，大大的好。”

就这样，两个日本鬼越喝越来劲，看谁喝得多，谁也不服输。梁家白只管在一旁添酒。他们喝完了一瓶特酿三花酒，又拿来两瓶。这样，两个日本鬼一下就喝光了梁家白的三瓶特酿三花酒，眼珠都喝得满是血红，扑在餐桌上像猪一样发出“哼哼”的声音，不省人事了。

梁家白轻轻地叫着：“小野，小野。”他又摇了摇另一个日本鬼子的肩膀，他确信这两个日本鬼已经酩酊大醉了。

梁家白挺着个肚拐，见另一个用人还在门外守候。堂屋里一个人影也不见，他扫视一下四周，急忙从那个日本人的口袋里摸出了那木盒子的钥匙，把木盒子捧到房间内，打开木盒子，取出好几根金条，用一块大布包好，藏好。然后，又去灶房里，舀了一些米到木盒子内，把余下的金条盖上，把木盒子锁好，然后连同钥匙一块放回原位。

他这些动作把他急出了一身冷汗，肚拐难受极了。他要拿命来赌了，他不怕日本人醒来，他不愿意把盒子里的金条白白全送给日本人，他只给两个日本人留一点点金条。至于日本人要他的谷子，他有他的办法。……他妈的，日本鬼子，老子白做了几个膏药旗，原想到你们遇事会放我一马。哪晓得，你们这些贪婪的畜生，要粮又要金，你们这是软刀子杀人，比强盗还要强盗。梁家白心里太不舒服了，他从来没见过日本人，如今一见才知是这样可恶的货色。

他想，日本人万一醒来，他们要打开木盒子怎么办，当他们发现里面有米怎么对付？他想一不做二不休，把这两个日本鬼的头切下来算了，反正他们欠了血债。即使要搞也得引他们俩到外面搞，不能在家里，怎么能把强盗的血留在家里呢？万一叫另外的日本鬼晓得了，那他全家必死无疑。那仍旧把金条拱手给日本人？免得担心这，担心那，这样，一切灾难将不会发生，照样逍遥地要女人，照样抽水烟，照样想吃什么就吃什么，想穿什么就穿什么。可是这些金条来之不易呀，也是从佃农那里抠来的呀。绝不能白白送给日本人！木盒子的钥匙在日本人口袋里，他们是不会怀疑到他头上的。

他挺着肚拐在堂屋里转悠着，他忽然灵机一动，他想趁日本人睡梦之时，去后院地下室看看满妹。他又冷静下来想想，不行，万一日本人醒来了，到处窜，窜到后院，发现满妹，那他得到的这条鱼，不是白白送到日本人嘴里了？

满妹自己找上门来，真是踏破铁鞋无觅处，得来全不费工夫。自己那个傻儿子，是不懂得吃这美味佳肴的。等着吧，心急吃不了热豆腐，在这兵荒马乱的年代，人人都在逃难的时候，冬生做梦也不会想到他的宝贝女儿会送上门来的。他的女儿已经能用了。

第二十五章

在村寨的东北面，离后山不远处，有一座不怎么宽敞的泥瓦房。这两间房屋，是冬生家屋的一个孤寡老人居住过的。老人仙逝后，家屋有人提议把房子卖掉，所得的钱大家有份。

冬生提出了反对意见，他很认真地说："老人的房是人家一辈子留下的遗产，要是把它卖掉，岂不有愧于老人？老人去世时又没有遗言，这是极不妥当的。我的意见，把它用来做家屋的议事房也行，做娱乐场所也行。这样大家都可享用，村里的人也有个合适的休闲娱乐的地方，也是对老人的怀念。"

"要是漏雨了，或是墙倒塌了，哪个来修补呢？还有平时哪个来打扫呢？"一个说。

"最好是轮流来。"另一个回答。

"头泡鸡屎热，坚持不了三个月。这个没有空啦，那个不会盖瓦，总有话讲。我看，没得点条条框框，蛮难尿到一个壶里。”一个说。

沉默了一阵，在座的等着冬生答话。有一个说：“有冬生叔坐镇就行了。”

冬生思忖着，良久，他说：“既然大家不同意卖，就要写几条框框，谁也不得私用。”

从那以后，老人留下的两间吉屋，基本上不定期由冬生管理，卫生啦，维修啦，由他安排人员，大家也蛮听他的。一年四季的夜晚除了农忙时节，几乎夜夜都有村里人来这里休闲，谈板路啦，唱调子啦，对山歌啦，这吉屋成了村里人的聚集场地。当然，多半是男性老人家和小把爷。

自从日本人的铁蹄踏进城市以后，这个村寨的中青年男女，除少数调子班的人听从冬生的安排外，其余的村民几乎一个不漏地逃到离城很远的山旮旯里去了。那些不愿意的，身体又不好的人，老人家，都在守护着自己的家园。

冬生和他的几个唱“哪嗬嗨”的人，还有儿子天保，这两天，谁也不到田里干活，也不到山上砍柴，也不敢上街，也在家里守护着。此刻他们正在老人的吉屋里烧火烤呢，这年的冬至还未到，这里的气候，都可以围着火炉烤了。

另一个年过半百的老人家，他慌慌张张地走进火堆，大声说：“不好啦，不好啦，日本鬼放火烧起村里的房子来了。”他很焦急。

“哪家的房子？”

“红头兵家的，还有地保老婆原来家婆的，红头兵光眼瞎娘都挨日本鬼毙了。……”

“他妈的日本鬼子！”冬生咒骂着。

天保早就想动日本鬼的手了，他捞起衣袖，怒火燃烧起来，说道：“他们要是到这儿来，一个都不能放走！”

冬生心情有点紧张，他站起来，扫了在座的一眼，见大家也紧张起来，都坐立不安了。

他说：“大家不要围着烤火了，散开来，万一日本鬼冲进来，用枪打，就要死一堆，一个都不剩。”

接着，他提出一个办法，没有枪就用没有抢的方法打日本鬼，叫作关起门来打狗。大家要有点准备，不要白白送死！一定要把日本鬼来一个搞死一个，来两个搞死一双。要把来这里放火的、杀人的日本鬼全部打死，一个不能留。万一跑了一个让他回到驻扎地报信，将祸害无穷。

大家听了冬生的话，信心百倍，摩拳擦掌，十分佩服他的头脑，都认为是个好办法。各人都想到了万一日本鬼子进来要怎样做。冬生是唱调子的掌舵人，大家听他的指挥，他喊怎么打就怎么打。接着，各人谈了各人的打法，冬生听了说："我们不能走出去，日本鬼手里有枪，不得不防，就在这里打！"

大家都同意他的意见。

心里一直想给弟弟地保的老婆及女儿报仇的天保，听到父亲的计谋，心里十分赞赏，他恨不得立马打死几个日本鬼，心里好替地保出一口气。他没有把弟媳和侄女给日本人残暴杀害的事说给父亲听，他心里只想着多杀几个日本鬼子。他要不亲手打死几个日本鬼子，他是不会解开心头之恨的。不把日本鬼子打出中国，死不瞑目！

冬生用那只能揉沙子的眼睛扫视着房子里的一切，过后，他又转到隔壁的房间里，他一眼就瞅见了除了一些干柴外，另外还有一两捆晒干的杂草，压在杂草下还有一捆稻草，还有些唱"哪嗬嗨"的道具之类。

冬生和大家安下心来，坐下烤火。

一个人把大门关上，大家虽然在烤火，可心里老想着自己的家什，日本人一进门，就能用上了。冬生和天保相对坐着。

烟雾在柴火的噼啪声中慢慢地向屋瓦上、向屋子里每个角落窜着，向屋门的缝隙窜着。因为大家都是坐着，没有一点呛鼻的感觉。大家的脸上，被柴火烤得通红。

飘飘胡子日本鬼强奸了红头兵的娘，又纵火烧了他家的房子后，又接连像老鼠一样窜到好几家屋里，没有得逞，出来后忽然看见山脚边一座房子的屋顶上有白烟冒出，没有见火苗苗，他估计不是房子挨烧了，而是屋里面一定有人。于是就像老鼠一样向那儿窜去，他一个人手里握着一支上刺刀的步枪，枪口朝下，急急地走在村巷的石板上。他以为，这是日本皇军的天下，可以有恃无恐地对中国人民烧杀抢掠。

他大摇大摆地来到冬生几个人正在烤火的屋子门口，见大门关闭着，他贴着门板，听见里面有人说话，他一句也听不懂，就用枪柄使劲冲门，里面没有动静，就用刺刀塞进门缝内。

屋里的人早有准备了，冬生一伙人看见白晃晃的刺刀在摇动着门闩，冬生灵机一动，不能再让日本鬼挑动门闩了，再挑动一下，门就被打开了。一会儿，刺刀又抽了回去，日本鬼用手摇着大门，发出“依呀”的响声。冬生同天保使个眼色，又同其他几个人使个眼色，各就各位。天保站在大门内左边，猛地一下抽脱了门闩，那个飘飘胡子日本鬼就像狗吃屎一样趴在地上。站在大门内右边的人手中举起硕大的木棒顺势朝瓢瓢胡子日本鬼头上使劲敲了几下，那飘飘胡子日本鬼两只脚就像死鸡一样，伸了一下，就直直地一动不动了。天保翻动他的身，用手指试试他的鼻孔，一点热气也没有了，确信这飘飘胡子日本鬼已死在那根木棒上了。

一个伙计赶快把门关上，说：“赶快把他从后门抬出去，叫野狗吃了。”

冬生摆着手，急忙说：“不要抬先，万一有个日本鬼在后门看见了，那我们就完了。”

“那怎么办？”

冬生沉默了一下，忽然来了灵感，急切地说：“快到隔壁房里把那捆稻草拿来。”说完，他同天保把那飘飘胡子日本兵抬到靠墙边，把他的衣帽裤全脱了，连那双军靴也藏了起来。

冬生跟手把那捆干稻草整齐地盖在了日本人身上，他心里也突突地跳，害怕又进来两个日本鬼，要是一下结束了性命还好，要是留有活口，跑掉了，又露了马脚，这就不好办了，大家就会慌了手脚。为了不出事，冬生突然想出了办法，他说：“天保，快到道具箱里拿化妆粉来，我有用。”

天保会意，光有化妆粉不行，还要寻个碗一样的东西，还要点水。他在屋里转了一圈，没找到装水的东西，就到后门外找了半个土瓦碗，进来说：“把化妆粉给我。”

他在门的旮旯，向土瓦碗里撒了几滴尿，和上白白的粉，然后捡起几片稻草叶，把那个日本鬼的脸上、鼻子、额头、眼圈涂上，刮掉胡子，又用黑灰调好，再涂上脸的一部分。大家凑近一看，就是他老子娘也认不出他的仔了。

屋子里个个闭着嘴，也没有烤火，默默地站着，像看着自己的亲人的尸首一样的神气。

冬生果然料事如神，不到一斗烟功夫，又有一个日本鬼子，握着上有刺刀的步抢，大摇大摆地向这里走来了。大家都没留神，眼睛看着穿上日本军衣的天保。那个进来的日本鬼子，猛一见天保，还以为是他的同伙，说了两句野狗语，天保还没答话，那个日本鬼就被站在门边的一个用枪把使劲地敲击头部，日本鬼倒下了。

天保红了心了，这下，他亲手敲死了一个日本鬼，心里解了闷。他一下下就给他的弟媳及侄女报了仇！他期盼她们在天国安息吧。每个人都要离开亲人的，离开世界的，尤其是在这个乱世之秋，谁都无法保证自己能活多久呵。

冬生看到天保那神色，一时惊慌，一时又镇定。脸色一时铁青，一时又像是喝了三花酒，红通通的。他又看看屋里的几个人，沉默了一下，就说："赶快把这两个日本鬼拖出去，丢到刺蓬里，用点柴草盖好，说不定还有日本鬼来呢。"

"不会来了的，我看见有两个日本鬼到梁家白家里去了。一共才四个日本鬼子进村。"一个唱调子跑龙套的小伙子说。

天保说："先把这日本鬼的军服脱下，还有用的。"

冬生表示同意，然后说："我们先赶快出去，看看能不能救火，我怕风大……"

几个人忙不迭地把日本鬼子的尸首安顿好，就各自回家，找找脸盆呀，水桶呀，梯子呀，扁担呀，生怕火势越来越大，到时也烧毁了自己的房屋。

天保藏好日本鬼的那身皮，也三步并两步朝自己家走去。

冬生也疾步朝外走，他想看看村寨里的房子挨日本鬼烧的程度。他突然放慢了脚步，想到自己的女儿满妹来。

大半天都没见满妹的踪影了。他把全部精力都集中在要收拾几个进村的日本鬼上，早把满妹丢到脑后了。满妹今早对他说过，她要去山洞里喂喂猪，猪饲料现存在洞里。喂完猪后就去找他和天保。这阵子，满妹连人影也不见，她到底到哪里去了？她不会出事吧？

他相信满妹不会出事，她机灵着呢。

冬生又想到村里挨烧的房屋。他给自己穷开心，没有电器的房屋（他到城里卖叮叮糖，知道城里的门市都有电）要是着了火，一般很少连累到别家的屋，风不大的话，烧着的概率是很小的。

第一，房屋的墙都是用水田里的泥土打成坯制成的，泥土的着火点几乎等于零。第二，房屋天面都是用土烧制成的泥瓦，也不会燃烧。要想从空中点火，着火率也低。怕就怕是从屋内点火，就像树木从树冠内遭虫蛀一样。

那几家起火，是日本鬼在屋内点火而烧起来的。

天保和几个人，个个都到池塘里挑着一担水，像烧着了自己的房屋那样着急。由于跑得特快，溢满在桶里的水在荡漾着，水都荡出来了。只有天保老成，在桶内放块树叶，跨着大步，水也不会荡出来。

他们先到红头兵家，他家的火已自动熄了，烧断的房梁都掉在地上，屋子里碎瓦满地。他们看到红头兵的娘被屋梁压住，地上的一摊血都成黑的了。房子里能烧着的东西都烧光了。

天保说："先不急料理红头兵娘的尸体先，快到那家冒烟的房子去看看。"

还好，那家的房子仅有少许烟火，火还未冲到屋顶。他们几个人七手八脚地泼水的泼水，扑打的扑打，火势终于灭在他们几个人的手下。天保水桶里的水都泼光了，得赶快去挑水，看见有一家房顶冒烟了，他大声说："快去挑水，廖伯娘家的屋顶有火了（就是地保老婆前夫的家）。"

这家房屋里有点特别，与隔壁的一间木板房相连，不马上把这家屋的火熄灭，那隔壁的房屋又要变成灰了。

大家都把水挑来了，把楼梯靠在墙壁，一个人爬上屋顶，屋瓦已哗哗地掉在地面了。他们忙不迭地把水一盆盆、一桶桶递给屋顶上的天保。天保捧着桶，向冲上屋顶的火泼去。由于风势不小，水一泼上火苗，那火苗又随着风吹，差点吹到天保脸上了。他迅即掉开脸，等火苗离他后，一盆水就把那火苗扑灭了。

天保站在屋梁上，眼都花了，他咳呛着，仍然坚持着灭火。过了一阵，那火苗逐渐变成了黑烟，大火熄灭了，保住了隔壁那家木板屋。天保掉头回转时，一刹那间，天保踩着已烧焦的椽子，"哗啦"一声，全身热乎乎的他，掉在了这家屋里跌满碎瓦和烧焦的木板湿漉漉的地面上……这下，可急

坏了冬生了……

地保和红头兵连夜在避难场地搭盖起一间仅能铺一张床宽点的草棚，地保对大嫂说，他得急着赶快回去看看爸和大哥，还有满妹。红头兵也放心不下他的娘，急着要回去看看。天嫂连咳都没咳一声，就毫不犹豫地答应了。她不想看到两个男人和她同居一室，好不容易才在男男女女的大场合中平安地度过一夜。她说：“那也好。晚上夜路难走，你俩要多注意着点。”

地保和红头兵喝了点水，就马不停蹄地往回家的路上走去。地保是不可能在这里安然的，他的老婆和女儿的仇还未报呢。他的头都涨了，满脑子都是日本鬼子，他恨不得走路都想把日本鬼子踢一下，他恨不得长上翅膀，像老鹰一样飞到村寨。他又想，当时听了父亲的话，不要讨这个老婆就不会发生这样不幸的事了，他记得父亲说过反对他和来嫂结婚的话，是吉是凶还看不到呢。这下回想起父亲的话还真的灵验呢，但一时又想着怎么能怪她呢，明明是日本鬼子祸害的她。

要是没有这条河，日本鬼子的铁蹄早就进村搞“三光”了。这里过河没有桥，仅有用大石块筑成的坝。要是春季，坝上涨水，没有蹚过坝的人，是很怕从两岸蹚坝过河的。日本人侵犯到城市，人生地不熟，谅他们有天大的胆，也休想顺畅蹚坝过河，更不用说开坦克、汽车了。要是遇上涨水，日本人只能望而生畏。

现在是初冬时节，坝上没有水，日本鬼想过河就过河。要不然，地保的老婆怎么会死在日本鬼的屠刀下呢。

地保和红头兵在山路上匆匆地走着，走到天光鸟叫了才走到平地。两人精神抖擞。

地保问：“红头兵，假如现在碰到了日本鬼，你怎么对付？”

红头兵是见过世面、拿过枪杆子的人，他思索了一下，很自信地说：“要眼疾手快，先发制人，叫先动手为强！一蹬、一跳，趁对方眼花时，对着太阳穴就是一拳！不要等对方扣响枪才动手，那就晚了。”

“你只是这么想，难道按你的想法，你打死过日本鬼？”地保反问。

“我当然打死过日本鬼子才敢讲的。”

“你莫吹牛啵。”

红头兵说："信不信由你。"

地保耷拉下脑袋，沉默下来，他庆幸遇到这么好的一个帮手。他的打法同红头兵截然不同，他要在远距离时就要敌人的性命。他的眼水准，只要手中有一块小石头，假若敌人离他丈把远，不管他们戴不戴钢盔，他也能准确不误地结果敌人的性命。

"赶快走吧。"地保加快了脚步。红头兵想同他并肩而行，由于山路狭窄，两旁灌木和落叶的刺蓬的不便，只有老老实实地相跟着地保走。有时还跟不上呢。

天气虽然有点冷风，但却驱散不了他俩身上的热气。几只小鸟在空寂的山野"叽叽喳喳"地叫着，一忽儿远远地跳着，一下子又腾地飞到山林里去了。

"地保，你看，在山那边走着的两个？"红头兵眼尖，走在地保后面还看见了前方的动静，两个人走得不快，看不清衣着。

"撵上他俩。"地保说。

他俩加快了脚步，看清了那两个都是穿军装的，还挎着枪呢。前面那个鬼子捧着个木盒子。

地保看清楚了，两个都是地地道道的日本鬼，有一个日本鬼一只手还搂着个东西。

"不会是游击队化装的吧？"红头兵问。

"不像，一点不像。"地保说完，又犹豫了一下，接着说："还是看清点先，走，我俩分别从两面包抄过去，看清了再动手。我俩各人收拾一个。你往侧面，我紧跟其后。有个人先发现了你，若是日本鬼，你就先蹲下来，我见你一蹲，我手中的石头就砸过去了。你若不蹲，那就是自己人打扮成日本人。"

"行，就这样办。"红头兵说。

红头兵从侧面走去，嘴里吹着口哨，他两眼瞟了一下，确信是日本鬼，他顺势一蹲，地保手中的石块就像利箭一般飞到了后面挎枪的日本鬼的后颈窝，那鬼子立即倒了下去。前面那个手捧木盒子的懂点中国话的日本鬼，回头一看，红头兵一跳一蹲过去，以迅雷不及掩耳之势，雷霆万钧之力，向他的太阳穴就是一拳，日本鬼就跌倒在地，一命呜呼了。那木盒也"咣当"一声掉在了地上。就这样，不到行走百十来步的时间，这两个从梁家白家里走出来的日本鬼，就被地保和红头兵搞清楚了。

“地保，今天我要是收拾不了那个日本鬼，我就没脸见你了。”红头兵扬扬得意地说。

“少吹点牛，不要王婆卖瓜，自卖自夸。”地保说。

“你也蛮神呀。”红头兵夸奖着。

他们全靠在日本鬼没有走出山边以前就结果了两个日本鬼，要是走到田野去搞，那目标太大了，不好弄。这样神不知鬼不觉搞清楚两个日本鬼，谁也不晓得。叫日本鬼去找人吧。

地保惊奇地瞅见了掉在地上的木盒子，急忙捧起来，用耳朵听了听，一点响声也没有，他确信里面没有危险的东西，就到日本鬼那口袋里搜出了钥匙，打开了木盒。地保看到盒子里是一些白米，有点儿扫兴，心想，我怕有什么珍贵东西啰，一点米也藏在里面？他不信，用手把米扒开，这一扒，四只眼睛都惊呆地看着那黄灿灿的长条块金条。他俩简直不敢相信自己的眼睛，都几十岁的人了，从来没见过这东西呢。地保心里笑着，他笑出声了：“红头兵，我俩发财了！”

红头兵用手擂了擂眼睛，脸色红彤彤的，开始不相信，还以为是铜条子呢。看了半天，才手舞足蹈起来，张开大嘴说：“二一添作五，我俩各人一半。”

地保心里仍不平静，像煮面条烧开的水，不停地翻腾。他把金条捏出来，他再扒一下里面的白米，再也扒不出来了，又不好把米倒在地上，米还能煮米饭呢。

“就这点了，油水不大。”地保说。

“有总比没有好。”红头兵说。

红头兵一下也摸不着头脑，诧异地说：“这么大一个木盒子才装四根金条呀？”他不信，又在木盒子内用手抄了一下，还是没有。

地保说：“我希望你还能抄出点呢，原来你也和我一样，没油水了。”

地保在思索着这些长条子的来路，在村里这几家富人中，他一家家地在头脑里过筛，最后，他确信是日本人到梁家白家了，要么是梁家白送的，要么是抄家时抄到的，要么是无意间发现的。

地保说："得了这些黄金条子一下也没用，吃又吃不得，咬又咬不动，咽又咽不下。红头兵，你打算拿着这点黄条子怎么办？"

"先藏在家里，等太平了再考虑。"

"远水解不了近渴，想这么远，我是鼠目寸光，先看眼前。等太平了你说不定打鼓了呢。再说，万一金条子没用了呢。"地保说。

红头兵摸了摸后脑壳，想了一下，才慢条斯理地问："那你说怎么办？"

地保想了一下说："我俩来个快刀斩乱麻，一不做，二不休，今日跟手就到银行里兑成票子，这样，想用就用，不用也行，反正变成钱了，连用不着担心了。"

红头兵懒洋洋地说："反正今天去不成了，不晓得日本人把城里的银行搞正常了不，银行开门了没有呢，不如回村看看再说。"

"不回村了，回去我怕我俩瞎猫撞着了死耗子得到的这些黄金条，怕遭嘴唇呢。这样吧，前面有一座庙，到那里靠一夜，明天天光后再走也不迟。"地保说。

红头兵看了一下他带着的一条破被单，背袋里还有点炒米，就说："行，听你的。"

地保说："对了，我们光顾着黄条子了，这两具尸体怎么办？我看，先把两套军装脱下来，扔到河里算了。"

红头兵摆动着手，说："不行，丢到河里尸体会浮上来的。"

"那你说怎么办？难道我俩把他们埋掉？真是吃力不讨好，无聊。"地保不同意。他心里一酸，他老婆和女儿的影子又浮在眼前。

红头兵一时又想起他目睹血流成河可悲的情景来，一时又闷闷不乐，半天才说："那就等天黑了，在尸体上绑一块大石头沉到河底去，好叫大鱼撕咬他俩的肉算了。"

天黑了，他俩处理了两具日本鬼尸首后，就来到庙里。他俩先对着菩萨作了个揖，然后，把在山边带来的泉水一同把炒米送到肚里了。地保打了个饱嗝，就靠墙同红头兵偎依在那床破被单中，地保似睡非睡地过了一夜，红头兵的呼噜还打得蛮响。

天光了，他俩各人拿了两根金条。红头兵把金条放进如同猪肠子一样的背袋里，一点也看不出里面有硬东西。地保则装进他穿着的夹袄内袋里，鼓鼓地显在他腹部的右侧。他们收拾妥当，开始前行。

他俩在城里半天没找到银行。在回家路上，迎面开来了一辆卡车，是盖着黄色帆布篷的。后面又紧跟着一辆，忽然，前面的那辆卡车刹了车，“嘟嘟”地叫了两声就停了下来。接着，从驾驶室内跳出一个日本兵，又从车厢后面跳出四个日本兵，日本鬼就像幽灵一样，一声不响，连个屁也不放，气势汹汹地把地保和红头兵的胳膊挎上，直往后面停着的那辆卡车走去。地保一时慌了手脚，脸色铁青，不停地骂着日本鬼狗娘养的，抓我做什么。红头兵也骂日本鬼，屌日本人十八代祖宗！他一边骂，一边东张西望，日本鬼仍然不放他俩，红头兵骂着：“混账东西，拉我去同你姐睡觉呀！”话刚落音，一个日本鬼狠狠地两个巴掌扇在红头兵脸上，意思是向他发出警告，老实点。

他俩被拖到后面的卡车尾，一个日本鬼打开铁门，两个日本鬼一齐把地保和红头兵连敲带打像赶牛一样叫他俩进到车厢里去。

见到光的眼睛，一下进到黑黢黢的卡车蓬内，半天也看不清里面的东西。地保攀住车架，一动不动，想着，这下祸从天降，什么时候才能绝处逢生，只要到日本人手里，活的希望渺茫了。他摸了摸他身上的硬货还在，他问了问红头兵的硬货还在，只是破被单被日本鬼扔下去了。

红头兵没有扶着框架，站在卡车箱尾，他不小心身子一摆，一个踉跄倒在一个软粑粑的东西上。待了一阵，一股腥臭味直往他俩鼻孔里钻，红头兵无意间顺手一摸，摸着一个人的嘴巴，他吓出了冷汗，赶忙缩回了手，战战兢兢地说：“地保，我俩已在装有死人的卡车厢里了。”他急忙起了身，推推装有遮布的铁栏，推不动，他想跳下去，他想，完了完了，这条命要捏在日本人手里了。

其实，地保一上车就闻到了像死人的气味了，这种臭味同死鱼仔臭味不同，而是像死老鼠一样的臭味，臭得叫人恶心得差点把黄疸水都吐了出来，眼泪也出来了。他只是没有出声强忍着，双手攀在车边的框架上，头又伸不出去，只有脸、鼻对着那块稍为有缝的帆布和栏杆，还是呼吸不到外面流动的空气。

腥臭味塞满了整个车厢，地保成了半个死人。

红头兵到底是从死人堆里爬出来的人，没听见发出呕吐的声音。

卡车在山路上颠簸着，地保眯着眼睛，左手抓住卡车箱栏杆，右手又摸了一下口袋里的那两个黄金条，还在，放心了。他生怕撩起衣襟时，那黄金条掉在车厢里，他警惕着。这时的地保，堂堂的七尺大汉，都能把一头牛打死的地保，现已是个实实在在的半死不活的人了。他的头皮发胀，嗡嗡地响，他的心跳得更激烈了。他的胃肠在翻滚着，他连眼也不知睁开了，他已迷糊了。他的那只摸着栏杆的手，一下失去了知觉，放松了，扑通一声，倒在软绵绵的、腥臭味扑鼻的死人身上。他除了鼻孔还有气排出外，已不像个活人，就像一根倒下的树干。

红头兵眯着眼，他的手一下捏着鼻孔，一下又松开，闻闻臭味不至于憋死。他的胃和肠子没事，要是给他半斤肥肉还能一大口吞进肚里呢。他只是想睡觉，想逃跑。可哪里跑得了呢？即使跑出去，也会死在日本鬼的枪口下。他不知道日本鬼把他、地保和这些死人送到哪里去。在他迷迷糊糊的时候，忽听到车厢内像倒了什么东西似的。他喊着：“地保，你听，什么东西倒了？”

睡在死人身上的地保已经昏厥了，哪能听见红头兵的声音呢？

“你耳朵聋了，没听见？”

仍然没有地保的声音。

红头兵醒了过来，他想，这就奇了怪了，难道地保睡着了？外面天是黑的，卡车箱里就更黑了。他一点也看不见地保，他扶栏杆跨过两个死人，摸到地保那个栏杆，咦，地保不在，到哪里去了？难道跑了？你地保逃出去了？不要丢下我一个人呀。不对，不可能，用铁制成的栏杆，又用帆布绷紧着，你地保除非变成一只苍蝇飞出去。红头兵心脏咚咚地响着，腥臭味又向他的鼻孔袭来，他站着，如同站在一坛烂泥巴里，蹲又不能蹲，走又走不得，他双脚麻木了，好像他的脚不在了。这时的他，一只手扶着栏杆，屁股慢慢往下蹲，想运动一下双腿。呀，他的屁股挨住了一个死人的头了，他吓出了一身冷汗，他不知道以后会碰上什么情况，他不敢继续往下蹲了，万一是个活鬼，说不定他的老二会被那人咬断了呢。他又立了起来，扶住栏杆，继续在车厢内颠簸着。……

第二十六章

地保和红头兵在封闭的卡车棚里颠簸了一段路程。红头兵的体质还算坚持得住，他没有呕吐，没有头晕，只是双脚麻木得连脚也抬不起了。他想抽动一下脚，缓缓麻木的神经，可是，双脚被死人夹住了，抽不动，只有忍着了。地保晕厥倒在两个死人之间，他的嘴几乎要同一个死人亲嘴了。他侧着身，嘴里吐出了肚子内的污秽，死人的身上有了，他的衣服上有了，胸部都湿淋淋的。

前面的卡车开到一个僻静没有人烟的山坳，缓缓地停了下来。随即，卡车司机旁的一个矮个子日本兵跳了下来，朝四周扫了一眼，然后，就小跑到后面的卡车驾驶室嘀咕了几句，就去打开前面卡车箱的后门。接着，几个荷枪的日本兵跳了下来。

后面卡车的车厢门被打开了，一个日本鬼朝里吆喝着。空气吹进了车厢内，一股凉意叫红头兵打了个冷战。

红头兵抽动一只脚，抽不动，他得用手搬动压住他脚的死人，他踉踉跄跄地跳下了车，第一个呼吸到山野的清冷的新鲜空气。他就像溺在河里坚持不了的人，冲出水面，深深地喷出一口气，他狠狠地朝地上吐了几口唾液。然后，他才朝车厢里看，隐隐约约地只见地保一动不动躺在死人之间的夹缝里，他大声地喊着："地保，地保，快起来，能闻到新鲜空气了。快起来！"

红头兵落泪了，他的心闷闷地，空气对他来说，就像从河里捞上岸的鱼，蹦蹦跳跳的，一会，又跳到河里去了。地保也像从河里捞上岸的鱼，跳也不跳一下。红头兵想到他俩曾在一起耍，一起上山砍柴，一起赶过圩，又在赌场上玩过一阵，也算是乡亲相熟的人了。他同地保一同在避难村盖草棚，又两人一同杀死两个日本鬼，又一同住过庙，又一同装在死人的车厢里，现在，红头兵都有精神了，可是地保还在死人堆里躺着，一动不动。

红头兵喊地保不应，就急忙爬上车箱，一只手捏着鼻孔，一只手握着地保的一只脚上的布鞋，上下动了一下，又动了另一只脚。已经适应了环境的地保，迷迷糊糊一阵，一口污秽又从肚里吐了出来。停了一会，他似乎没有一点发觉，懵懵懂懂的双手撑着两边的死人，站了起来，抽出双腿，红头兵接住他的一只手，下到车厢外。他好像一个半死不活的人，突然有人对他做了人工呼吸，绝处逢生。他深深呼吸着清冷的空气。

红头兵见地保有精神了，嘴角动了一下，他高兴了。

在他俩的周围，站着几个荷枪实弹的矮个子日本鬼，凶狠狠地，满脸煞气地盯着地保和红头兵。

刚刚从迷糊中清醒过来的地保，一声不响地睁开昏睡的两眼，朝四周看了看。前面是一条不能通车的山路，一边是离路不远的连绵起伏的山脉，散发出一片树叶的清香。一边是一些大小不一的稻田，田里只留下稀稀拉拉的禾蔸了。

一个日本兵从车厢内抽出两把军用铁锹，对地保和红头兵支支吾吾地说了几句，像哑巴一样用手比画着。地保醒悟了，意思是挖十个坑，把卡车上的尸体埋了。地保没有理睬他们，他盘算怎么逃跑，又怎么对付这几个日本鬼。他们有枪，而红头兵和他手里只有铁锹，即使用铁锹拍死两个，还剩下几个荷枪实弹的，也许他俩还未来得及拍第三个日本鬼，就会死在他们的枪口下了。而且，这几个日本鬼相隔稍远，要动手，仅凭铁锹不行。只有用远距离能致日本鬼子于死地的器具。他又没用过枪，仅听红头兵讲过怎么开枪而没有亲自开过枪，弄不好还会伤到自己。他想，日本鬼叫他们挖十个坑是什么意思，车厢内只有八具尸体，难道最后他俩也要……

现在，地保和红头兵懒洋洋地用铁锹向泥土里有气无力地铲着，半天才铲起一锹土，他们并不是没有体力挖坑，他们是想拖延时间，等到时机好向几个日本鬼动手。

一个日本鬼看见地保懒洋洋地铲土，有点看不惯的样子，走近地保身边，想用枪托推他一下，被另一个日本鬼看到了，摆动着手，意思是不要打伤他们两个，要不然，就没人埋葬那些死人了。

日本鬼叫地保和红头兵把车上那几具尸体抬到地上，红头兵不肯，意思是等挖好坑再拉。日本鬼没作声，努着嘴。

日本鬼恶狠狠地用手扇了红头兵两个耳光，红头兵低下头，忍气吞声，慢慢挖土。

夜幕降临了，天上没有星星，也没有月亮。只听见山上的树叶呼啦啦的声音，应该说气温已蛮冷了，地保和红头兵一点都没感觉冷，反而有点毛毛热了。

地保不时地摸一下胸前的黄金条还在不，哪里还在呢，日本兵搜他的身，早就进了他们的腰包了，他心里愤怒着。他瞧瞧红头兵，他再也看不见他背在身上的肠子包了。他俩一时高兴得发了狂得到的小财，现在也成了泡影了。

地保悄悄对红头兵说了，如果日本鬼子想要他俩的命，他俩一定要日本鬼的命，等下，就看谁要谁的命了。他们要了日本鬼的命，几根黄金条就会归还原主。

坑挖成了，不怎么深，也不怎么宽，刚刚够一个死人睡下去。几个荷枪实弹的日本鬼硬逼着他们把一具具尸体丢下坑里，一股腥臭味随着冷风一吹，又一点不偏地吹进他俩的鼻腔内。地保又恶心了，干呕了几下，眼泪都出来了。日本鬼比猴还要精，站得远远的。

正当他俩铲土趁日本鬼不备准备动手的时候，忽然，一阵冷风吹来，在他俩的背后，接连响了几枪，好像从天上飞来的神兵一样，那几个怕腥臭味荷枪实弹的日本鬼，还来不及回头看，就一个个像被砍断的树干一样，倒在了这个毫无人烟的山野中。

黑黢黢的天，冷风越刮越大，正准备对几个日本鬼动手的地保和红头兵，忽然听到枪声，莫名其妙地为之一震，心中又喜又忧，忐忑不安。

其实，开枪打死这几个日本鬼的就是小保和周健玲及他们的领导刘老师，还有同小保在庙里相遇的那个国民党兵。他们在这里已经侦查蛮久了，小保仿佛认出是他二哥和村里的熟人，只是日本鬼和地保他们没有发觉罢了。他们身上带着山土的芳香和山野树叶的清香，收拾了这几个日本鬼子。说来也叫人佩服和敬重，这几个游击队员，好像对耍枪杆子很有天赋似的，他们艰苦练习飞刀和枪法，十有八九地不偏不倚地打中十环以内，这也是他们轻松收拾几个日本鬼的重要原因。

那天晚上，小保和那个国民党兵很顺利地找到了刘邦人老师，遵照上级游击队组织的安排，他们几个就在附近一带偷袭残害老百姓的日本鬼。

这次，他们正往目的地路过这里，小保走在前面，老远就看见山路中停着一辆挂篷的卡车。刘邦人几个商定，要从山林中慢慢地往卡车边迂回靠近，由小保先摸清了卡车里的情况，同时又发现了有五个日本鬼在监视地保和红头兵在挖坑。按位置确定，只有用枪打最好。

刘邦人决定，由他弄死两个敌人，其余三个各人弄死一个。要快，要准，千万不要伤着两个挖坑的。小保说："两个挖坑的，一个像我二哥，一个像同村的一个人，我要试试我的眼水，由我射死两个。"刘邦人没有思考就答应了，他是成竹在胸的。万一小保失误，还有他，这几个日本鬼，一个也跑不掉！就这样，他们以迅雷不及掩耳的速度，几乎枪声同时响，只听小保"砰砰"地响了两声。这几个日本鬼好像做梦一样，不知不觉倒下了。

刘邦人几个很快地捡起日本鬼的枪，又搜他们的身，什么也没有。小保随即往卡车那儿走去。

地保和红头兵早就蹲在地上。地保的眼睛瞟着那几个穿着老百姓衣服的人。枪声把他的头脑惊醒了，眼睛更明亮了。他目不转睛地看着那几个人，看了半天，越看越奇怪，越看越相信，越看越有神。他想喊，可又怕喊错了，因为这时的天，很难看清人的相貌。看动作，他认出其中有一个似乎是小保，他终于站起来，拍拍身上的泥土，大声喊着："小保，小保，你们是神仙呀，来救我们了？"

正准备过来看看这两个挖坑的老百姓的刘邦人，听见有人喊小保，他没听过这样的声音，刚想张嘴喊小保，小保就从卡车上过来了。小保听见是二哥地保在喊他，就三步并成两步来到地保身边，惊喜地问：“二哥，是你呀，我早就看出有点像你，一时又不敢确认。我问你，你怎么会在这里呀？”

两兄弟紧紧搂在一起，两人的手相互拍着对方的背，然后又松开，相互看了看，虽然看不清楚，但气味是闻出来了。他俩又互相摸着，心情久久不能平静，真是久别重逢了。

小保说：“二哥，我们真是一日不见如隔三秋呀。”

地保又惊又喜，摸着小保的脸，说：“你长得蛮结实了，你走了到外面打日本鬼子，也不告诉二哥一声。你不担心二哥想你呀。你穿过山，爬过岭，见了大世面了，学到了打日本鬼子的本事了。好，好！”

小保随便敷衍了几句，他不想把游击队的事告诉二哥，他要保守党的秘密呀。

地保听小保说话，啼笑皆非地站着，他实在控制不住内心的痛苦，哽咽了一下，接着，眼泪像明亮的雨点子一样滴在衣襟上，许久不说话。小保问他怎么了？家里人都平安吗？地保一句话没答。他想，他老婆同女儿叫日本鬼残害的事，只有大哥一个人晓得，再没有第二个人，包括一块同路的红头兵。更不能叫爸知道。他们这样守口如瓶，最要紧的是怕爸的身体承受不了，万一刺激太大，有个三长两短可怎么办，决不能损伤这棵大树。这棵大树倒下了，就是最大的损失呵。他们盼望早日把日本鬼子赶出中国后，还要唱“哪嗬嗨”，爸还要去卖叮叮糖，过上太平日子呢。

小保见二哥像木头样站在那儿，觉得有点反常，二哥平时是个开朗的人，怎么今日变了闷头鸡了呢。虽然天是黑黢黢的，小保多少能估摸到二哥的心情，他心里一定有事。在小保软硬兼施的再三启发下，地保吞吞吐吐地说：“你二嫂……”他看红头兵走开了。

这时小保似乎忘记了周围的一切，急切地问：“二嫂怎么了？”他看看四周无人。

地保忽然间忘记了刚才他心里想的话，经不住小保的挤压，头脑突然热了起来，实在无法控制自己内心的仇恨，终于说了实话，把他老婆和女儿惨遭日本鬼蹂躏致死的事，流着眼泪，说给了小保听。

小保听了，骇然失色，像哑巴一样一句话说不出来，张着嘴，他不敢相信日本鬼子这样残忍地杀害了他的家人，他出门打游击，一定要同八路军一起多消灭些日本鬼！没想到敌人就在自己的后方、自己的村庄为非作歹，他恨不得立马去拿下日本鬼的人头给二嫂和侄女在阴间看看。

良久，小保使劲攀着地保的肩，摇动着说："是真的么？你莫吓我。"

地保哭丧着脸说："我吓你做什么，我还能拿我老婆和女儿当儿戏？这事只有你大哥晓得呵。"

这时的小保沉默了。他想到二嫂那个热情爽朗的样子，想到那个天真无邪的和那个只见过几天还吃着奶的侄女，就这么短暂的时间，却不在人世了，就被日本鬼子残害了。他警惕着，在日本人的铁蹄下，在这个国破家亡的年代，老百姓的头颅就像长在香棍上一样，随时都有丢掉性命的危险。

这时小保的脸由红色变成绿色，他的心由平静变为愤怒，他全身流动的血液在加速流转，他的呼吸在加快，他握紧了拳头，从心里迸出了愤怒的火花："二哥，你记住，人死不能复生，活着的人更要想法活下去，来日方长。世界一定是属于老百姓的。这个仇，一定要报！你和红头兵已经结束了那两个日本鬼子了。我们和全国人民一道，中华民族万众一心，一定能把日本侵略者赶出中国去！这才是最大的报仇！至于你说到，二嫂和侄女被日本鬼子强暴致死的事要保密，目前暂时不讲是可以的。但是，不能长期隐瞒下去！要是长久不说，就等于把日本鬼子的残暴罪行无意地隐瞒了，就等于给日本人的罪行放一马了，讲得严重一点，就是包庇日本人的罪行！是不能容忍的，这样会麻痹人的斗志！助长了敌人的嚣张气焰。保密，要看什么事，对于革命工作，比如，我们游击队根据地的地址，是绝对保密的，我们的行动计划，打日本鬼子的策略，是绝对保密的，半点都不能泄露。这不是为什么，这是为了把日本鬼子赶出中国的需要，是全中国人民的需要，是革命的需要，是国家的需要！国破山河在，城春草木深。"

小保的一番话，在地保看来，简直不敢相信。一个看牛仔，一个整日迷恋着拉二胡的小奶仔，怎么一下子就变成一个让人不可思议的有知识的人了呢。现在站在他面前的小保，同他在家朝夕相处的小保简直是判若两人。他简直不敢相信共产党领导的游击队能把人变得这样勇敢、沉着、有知识、有文化，可敬可爱。怪不得广大的劳苦大众都想着共产党呢。小保的变化就像春天的秧苗，一夜之间就长得展叶了，长高了，就像含苞待放的花蕾，一夜之间就开出鲜艳耐看的花朵一样。听了小保的话，地保又转到报仇方面来了。在枯草地上，他俩席地而坐。

地保告诉小保，日本鬼子在河东的一个村里，驻扎着大约有十几个人的兵力。村里来的那几个日本鬼子，就是从那里进来的。

小保一听，顿时连几天未洗的头发都竖起来了。他想，打日本鬼的机会来了，他要及时把这个难得的可靠信息告诉刘邦人，他是头，要听他的领导和安排。

他兴奋地对地保说：“太好了，等下我给刘邦人汇报一下。”说完，他又问起父亲、大哥和满妹来，地保一一做了回答。

小保看了一下被他们撂倒的几个日本鬼子还丢在枯草边，他们的黄色军衣和帽子全部被剥下来了，大概是刘邦人他们剥下的。

小保和地保拍了一下屁股上的黄土和沾着的枯草，小保叫地保在那里等一下，他去找找刘老师。地保就去红头兵那里等着。

刘老师和他的几个人正在卡车边转着，一见小保过来，就高兴地说：“我们只能用一辆卡车，想一起开走，前面这辆车油不多了，只能放弃一辆车了。”

“把后面那辆卡车的油抽到前面这辆车来。”小保说。

“已经弄到油箱里了。”周健玲急忙说。

“我就知道刘老师想得周全。”小保说。

“也亏了刘老师，翻遍了车厢才找到一根胶管，把两车开到胶管能插到的位置，刘老师有办法把油吸到胶管里，然后，胶管里的油就流到那油箱里了。……”周健玲说。

红头兵一个人坐在枯草坪上，见地保走过来了，他站了起来，对地保说：“我看见那两个游击队员搜了日本鬼的身，什么也没搜到。我不相信，又在附近找了一圈，奇了怪了，我那个猪肠子一样的布袋子连个影子也不见。我明明看到日本鬼子拿走了。见着了鬼，那两根黄金条要紧呀。你去问问小保，把这事说给他们听。看他们拿了没有。”

地保只管向小保叙说他的家事，早把黄金条的事忘记了，多亏红头兵提起。

过了一阵，地保估计小保同刘老师谈得差不多了，就想去小保那儿，恰巧，小保走过来了，地保问：“小保，你怎么不问问，我和红头兵为什么去了一趟城里呢？”

地保有些话还没有对小保说过。

“你现在说，也可以呀。”小保说。

地保把来龙去脉说了一遍，小保认真地听着。地保又说：“那几根黄金条难道飞了？”

小保高兴地说：“不会丢的，我们的人也不会私拿，我们是有铁的纪律的，到卡车上找找，可能日本人还未发现黄金条呢。”

小保把这事告诉了刘邦人。

刘邦人和他们几个分别上两架车厢里找了个遍，地保不愿意上他待过的卡车上找了，他一见那辆车就有点恶心。还是小保机灵，想到了司机座位上，果然没有白费功夫，那四根黄金条被一块邋遢布包裹着，红头兵那个猪肠子布包真的不翼而飞了。不过，那不要紧，仅仅装着一些炒米，他那床破被单还挂在刺蓬上呢。

刘老师把这几根黄金条分配的事，交给了小保来处理。

小保感到棘手，他要听听地保和红头兵的意见后再提出自己的看法。

地保和红头兵满以为这些金条应该完璧归赵，一个不少地是他俩的。但是，黄金条已在小保几个游击队员的腰包里了，要问他们要，有点不好意思说出口呀。要是一句话不说，心里又不舒服。是游击队员从日本鬼子手中得回的，人家不给你，你也无话可说。

三个人沉默了好久。地保对红头兵努努嘴，意思叫他先说，红头兵也对地保努努嘴，也想叫地保先说。

三个人你看看我，我看看你。

还是小保开言：“要是你俩都不要了，捐给游击队做经费，那也是对革命的贡献。”

红头兵开了口：“按理说，这些黄金条，是我和地保用命得来的，应该……”

小保笑着说：“要不是我们收拾了那几个日本鬼子，你两个不要说得几根金条，我怕命都难保。”

“那不见得，你莫小看我和地保，要是同那几个日本鬼较量，鹿死谁手还很难说。”红头兵分辩着。

“你俩没枪，这是致命的弱点。”

地保不作声了。

红头兵踌躇了，半天才说：“哎呀，我讲不过你，现在黄条子已在你们手里，一点不给我们，我俩也只能干瞪眼。”红头兵的声音有点高。

小保问二哥，地保半天不开口，心里也不是味，最后说：“小保，你还是同刘老师商量一下，我也不想多费口舌了，免得伤了兄弟情。人常说，人情留一线，以后好相见。这样吧，论在场的人头分摊。把它换成票子，能摊多少是多少，这样更公平些。我就是这样，看看你们的意见。你要一点不给我和红头兵，道理讲不过去。我俩也全靠遇上你们了，要不是你们撂倒那几个日本鬼，我们很难笑到最后。红头兵你也不要争了，免得伤了和气，就当没从日本鬼手里弄到这些东西。”

这是地保沉默许久得出的结果，其实，他也是个爷爷奶奶，见钱眼开的人。他想过，该是你的就是你的，不该得的，你想抢也抢不来，人生一世，草木一秋，争那些干什么。像他老婆那样，金山银山在她面前，她也要不成了，再也享受不到了，她命苦呵。他看淡了。

红头兵一言不发，两只眼睛睁得有铜钱那么大，看着地保。

小保也没有什么好主意。说实话，要是二哥他俩没有游击队几个人撂倒那几个日本鬼子，仅凭他两个手中的铁锹，要想保住命也蛮难呢，更不要说要回这几根黄金条了。他一下觉得二哥懂事多了，也开明大方了。他同意二哥的分配办法。

刘邦人几个人也同意地保的分配方法。

接着小保把地保告诉他河东村驻扎有日本鬼子的情况，一五一十地说给了刘邦人听。满身是书生气，现在已锻炼成轻手快脚的他，一拍大腿，决定今晚立马行动！去撂倒那几个鬼子。

“我和红头兵也去！”地保坚定地说。

“你也去，你会打枪不？你只有砸石块的本事，要是眼前有日本鬼，你怎么对付？”

“我一定要报仇！此仇不报死不瞑目。你不同意我去，难道你同意你二嫂和侄女白白死在日本人手里？她在九泉之下也会同意我去的！我早晓得你是这样的态度，我不告诉你二嫂的情况还好点，免得我心里难受！还伤害我们兄弟俩的感情。”

“二哥，我知道你报仇心切，这个仇我一定要同你报！我不光要给二嫂和侄女报仇，而且要给千千万万个被日本鬼残暴致死的中国人报仇。二哥，我们要从大处想，想远点，要想到多数人。千万不要为个人报仇而冲动。越到这种时候，越要冷静，要理智点。多为那些受苦受害的老百姓着想，只有这样，才会摆脱眼前的痛苦。要不然，就会被一时的痛苦所纠缠，搞得自己精神不振，不知所以然，把自己的身体搞垮了，那怎么去报仇呢？”

“小保，我不管你在我面前说得多么有条有理，随便你怎么劝我，开导我，鼓励我，我是铁了心要同你们一块去战斗，我已作了决定，就是九头牛也拉不回的。我不知道什么叫长远利益，讲我鼠目寸光也好，我只要求这次我一定要去打日本鬼……”

“这只是我个人的意见，即使我同意了，那还得要刘老师同意才行。”小保说。

“我不管，那我俩就去找刘老师。”

兄弟两个你一句我一句，低一句高一句。一个温柔和气，一个满脸通红。小保想，二哥这人太犟了，以往他好像不是这样的。自从他懂事后，他多少知道二哥的脾气，二哥他也是个能屈能伸的人，高点矮点无所谓。可这次他说不通二哥了，那只有去找刘邦人了。

刘邦人独自在夜色里席地而坐，在思考着什么，不时扯起一根枯草秆，在嘴里抿着。

小保走在前面，冷不防，他的背挨了一拳，这是地保给他的，接着地保就骂道：“我今天就打你，不管你当多大的官，也不管你挣多少钱，但不管你杀了多少鬼子，立了多大的功，你在我面前就是我的同胞弟。你小时候不听话，我打过你。如今，我提出一点要求，你都不答应，你还是我的小弟吗？我问你，我今日就打你了，怎样？”

小保莫名其妙地挨了一拳，他没想到二哥像疯了一般来这一手，他还以为二哥要在刘老师面前说好话呢。如果刘老师看见二哥这样的动作，会让他另眼相看的。小保温存地说：“二哥，有什么事不能平心静气地坐下来沟通么，干吗这么怒气冲冲的，拿我来出气呢？”

“哪个喊你不答应我去打鬼子的？我就要拿你做我的出气筒！”地保的气仍未消。

刘邦人听见小保弟兄俩在打嘴仗，就问：“你兄弟俩是怎么一回事？”

一会儿，地保两眼泪汪汪地站在刘邦人面前，抽抽泣泣地慢慢把他老婆和女儿挨日本鬼子残害致死的事说给了刘邦人听。

刘邦人尖起耳朵听着，听完，一个平常斯斯文文，说话细声细气地，戴一副黑边框眼镜的书生气十足的青年，脸色突然变得愤怒起来，与他以往的性格判若两人。他一只手往大腿上一拍，用他那特别的东北腔调说：“这仇一定要报，我同意你跟我们去，我们一块讨回你家人的血债。不过，你也不要大发雷霆，动手打你老弟呀。他也是革命同志呀，幸亏，小保有修养，真正做到了对老百姓打不还手，骂不还口，践行了八路军的纪律。你地保这样动手打你弟弟，就没理由了。同志之间，兄弟之间，有什么大不了的事，非要剑拔弩张呢？要学会用理智控制自己的冲动！”刘老师脸上一下又没了笑容。

“我在他面前嘴皮都磨破了，难道要我跪在他面前才行？他哪点像我的弟弟，一点面子也不讲。又不是要钱要米要命的事。……”

“他有他的考虑嘛。对一种事物，一种信仰，一种现象，不同的人有不同的认识和解决方法，这是很正常的嘛。就刚才你同小保的意见来说，最后还是求同存异嘛。求同，就是统一革命思想，存异，则是个人的意见。个人总是要无条件服从革命需要的嘛。当前，就是要万众一心，把日本鬼子赶出中国去嘛。怎么赶法，这就要统一的领导，统一的纪律，统一的行动。好了，我们还得商量一下去收拾那几个日本鬼子的办法。……”刘邦人很想对地保和红头兵说点革命大道理，但他不想在这紧张的时刻说得太多了。

其实，小保何尝不想叫二哥去打日本鬼子呢，他是考虑，二嫂和两个侄女都叫日本鬼残害致死了，万一他去，弄不好……他家又少了一员了，他也是为了保护二哥呀。

刘邦人和小保几个走到离地保、红头兵丈把远的地方商量事情去了。

原来一直蹲着的地保，见刘邦人走了后，就地一屁股坐在枯草坪上，红头兵也坐了下来。他一直在听刘邦人讲话，一句话也没插嘴。他不像地保报仇那么迫切，好像以后再没有机会收拾日本鬼子了似的。他是当过兵的人，心里说，要搞日本鬼子有的是机会，剃头都可以把日本鬼杀死，拉车的也可以要日本鬼的命，就是在一块喝酒也可以把日本鬼毒死呢。

大约过了半个钟头，小保来到地保跟前，他也一屁股坐在枯草坪上，这一坐，不巧有根利刺扎着他的屁股了，他强忍着痛，没出声，硬把那根利刺拔出来了。他和地保相对坐着。

“二哥，我们研究了一下，大家一致同意你跟我们去河东收拾那些日本鬼。你呢，先和红头兵去侦察，一旦发现有日本鬼的情况，就学猫叫通知我们，我们就在附近等待你的消息。”小保认真地说。

地保高兴了，说：“可以，完全可以。不过，如果碰上了日本鬼，那我们就先下手为强的啵。”

“千万不要打草惊蛇。”小保说。

“这我晓得，看菜吃饭嘛。”地保说。

小保说：“既然你参加了我们的行动，就要听从指挥，没有刘老师的允许，不得擅自行动。他叫大家休息到二更左右再往那儿走，走路有个把小时就到了。”停了一下，小保接着说：“你和红头兵休息吧，找个树干靠一下。我到刘老师那儿，他还有事告诉我。”小保说完，勉强立起来，站着摸了一下那块挨利刺扎着的地方，又捏了一下，就走了。

地保见小保走了半个钟头了，抬头看看天，灰蒙蒙的，还可以看得见路，又看看山野四周，灰茫茫的，万籁无声，他用手捅一下挨他靠在一棵松树干的红头兵，轻声说：“我俩现在就走，先到那儿搞清楚两个日本鬼叫他们看看，他们老是从门缝里瞧人——把人瞧扁了。”说完，用手又捅捅红头兵。

像瞌睡虫一样的红头兵睡眼惺忪地，他揺了揺眼睛，轻声说：“这是在哪里呀？”他睁眼看了看，又说：“我还以为睡在那几个死了的日本鬼身边呢，哦……”

“那几个鬼子，刘老师他们早就丢到山上去喂野狗去了。我俩坐着这个地方，都离挖坑地蛮远了。”地保说。

“我们不坐卡车走了？”红头兵问。

“不坐了，他们也不坐，刘老师把那卡车已开到树林里藏起来了，可能要等他们把那几个日本鬼搞清楚了再开啵。”地保说完，就拉着红头兵的手，直往河东那个日军驻扎地走去。

这个村不怎么大，百十来口人，房子蛮多，离城又近，尤其是离火车站近。日本人的先头侦察员就看中这里了，环境又好，四周是田野。一条清澈见底的小溪和一方田地养得这里的人又白又胖，尤其是大姑娘，人见人爱。日本人断定这里不是游击队的藏身之处，可以高枕无忧，无人打扰。到附近村庄搞来的鸡鸭鱼肉，可以大吃大喝，甚至可以找几个美姑娘来乐和乐和。附近的老百姓弄不清这些驻扎在这里的日本鬼到底要做什么。

地保和红头兵背着刘邦人他们偷偷进了村，他俩沿着村子周围悄悄转了一圈。村里连狗都没叫一声，到处是黑灯瞎火的。他俩又小心地来到村中，隐隐约约看见一家只有前院没有后院亮着黄灯的房子。

地保轻轻推了一下木门，不动。回头看红头兵，不见人。想喊一声，还没出声，不知从哪来的一只手紧紧地捂住地保的嘴。地保吓出了一身冷汗，他想还手，只听耳边轻声说：“是我，小保，二哥。”随后松了手。

地保一听是小保，松了口气，一时又说不出话来。他不想说，也不敢说，也不知说什么好。他感到自己违反了纪律，只有老老实实依从小保他们了。

原来，在那里，小保是时时警觉地保的，他一分钟也没眯眼，时不时睁眼看看天，耳朵听着周围的动静。当他一发现地保和红头兵背着他们擅自离开的时候，立马告诉了刘邦人。刘邦人刚刚眯眼，一听小保说，毫不犹豫地就同他们几个飞一样地撵到了这里，这是地保和红头兵万万想不到的。

小保不想在这时责怪二哥，只是心里有点儿火，他又控制住了。在离院门不远处，轻声说：“你和红头兵就在前院门口放哨，再不要自作聪明了，不要误了大事，打乱了计划。”

地保点头没作声，默认遵照执行。

就在这时，院子门“咿呀”一声开了，出来一个人，那人刚一转弯，在墙角准备屙尿，一下就被周健玲那钢丝钳一样的手，抓住脑壳，只一拧，这人就呜呼哀哉了，然后，把那人拖到隔壁房的墙角。健玲就像小猫一样，一纵一跳，就到屋面上了。他小心地把屋瓦揭开，两眼朝屋里扫视着。他揭瓦一点响声也没有，里面的日本鬼根本想不到屋面上有人。然后他又一跳，一纵，就到地面了。他同刘邦人几个交头接耳了一下，又像猫一样，一纵一跳到屋面上了，他又无声地揭开了好多瓦，这样方便他观察和实施飞刀行动。

地保刚站在院门一会，有一个日本鬼开门出来了，他要屙尿，就被地保手中握得出汗的、带尖的石块准确无误地击中要害，立马也就捡了鸟。

这时，跟手进院里的刘邦人和小保他们，贴近门板，专注地听着屋里的动静。只要屋面上周健玲的猫叫声一叫，他们就冲进屋去，收拾那几个日本鬼子。

等了蛮久，屋顶上仍没有听见猫叫声，刘邦人心急如火，小保急得心跳加快。刘邦人摸不准里面的情况，万一冒失冲进去，怕吃亏。伤着了哪个都是革命的损失呵。

就在这一瞬间，猫叫了两声，刘邦人和小保、国民党兵立即冲了进去。

小保揣着步枪，瞄准着两个正在拱被窝的日本鬼，在昏暗的灯光下，一个正在欢乐的日本鬼看见有两个穿日本军服的兵，用枪对着，知道不妙，叫了两声。睡在被窝里的女人喊声一片，小保忙叫她们穿上衣服，两个女人哭着说："不要杀我们，我们是中国人，我们是被迫的。"

小保不想看女人穿衣，掉转开脸，一个日本鬼转身到墙上取衣，刚摸出手枪，就被在屋顶上的周健玲用飞刀飞中倒在了床上。

另一个日本鬼趁小保掉开脸时，一跃就扑在小保背上，掐住小保的喉咙，小保甩开了枪拼命挣扎。在这千钧一发之际，刚砍死一个日本鬼的国民党兵，闪电似的跳到小保身边，朝日本鬼头上一击，又结果了那日本鬼。

这边，刘邦人已把三个日本鬼的命轻松地血溅在床上，当他要第四个鬼子的命时，这鬼子一跃而起，舞动着暖融融的棉被"哗哗"地响。刘邦人挥动着小刀，把棉被都划破了，棉被一舞过来，刘邦人一跳，棉被盖不住他，当棉被甩到刘邦人身边时，刘邦人挥舞的刀又把棉被划破了。最后，就是那像布条一样的棉絮，把他的头盖住了，日本鬼迅速跳过去，把刘邦人按倒在地，日本人的拳头朝刘邦人头上击去。还在屋顶上的周健玲听见"哗哗"的响声，他当即踏断屋瓦椽条，一下就跳在了日本鬼身上，如武松打虎一样，挥动着钢铁般的拳头，雷击般朝日本鬼头上打去。打了几十拳，日本鬼像青蛙一样倒在了地上，刘邦人安然无恙。

两个年轻女子穿好衣服，哭哭泣泣的，她们跪在地上说：“饶了我们吧，我俩都是被日本鬼强奸的，日本鬼轮流奸，我俩不想活了。我们的爸妈都叫日本鬼打死了，我们的房子都叫日本鬼烧毁了。我们家已无人了，我们愿意跟你们在一起，请收留我们吧。救命恩人。”

刘邦人拍了拍自己身上的棉絮，他满身溅满了人血，他被日本鬼打蒙了的头，已清醒过来了，他清楚地听见这两个女人的诉求，接连骂了日本人是畜生。他踌躇着。

随后，刘邦人问了她俩的一些情况。她俩异口同声地说：“我们才跟日本鬼两天，什么也不知道，日本人讲话又不懂。”

最后，刘邦人同意了她俩参加游击队。

在清理日本鬼尸首时，屋里应该有十个。刘邦人收拾了三个，小保弄死了一个，周健玲飞刀弄死一个，敲死一个。地保在门外砸死一个，红头兵砸死一个，国民党兵弄死一个，才九个尸首，还有一个呢？大家找找，活要见人，死要见尸。

小保想到了冬生的话，扫地要扫墙角，洗脸要洗耳朵。他两眼往门背一扫，发现一双赤脚的两个脚趾头，立即快步上到木门边，揪出一个赤膊的日本鬼，日本鬼全身打战，小保一不做，二不休，一刀刺死了他。

刘邦人说：“留个活口好了。”

小保说：“我太冲动了。”

这几个人不到半个钟头，就收拾了十个日本鬼，个个高兴得哈哈大笑。

地保问：“小保，你回去看看爸不？”

小保思忖了半天，说：“不回了，家里有你和大哥照看就行了。我事先同爸说好了的。”歇了一下，又说：“那你呢？跟我们去不？”小保拉了下二哥的手。

“我同红头兵回去算了。红头兵还有个老母在家呢。”地保说。

站一旁的刘邦人开言道：“那行，由你俩自己决定，那我们握手告别。”说完，他同地保、红头兵紧紧地握手。地保感觉他的手温暖而且有力，他还真的看不出刘邦人那斯文劲居然能爆发出这样的力量。

他们身上都背着枪。刘邦人说：“关于那些黄金条分配的事，待我们兑换后，交给小保，再由小保转交给你俩吧。走了，我们还要去开走那辆卡车呢。”

刘邦人和小保他们走了一阵，突然问：“你知道附近有沼泽地不？”

小保不知道什么叫沼泽地，刘邦人向他解释了一下，小保懂了，就去问那两个女子。一个女子弄明白了，就说：“不远处有个烂泥塘，常年四季都未见干过，不晓得那里叫不叫沼泽地。”

小保告诉了刘邦人。

刘邦人想了一下，说：“刚才我们收拾了那几个日本鬼的尸体还留在那里，得想办法把他们埋掉，沼泽地最省事，要不留痕迹。另外，村里的房子虽然是没人住了的，也不是事呀。你说呢？还有，那两个女人呢？”

小保同意了刘邦人的想法，就说：“那得叫她们先等着，等我俩用卡车把尸体运到沼泽地扔了，再去接她们。”

刘邦人说：“那只能这样办了。”

第二十七章

满妹匆忙地窜进福生的家里，一个人在地下室扑了一夜。第二天，福生开门叫满妹到院子里，呼吸一下新鲜空气。满妹就像被关在鸡笼里得放出的小鸡一样，高兴极了，她一走出地下室，就跑到院子大门那，她想出去了。她一看，院门是锁上的。

她的脸有红似白的，颧骨一点也看不出。扎着一对喜鹊辫子甩在头后，那双水灵灵的大眼挨着门缝朝外望着，外面很安静。那会儿，她正准备往大嫂他们逃难的地方去呢，真没想到，到茅房完了事，一出来，抬头就看见几个背着枪的鬼子东张西望地正朝她走来。她吓得魂都丢了，没方向地急急跑，幸亏那几个日本鬼没发现她，要不然，日本人就要像公鸡撵母鸡一样，她可能就挨着了。

她毫无方向地乱跑，就被站在门外的福生一把手拖到他家后院了。

现在，她的心里很乱，不知怎样好。就像在森林里迷失了方向，找不到路了。她是开门出去往家走，找找父亲和大哥呢？还是在福生家？要是天不怕地不怕地往外走，不碰上那几个日本鬼算走运，要是倒霉的话，即使不死，一辈子也没脸见人了。要是不出去，福生的爸能放过她么？她幸运安全地在福生家后院的地下室熬了一夜，梁家白没来找她。那在福生家能待多久呢？就怕夜长梦多呵。她想，要是爸和大哥知道她在这里就好了，爸和大哥一定会来找她的。

她知道，在一家人里面，个个是最疼她的。农田里的事，她想去也不叫她去。她每天去上学，总是大哥二哥轮流去接送她，生怕她丢了。她除了有一手与众不同的针线活手艺外，还有一点，是附近家庭少有的，就是她的毛笔字写得非常流畅。横竖撇捺钩点，写得有模有样，有棱有角。老师总是在她写过的字，用红毛笔圈上圆圈，她所写的字，几乎全用红毛笔圈完了，弄得一页字满是红的了。在她的同班同学里，她写字写得好，是数一数二的呵。父亲看过她的字，高兴得直说，像这样的女，可惜是人家的人，要是个仔就好了。

这时候的她，如同被关在笼子里的画眉，急得团团转。

福生看到她那心急如焚的神态，小声地叫她到屋里坐坐，不要老在门边转。

他的病也算好了八九成了。

他眼睁睁地看着满妹，眼神仍像读书时在一个班里那样，只是嘴唇不停地在翕动，像讲话又没出声。他只在一个私人诊所住了两个月，病情稍有好转，就回家了。现在，他还不是那么清醒，只是不大喊大叫，就是有时看女人连眼都不眨一下。有时还把右脚捅进左脚的鞋里，把右脚捅到左脚的袜子里。

梁家白心里思忖，福生就这个样子了，靠这个仔接香火是没有指望了，他算白生了这个仔。再住上几个月治疗，也就是这个样子，他不愿意再把钱丢在他儿子身上了。

福生双眼不眨地盯着满妹，喉结上下动着，口水在咽着。他慢慢朝她靠近，满妹警惕着，她忙说："福生，你不要过来，你就坐在那里。你的嘴好臭！"

"嘻嘻，我的嘴没臭呀，你闻都没闻一下，哪晓得臭呢？"福生没有听，反而越走越靠近满妹。

满妹跑到院子里。

福生连忙说：“你不要出去了，我听你的，离你远点。”说完，又坐在凳子上。

满妹没听他，跑去开后门。见木门展开了，推又推不开，原来门是从外头上锁了。她的一只手伸到外头，抓住了那把锁，拽又拽不开。哪有钥匙呢？她又摇晃着锁，一筹莫展。她站着，心想，是哪个在外面锁了门呢？她明明注意到外面是没有人来过。只是一下下，门就上锁了。她正想去问福生。

不知什么时候，福生手里举着个膏药旗走近满妹。

满妹吃惊地说：“你这是干什么，病又犯了？神经兮兮的。”说完，她后退两步。

福生急忙说：“送这太阳旗给你，是我爸用白布和红绸布做成的，还在大门口两边都挂上了。我爸说，只要家门口挂着日本国旗，手中拿着日本国旗，日本兵看着你，就不会把你怎样。”说完，福生把旗子递给满妹。

“我不要，中国人家里哪能挂日本人的国情，那不行。”满妹缩着手，一口拒绝了。

福生赶紧说：“你拿着它，到时会有用的，它会保你的命呢。拿着吧，又没有好重，有好处的。”

“那是骗人的，这是耻辱，是中国人就不能这样。拿给我，我把它烧掉！”满妹气起来。

福生说：“我怕，我不敢，日本鬼晓得了，要杀头的！”

“我不怕，又不是日本鬼子做的，又是在家里。”说完，抢过福生手中的日本旗，就用手撕，撕不烂，又说：“拿洋火来，我来烧。”满妹气红了脸。

福生眼睁睁地看着满妹，就说：“不要撕了，也不要烧了，万一我爸晓得了，会骂我的，我爸做的太阳旗，是有数目的。”

满妹仍旧不听福生的话，用力撕着，因为是用蛮厚实的白布做的，又找不到破口子，满妹老撕不烂，干脆摔在地上用脚踩。

福生见满妹那样生气，看到那个红圆圈已经不红了，成了黑乎乎的了，生怕他爸回来看见。反正这太阳旗不能用了，就去灶台拿了洋火，递给满妹，满妹毫不犹豫地就把那个强盗国家的旗子烧成了灰烬。

福生离满妹蛮远，眼睁睁看着满妹点火，他一句话没说，也不上前阻止。他的心是平静的。满妹心里很痛快。从表面上看，站在她面前的福生像条大葱，也蛮听话的。但说起话来，没有一点辣味。

满妹看着呆呆坐在后屋廊檐一张长凳上的福生，心不在焉。她问："福生，你晓得哪个在外头把院门上了锁？"

"晓不得啰，你不是站在门后边的吗？你都不晓得，我哪里知道。"福生说。

"那你有钥匙不？"

"没有，外面人锁的。即使有钥匙，也打不开呀。"

满妹蛮有把握地说："你只要有钥匙，我就有办法开。"

福生走进房里，在他的抽屉里左翻右翻，只翻到一把带锁的钥匙，那是同外面的锁牛头不对马嘴的。

他出来说："找不到咧，你看看这把锁。"他随手把那把锁递给满妹。

满妹连手都没伸出，就说："不要了，十锁九不同，给也白搭。"说完，在院子里急急地走动着。她想，要是再不想办法出去，万一福生他爸回来了，还不知他的葫芦里装的什么药呢。她猜测，说不定是梁家白锁的呢。

福生的肚子早就响了，他也等急了想出去吃东西了。这座房子只放东西，不煮食不住人的。他心里埋怨着，十有八九是他爸把院子后门锁上了，他弄不明白他爸这样干是什么意思。难道是他看到满妹进到他后院的地下室里来了？是为了保护满妹，怕她跑出去叫日本鬼子抓着？还是叫他多同满妹待一下，还是……福生也想不出个所以然来。

他见满妹双手使劲地推着那两扇门，门缝张开了，但很小的缝，人是出不去的。他见满妹松了手，门缝又回到原来的缝隙了。

他走近门边，用他那一直翕动的嘴，很认真地说："满妹，我使劲推着门，你用手伸出门缝，看看摸得到锁不？"

"就是不要你，我也摸得到锁，没有钥匙又有什么用呢？"满妹说。

"再试一试嘛。"福生说。

满妹眼珠子一转，整个身子容纳在福生像八字形伸开的双手之间，他又矮，他使劲用两手推着两扇门。满妹像被他夹着一样难受，她的一只手的大拇指和食指捏着鼻子，她闻不得福生那嘴臭，然后用另一只手往福生推开的门缝里伸出去。手掌伸出去了，她的中指只差一颗米的距离就挨住锁了。她偏着头，从窄窄的门缝里向锁的方向瞟去。她已瞟见了这是把吊锁，是黄铜色的，只是锁钩套在铁栓洞内，并没有锁上。她的手指只要稍微长一点点，哪怕指甲长一点点，手指就可以把锁钩顶出去，然后打开门，大大方方地出去了。可是，那只是空想想罢了。这时，她身上都有点毛毛热了，她也像没气的皮球一样，歇了气，把手收了回来，福生也松了手，那两扇木门又恢复到原来的位置。

汗粒像绿豆一样，慢慢从她的额头上冒了出来，身上满是热气，福生也歇了气，他的嘴臭叫满妹恶心，他自觉地离满妹远远的。

也正是这时候，梁家白刚刚送走了那两个在他家醉了一夜，酒醒不见牛肉巴的日本鬼子。其实，他早就想到他家的后院看看被他套上锁，关在后院的满妹了。可恨又可恶的日本鬼，来村里尽做些烧杀抢的不是人做的事。日本鬼太坏了，把他的黄金条掳走了。幸亏他灵机一动，弄了点出来，要不然，他几十年辛辛苦苦得来的黄金条，就统统到日本人的腰包里去了。他还以为，家门前挂一个太阳旗，日本人就会对他客气的，他想错了。

他大踏步往他家后院走，还没到，就听到后面的门"咿呀咿呀"地响，从院里还传来了讲话的声音。他抽脱了吊锁，打开一看，原来是福生和满妹站在旁边。

他没进院，对满妹瞟过去几个媚眼，小巧的满妹一点感觉也没有，一甩辫子，就像关在笼子里的小鸟一样，一眨眼就飞出去了。

梁家白没想到这女把爷这么机灵，看都没多看他一眼就飞跑了。他忙喊道："满妹，你到我们家来避了难，你连一声谢谢也没有，就溜了呀？"

"谢谢了。"满妹头也不回，俏皮地从嘴里发出了声。

"咳。"梁家白顿了一下右脚，按他的想法，他准备把福生哄开后，要逗一下这个原装货满妹了。这下，关进笼子里的鸟，又轻飘飘给飞出去了。快到嘴里的肉也尝不到一口。

在奶白色的天际里藏了大半天的淡红色的日头，一会儿从云层里露出了半边脸来。要是在太平年月，成熟早的豆子，农民们已在场地上挥动着木槌，给豆壳脱粒了。可是今年，日本人来犯，有好多豆子都烂在田里了。这是日本人带来的灾祸。

满妹家还有一亩地的黄豆，还等着家里的人去收获呢，这下完了。

她不晓得大哥和二哥去豆田里去收豆子了没有。满妹从梁家自后院里跑了出来，多来劲呀。她似乎忘记了村里还有日本鬼子，她也不晓得父亲到哪儿去了。她想，辛苦几个月的豆子就到嘴边了，大哥二哥难道不晓得要了？她估计大嫂和二嫂她们已逃到避难地了。她的脾气犟了些，父亲叫她跟随大嫂二嫂他们一起逃难去，她说她不去，她要跟着父亲，她不怕日本鬼，日本鬼来了，她有双脚，她会跑去躲的。

这时满妹的心乱乱的，她立在墙旮旯，想着想着，她想往家走，又怕家里无人。最后还是想到豆田里去看看。

她本想抄近路，那样很快就能走到豆田里。但是她怕，因近路是宽广的田野呵，怕万一日本鬼看见了她，连躲也找不到地方，还是走远路保险点。这样，她只有沿着灌木丛的山边小路疾步往那儿走去。

她走着，她的头就像贺朗鼓似的摆动着，生怕遇上了日本鬼。走了一阵，她耳边听见了听不懂的声音，她朝后一望，糟糕，当真是日本鬼子。

两个日本鬼，两个都有枪，一个两手揣着，枪口朝下，一个背着。他们在左顾右盼，好像在找什么。他们准是看见满妹了，许久没作声，大概想把满妹抓到手，开开荤，乐和乐和。哪晓得，满妹两眼一眨，兔子一般蹿到茂密的树林里了。她在树林里深一脚浅一脚地踩着，在惊吓中，她停了步，她想，即使日本鬼抓住了她，也不至于要她的命，他们只要她的身。她灵机一动，想到父亲带她来这里看过一个不大的坑，大约有丈把深，要是把那两个日本鬼子引过来，掉到天坑里，就是为民除了害！

她知道那两个日本鬼朝树林里来了。她唱了两句“哪嗬嗨”，就躲在天坑附近，那两个日本鬼一定会朝天坑这边走来。这天坑里面长满了灌木丛，没一棵大树，连小树也不见，要是人掉了下去，必死无疑。而天坑周围又是灌木丛，不熟悉这里的人，十有八九会掉到里面。

满妹又唱了几句“哪嗬嗨”，日本鬼听到女人的声音，当真朝这边来了。

两个日本人并排慢走，不时用枪头划动着灌木丛，走着，走着，真的像做梦一样，大叫了一声，两个日本鬼果真一齐掉入了天坑，再也上不来了。

满妹走近天坑叫了两声鬼子，天坑内一点声响也没有。

满妹拍着手，向树林外的小路走去。

梁家白见满妹溜掉了，他处心积虑想到的美事一瞬间成了泡影。他问福生：“福生你同满妹待了那么久，你还是那样规矩的么？”

时时翕动着嘴唇又没发音的福生，听到父亲的奇问，毫无介意地说：“我……我不规矩点，难道还想占人家便宜？我才不呢。她是我最合得来的同学。”

梁家白听见儿子这样讲，他并不喜欢，他又不便问他想不想女人。他难道有病？这么大的仔了呵，应该对男女的事懂了的，梁家白对福生传宗接代方面有点失望。他觉得，他只有福生这个不聪明的仔，连女儿也没多生一个，他对不起祖宗。他总想再生个仔，总想找几个女人耍，为他生个能传宗的仔。什么国事，日本人侵犯到中国的事，要亡国了，他也无动于衷。当日本鬼真的来烧房子了，他老以为做几个太阳旗日本人就会放他一马了。后来，他目睹日本人的贪财、烧、抢，又杀，才猛然醒悟，日本鬼是恶魔！

梁家白问：“福生，你今年有几岁了？”

福生的嘴翕动了一下，半天才说：“比满妹大一岁，快十六啦。”

梁家白心里说，不错，儿子还知自己的岁数。快十六岁了，公鸡都开叫了，都长了童子毛了，还对女人没有一点情。你一点也不像个男把爷，老长不高，又瘦，吃了饭不认账。

梁家白认真地看着福生说：“十六岁的仔了，还没有三泡牛屎高。”

“三泡牛屎高还不是你的仔？”福生说了一句，恼怒地走了。

梁家白呆呆地看着走远的福生。

满妹走出了树林，来到山边的小路上，直往前走，她仍然要到豆田去看一下。才走了一阵子，老远就看见一个人影朝她走来。她定睛看了蛮久，看见是大哥天保，他挑着一担像枯草的豆秆，扁担一晃一晃的。大哥朝岔路走了，他挑着一担豆秆回家了。顿时，满妹来了劲，又跳又跃地撵上天保。

满妹喘着气说：“大哥，你不怕鬼子呀，你胆真大，竟敢一个人到田里扯豆子。”

挑着毛豆秆的天保正快步流星地往家里赶路，忽听见满妹又急又响的声音，换过肩来，扭头一看，见满妹这么慌张，就问："满妹，你蹿到哪里去了？我和爸到处找你，把爸都急坏了。"说完，就歇下担来。

接着，满妹把她碰到的事一一告诉了大哥，又说："我这么大了，放心吧，不会有事的，我吉人自有天相。"

"你还未出花园门呢。在这个兵荒马乱的年代，日本人残暴，你要是落到日本人手里，还有好面子赚呀？"天保以兄长的身份说。

满妹心里说，我把两个日本鬼弄死了呢。

天保又说："算你运气好，是我们祖宗保佑着你，才逃过了这一劫。"说完，他的心又沉重起来，为了不叫满妹知道二嫂的事，他努力控制着自己的心态和情绪，故意咳嗽了两声。

"我们家总是蛮好的。"满妹说。

天保歇了一会，听满妹说了声蛮好，不觉得心里一酸，慢慢挑起担子，假装镇定地说："走，跟我回去，以后不准你一个人出去。要出去，非得有我和二哥陪着不可。回家后，你就老老实实摘毛豆。"

天保知道，要给满妹一点事做，才能稳住她的心。

"那上茅厕也得叫你陪啵？"

"也得陪。"

"那多不好意思，我长大了，晓得害羞了。不是小把爷。"

"我又没同你一块进茅厕，只是在外面守着。"

"那还差不多。"

到了家，满妹没看见冬生，就问天保："大哥，爸呢？"

"他是个操心人，也是个忙人，他闲不住，不晓得他到哪里去了。"

这几天，自从日本人进了城，满妹多半待在家，村里发生的那么多不幸的事，满妹还蒙在鼓里，冬生除了不知道二媳妇和孙女叫日本鬼子残害致死的实情，村里发生的一切大小不幸的事，他都知道，他的心如同刀绞那么难受。他是个操心的人，他嘱咐几个人分别去找他们的亲人回来，叫他们的亲人知晓后，再商量他们的后事。房子烧了可以重建，人死了不能重生呵。

满妹又问："爸到底去哪里去了？是不是同大嫂二嫂他们一起避难去了？"

"没有。你在家吧，记着，不准出家门半步。我去看看爸。"

天保说去看看爸，而不是去找找爸，显然，他是知道他爸去干什么了。

天保走到红头兵家，见红头兵两手攀在漆黑的棺木上，不要命地号哭。地保则双膝跪在香盆面前给红头兵的娘烧香。无声的眼泪一直涌流不断，地保不仅仅是在哭红头兵他娘，他也是在哭他的老婆和两个女儿被日本鬼子残害致死的悲惨呵。他老婆和女儿连一口棺材也没有，这事他爸还蒙在鼓里呢。

一间不大不小的正屋内，上梁已烧焦了，没有一片屋瓦。袅袅的香烟升腾着，被红头兵的凄惨的哭声震撼着。天保也跪在香盆前，给红头兵娘烧了一炷香，鼻子一酸，流下了眼泪。他叫红头兵莫哭了，活着的人不死，要节哀顺变，要为死去的人报仇。

冷风嗖嗖的屋子里充满着沉闷的空气。

冬生在一旁，用小刀在一根半尺来长、大拇指粗的桃木上雕刻着。他没作声，眼泪落在桃木上。

天保有两天没看见地保，今日一见，心里的秤砣一下掉了下来，他放心了。接着，地保把他大哥叫到别处，把他和红头兵这两天的事告诉了大哥。天保一听，心里又宽慰了许多。

他说："你出去这两天的事，一定要告诉爸爸，这样吧，知道小保很好就行了。"

地保说："我知道怎么做。"

地保和红头兵、小保他们分手后，急忙赶到家里，目睹村里和红头兵娘的惨状，他嘴巴张了半天说不出话。冬生见地保和红头兵回来了，当机立断，决定帮红头兵娘办理后事。

天保长这么大，还没见过冬生雕刻过这种桃木，不知有什么用意，就问："爸，你雕刻这桃木有什么说法吗？"

冬生停下手中的小刀，用手背擂了擂泪水，轻声说："这叫子孙丁，瞎子大娘在那边希望红头兵多生几个仔的意思。"

天保领会了父亲雕刻桃木的意义，他仔细观察着，这根五寸多长、大拇指粗的桃木，被父亲削成了呈四方形的锥体，每隔半寸长的距离，刻成一个小槽，用这个桃木做成的四方形锥体，钉在棺盖上就行了。

冬生雕刻完了子孙丁，就拍着红头兵的肩膀说："不要哭了，起来吧，人死又哭不活的，要把仇恨记在日本鬼头上。老话说，男儿有泪不轻弹，哭是软弱无能的，快起来。”

仍在抽泣的红头兵听了冬生的话，慢慢收了泪。他用手背抹了一下脸上的眼泪和鼻涕，一眨眼，就跪在冬生面前，接连磕了几个响头。然后，他又挪动一下跪着的膝盖，面向站着的、坐着的兄弟们，又磕了几个响头，嘴不停地说：“谢谢叔叔，谢谢兄弟们，为我母亲的后事操心。”

冬生和几个兄弟都还了礼，冬生说：“现在商量一下埋葬的事吧。”

红头兵无声地走近他的房间，眼睛朝四周一扫，里面全是黑灰，连他的用长凳支撑着睡觉的木板也变成了灰烬。看样子日本鬼子是从屋内用柴草点火烧屋的，泥砖墙壁完好，只是被火烧成焦黄色了。他走近床头的墙壁，在墙壁洞内用手摸出了两块光洋。

红头兵把光洋递到冬生面前，说：“冬生叔，这两块光洋是我爸帮人家做木工时积攒下来的。还好，日本鬼子没发现，就用来买点伙食，给兄弟们填填肚子吧。”

冬生愣了一下，心里说，就这两块光洋，能解决什么呢，买墨擦卵都不黑，唉，两块总比一块多，一块总比没有好。再也没有什么高明的办法，随即交给了地保。他相信红头兵和地保是生死之交的兄弟了。

冬生舍不得拿自己卖叮叮糖积攒下来的几块光洋给红头兵用，他有他的打算呵。

冬生嘱咐地保去邻村榨米粉坊买点米粉。

地保的眼圈红红的，他不敢抬头，生怕冬生盘根问底，只是低头说：“白事要吃冷豆腐的，这是对瞎子伯娘的安慰和孝敬。”

冬生说：“钱在你手里，将就着，将汤下粉，你看着办。”

红头兵没有提及他和地保有黄金条子的事。地保也一一对冬生说了这两天碰上小保的情况，冬生心里挺高兴的，脸上漾出了灿烂的笑容。地保顿时握紧了拳头，气汹汹地说：“日本鬼子要是再来村里，我见一个杀一个，见两个杀一双！”

冬生转过头来问天保：“你看见满妹了没有？快两天了，我连影子也没见。”

站在一旁的天保喜形于色，慢悠悠地说：“满妹已在家摘豆子了。”

冬生一听，他的脸突然就像从云彩里出来的太阳，嘴角显出了微笑，他没有再问下去。他不想在众人面前过多地谈及家事，这时他压在心里的秤砣一下落了地，他轻松些了。

在这样一个混乱年代，民间的一切风俗都像被风吹散一样，时兴不起了。什么红白喜事，生养儿女，寿酒，等等，都被日本鬼子打乱了，人们企盼的，是能留下一条命。

红头兵的娘是遭日本鬼子残害致死的，理应厚葬。这怎么能办得到呢，只能是纸上谈兵罢了。

没有请道师，也没有吹吹打打，红头兵也没告知他的亲戚朋友，只有冬生和一些唱“哪嗬嗨”没有逃难的留在家里的人，就这样把瞎子娘抬出屋了。瞎子娘的后事，也全靠红头兵他爸在世时早就为她准备好了寿房。远近的习俗，人过了五十，有条件的，就可以为个人的后事做一些准备了。

瞎子娘就这样入土为安了。傍晚，葬坟的人简单地吃饭，也喝了点三花酒，炒了点花生米送酒，炒了几盘青菜。个个心里都像有着沉重的心事，每个人的脸上都看不出一点笑容。

冬生突然问：“你们看见没有，就在瞎子娘的墓地不远，又有一座新坟，好简单，仅仅堆了一些不多的黄土，不晓得是哪里来这里埋的坟。”

“是不是我们前两天搞死那两个日本鬼子的坟呀。”一个说。

“不对，日本鬼子的坟是靠池塘边的，地又低，一下雨就冒水。当时我们是想叫日本鬼子死了埋在土里也不好过。”另一个说。

在埋葬日本鬼的问题上也有过一番争论。有的说，把日本鬼丢到山上喂野狗算了。冬生极力反对，他说，日本人也是人，他们只不过充当了日本帝国主义侵略战争的炮灰，还是把他们埋到土里吧。丢到山上去，万一叫看牛的把爷看见了，会吓死人的。我们打死日本人是为了自卫，因为他们侵占我国领土，打死了我们的人。我们有条件埋葬他们，一是卫生，二是人道。

地保只是低头喝闷酒，他控制着自己的情绪，一言不发。天保只管扒碗里的饭，他也一句话不讲，瞟了一眼郁闷的地保。

坐在地保旁边的一个人，看着地保一直无精打采，不明地问：“地保，人家红头兵都不难过了，你怎么没一点精神呀？”

地保仍不作声，他酒也不喝，饭也不进，忽然间，他像一头受伤的牛那样，心在绞痛手在打战，头也晕晕的，他立起来，走到冬生面前，猛地扑在已吃罢饭的冬生怀里，眼泪扑簌簌地流了出来，他战战兢兢地说："爸……这几天我一直瞒着你，也瞒着在座的兄弟，你的二媳妇和两个孙女，都被日本鬼残害致死了……那一座土堆里，就埋着她们的尸体……"

如同一块大石头，重重地砸在冬生的头上，他倒在地上，手在颤动，眼睛睁得大大的，嘴巴张着，直喘着热气。

他的头脑是清醒的，他明明知道二媳妇和两个孙女逃难去了。他一直以为二媳妇和孙女们已平安到达避难地，怎么突然听到地保说出这样震心的话呢。要是别人说，他可以不相信，可这是他的儿子地保面对面跟他说的呵。这还能有假？

围在地上还没吃完饭的，还在喝酒的，已经吃罢饭的，统统都放下了筷子，有的嘴里嚼着饭菜的，都张大了嘴，该说话的不说了。

霎时间，怒火在每个人的心里燃烧起来。

地保把他老婆被日本鬼子残暴杀害的大致情况，说了一下。

"找日本鬼子算账去！就在那边河有日本鬼子的驻扎地。"一个人斩钉截铁地说。

"那两个日本鬼子已被我和红头兵收拾了。"地保见大家义愤填膺，摩拳擦掌，轻轻地说了一句。接着又说："大家还是填饱肚子再说吧。"

红头兵佩服地保能忍，他同他在一块都几天了，居然一点也看不出地保心里有事。这时，他听见地保这么一说，他立即站起来，忘记了他的痛苦，喝完了最后一口酒，握紧拳头，好像在向大家宣誓一样："狗屌的日本鬼子，他们要再来，我就把他们丢到桃花江去，我不怕他们有枪，他们有枪，我也有我的手和办法……"

痛苦了许久的冬生终于开口了："仇一定要报，不能鲁莽，不能冲动，遇事先要冷静地想想，大家要学八路军游击队……战争年代，避免不了要死人的……吃罢饭还要到春生家去吊丧，还要去料理地保媳妇原先的家婆……能帮忙的一定帮忙，能出力的一定要出力。"

随后，冬生心里说，二媳妇的后事，地保是处理得不错的，待以后太平了，再重新安葬吧，二媳妇和孙女安息吧。

冬生问天保："你知道你弟媳的事，为什么不早告诉我？"

天保说：“这是我和地保商量好的，怕影响你的身体嘛。”

冬生不言语了。

过了一阵，大家七手八脚地收拾完碗筷，洗刷干净，一齐往春生家走去。

这时，夜幕降临了。

第二十八章

城里的日本军官知道了河东扎营地的鬼子一个不留不知去向以后，个个如同老鼠一般，蹿来蹿去，像丢了魂似的，接连几天派兵四处寻找那些失踪的鬼子，连个影子也不见。接着，又派了一个加强排驻守在原地。这些鬼子一到，个个都有点胆战心惊，不寒而栗。他们又在附近的村子寻找，仍无踪影。河东村子里没有几个种田人了，他们不想斩尽杀绝，到来年开春，还要这些人来为他们卖命种田呢。

日本人从中吸取了教训，房子里彻夜亮着灯光，派兵轮流守夜，规定不准喝酒，进出至少要两个兵以上，而且荷枪实弹。遇见鬼鬼祟祟的人毫不留情开枪击毙等等。睡觉的兵也要睁只眼睛。这样，平安了一段时间。

眼看春节快到了，在太平年月，过了冬至，种田人就张罗着过春节的事了。饿时不饿节，冬至大过年。这是民间的俗话，也是种田人吊在嘴边的话，意思是说，平时再苦，哪怕一点肉星也不入口，到了节日，总要想法买点荤菜度过节日的。

冬至是一年的最后一个节日了。过了冬至，白天就渐渐长了，夜晚就渐渐短了。过了冬至，天气就一天比一天寒冷了，在北方，过了冬至，就有数九寒天的说法，一九二九，不敢伸手，三九四九，冻死猫狗，五九六九，抬头见柳。

太平年代，冬至这天，凡是能够舀米上锅的人家，都要包些软软的糍粑，杀鸡杀鸭，或是买点五花猪肉，和少许牛肉，剁碎后，加点调料，酿点油豆腐，烧上火锅，热一壶三花酒，一家人团团圆圆过上一年二十四个节气的最后一个节日了。那些有钱人家，还要杀一头肥猪，除了冬至这一天应有尽有地饱餐一天外，就开始做腊肉了。有的有钱人家往往要腊一头猪，从头到脚，从肝肠到肺，剔除了一些肥瘦肉用来制作香肠外，其余部分，几乎全用来腌制腊肉了。

一般过得去的人家，只要口袋里有点票子，也要到圩上挑选一些五花肉、前夹肉、后腿肉，放点高度三花酒、盐，有的还要加点冰糖，放在陶瓷缸内，腌上一天一夜，就可以挂在竹竿上，吹干水分后，就可以挂在灶头上，让煮饭炒菜时，给猪煮饲料时，烧柴火燃烧时的浓烟熏了个把月，就可以成美味十足的腊肉了。

香肠是腊制品中不可少的。用肥瘦相宜的新鲜猪肉，切成一分厚，一寸来见方的小块，经过腌制后，用专制的工具装进猪小肠内，再用小针扎上许多小孔后，就可以进入吹干、烟熏的程序了。

到了腊月二十四这天，就是过小年了。这是腊肉的最后期限了，这是因为，春节期间走亲访友时，除了一包面上用红纸贴着的红糖做礼品外，要紧的就是一块腊肉了。穷人们好面子，刚腊过几天的猪肉，水分还没有烘掉，肉质表面是白爽爽的，有一斤多点重的长长的一块，提着到丈母娘家拜年，去舅舅家拜年，也是蛮体面的了。穷人们舍不得用腊成又干又黑的腊肉，因为经过个把月腊干的猪肉，看去过于体面了。只有腊月二十四以后腌制成的腊肉，到亲戚家走走，他们才称心如意，心安理得，也算对得起亲戚朋友了。

这是穷困潦倒的人想出的应酬亲朋好友的馊主意，也是吝啬之人的想法。

眼看春节一天天逼近，过了二十四，种田人都准备制作粑粑了。他们选上一年到头收获到的最佳大糯，亮光光的，扁圆圆的，在清水里浸泡了几个钟头后，先在鼎锅内煮沸水，然后再放进像木桶样的蒸笼内蒸熟。软软的，一颗一颗的，互不粘连的糯米，就可以舀一瓢放在石碓里，两个年轻力壮的男人，各人手握一根一米多长的小把爷的手臂一般粗的枫木棒，有节奏地一二一向那热气腾腾的石碓里的糯米冲去，待冲到分不清糯米颗粒时，就像面团一样，由两个年轻妇女用洁净的手拧成像柑橘大小的糯团，整整齐齐地有一定间隙地放在一年到头才新购置的崭新的半张草席上，然后，把另一半空草席折过来，盖住那些糯团，用一个偌大的木板盖住。然后，由两个小把爷，上木板上踩着。几秒钟内，揭开木板和草席，那些圆圆扁扁的油光发亮的糍粑，就飞进你的眼帘了。这时间，堂屋内充满着热气腾腾的既快活又和谐的春节气氛。

临近春节，圩日子更加热闹了，赶圩的人络绎不绝。种田人一年到头总想缝一套新衣裳，以显示自己生活过得去的光景。穷人呵，一年到头，眼看就要过年了，辛辛苦苦累了一年，哪个不想缝制一套新衣裳呢。尤其是大姑娘们，她们是极厌倦旧了又穿、缝缝补补的衣裳的。她们不想给父母丢脸，更不想给自己的脸上抹黑。

有钱人家早就把年货备齐了，那原汁原味的红糖，那全身是宝的沙田柚，那可以入药金光灿灿的甜橙和柑橘，还有细嫩脆甜的雪梨，那嚼着极其爽口的无渣又白又脆又甜的荸荠，小把爷爱吃的叮叮糖，市场上的水果，几乎都买到了。

只有那些穷困人，盼望着三十那天，总想便宜买点年货。哪晓得，人算不如天算，天算不知行情变，等到那天，什么东西都贵了，穷人们只能望而生畏。三十晚上，真把穷人难住了，那些贫穷的人，只有过一个穷年了。

日本鬼的铁蹄踏进，这年没法过了。

这几天，冬生独自在村里转悠着。村里没有几家有炊烟，大多数人都逃难去了，关门闭户的。留在村里的寥寥几个人，他听不见有冲糍粑的声音，也看不到哪家廊檐下挂着腊肉。更没有看见一个人上街，往圩上走的路上阒无一人，年货无人买卖。冬至这一天，听不见往年的鞭炮声响了。小年二十四，也无人烧香放鞭炮了，个个都神情忧郁，像个闷头鸡一样蔫蔫的了。

冬生也想找几个人唱“哪嗬嗨”，原准备排一出新的叫《吹破天》的戏，这下，没想头了。闲情逸致的日子，不知哪年才有了。

要想唱一出戏比种田还难呵，有丑角无旦角，有旦角无小生。戏班子的人，多半去避难处去了。即使外村再有人来请（有的村没有日本鬼子骚扰），也无人排戏。要想在春节期间唱唱“哪嗬嗨”，过一下瘾，乐和乐和，怎么也唱不出了。他一想到他的二媳妇和孙女，眼泪就在眼眶里打转转了。他想在春节期间出去卖点叮叮糖，倒是个有意思的想法，没准还可以捞几个小钱用。他想这几天到圩上、街上探一下行情。

这天，他仍旧是平常的打扮，下巴刮得干干净，连鼻毛都剪得不露在外面了。他穿一身已浆洗得很干净的黑色外衣，里面一件夹衣，今年头回穿夹裤，平底黑布鞋。他一贯在穿着上老是那两件衣服，干干净净的。他平时卖叮叮糖，假若不穿件干净的衣服，邋邋遢遢的，人家买叮叮糖的人就近而远离了。不要说年轻姑娘不敢接近，就是小把爷也以为是叫花子呢。叫花子做的东西，哪个敢吃呢。他同戏班子的人到外村去唱“哪嗬嗨”，也是这样的打扮。

他走在山边的小道上，走了一阵，就看见迎面不远处有几个男人。有穿便衣的，有穿军衣的。他的心紧张了一下，想打转走，不想招惹这些人。这时，有人喊住他了：“你莫走了，我们正找你呢。”

喊他的正是他的佃东梁家白，他一下都不认识他了。

梁家白外穿一件灰色长袍，头上戴个黑色棉帽，帽耳都垂下来了，穿一双千层纳底布鞋。两只手拢在袖筒里，缩头缩脑的。跟在他屁股后的是一个穿一身黑色制服的，大概三十来岁，样子像个警察模样的男人，再后面就是四个穿军衣的荷着步枪的日本鬼子兵了。

梁家白喘着气问：“冬生，你去哪里？”

“不是快过年了嘛，我去街上瞅瞅。”冬生直言道。

“回头走。”梁家白下巴一动，说。

“什么事？”冬生镇定下来。

“走嘛，到家再说。路上不说那么多。”梁家白说完，顺便把那几个人介绍了一下。

“哦，是这样，你们不翘屁股我就晓得你们要屙屎，是不是发良民证呀？你们给发就行了，还要我回去做什么？”冬生试探地问。

“走，回去，这里讲不清楚！”梁家白说。

冬生疑惑了，心里想，你梁家白什么都想做，现在又做日本人的一条狗！你怎么做起汉奸来了？你不怕村里人骂你的十八代祖宗吗？冬生不愿叫这些人牵着鼻子走。

他说：“我等急了要到城里有事呢，耽误不得，我不回去了。”

“你的事要紧还是日本人的事要紧，你自己掂量一下，我是这样讲，听不听由你。”梁家白在他面前装出个好人相，调头就走。

跟在后面的日本鬼子兵走到巡长跟前，呶了呶嘴巴，巡长走近冬生面前，笑着说：“老梁喊你回去就回去吧，他是你们这一代的维持会长。跟我们走吧，日本人不是吃素的。”

冬生一见这个似曾相识的巡长，他想起来了，他就是区公所的那位门卫，如今当了巡长了。他准是抱着梁家白那个当副区长的亲戚的大腿，像狗一样爬上来的。

冬生没得法，只有跟着这几个人走。

走到家门口，冬生推开大门进了屋，他一句客气话也没说，看这伙王八想做什么。

四个日本宪兵在屋里东看看，西瞧瞧，一个宪兵抓住一个水壶想喝水，摇了摇，见里面没水，就去后院水缸里舀了瓢水，咕隆咕隆地往嘴里倒，抹一下嘴，又去翻弄一下灶头上的鼎锅，完了就到堂屋里来了。

巡长自报家门：“我是专管你们这一带的户口的。今日来，是先登记户口，按户口发良民证。你知道良民证有什么用吗？良民证就是听从日本人的证，没有这个证，就没有你走动的自由。你要进城，到圩上，日本皇军随时可以抽检你有良民证没有。要是没有良民证，日本皇军随时可以抓起你当共产党领导的游击队来看。这下，你知道良民证的作用了吧？”

平时一坐下来就爱拿竹烟斗抽烟的冬生，这时也强忍着，他也想喝口水，见那日本鬼也是到灶房里找水喝，他估计茶壶里没水了，他也强忍着。

他不知道满妹在家没有，他担心满妹露脸，叫日本鬼看见了，麻烦！他想，什么良民证，那就是奴隶证，驯服证。

他说：“你们想怎么就怎么，我们种田人能有什么办法。”

“那你把你的家里人全部都叫出来，都见到他们本人以后再登记户口，发给良民证。”巡长说。

“子女们都长大了，都去做事了。还有几个，怕日本人来杀她们，逃难去了。还有几个，叫日本鬼害死了。……”冬生低声说，他的声音颤抖起来。

“死去的人不登，就登记十六岁以上的活着的人。”巡长说。

梁家白生怕冒不了尖，出不了头。他那老鼠眼扫了一下堂屋，就说：“你的三个仔呢？天保、地保和小保。”

这几天，看看平静下来，天保连夜把关在山洞里的两头浪猪[①]赶回屋里的猪栏了。还有那头黄牛，一起同猪关着。冬生猜想，天保可能到田里采猪潲去了。至于地保，他心痛如刀绞，由他自由去了。满妹龟养着，希望她不要露脸，由他应付这帮人。

巡长擂擂堆堆说了一阵，冬生这个耳朵进，那个耳朵出，根本没听他在讲什么。他只想着怎么敷衍这几个人，叫他们赶快滚！他最担心的是小保，满妹还未到出花园门的年纪，他可以搪塞过去。但是，按她的个头、长相，他怕过不了这帮野狗的关！

坐在敬桌边对面的巡长一一问清楚他的姓名，年龄，民族，文化，一一登记在册。他搔了搔后脑壳，想说什么又说不出。

有两个日本鬼子像土匪一样，到他的每个房间搜索了一阵，连个屁也没找着。冬生摸不清日本人想搞什么，他沉住气，他担心满妹，居然没见满妹的影子。

巡长同一个日本宪兵低语了一阵，又做了个手势，梁家白就像狗一样摆着尾巴，低声下气地显出卑躬屈膝的样子，本不是他的事，他却生怕得罪了日本人，献媚地说：“他的仔不知道哪里去了，我们走别家吧。”

“不行，一家一家搞！不能到处抓痒。”巡长说。

“那今日一天都看不到他的子女呢？”梁家白问。

巡长坚定地说：“白天不行，晚上再来，他们总要回家睡觉嘛。”

“我怕不一定，他们要是到逃难地去了呢？”梁家白说。

“打蛇打七寸，擒贼先擒王，有冬生一家之主在这儿，他们不可能不回家！”巡长瞅了一眼冬生说。

其实，连梁家白也不十分清楚日本人为什么要那么及时登记户口，发良

---

① 浪猪，桂林方言，即指不大不小的四五十斤的猪。

民证。他一点也弄不懂日本人肚子里装的什么药。

梁家白叫冬生去烧点茶给他们喝，冬生答应了。他不打算在家里弄死日本人。

冬生的脑瓜子里，忽然又想起了永远忘记不了的那次惊心动魄的事。

自上次他们戏班子里的几个人在烧火烤时弄死了两个日本鬼子后，不几天，又有好几个日本兵来到村里，他们没有烧房屋，也没有强奸妇女，而是把留守在村里的男女老少统统用枪逼到了乡场上，一个个问话，问他们是哪个杀害了日本兵，一定要查出凶手。凡是被问到的人都说没有看见，几乎是一致的口径，个个不像嘴里没长牙齿的人乱放一炮。这时的冬生，心里想，要是日本人问到他，千万不要害怕，要用平常心，就像一切没有发生过一样。要忍，只有忍，才能胜利。他们没有抓到证据，就不用怕。要是心神不安，就会扰乱了心，心一急，日本人就会看出破绽，那就会慌了手脚，日本人就会步步为营，穷追不舍。到那时，就会露出马脚，就难保住性命了。要使日本人找不到一点蛛丝马迹，首先得要知道事情的人能沉住气，为了保住大家的命，不怕日本兵怎么审问，怎么用刑，都要能承受得起，绝对不能承认，这就是要有对气节的考验。

那时的乡场上，是一片阴森可怕的场地，好像天上满是乌云，倾盆大雨又加冰雹就要砸在他们的头上。冬生沉默不语，心不惊肉不跳，脸上如同既往。他心里说，你们不来烧老百姓的房子，不来奸污我们的妇女，不来屠杀我们的兄弟，不来抢老百姓的东西，不践踏我们的国土，你们老老实实在你们的国家，我们收拾你们日本鬼做什么呢？我们中国人是祖传的善良人，是不惹事的人。但是，我们也记住，人不犯我，我不犯人，人若犯我，我必犯人。

一个日本鬼子走近冬生面前，用似懂非懂的中国话，铁青了脸问道：“你这个老东西，你知道我们那个日本兄弟到哪里去了？是不是叫游击队员打死了，还是你们打死了？”

冬生不慌不忙，慢悠悠地说：“我的日本皇军，你看我这个手无寸铁的老头子像个杀人的样子么？我是个连鸡也不敢杀的人，你就是借个胆给我，我的手也不敢拿枪拿刀呀。你说的游击队，我都听不懂什么叫游击队，是个什么样子的呀？我从来没见过。我们这里十几年来都是太平的，就是你们日本人侵犯我们的国土，烧我们的房屋，叫我们没房子住，又屠杀我们老百姓，叫我们人心惶惶，不得安宁，有家不能归。我们的太平日子叫你们日本人搞乱了，这能怪我们么？”说完，又低下头。

日本鬼子发怒：“不允许你在这里发疯，你想煽动你们的人来仇恨我们大日本皇军？我打死你，我是遵照上级的命令，才克制住！不然的话，我就要你这老东西的狗命！”

冬生抬起头来，吐了一口大气说：“你们不是口口声声说，皇军来了，言论自由么？我才说了几句，你们就心慌了，就大动肝火了，我又没踩着你们的尾巴！”

“我们不是来侵略你们中国的，是来帮助你们国家的，是要建立大东亚共荣圈的，你的明白？”日本鬼恬不知耻地说。

“既然是来帮我们，那为什么要杀我们的人，烧我们的房子？强奸我们的妇女？”是天保高亢的声音。

另一个日本鬼也被激怒了：“今天，我们是来找杀日本皇军的凶手的，不是来辩驳的，不要东拉西扯！”

乡场上鸦雀无声，隔了蛮久，那个日本兵显出温和一些的神态，说：“要是你们的哪个，举报出是哪个凶手，我们将大大有奖。不要怕，有皇军撑腰，要是有人知情不报，那就莫怪我们不客气！”说完，他的手枪朝人群放了一枪，大家不约而同地为之一惊。有一个老妇人倒下。不到十分钟，从远处传来了“砰砰”的枪声。大家一阵慌乱。

那日本鬼喊着：“不要慌，不要慌……”

就是趁着这一时刻，乡场上站着的人纷纷跑散了，日本鬼也慌了，忙说：“下回再来查，下回再来。”边说边跑着，一个日本鬼朝跑在后面的一位老人家就是一枪，那老人倒下了。后来，他又醒过来了，没打中他。

现在，日本人又来这里，冬生不能不想起上次的事来，那情景犹如在眼前一般。

天保把牛赶上山后，也不知道他家里来了这一帮子人。当他走进屋门时，忽听见屋内有日本人和一个中国人的说话声，似懂非懂的声音。他一时弄不明白屋里的情况，驻足听了一阵，觉得不对劲。他想转身，又怕父亲埋怨，见危不救。于是，他壮起胆子，昂着头走进屋里。他的心准备着。

梁家白一眼看见天保，就嘻呵呵地说：“天保回来了，正好，正好。”

冬生给日本人烧好了开水，见天保进来了。因为没什么要命的事，他的心很平静，当作若无其事的样子，他先开口：“人家皇军来登记户口呢，顺便发良民证。”

天保听父亲语气很温和，心更平静了。他一句话没说。看到桌子上有个花名册。巡长朝他瞅了一眼，见天保就说：“哦，你是天保，就是那个唱旦角的，好，登记吧，好久没看你唱调子了，下回一定看看你的戏。”

天保不言语，其他的人看着天保。

巡长朝外瞅着，半天才说：“看样子今日要给你家每个人的户口登记在册，发良民证，怕是登不完了，到现在才登记两个人，耽误了时间。还是走别家登记先。走。”他刚跨一步，后面的日本鬼都没动脚，回过头来又说：“你们听着，春节以前，你们家人，按人头一担谷子，送到粮库去。这是皇军派下来的征税粮指标，一担也不少，大人小把爷一个数，若不上交，后果自负！”说完，几个人昂头就走。梁家白像狗一样跟在其后。冬生的脸顿时绿了。

“后果自负，负什么？大不了把人抓了去，难道还要人的命不成？倘若要了人的命，那日本人不是更加征不到税粮了？”冬生心里说。

冬生为了搞懂日本人的“后果自负”，他去找梁家白。

梁家白坐在太师椅上，泡着水烟，他也不叫冬生坐，也不给冬生烟抽。冬生显出无所谓的样子，他劈头就问：“梁老弟，这日本人的心也太黑了吧，按人头征税粮，那不干脆把人毙了算了。”

“哎呀，如今是日本人的天下，他喊东，难道你还敢往西？他们要杀个人比杀一只鸡还容易啦！我看，老老实实交税吧，胳膊是拧不过大腿的。”梁家白心不在焉地说。

“你是维持会长，是日本人的红人，你在他们面前放个屁也比我们讲不出话的人跪在日本人面前吃得香，你去帮帮我求求日本人吧，我一担谷子也没有。今年哪收了谷子？你是晓得的，我还欠你家好几担租粮呢，他们向我征税粮，简直是在割我的肉呀。”冬生央求着，他在观察梁家白的神情。

冬生欠他的粮，他心里记着，也用白纸黑字写着，还叫冬生签了字。梁家白心里想，你冬生租我的田已有些年了，又有哪一年交够了呢？哪年不是留点尾巴？没有一年是把屁股抹干净的。我是不愁粮，不愁钱，想要哪个女人上床就要哪个女人的人，不那么斤斤计较罢了。梁家白也想过，干脆叫他退租算了，免得狗扯羊肠——越扯越长。他又想，家里有那么多田，村里又没有哪个来租，万一租给别人，还要比冬生耍赖又怎样呢。倒不如多对他加点租息，租给他好些。总不能把田丢荒嘛，得一担粮总比不得好吧。冬生那个尾巴债，白纸黑字写上，总跑不掉的嘛。

梁家白见冬生闷闷不乐，看着他好一阵子，然后说："你问我也无用，又不是我要你的粮，你找日本人去吧，找我，还不是问我的膝盖一样，我还未要完你欠我的租粮就大大地原谅你了，你知道这几年你欠我的尾粮有多少？差不多凑够一年的租粮了。"

"哎呀，我晓得你，你是好人，你是大人有大量，君子不念旧恶的人。所以我才来找你啰，你行行好吧。我家是个一子受皇恩，全家食天禄的人呀。你是知道我的。"冬生奉承着梁家白，又不时瞟了他一眼。

"你也不要奉承我啦。我晓得你也是碟子里的水，一看到底。我是佃东，你租我的田来种，交租粮，天经地义。我看上你的为人，总是放你一马，没有过多的苛求。要是遇上别个，有你的好屁股屙屎的！"梁家白说。

"是的，是的。我实在弄不明白，你整日跟随日本人的屁股转，一定知道日本人的诡计，我如果不交税粮给日本人，他们会拿我怎样？我没有粮食，交我身上的腻漆还有点。"

"你今年不交一担，到明年要加罚两担、三担，甚至更多，那你更受不了。你是晓得的，你是在日本人统治下过日子，你就得听他们的。不然，不但你一个人受骨肉之苦，你们全家的日子也不会好过！"梁家白说。

"这不是鱼肉百姓吗？你既然全身心为日本人着想，生怕得罪他们，那你就借点谷子给我吧。"冬生顺口而说。

"我看你是半夜遇上情人，想得美！吃了灯草放屁，捞捞松。我的谷子一颗也不借，我有我的用处。"梁家白一口回绝。

冬生沉思下来，他想，要找到他的痛处，抓住他的软肋，他就动弹不得了。冬生毫不见外地抢过梁家白手中的水烟锅，自己磕出了烟灰，又把烟丝放进烟锅内，点着了火，啪嗒啪嗒地抽起水烟来了。

半天，他才说："我听说有两个日本兵到你家喝酒，你偷出了日本人手中的黄条子。酒醒后，又送走了那两个日本兵，后来，那两个日本兵就不见了。时间虽然过去两个多月了，可到现在还没查清楚。是不？”

梁家白连连摆着手板，说：“这与我无关，事情都过去了，日本人追了一下，又没追了。他们也知道，这是战争，难免死人，难免有不明不白的事发生的。你千万不要在日本人面前提这事了。要大事化小，小事化了。他们实在要追究，我就说，半路叫游击队收拾了啵。”梁家白说完，脸色一下变成灰色。

冬生听他一说，觉得他的软肋已被抓住了，又心生一计：“你不怕旁人到日本人那里告状，说你家的谷子比半个村的人的谷子还多，叫你把谷子多交点给日本人，你应该多交点……”

梁家白听冬生这么一说，沉默了一下，说道：“你不说，也没谁晓得的。……”

梁家白思忖着，要是真的让日本人知道了他家存粮的底细，把粮全要了，那不吃了大亏？不如借点给冬生，叫他分担点也好。

冬生说：“我对你知根知底，你对我也知根知底。我每年收成的谷子全都交到你粮仓去了，我哪年够粮食吃的？现在，日本人又要征税粮，而且论人头征，那不是要我的命呀。”

梁家白脱下碗盖帽，右手抓着头皮，屋子里飞满了白色的东西。他想，借给你也难，不借给你也难。借给你，又怕老虎借猪，没得还的；要是不借，又怕你冬生居心不良，到日本人那里去拱！那日本人也不是吃素的，弄不好一点存粮都没了，还丢掉维持会长这顶乌纱帽。那在众人面前，放个屁都不响了。他当上维持会长，挺威风的，他头一摆，多少人要听他的，他在村里还可以呼风唤雨。虽然有人骂他汉奸，他不怕，他有日本人撑腰，谁人也不敢动他一根汗毛，总有人求他办事。在这个世道，是日本人的天下，谁要是敢同他碰，就是同日本人碰！日本人是石头，老百姓是鸡蛋，鸡蛋哪能碰坏石头呢。他思来想去，还是借点谷子给冬瓜吧，这样，他也好，我也好。不过，一定要他写张借条，写清楚还债日期，签个名字。这样，不管到猴年马月，你冬瓜还是欠我的。实在还不起，你还有个嫩女呢，你迟早是我的岳父。嘻嘻，再过两年，满妹都16岁多了，我记得清楚。我才五十出头，生个一男半女的不在话下，还能行。有人说，十八新娘八十郎呢。嘻嘻，满妹是他的梦，是鼓舞梁家白的动力。

想到这，他怡然自得地说：“那你写个借条，签个字。”

梁家白一来为了讨好日本人，二来也为他自己带个头，三来是为了堵住乡亲们的嘴。他家三口人，共交了六百斤谷子。日本人夸他带了个头，大大的好，是皇军的忠实朋友。红头兵家的房屋被日本人烧了，应该免交粮食。日本人说，一码归一码。他拿户口本去领良民证，日本人硬要他把税粮交够后才给领，幸好，红头兵的谷柜是用泥砖砌的，又在隔壁房子，火势没有烧着泥柜，里面还有点谷子。

村里其他人家，有的如实交了，有的连过年的粮都没有了，那只有到亲戚家去借，要不然，没有良民证，要到城里、圩上办点事就难了。人常说，人在屋檐下，哪有不低头的呢。

交粮这天，天保和地保一同去的。粮仓里尽是荷枪实弹的日本兵，每个箩筐都要一一检查。生怕有炸弹埋在谷子里，还不准带烟火进场。地保是想在谷子里埋点炸药之类的东西，被冬生阻止了。冬生说，打日本鬼不能在粮仓里，我们同日本人有仇，不是对粮食有冤，你烧了粮食，日本人不是照样向老百姓征粮？还要加倍征，还不是老百姓受苦？万一走漏了风声，或是叫日本人查出来了，那就要人头落地了。你一个人单枪匹马，又没有谋划，小保他们又不知晓。要是去炸武器炸药库就可以啰，死了几个人值得。现在不行，以后再说。当时，地保是没有考虑到日本人会一箩筐一箩筐检查的。姜还是老的辣，全靠爸提醒，天保也为地保捏了一把汗。

日本兵按户口簿核对应缴税粮，对实了，才发良民证。当对到小保的名字时，巡长问：“小保呢，他为什么不来交税粮？”

天保壮着胆说：“他病了，挑不得担子，由我做哥的代他领。”

巡长严肃地说：“不行，病了叫人代替上缴税粮可以，小孩也一样，够了十六岁的，统统由本人认领良民证。”

天保一句话没说，心里直骂着日本人混账，无理，残暴，没有一点人性。……

地保心里的怒火在燃烧，他一看见日本人就想揍！没办法，他只能忍着，忍着。“你们日本侵略者留在中国一天，我就不会放过你们！”地保心里说。

第二十九章

一天下午，梁家白从城里回家。在路上，老远就看见了冬生，冬生背着个薅田耙子。今天他要把种下的禾苗薅一下，禾苗种下去有半个月了，已经长得郁郁葱葱，蛮可爱的。日本鬼子要农民们为他们种田，日本鬼子也知道，要是没有农民种田，他们到天上去征粮去吧！让那些该死的日本兵喝西北风去！老百姓辛辛苦苦种得的谷子，日本侵略者用刺刀逼着他们上交粮食，而他们则连稀饭也没有喝的了。冬生和许许多多的中国人被日本鬼残害，许许多多的老百姓的房子被烧光，许许多多的矿产资源被日本鬼子掠夺走了，这就是日本侵略者残暴罪行的铁证，它充分揭穿了日本人的亲善、慈爱、友好等等乱七八糟的嘴脸。以后还不知道他们要干什么呢。日本人干坏事是不可捉摸的。必须警惕！眼前有租田不种，一家人怎么活命呢。

梁家白这天穿着新缝制的一套便装。端午过后，夏风微荡，一般人穿一件衬衫坐在家里都感觉有点毛毛热了，可是梁家白，里头还穿一件白色唐装衬衣呢。一根绳子吊着的皮枪盒子，不时有节奏地敲打着右大腿的侧面，神情扬扬得意。他屁股后紧跟着两个哈腰弓背的同伙。他看见冬生迎面朝他走来，立刻朝他屁股后边的同伙扬了扬手，那两个同伙就像狗一样站在路旁不动了，四只眼睛滴溜溜地回顾周围，随即又挺直了腰。

梁家白嘻呵呵地说："冬生呀，我正要找你呢，没想到在路上碰上了你。你去薅田呀。"梁家白看见冬生背个耙子，肯定地说。

冬生顺口说："你都当日本人的狗了，我不去薅田，哪有谷子收呀？哪有谷子交给你呀？哪有谷子养活日本鬼呀？"

"就是的，就是的，你说对了，今年可不要再欠我的租粮了呀。"梁家白一下板起了面孔，那老鼠眼朝冬生身上转动着。

"你也黑心，少要点租粮我不是不欠你的了，亏你讲得出口！"冬生显出毫不惧怕的神气，他瞟了一眼梁家白屁股后吊着的那玩意。

"莫扯别的了，来，坐在路旁，我有事找你。"梁家白从路边找来了两块烂泥砖，两个人相对坐着。

"我要去薅田，耽误了事，你要免我的租啵。"冬生半认真地说。

"我晓得你冬生会找岔子，会钻洞眼。"梁家白说。

梁家白看着冬生，把枪盒子甩在膝盖上，脑子一转，又想起满妹来。心里想，过两年，只要你做我的岳丈老子，不要说免交租粮，就是白白送两亩田给你，我也未尝不可，好比陪嫁妆呢。到那时，不但你女儿吃香的，喝辣的，猪肝小肠当小菜，绫罗绸缎穿在身，你这个做丈人的也光彩的呵。

"我晓得你这个骚公鸡，讲话从来不算数，同打屁差不多。"好久没喊梁家白诨名了的冬生，用讥讽的口吻说。

梁家白一时又不想多扯远了，他想到在区公所时，那个日本皇军对他说的话，他一定要落到实处。他认真地说："冬瓜，日本皇军想来我们村看调子，你准备一下吧。"

日本鬼子怎么晓得我们这里会唱调子？要不是你骚公鸡多嘴，人家日本人哪个晓得？这个年头，哪能乐呵得起来呢，眼泪还未干，能保住命就烧高香了。大家都想着怎么把日本人赶走的事，演员又凑不齐，又有哪个愿意唱调子给日本人看呢。冬生低头想着，一句话没说。

“哎，我问你话呀，冬瓜。”

“你说什么，你想同我打架呀，又不是小把爷，真要打起来，我让你一只手。”冬生装没听见，故意说。

梁家白惊了一下，怎么冬瓜耳朵背了？平时他的耳朵尖着的呢，还是他装没听见？

他大声说：“日本人想看你们唱‘哪嗬嗨’，听清楚了不？你耳朵聋了？真是个毛冬瓜，装聋也不是这样装。”

冬生低着头在地上捡起一块石头，在地上乱划着，心里想，你就是用枪逼着我，也不会唱“哪嗬嗨”给日本人看，我们的血债还没有同日本鬼子清算完呢。

梁家白见冬生死不开口，动起怒来：“你到底唱不唱呀？不唱也有句话，不要不知好歹！惹着了日本人，有你好受的。”

“我不唱，所有调子班的人也不会唱！大家都痛恨日本侵略者，他们不好好在日本过日子，却跑来中国屠杀中国人，侵占我们的国土和掠夺我们的资源，真是十恶不赦！我们泥腿子唱调子是唱给种田人看的！日本鬼子剥夺了我们的太平日子、平安和快乐，你要我们唱调子给日本人看，那是白日做梦，枉费心机。你回去转告日本皇军，我在家等着，看他们能把我怎样！”冬生心里的怒火燃烧着。

梁家白从来没听见过冬生这般精炼的一针见血的言语，平常他老以为冬生是个老实鬼，三天打不出个屁，是个老好人。听到他这样情绪激昂的言语，他为之一惊。

梁家白无可奈何地说：“这是战争，哪个都晓得，打仗是要人命的，子弹不长眼。日本人吃蛇不留头，见女人就奸，见房子就烧，见钱就抢。他们的所作所为，我也亲眼看见过，唉……”

“那干吗你还要替日本人卖命？做汉奸！你不去帮他们做事，他们能强迫你么？我看，你的头脑里有垃圾！你一点骨气也没有，我不晓得你心里在想什么？”冬生气呼呼地说。

“实话告诉你吧，我也是床板夹屁股——有苦讲不出，是日本人强迫我下水的呀，我绝不会巴结日本人，我有粮满仓，有黄金条，有良田，我什么都不想，就想叫女人帮我生个仔，好接香火。我是不会得罪村兄弟的。我也

晓得，千百年的家门的道理。我是没法，没法！日本人叫我来喊你组织村里的调子班唱调子给他们看，我当时就没答应，这事还拖了蛮久……”梁家白的话，好像事先想好一样，说起来还很想叫人相信。

他想，不能得罪冬瓜，三十年河东，三十年河西，做事不能太绝。要是过几年日本人跑了，他得往后多想想，他不但做不了冬瓜的女婿，反倒成了仇家，这样不行！对日本人得圆滑点，对自己村里的人得慈善点，必须拄着拐棍走路，稳当点。凡事不要做得太过头。

歇了半天，梁家白说：“这样吧，我去同日本人讲一下，就说，这一阵天气不好，你又身体不佳，叫他们打消了这个想法，这样总行了吧？你去薅田吧……”

“骚公鸡，我是最讨厌阳奉阴违的人的，你可要表里如一，讲话不要像打屁！”冬生板着脸说。

冬生心里想，要不是我租着你的田种，我才不信你那套呢。他扛起薅田耙，头也不回，往田里扬长而去。

梁家白沾了一头的露水，没想到没办成事，心里好不自在，他在想怎么向日本人交代。歇了一阵，他立起来，向在远处转悠的同伙抬手，他们又朝城里的方向走去。

冬生看着小路上还沾着点泥巴的石头，他不想叫那小石头的棱角刺着他没有穿鞋的光脚板。虽然几十年到田头做事赤脚惯了，他双脚板都磨成厚实的茧了。他必须小心地看着走，避免那尖石头扎着脚板，招来不必要的伤害。

他卷起裤脚，站在水田里胡乱地薅着。要是在太平年月，他是把田里的一根杂草都要扯出，甩在田基上晒死的。今天，他是怎么的啦，总没心思做。按今天的天气，太阳不见，河岸的树叶轻微地摆动着，双脚泡在水里，是最合适薅田的日子了。听梁家白刚才的话，他也在边薅田边想着。他也是心里有不得事的人。他今天薅的田，只是把田里的水搞浑了一下，就匆匆回家了。

晚上，他迷迷糊糊地睡了一夜。第二天，他起得很早，天蒙蒙亮，就把堂屋里、院子里用扫帚挨个地认认真真扫了一遍，也不去过问天保、地保、满妹，也不吃早饭，就坐在堂屋的敬桌边，用他那红彤彤的竹烟锅抽起烟来。

他抽完一锅烟，又抽一锅，他都记不清抽了几锅烟了。他正想到灶房的水缸里舀水喝时，大门外响起了杂乱的脚步声。他没有去灶房里，在堂屋里等着，他生怕满妹出现。他的心跳加快了，他想，来者不善，善者不来，准是日本鬼子和梁家白招猫递狗找麻烦来了。

一会儿，院子门被撞开了，领头的又是梁家白，后面跟着四个日本兵，他们都背着步枪，来势很凶，好像要来捕捉江洋大盗似的。

冬生仍旧镇定地坐在敬桌边，只管往他的烟锅里塞生切烟，眼睛瞟着进来的几个人。

梁家白先开口："冬瓜，我昨天跟手就到了区公所，一点折扣不打，也没有添油加醋，把你的情况向区长汇报了一下。随即，区长打电话给宪兵司令部。那个日本宪兵军官立即赶到区公所，听区长讲了一通后，那日本军官不分蒜苗韭菜，就掴了我一个耳光，说要派人去找你，区长还骂我办事无能。今天，他们要我引路，就到你家来了，对不起……"

冬生手握着竹烟杆，一声不响，只管抽烟。一会儿，两条白龙就从鼻孔里出来了，一直吹到日本宪兵跟前。

为头的日本宪兵看样子在日本人那里是个举足轻重的家伙，他开始对冬生没有动怒，只是笑嘻嘻地说："听说你是唱调子的领头羊，你一家人都是唱调子的？大大的好。听说，你们唱的调子在清朝末就开始了，老百姓都喜欢看。有的住在很远的人，不吃饭都跑来看你们这帮人唱调子。你们叫'哪嗬嗨'，是不是？我们皇军，不吃饭也想看看你们唱的调子，你大大的好。你带个头，叫你们的人来演出，叫我们官兵高兴高兴。你不用考虑了，知道不，你不唱也得唱，我会对你好。"他说完，走到院子里，同那几个宪兵一起，东瞧西看着。

冬生一句话没答，他把竹烟锅的烟灰在地上敲了一下，烟灰掉在地上。他又往烟锅内装满一锅生切烟，点着了，又默默地抽起来。一会儿，他咳嗽两声。

梁家白着了急，见冬生仍没开口，生怕他吃亏，趁日本人不在身边，凑近他耳边说："我说冬瓜大哥，皇军同你说话，你好生说一句行吗？你不要惹他们生气。"

冬生用眼瞟一下骚公鸡，满不在乎地说："你想同他们讲就多讲点，你想捧他们的卵泡就多捧点。我听不懂他在讲什么。日本人为了达到目的，会不择手段的，你才相信呢。”

“哎呀，我说你是樟木脑袋，你趁机同他们谈谈条件，趁机捞点油水，岂不是好。”梁家白顿了一下脚说。

“日本人能给你什么油水，他不剥你的皮，抽你的筋，吸你的血就烧高香了。我估摸，他们准想看看唱调子的美姑娘，好打主意啵。这些日本鬼，没翘屁股我就晓得他们要屙屎，反正我们这帮人是不会在日本人面前唱调子的。你有本事叫日本人到别处去喊人唱调子嘛。何必在这浪费时间，多费口舌！”冬生脾气蛮犟，他已做出的决定，九头牛也拉不回。

梁家白说：“你的调子班里又没有女人家唱，怕什么？”

“反正我不唱！”

那几个日本宪兵在院子内转了一下，然后神情狡黠地走进堂屋，又默默地扫了一下四周。那个日本兵又笑嘻嘻地对冬生说：“怎样？冬生的，想好了吧？过两天我们来看你们唱调子！不要辜负了我们哦！”

冬生不屑一顾，低着头，他在想刚才梁家白的话。趁这机会，当真能捞上日本人的油水么？捞他们什么呢？钞票？还是对全村人减免按人头征税粮？除了这两项，他再也想不出什么来。对日本人绝不会有幻想，别人也许相信，他冬生绝不吃这一套！日本人绝不会拿钱财来做交易，他们只有拿手中的枪来威胁！

那日本兵见冬生没开口，又笑嘻嘻地说：“你们这个城市大大的好。漓江，桃花江，还有众多的青山，我们大日本帝国找不出这样的美景，我们的国度，只有樱花。你们的地方戏也很有艺术欣赏价值，能打动观众的心。有的戏叫人看了开怀大笑，有的戏叫人看了欲哭不止。我是听你们的梁维持会长说的。你们这帮唱调子的人也是大大好的良民，人同此心，心同此理。这样，我们几个人很想能看一看，让我们这些来帮助你们的大日本帝国的军人，享受一下精神上的愉悦！开开心。我们专程来请你的戏班子唱一唱，你就不要拒绝了。”

冬生实在憋不住了，他冷冷地说：“你光说叫我们唱，我们白唱给你们看呀？”

“不，不，唱完了，你到维持会长那里去领赏好啦！”那日本兵朝梁家白扫了一眼。

梁家白装没听见，像木头一样站在一旁。他是知道的，日本人是想糊弄冬生罢了，哪会有什么赏发哟。

冬生心里说，日本人又要把戏了，又在骗人了，他猜日本人是猜对了，他的怒火再一次燃烧起来，他又克制住了。他不知日本人是真的想看调子，还是有什么不可告人的目的？他心里揣测着，不管他们嘴里讲得多么动听，手段多么诱人，冬生是下了决心，不听信日本人的摆布的。他不打鼓，绝不会有人来敲锣，他非常自信！

冬生默默地又抽起他的竹烟斗来，他不像是在抽烟，倒像是在解气呢。站着一旁的梁家白动了一下，哈着腰，样子像只哈巴狗，在日本人屁股后摆着尾巴，那个奴才相，冬生内心恨之入骨！

停了一阵，那日本兵板起面孔，说："你到底答不答应唱呀，我告诉你，我们日本人的忍耐是有限的。你不要敬酒不吃吃罚酒，你要是个聪明人，就听从我们的。你要是执迷不悟，那我就不客气了。……"

"你们手中握着枪杆子，你们有权势，你们想怎么就怎么，你也不拍拍脑袋想一想，即使我答应你们，哪有人唱呢？全调子班的人都没有几个，哪唱得起来？有打鼓的，没有敲锣的，有旦角，没有丑角。我都讲了几遍了，你们还不懂，你们真要把我们像赶着鸭子上架一样，我们也上不去呀。你们日本人把我们老百姓搞得就像断腿的青蛙，跳不起来了，哪还能演戏给你们看呢？你就不要在我们身上白费心思了。算我求你们了。"冬生还是那样，不卑不亢地说。他想，他已是半百的人了，从来没有人强迫他唱过调子。唱调子本是叫人乐和的事，碰上好的，先给包场费，还打个大封包，也有消夜吃的。

就在这时，这个日本宪兵突然像神经病发作一样，脸色铁青，摆出要杀人的架势，疯了一样劈手就夺过冬生那杆有点儿红光光的竹烟斗，用他那猫一样的眼睛，仔细观察了半天，刹那间，那个竹烟斗，朝上挥动一下，又重重地落在冬生长有短头发的头颅正中。就是这么一敲，顿时，冬生的头上感到一阵沉闷的剧痛。他的头脑蒙了，不晓得想问题了。隔了半天，他才感觉头上有一股凉意，就像快干涸的泉眼，还有点泉水流出。他感觉右半边的花白头发都被浸湿了。慢慢地，他感觉好像有好多条蚯蚓在脸颊上、他的耳沟边慢慢地爬着，然后，滴在他的肩膀上，听见小声的“滴答”声音。他用两只手掌捂住流血的头，手掌上都沾上了鲜血。他庆幸今天用的是小烟斗，要是平常用的大烟斗，那他的头颅就要开花了。

那个日本宪兵眼睛都没眨一下，不停地说：“哈哈，哟西，哟西，你敢不听皇军的话，不依从皇军，我是大日本帝国的军人，是中国人的征服者，你不听话，有你好受的。我看你一定是受了共产党的鼓动，我看你还硬到哪里。……”说完，手一挥，几个日本宪兵板着脸孔，鼓着眼睛，头也不回，扬长而去。

梁家白在一旁吓出了冷汗，见势不妙，怕闹出人命来，见日本宪兵走了，对冬生痛心地说：“冬瓜，你的头流血了，痛不？赶快用你的生切烟把伤口敷一下。不然，流血多了会吃亏的。”说完，就去追日本人去了。

还很清醒的冬生，对梁家白鄙夷地看了一眼，就从烟包内挖出一点生切烟丝，大概找到了头上流血的那个伤口，摸着那个地方，就用手把烟丝胡乱地敷在哪儿，然后，他用手捂住敷有烟丝的伤口，他去找了一块布条，把伤口包扎上，那模样就像在战场上负伤的战士。

他仰头倚在靠背椅上，眯上两眼，一声不响地坐在那儿。

过了一阵，天保从田头回来了。他一眼就瞅见父亲耷拉着脑袋，面容十分憔悴，眯着眼，倚着靠背椅。他惊讶地问：“爸，你怎么啦，头上绑着个布条。”

冬生睁眼看了天保一眼，没作声。

天保很焦急，走近一看，只见冬生头上绑着的布条已浸出血色，而且脸颊、耳背都有黑色的已凝固的血迹。他急切地说：“爸，你怎么弄成这个样子？是跌了一跤还是被人害成这样？”

冬生慢慢地睁开了眼，神情凝重地看着天保，然后，他上气不接下气地把日本人来他家的不得人心的情况说了一遍。

天保听了一句话没说，对于日本人叫他们唱调子的事，他在父亲面前既没有表示同意，也没有表示不同意。他不知道怎么好，只是关心地说：“爸，我去找点草药吧。”

“不用，有生切烟丝就没事了。”

一会儿，冬生头颅上那个大约一寸来长的口子不流血了，生切烟丝真是个止血的好东西。到了晚上，冬生躺在床上，似睡非睡的。

正当他迷迷糊糊时，他仿佛听见后门有人敲门的响声。他一下来了精神，警觉起来，也顾不上头上包扎的布条是否还在，尖起耳朵听着。他仔细地听，他听清楚了，这敲门声是小保敲的声音。他平时关注小保的一举一动，连敲门这个细小的动作他也能记住，也能分辨出三个仔的不同的敲门声。天保敲门是接连地敲，而且响声一般，屋里的人准能听见。地保敲门是连环炮一样地响，睡梦都能惊醒。而小保呢，则是先敲两下，又敲一下，很有节奏，而且声音很小，不仔细听，还以为是隔壁人家两口子睡觉时的床板响呢。

敲了一阵，敲门声听不见了，冬生以为人走了。他坐起来，倚在床头架上，他的头还有点沉重，眼睛也懒得睁开。

一会儿，敲门声又响起来了，还是那样的敲门声，他肯定是小保敲的门了。小保怕吵醒了爸，深更半夜了，小保怎么这样的奇巧？早不回来晚不回来看爸，爸有事了就回来看爸了？小保呀，你都出去一段时间了，还没看过爸呢。你是路过这里吧？顺便看看你的亲人？

冬生想了一下，小心地下了床，穿上布鞋，慢慢走到后门边。敲门声又响起来。他小声问：“谁？”随即咳嗽一声。

“是我，小保，爸，是你吗？”小保声音极小，睡觉的人不易听见。

冬生心里“咚咚”地响起来，他确信是小保回来了，“咿呀”一声，后门打开了。

小保轻巧地走进屋里，轻声地叫一声爸。父子俩朦朦胧胧地一见，又惊又喜，又是搂，又是抱，激动之情，溢于言表。

院子里有点冷，几乎和在门外一样，看不到天上的星星，月亮也不见。

冬生生怕吵醒了后生们，没有作声。心里说，小保今天半夜回家一趟，一定有要紧事。他的脚像挑着百来斤重的担子一样沉重，他拉着小保的手，慢慢走进他的房间。

冬生小心地点着了蜡烛，坐在床沿边。看到小保满是黑胡子的脸放着红光，又用手抚摩一下小保的头，亲密地说：“瘦了，瘦了，在外面当然辛苦啰。睡不安，吃不好，还得受罪，你现在比爸年轻时还要艰苦十倍，但精神上比爸年轻时要抖擞十倍。好，好，钢炼得好，回来看看爸也好。等打垮了日本鬼子，就有安稳日子过了。到那时，你哪里都不要去了，就在家陪爸过。”就完，冬生的眼泪已从眼眶内溢出。

排着父亲坐的小保的心跳得更快了，他一时不知说什么好。半天，在黄色烛光下，他侧过身，惊奇地看见他爸的头从正中一直到下巴处绑着一条黑色的布条，把耳朵都罩住了。黑布条有的地方都是硬块了，稍不留神，是不会发现的。

小保惊奇地问：“爸，你这是……”

“哎，莫讲了，天有不测风云，人有福祸旦夕，你爸也算倒霉了。”冬生低声说。

小保右手捏着蜡烛，在冬生头上照着，他看清楚了他爸头上的布条上已沾有血迹，又用左手指头轻轻地按一下，不明地问：“怎么搞着的，痛么？”

冬生坚强地、低声地、慢慢地说出了事情的经过。

小保沉思着，他一时弄不明白日本人为什么要这样，要是说看调子那是假，他们也不怎么看得懂。那到底是为了什么呢？而且是那样迫不及待地逼着。难道你们把我父亲的头脑壳敲伤了就能顺顺当当地为你们演出么？

小保思索了半天，毅然地说：“那就答应给日本人唱调子吧。”

冬生似乎没有听见小保的话，其实是听清楚了。小保居然站在他的对立面？他不同意地问：“怎么，你怕日本人又来逼呀？怕伤害了乡亲们？你居然答应？”

小保这次回家，一来是想看看许久不见的父亲和哥妹们，二来是想摸一下这里的情况，看看有机会给日本人敲一下。他想顺着这个良机，就像瞌睡遇着了枕头，刚合适。

他把他这次回家的目的和刚刚的想法，告诉了父亲。

冬生为之一惊，他有点担心，他不知小保的这个主意是否有把握。万一弄不好，就会大祸临头。他说：“我看，你还是先同你的上司商量一下再做吧，不要操之过急。”他的额头上出了汗。

小保信心百倍地说：“机不可失，失不再来。这是收拾日本人的绝好良机。我们会不留一点蛛丝马迹的，干脆、利落地叫日本人做梦都不会想到，就是要日本人坐卧不安！我是先要向书记几个人汇报的，研究策略后再做决定。我听你的意见，过两天告诉你……”

“那就对了。儿子呀，做什么事，都不要个人说了算，心中要有众人，尤其是重大事情。俗话说，人多力量大，众人拾柴火焰高，这样做事才有稳胜的把握。千万记着爸的话，爸虽然识字不多，见识少。可遇事心不乱，心里明白呢。”冬生说完，他一点也不感觉头痛了。

小保心里说，你嘴巴说得好，好多事都是由你一个人说了算的。他没有作声，停了半天，才说：“姜还是老的辣。”

冬生说：“这不是辣不辣的事，这是盐和米的事，桥和路的事。就是说，老人家吃盐要比年轻人吃米还要多，过桥要比年轻人走的路还要长，这就是经验，就是修养。”

小保说：“哦，爸，我光顾说这些，我都把当前的形势忘记讲给你听了。”

“那你快讲，给我们打打气。”冬生说。

小保很自信地说：“这个时期，日本人在太平洋连吃败仗。德国鬼子投降了，形势有利于世界人民。在全中国，毛泽东领导下的八路军把日本鬼子打得落花流水，毛泽东的游击战思想真神了。他提出的十六字游击战术，极大地打击了敌人，真神了。我市周围的几个县和广西的其他地方，游击队伍不断壮大。各地都传来了歼灭日军的捷报。看来，日本鬼子的兔子尾巴长不了了，他们即将被中国人民撵回他们的老家去……”

人是要有点精神的，有了它就像有了信仰的支撑。人只要有了这点精神，那么即使是多人在一个锅内舀饭而饭又少时，自己可以少吃一些而让给别人吃也无所谓。当遇上紧张的事时，慢走可以快走，遇到寒冷身上也是温暖的。碰到伤痛时也会忘记，要是碰上大的或是小的困难，他会千方百计设法克服，而不是前怕狼后怕狗。

人只要有了这点精神，眼睛会发亮，走路雄赳赳。可以认识世界，利用世界，进而改造世界。冬生是个有精神的人，他听到小保说得津津有味，他已经忘记了头上的伤痛。他连眼睛都不眨一下，尖起耳朵听着，连口水都没咽一下，全神贯注地听小保讲。

冬生激情满怀，他说：“我们就按毛泽东的办法去打日本鬼子，没错，你去同刘邦人书记研究一下吧，同意了达信回来，我好安排一下。这是个收拾日本鬼子的良机。”

小保说：“要不要把大哥二哥喊醒？”他一提到二哥，他心里就像挨刀戳了一下。

“不用喊了，到时候我告诉他俩吧。”

小保同冬生告别，行走在夜深人静的夜色里。

……

过了两天，冬生得到了小保的确切信息，他立竿见影，急忙去找骚公鸡梁家白。梁家白装出爱理不理的神气，隔了蛮久，他才说：“我说你冬瓜真是的，要是当日答应就不会挨日本人的烟斗了。何必呢？捞来不看讨来看！自讨没趣。”说完，水烟筒“啪啪”地响。

冬生不笑，只是淡淡地说：“没趣有趣都是日本人搞的。你赶紧去告诉日本人吧，日本人听了会笑破了胆的。日本人的态度怎样你都要回个信，还得张罗搭戏台的事。我还得告诉戏班子的人啦！”

梁家白放下水烟筒说：“那你听我的信，我明日就可答复你。”

第二天，冬生一大早就去问梁家白的消息。这个骚公鸡清晨八早就捧着个水烟筒，见冬生来了，就说：“我打算中午去告诉你，没想到这下你倒还着急。实话告诉你吧，日本人高兴死了。日子就定在大后天，晚上八点准时打开场鼓。”

戏台就搭在乡场上，背面靠山，两旁是荒野和田地，不远处就是河边。

小保大模大样雄赳赳地回来了，他们一家人吃过夜饭。小保把他带走满妹的想法说了一下（他事先已和他爸说过），天保和地保都很同意。天保说：“满妹跟着游击队也好，以免梁家白做梦都想娶她。满妹走是保密的。”

满妹也很高兴，她说：“我早就想跟小保哥走出去见见世面了，只是不晓得游击队要不要女把爷，我又不好开口，现在机会来了，我可以去教游击队员认字，写标语，还会煮饭。”

小保说：“游击队正缺你这样的人，那真是太好了，太好了。”说完，大家哈哈大笑。

在白沙汽灯的照耀下，戏台下已坐了蛮多人，大多是自带矮凳的。

一共唱了两出调子，一出是《吹破天》，另一出是《王三打鸟》。

日本人坐在头排，一共来了四个宪兵，加上一个领头的。还别说，那几个日本宪兵还真的看着了迷。尤其是天保演，谁也看不出他是男扮女装，把几个日本兵的魂都勾去了。日本人拍手掌，由快渐渐地慢了。有个日本兵口水都流出来了，那脖颈伸得长长的，就像一个老公鸭。他们相互点头，窃窃私语。

演出完后，几个演员出来谢幕。冬生看真了没有上台的满妹也来谢了幕（她是专门做诱饵的），有个日本兵嬉皮笑脸地走上台，想看看那几个人是什么样。天保屁股一扭，跑进后台，纵身往台下一跳，随即，满妹故意一晃，倒在地上，被早有准备的小保一弯腰抱走了。那几个日本宪兵跟手就向天保屁股后追去……忽然，一个日本宪兵朝天开了一枪，戏台下乱哄哄的了，喊叫声，跌倒的，踩掉鞋的，都各自逃命要紧。

天保拿出吃奶的力气往前跑，跟着他屁股后的几个日本宪兵拼命追，天保朝着既定的目的地跑去，他都上气不接下气了。在河坝下已做好准备的游击队员，听到脚步声和喘气声了，他们就像体育场上的体育健儿赛跑那样，竖耳注意着那一声哨声。这不是真正的吹哨声，而是天保往河里跳水的响声。

当天保“扑通”一声纵身跳到河里时，跟在后面的日本宪兵已站在河坝桥上。日本宪兵还未抬枪时，他的一只腿已被坝桥下的一个游击队员用铁钩啄到河里了，另一个游击队员就用铁锤朝那河里的日本兵身上挥动起来，那日本兵随桥下的激流被冲到河的下游去了。

接着而来的日本宪兵，他们也摸不清这里的红蓝白绿，他们仿佛看见坝上有人蹚水过坝，他们感到奇了怪了，三个小时前坝上只有点点脚底水，怎么一下下水就把鞋面盖了。他们只有脱掉靴子，蹚水过坝了。

当前面两个日本兵刚蹚坝到中央的一个坝桥时，像水里有水鬼一样，又把两个日本宪兵拖下河了。这是周健玲和一个队员干的。周健玲臂力好，双手只把一个宪兵的头一扭，那日本宪兵就动弹不得，浮在水面了，另一个日本宪兵一点水性也不懂，被周健玲的搭档死劲地按住头颅，只一下下，就捡了那日本宪兵的命。

接着，后面两个紧跟的宪兵慌了手脚，要往后转。走了几步，早就准备好在河坝中等了多时的脱得精光的地保和刘邦人，像幽灵一般神不知鬼不觉，伸手又把最后两个日本宪兵拖下河水里了。

被拖到河里的两个日本宪兵就像在水里遇上了水猴子，吓得胆汁都出来了。有一个水性差的日本宪兵是被地保拖下水的，在浸凉的河水中，地保连不用费力，在水光的反照下，直看到那日本宪兵在水里扑腾着，两只手拍打着水，头一下沉到水里，一下浮上水面，溅起白白的浪花。地保怕他出现奇迹，就像学游泳的人那样，扑腾越久，就会适应水性，反而活了命。他索性一不做，二不休，双手按住日本宪兵的头，叫他吃饱水，喝足水，过后四脚朝天，浮在河水中。……

天保把日本宪兵拖下水后，两个就像好斗的雄鸡。这个日本宪兵水性不错，天保一下沉到水里拖住那日本宪兵的双脚，用头使劲地往他的下阴顶去，那鬼子受不了了，使劲向天保踢了一脚，天保松了手，浮上水面，河里的水白浪滔天。正当天保同鬼子相斗在水里难分难解时，地保趁着水光的反射，看清了鬼子和天保的方位，他屁股一翘，一个猛子打到水里，拖住了鬼子的两只脚，那鬼子好像遇上了水鬼，心里着了慌，他的头在水里一升一降，两只手拍打着水面，溅起白白的浪花。天保这时松了一口气，接着又拖住鬼子的两只手，这样，不到一分钟，鬼子喝足了江里的水，慢慢地，兄弟俩松了手，那鬼子就像挨刀后流光了最后一滴血的鸡，伸直了腿，呜呼哀哉了。

在浸凉的水里折腾了许久的游击队刘邦人几个队员，和天保地保两兄弟，他们穿好衣服，就算旗开得胜了。他们一路上说着轻松搞定这几个日本宪兵的事，又笑又唱，他们按照各人的安排上路了。

小保抱着假装晕倒的满妹，走出戏台的后面，就在事先约定的地点等冬生。

一会儿，冬生过来了，他们相互寒暄了几句。冬生说：“满妹，你跟着小保哥，我就睡安然觉了，去吧。”说完，用手抹了抹眼睛。

小保轻声地说：“爸，你放心，我和满妹参加共产党领导的革命队伍，也算是走上正道了。我们一定要锻炼成一个有文化、有本领、身体健壮的战士。你老人家千万保重身体，要看到光明的好日子到来。我们走了，你回去吧，有大哥二哥在，我也是放心的。多多保重，保重……”小保的泪水在眼眶里转着。

满妹不作声，她的手抹着眼泪。

兄妹俩走在漆黑的小道上，小保在前，满妹在后，小保不时回头看看满妹。他想拉拉满妹的手走，可满妹大了，不是小时候了。

满妹问："小保哥，游击队里有女的么？"

"没有几个，都是刚来不久的，她们识字不多，你同她们一块，又有伴了，心里会踏实些。"小保说。

"那我去做什么呢？"

"由组织安排。你要无条件服从组织安排，千万不要任性，不要像在家里，总是撒娇，像个小姐一样。你要改正自己的缺点，锻炼成一个能上能下，能文能武，能吃苦耐劳的女性。"小保说。

小保不怕路边的杂草，跟满妹并排走。

走了一阵，他俩同刘邦人一班游击队员走在一起了。

第二天，日本宪兵的上司听说头天夜里有几个日本宪兵失踪了，把梁家白叫去。梁家白来了个90度鞠躬，害怕得脸都青了。他作着揖说："我的天，我这个维持会长，只是能维持现场的安全和秩序。至于离开了现场，出了事我哪里晓得呢？你们半夜在睡觉时出了事也怪我，那不是同屙尿不出怪大腿一样的道理。你们要这样怪我，那我只有不当这个维持会长了。"

日本军官一拍桌子，吆喝着："你想撂担子，不行！出了事我们应该查一下情况，你还来要挟我，你吃了豹子胆，不想活了？行了，这事就记在游击队头上。……"

梁家白点着头，哈着腰，退出去了。

过了几天的一个上午，梁家白专门到冬生家一趟。刚出门走不了几步路，就迎面碰见冬生，他小声地、生怕后面有人听见似的挨近冬生耳边说："过两天日本人就要来村里抓壮丁了。我看你的两个仔得逃到外面躲一下，避避风头。小保人无影踪，谅他们找不着。"

"是抓丁还是抓夫呀？"冬生问。

"抓丁，就是抓年轻人去当兵，去当炮灰，去打老百姓，去打中国人！"梁家白重重地说，他生怕冬生不理解。

冬生思忖着，莫看这个骚公鸡，还有点中国人的味道，还算讲了句人话。他对他的好意多少信一点，就说："我知道了。"说完，心里想，这事一定要告诉村里的其他小伙子。

真是人算不如天算，一切皆是命，半点不由人。福无双至，祸不单行。冬生还没来得及把这事告诉他的仔和村里几个小伙子，就在当天中午，日本人的一辆军用车，徐徐开到河东边，匆匆停下了。随即，跳下几个荷枪实弹穿黄衣服的人，像饿狼扑鸡一样，把行走在路上的两个年轻男人，用枪杆子硬逼上了军车，关上铁门。像关活猪一样，生怕他们跑下来。然后调转车头，又徐徐地开走了。

被关在军车内的两个年轻男人，其中一个就是地保，另一个是他不相识的同路人。

这是村里有个人看见的。

第三十章

地保被日本军车拉走的消息，不久就传到了冬生耳朵里。他像背生芒刺，坐卧不安。他不相信，就去问村里那个看着地保被几个穿军装的兵用枪托着他的屁股上车的人。这个人叫五六，冬生还没有见过他说过假话。他反复地问着，五六很自信地说："我的两眼又没瞎，我哄你是狗屌的！"

冬生听后，嘴巴张得大大的，半天说不出话来。

大概是欧洲反法西斯战场胜利的原因吧，最近以来，日本人好像受到打击一样，不怎么来村里了。村里人也看不见梁家白的影子。这段时间的冬生，郁闷了许多，见人都不怎么讲两句话了。有时甚至就像苍蝇被掐了头一样，不知死活。不是么？小保和满妹去奔他们的光明前途了，地保又被日本人抓走了，也不知到哪个窟窿里去了，死活不知，杳无音信。他的二媳妇和两个孙女，也被日本人弄死了。他这个家，唯一给他欣慰和温暖的，就是大儿子天保和大媳妇天嫂和孙子。他想起来也是心酸酸的，唉，一切都是命，半点不由人呵。

为了给剩下在家里的几个人的肚子加点料，冬生和天保还得把租田种下去。今年的稻谷收成一般，还是那个和尚念经——老一套。除了扣除交给梁家白的租粮外，余下的谷子，同往年不差上下。日本人还未来征收税粮。

这里的消息仍然闭塞，不知道城里是怎样的情况。冬生想冒险到城里蹓一蹓，顺便打听一下地保的消息。说不定地保还在城里的那个日本兵驻地呢。快到处暑了，俗话说，处暑豆，白露麦。他叫天保一个人去田里种豆子，他独个人就上街了。

自从日本人的铁蹄踏进了城里，都快半年多了，冬生还没有上过街呢。今日，他刮干净了花白的胡子，摸一下下巴，下巴都尖了。眯上眼，摸一下眼窝，眼窝比往年深了。他穿了件唐装白衬衣，还有那条没有松紧带的，只用一根麻绳作裤带的大裤脚裤子，高高兴兴地上街了。他既没有挑担子，又没有扛包，他像一个甩手掌柜一样，精神爽极了。

今日的天气比往年同期要凉爽多了。天气好凉快，吃饭不用菜。他虽然走得很慢，走了一阵，身上仍然有点毛毛热了。他敞开衣服，用衣襟扇着多毛的肚皮，食指往额头上皱纹一抹，都沾上湿湿的汗了。

当他走到正路上时，他感觉有点儿奇怪，他看见有好多人挑担子的挑担子，背包的背包，手挽着小把爷的，从穿着打扮上看，都像是些城里人，纷纷往城里方向走去。他问一个正歇着担子的中年男子："老弟，人家城里人都往乡村避难，你们这些人怎么成群结队地往城里跑呀？"

那个人把一个五六岁的小把爷拖到身边，然后看了看冬生，笑着说："你还蒙在鼓里吧？日本人都举着白旗投降了，我们也算松了口气了，都忙着回城里的家呢。"

冬生猛盯了那中年男子一眼，不相信地说："老弟，东西可以挑选乱吃，话可不能乱讲啵，乱讲话弄不好要掉脑袋的啵。"

"这还能乱讲呀，造谣的不得人心呵。这是个确切的消息，我们也怕丢脑袋呀。你不晓得呀？日本人在城里的驻地都被国民军接收了，这不会是假消息吧，不会。"中年男子胸有成竹地说。

冬生不言语了，嘴角动了一下，想笑，又笑不出。他沉思着，老半天，他没头没脑地说："到人家屋里偷食的狗，迟早要被主人撵出去的，要遭报应的。"

中年男子说："是的，是的，你老人家说得好。他妈的日本人坏透了，逼得我们家破人亡，人不人鬼不鬼的，我家的屋都挨炸了，我老婆也被炸死了，一家人只剩我们父子两个。日本人该夹着尾巴走了。"

"日本人是狗，我们是主人，主人不撵狗，它会自动出去么？"冬生说。

"你说对了。全靠中国人团结一心呵，不然的话，日本人咬着的腊肉，怎么会放呢。"中年男子说。

冬生又问："你们到哪里避难呀？"

"里头村，里头。蛮远，蛮远，日本人打灯笼找不到的地方。唉，逃难的日子不好受呵。"中年男子用手朝北面指了指，就拉着小把爷，挑起担子走了。

冬生见那中年男子走后，索性找了块石头坐下了。他从裤带上抽出竹烟斗来，抽起生切烟来了。

他一边抽烟，一边想事。他一下改变了主意，他不想进城了，要想在城里找到地保，就像海里捞针呵。人家驻军不是有拿枪的警卫守着吗？哪能随便叫老百姓进去呢？再说，一点眉目也没有，瞎子乱撞能撞到什么。他也不想看看城里被日本人轰炸成什么样了。他怦然心动，突然决定，他要打道回府，回去把日本人投降的喜讯告诉乡亲们。更高兴的，他要告诉天保，叫天保赶紧去接大媳妇天嫂和孙子回来，把他唯一的孙子，目前眼睛能看到的，唯一能接香火的苗接回来。他都蛮久没看见孙子了，哪不想呢。

他一进屋，还没看见天保，就高兴地喊："天保，快去接你老婆和仔回家，日本鬼子投降了。"

天保整日忙着农活，他一点也不知道外面的消息。自从上次在河里收拾了那几个日本宪兵，蛮久没见日本人了。

天保刚刚从田头回家一下下，从厨房里舀上一点清水喝，就听见父亲的叫声。

"当真，你听谁说的？"天保喜出望外，又似信非信。

自从他老婆和仔到那崇山峻岭的山窝里避难以后，他虽然去过，看到那种场合，总不是味儿。每次去都要带点吃的东西，或是修补一下草棚，老婆和仔都蛮好。那里离家路途远，家里的事又放心不下，日本鬼子又来搞这搞那，总让人不得安宁。每次去，天嫂总是要他在家照顾好爸，叫他不用操心她，她会带好自己的仔的，叫他放一百二十个心。这样，他就去得不那么勤快了。

“你几时见过你爸讲过谎呀？”冬生说。

“我怕你是听来的假消息呢。”

接着，冬生就把在路上看见的、听见的情况对天保一一说了一遍。天保相信了。

天保高兴地说：“那明天去接，我们又团圆了。哈哈。”

“去吧，我也跟着去，拿东西也多个帮手，反正家里又没事。”冬生说。

“你不是要去城里看看吗？”

“不去了，不去了，日本人炸得坏房子，炸得死人。但他们炸不塌独秀峰，象鼻山，伏坡山，风洞山。他们征服不了漓江人抗日的决心！这下，他们夹着尾巴跑了，中国人民取得了大胜利，漓江人取得了大胜利！”冬生说。

天保想，很久没见天嫂了，明天接她回来，真想念啊，他要去收拾一下床铺了。他说：“爸，你说得好，明天一块去，你也蛮久没看见孙仔了。我去做事了。”

比冬生消息灵通的大有人在，他们在去接天嫂和孙仔的路上，已看见有好多人都挑着行李，喜气洋洋地返回自己的家园了。

天保和冬生来到天嫂所在的避难地，看着好多人都在收拾东西，天保十有八九就猜着了他们为要返回自己的家园而高兴地忙碌。一阵风吹来，他像闻到了自己老婆天嫂的气味。真的是，他看见老婆一只手提着一只木桶，里面装满了清水，背上背着他的仔。她的两只手轮换地提着水桶，走着走着，打了个踉跄，就歇下了。

天保三步并成两步过去，他吃惊地盯着，老婆瘦了，黄黄的脸，颧骨凸凸的，深深的眼眶内藏着一对又黑又亮的大眼珠，下巴都尖了，她憔悴了。她那螺丝卷的头发生在脑背，没有往时那么清秀了，像是沾上了一层泥土。她那对藏在补丁摞补丁的灰色的外衣里的丰满的乳房，走起路来，还是那样跳动。下身也是大裤脚满是补丁的裤子。天保一眼都认不出天嫂是他老婆了。他定睛一看，心里由衷的高兴。

他轻轻地喊了一声：“玲玲。”

她猛抬头，见是自己的男人天保，她先是一惊，鼻孔动了一下，脸上马上露出笑容。接着，她的脸像挨东西撞了一下，忽然阴沉下来。她没有答话，只是睁着两眼看着。然后，又朝四周扫了一眼。

“今天，我和爸来接你回家了。”

“爸呢，怎么没见？”天嫂忙问。

天保正要回答，从天嫂背后传来了声音。

“爸都走不动了。”冬生说。

冬生没有先看他媳妇和孙仔，而是在避难地随便转了一下。他一嘴都苦了。这哪像是人住的地方呵，简直同野人窝一般，都是用清一色的几个树干撑着，天面全是用草帘盖的。草棚屋四周有的用杂草，有的用竹帘，有的用树枝叶，也有的用树皮围着。

冬生说了声，看着天嫂那疲倦的神态，又走近看着她背上背着的孙仔，半天不说话。

天保的仔正在他妈背上熟睡着，冬生亲近地看着，他像看到了光明和希望。日本鬼子投降了，宝贝孙仔可以同爷爷回家了。

天嫂咳嗽了两声。

天保忙问：“怎么，你病了？”

“你这个现成老公老子当得好，是个十足的冷血动物，我死了坟头上长了青草你还以为好着呢。”天嫂冷冷地说。

“在这莫讲了，别人听着难听，等下再发牢骚不迟。”冬生说。

孙仔醒了，天嫂把背带解下来。

天保帮提水桶，冬生抱着孙仔，天嫂走在前面。天嫂没有带他们在草棚屋堆里走，而是沿着草棚屋边沿长满杂草的小道走。一会儿，就来到天嫂和孙仔住的草棚屋了。

冬生是第一次看到这样的草棚，一时心头的痛楚又冲到脑袋里了。他木了，呆呆地看着，他没有进去，把孙仔递给天保，他围着草棚四周转了一圈。看到四周用草帘围成挡风遮雨挡寒挡盗的墙，有好多个窟窿了。有的窟窿可以进猫进狗，有的窟窿可以进小把爷了。草棚的门是用树枝扎成的，没

有门扣，里面有人无人都是靠那些在支撑的树干。

这哪里像是个人住的地方呵，简直同茅厕一样。不同的是，茅厕是一个装大粪的坑，而这里面住了人罢了。日本鬼子太坏了，把成千上万的老百姓都逼得连狗不如。

冬生一步进到草棚屋里，抬头一看，只见用杂草盖的天面，东一块西一块的地方，都能看见光亮。沤烂的杂草掉在床头上，从门一步远，就到床沿了。天嫂和她的仔就睡在一个仅用几块木板，底下用一些砖头支撑起来的床上。只见那床上铺满了稻草，有一点潮湿，床上放着被窝衣服之类的东西。床的上方有一点亮照下来，床位有一个木桶，是用来装吃的东西的。这样的草棚，冬冷，夏热，外面下大雨，里面下小雨，烧火煮食都是在草棚外的。

这就是日本侵略者造成的普通逃难人的落脚的地方。

看到这种场地，冬生落泪了。他想责备天保，又难以启齿。这有什么办法呢？就是叫他来，还不是这样，又有神天而降的办法？说不定还要差火点呢。冬生想，天嫂无米无财，就担心她的肉体！不是吗？要是有个坏人，有个色狼，她一个孤独女人，还能有天大的力阻挡？不知天保想到没有呵。

冬生抱着孙仔，天保和天嫂一块坐在床沿边，三个人沉默了许久，天保问：“你和仔都咳嗽了？”

“你还好意思问，我们来到这里，几个月没一点荤，没正经吃一餐饭，都是用炒米送水，摘野菜吃，没有油，只有点盐巴。这里有的人，衣不蔽体，食不果腹。疾病缠身，白白送了命的就有好几个人呢。我们母子能活过来，就是万幸了。达报祖宗得力呵。”

接着天嫂慢悠悠地、有气无力地说开了，冬生和天保静静地听着。

她说：“就这样一个礼拜前的一个晚上，睡在床上，先是热得像罩在蒸笼里一样地难受。正睡得迷迷糊糊的时候，天上突然响了几声闷雷，草屋内闪起了亮光。接着又刮起了大风，风越来越狂，雷声越来越大，好像把人的耳朵都要震聋了，床板震动了。就是眨眼之间，一阵风掀起了床头上的草帘。那雷声，那雨‘哗哗’地落在我的床上。猛一惊，醒来了。雨像瓢泼一样下下来，顿时，整个草棚内成了一个养鱼池了。我赶紧搂着乖乖，躲在草棚的角落，喘着气，我的身湿浇浇的了，乖乖也没有一点干的地方。乖乖‘哇哇’地哭起来了。我用心温暖着我的仔，乖乖慢慢安定下来。这场雨，一直下到天光。我抱着小宝贝出去一看，这片烂草棚大多成了烂泥塘。隔壁的人都在忙碌着收拾被雨淋湿的东西，嘴里不停地骂着日本鬼子挨千刀的，骂着瘟天鬼，害得人受这么大的罪，吃这么大的苦。天老爷呀！你怎么不开开眼看看天下受苦的老百姓呢？照顾一下被日本鬼逼着逃难的人呀，我没少对天烧香呀。

“天老爷还是可怜着天下人。天光后，慢慢地放晴了，慢慢地太阳从云朵里跑了出来。我赶快把东西拿出来见见太阳，草棚这一带上空直冒着白白的烟。这不是烟，这是湿气蒸发出的热气呢。

“天保来砌起周围的墙基，棚子里的积水排不出，害得我找碗戽出去。乖乖仔蛮乖，坐在床上看我戽水。

“太阳晒到下午，草棚里勉强可以安身了。哪晓得，到了半夜，我先是全身滚烫，头上直冒汗，接着又咳嗽来了。我摸摸乖乖的额头，小宝的头也滚烫，嘴唇也干了。

“我们母子俩都病倒了，我不但咳嗽，还有点恶心。隔壁的难友看到我俩病成这个样子，打听到附近村里有个草医，给我们用了两服药，总算救了两条人命。……”

天保都听呆了，一句话没说。冬生搂着孙仔，一直抚摸着他的头，又用毛胡子亲了他一下。冬生的眼眶内积满了泪水，天保也不知说什么好，用手背抹着眼泪，不时盯着老婆，不时看看他的仔一眼。

冬生感谢天老爷，要是第二天再继续下雨，那这些难民没有几个人不病倒了。他还感谢中国人民，不畏强暴，八年抗战，终于把日本鬼子撵走了。他一抹眼泪说：“现在好了，我和天保可以接你母子俩回家团圆了。回去好好洗个澡，冲掉身上的霉气吧。”

天保眼尖，当他朝天嫂头上望时，他见一个小东西都爬到脖颈上了。他用食指按住那不动的小东西，捏在手板心一看，一点不假，是一个虱子呢。他在天嫂的头发里扒找着，一会儿，从天嫂的头发里真的捏出几个虱子来。

“看看乖乖身上有虱子不？”天保说。

冬生立刻在乖乖的衣服上翻弄着。当真，虱子毫不怜惜人，在乖乖的背上捉住了一个虱子，满背都是红红的了。乖乖没有去抓痒。唉，俗话说，虱多不痒，债多不愁。是的，冬生欠梁家白的租粮账，同意的，不同意的，他从不放在心上，仍是个平常心，愁又有什么用呢。

冬生继续在孙仔的身上找着虱子，他发现在衣服的折缝里，有数不清的虱蛋呢，尽是些白色的颗粒。

天嫂不以为然，她又继续述说着："就是前半个月的一个晚上，我迷迷糊糊睡觉了。晚上在山里睡觉，总有点凉的，睡觉时要搭一块布单在身上。我正想做梦，忽然感觉我的脚跟有一个软和和的东西，我用脚板杵了杵，那软东西就不见了。当我把身翻过睡时，我的右脚脚肚边感觉有个冷冷的软肠子一样的东西。我顿时吓了一大跳，急忙掀开被单，出了一身冷汗，草棚里什么也看不见。我抬起脚，生怕压住了那软东西，点着了蜡烛，往那儿一照，呀，我的心在胸膛内震了一下，原来是一条乌黑的蛇在蜷着呢。我不敢动它，我拍着胸口，镇定下来，用烛光照着我的仔，我的仔正扯着呼呢。估计那条蛇不会动口。我先用手扒开我下身的裤又扒开上身的衣，用烛光检查一下，看看自己是不是被这条起码有斤把重的蛇咬着了？听人说，挨蛇咬着了，先是有点儿痒，总有个红印子的。可能是这条蛇发了善心，照顾我们母子俩吧，没有惹着我们。过后，我抱着仔，也不敢把那条蛇弄开，点了一夜的蜡烛，又不敢出门，又不敢睡在床上，连床沿也不敢挨近一下，就坐在用三块砖摞起的凳子上，眼睛盯住那条蛇，生怕他溜过来，那我们就没有退路了。

"我抱着仔，一直坐到天大亮了。我也不知道那蛇什么时候蹓走的。"

天保听完天嫂讲的事，身上直冒冷汗，冬生合着两手，作揖。

天保兴奋地说："你福大命大造化大，没事的。"

冬生说："吉人自有天相，没事的。"

天嫂笑着说："你们父子就是嘴贫。"

冬生忽然又问："天嫂呀，多亏你和我孙仔度过这几个月，没有碰上男人对你不尊吧。我看住这草棚太不可靠，遇上哪个好色的男人，你喊天天不应，叫地地不灵，也只有哑巴吃黄连，认命了。"

天嫂听罢，头脑嗡地一下，想着，爸是关心她呢，还是怀疑她？对她多疑？她一本正经地说："爸，您不要说得那么难听嘛，有话直说嘛，干吗含含糊糊，遮遮掩掩的，好像您媳妇是个不正经的女人，您看人不看貌，我是那样的人吗？我要是那样的人，那我对不起您老人家，对不起我自己的爸，对不起天保，更对不起祖宗十八代！您不看看，我周围住的都是同我一样的人吗？没有一个是站着屙尿的长胡子的人。当我看到周围的环境时，我可以放心睡大觉的。即使有坏人，一下也轮不到我这个鬼脸相。我敢对天发誓，对您老人家发誓，我是清清白白干干净净的，我对得起天保，对得起我儿子！”

“人家爸是关心你嘛，说那么多做什么。”天保在一旁贫嘴。他不愿想天嫂初次同地保误入“白虎堂”的事，他嘴里不说，心里有时总不是味儿。怎么好说出口呢？一来是自己的弟弟，二来她又那么爱着自己。他疑心，他这个仔是不是自己的，也说不清楚。天保自从那次以后，心里对天嫂总是有一道墙隔着。要不然，他为什么在天嫂逃难期间，总是不那么经常去看她呢？那次的事，他爸是蒙在鼓里的。

他们三个人收拾停当，就忙不迭地往回家的路上走去。一路上，冬生和天保对地保被抓壮丁和来嫂及孙女被日本鬼害死的事，一句未提。

回到家，在吃晚饭时，天嫂突然问起地保和来嫂及侄女，还有满妹不来吃饭。冬生怕在饭桌上讲出实话，弄得大家吃不下饭，这几个人，好久没在一起吃团圆饭了。

冬生说：“吃完饭再讲吧。”

天嫂的筷子像桨在河里赛龙船一样，一下下就把碗里的饭扒到肚子里了。碗筷洗完，冬生原原本本把事情告诉了大媳妇天嫂。

天嫂听后，一下就哑了，呆了，脸青了。半天，她才恢复了常态，愤怒地说：“日本人太可恶了，他们犯下了滔天大罪，早该要死！现在日本人投降了……”下面的话，她一时想不起说些什么好。

她忽然想起来说：“爸，明日我想回外家看看我爸，不晓得他身体怎样。”

冬生满口答应，说道：“他不会有事的，他是好人，日本鬼子又没有到他们那里去。”

天保在一旁说：“要是在太平年月，最多只隔两个月就得回去看看。唉，日本人来了，也顾不上那么多了，也是自身难保，无能为力。黄牛过河，各管各呵。”

冬生和天嫂一言未语。

第二天大早，冬生带了一瓶老三花酒，天保打了个封包，正好，昨天又有卖货的人来了，天嫂想到买了两斤黄糖，还有几个鸡蛋，东凑西凑，总算够了面子。他们父子媳，加天嫂背上的小宝，就一起去看望天保的岳丈了。

快到中午，几个人就到了周家兴的家了。

周家兴的家门半掩着，天嫂在门外大声叫着，屋里没有回应。她毫不犹豫地推开大门，进到院子，连声叫着爸爸，冬生也叫着老亲，屋里仍然没有回应。

冬生他们走进堂屋，把礼信放在敬桌上，堂屋里有一股说不出的难闻味道。

“到房里看看。”冬生说。

天保走近屋门，往里看着，借着屋顶上的明瓦射到房里的光，房里没有人。

“哪里去了呢？”天嫂猜着。

“先坐下再说，说不定上厕所了呢？”天保说。

冬生等急了要见老亲家了。都快一年了，唱“哪嗬嗨”也息了鼓。日本人入侵，老百姓遭了殃，什么都废弃了，连看看亲戚也不安全了。今天日本鬼走了，高兴地来看看，却看不见人影，冬生纳闷着。

“你俩都坐着，我去外面找找。”天嫂说完就想走。

冬生要天嫂把孙仔解下来给他抱，天嫂说不用，她要第一时间叫外公看见自己的外孙。

天嫂在村子的巷子里转了一圈，引来了不少狗叫声，好多人看见她问这问那。有人告诉她爸的情况，她更加急了。

她往原来周家兴常去的地方走去，老远，天嫂就看见他爸独个人坐在一棵偌大的樟树下的一块石头上。她疾步走去，只见她爸的嘴唇在不停地翕动，又没有声音。头发乱蓬蓬的，大热天还穿着棉袄，他没有看见自己的女儿站在他面前，一点反应也没有。

天嫂满脸笑容地喊“爸爸”，周家兴抬头朝天嫂看了看，也不作声。

天嫂心急了，又叫着：“爸，我是玲玲呀，我和你外孙，还有你老亲，你女婿，都来看你了，你一个人坐在这里呀！”

周家兴抬头看了一眼，又低下了头，他嘴边流出了口水，一直滴在胸襟上。他好像不认识自己的亲骨肉周玲玲。

天嫂又接连地叫着爸爸，她的喊声越来越大了，她把小宝从背上解下来，哭声连连地叫着爸爸，说要让他看看他的外孙。

周家兴的眼朝乖乖看了一眼，嘴角动了一下，像是笑的样子。

天嫂看着周家兴的棉袄，脏得发亮，还有点臭味。他的头看东西歪歪的，她毫不拘束地抓住他的一只手，叫乖乖也伸出手，周家兴的一只手摸着乖乖的手，就站起来了，然后，才迈开步子。他的一只腿好像短了一寸一样，他左脚迈开一步，身体摇晃一下，然后，才迈出右脚。一只手像一根木头，直直地，好像拽着一件沉重的物体，弯曲不得。

周家兴一边走，一边歪着头看着，看着，天嫂挽着他的臂膀。忽然，他终于发出声来，就像从岩洞里发出的声音那样："你是女儿玲玲呀？"随即站立着。

天嫂也站着，她一只手抱着乖乖，另一只挽着周家兴的手放了下来，双手搂着乖乖，说："爸，我是玲玲，这是你的外孙乖乖呀！"

周家兴看了一眼，不作声了。天嫂用背带把乖乖背在背上，乖乖很乖，并没有吵闹。

周家兴好像想起了什么，说："他们都来看我了，回去煮饭，还有点米，是隔壁家帮碾的米，都蛮久了。"

周家兴一进屋，冬生忽然惊了一下，眼都呆了。他想赶忙上前拥抱一下，又见老亲家胡子八叉的，麻乱的头发，又黑又亮的破棉袄，他后退了两步。心里说，怎么变成这个样子了？

天保老远就看见岳丈老子了，他心里也说岳丈老子之所以变成这个人不人鬼不鬼的模样，罪恶全在日本鬼子头上。

天嫂从背上解下她的仔，逗着他看看他外公，说："看看你外公。"说完，她的眼泪又流出来了。

天保毫不介意地进到岳丈房里，找到了装米的米缸，里面还有点米，他用手在米缸内翻弄了一下，捧上一看，只见米里爬满了黑色的硬壳虫，都爬到手上了。

他问冬生："爸，这米能吃么？"

冬生不看也十有八九地猜着米里有虫子，漫不经心地说："亏你种了那么多年谷子，连这点事都不晓得，用簸箕簸一下，把虫子选出来，煮熟了一样能填饱肚子，米虫没毒的，大虫吃小虫，吃了肥咚咚。”

天嫂对天保说：“你煮饭吧，我去找点青菜。地上是没有种的菜了，看看找点野茼蒿、野芥菜、野韭菜，将就点算了。”

吃饭的时候，周家兴不用筷子而用手抓，几个人都睁着眼看，一句话不说，好像看见一个怪人一样。天嫂在一旁埋怨天保，说他这么久不来看她爸，健玲哥又不在家。要早一天知道她爸有病，就不会变成这个样子。

天保把闷在心里几个月的话，吃罢饭，终于说给冬生和天嫂听。

天保说，就在不久前的一个下午，他没有告诉他爸一声，就偷偷一个人去看他的岳丈。一路上，他除了看见路旁的杂草外，路中间、路两旁尽是些死人，都是日本鬼子打死的老百姓，路都被死人挡住了，为了想去看看岳丈，他那双脚跨过无数的横躺着、竖躺着的死人。死人的腥臭味叫他恶心得差点倒在死人堆里，想打退堂鼓了。就在那时，在离他两丈远的岔路口，他看见一长队的挑夫挑着担子摇摇晃晃艰难地走着。他们到底挑些什么，看不见，他只看见两边有着荷枪实弹的日本兵。有一个人，看样子还挑不动了，打了个踉跄，把担子歇下来了。一眨眼时间，就被日本鬼子用刺刀刺倒在地，鲜红的血沾在刺刀上，也溅到日本鬼子的脸上、身上。天保心里打了个冷战，一眯眼，咳嗽了一声。哪晓得就是这一声咳嗽，有个日本鬼子追来了，他赶紧往树林里钻，趴在草丛中，吓得全身都冷了，好像无血液了。那日本鬼追上来，没看见人，就朝树林里开了两枪，子弹从他身上飞过，再低点就没命了。那日本鬼掉头就走了。他想晚上再去看看岳父，勇气都不晓得跑到哪里去了。思来想去，万一倒霉，叫日本鬼子抓去了，不但岳父没看成，反把自己搭到日本鬼子手里，也就没去看岳父了。……

天保讲完了。周家兴到房内拿了一件单衣，出来把身上的寡棉袄脱了，自己穿上了单衣。天保搂过棉袄，看到里面开满了花朵，黄黄的，天保把棉袄翻过来，天嫂一眼就看见了黄色的棉絮里有好多黑点子，仔细一看，吃惊地说：“呀，棉袄里全是虱子！”

冬生和天保一齐看着，天保在翻弄着棉袄，发现棉袄的皱折部位、棉絮里，有着数不清的虱子呵。

“爸，怎么办？”天嫂问，接着，她又从里到外仔细看了一遍全都是虱子。

要是有钱人家，像这样的烂棉袄，而且爬满了虱子，二话不说就烧掉了。

冬生还是平生以来，第一次看见一个人的衣服上藏着这么多虱子，他翻弄了老亲家的头发，里面也爬满了无法捕捉完的虱子。

他耷拉脑袋，静心地思索了一下，然后说："棉袄要是烧掉太可惜了，他头上的虱子可以把头发剃光，然后洗干净。至于棉袄上的虱子，还有虱蛋，用开水烫，不一定能把虱子烫死完，开水一下下可以烫死一下虱子，等开水冷下来了，虱子还是不能死掉。我看，把棉袄放在一个有洞眼的圆盘上，用蒸汽慢慢蒸死这些吸人血的虱子！"

说干就干，立竿见影。当即，天保按照冬生的办法去做，果然有效，那些活生生的吸人血的虱子，终于挨不起蒸汽的熏，一个个藏在棉袄夹缝里的吸人血的虱子，不能动弹了，一个个死在滚烫的水里，就像一颗颗的黑芝麻那样。……

"天保，把你岳父接到家里去住吧，好照顾点，你内弟周健玲又不在家。"冬生说。

"我早就想这样了。"天保满口同意。

第三十一章

日本投降后的第二年，蒋介石国民党就挑起内战来了。他撕毁国共和平协议，国民党军队疯狂地大举向解放区发动猖狂进攻，哪晓得，被解放军打得节节败退。以后的淮海战役、辽沈战役、平津张战役，解放军把蒋介石的军队基本全歼了。之后，解放军又以排山倒海之力，雷霆万钧之势，直压蒋介石老巢南京总统府。

在广西，桂系军阀的白崇禧部队也被解放军打得抱头逃窜，垂死挣扎的白崇禧的部队妄图往贵州、云南方向逃窜，被解放军四野第十三兵团（司令员程子华）所辖的第三十八、第三十九的西路军堵住了。

在南边，解放军第四兵团（司令员兼政委陈赓）所辖的第十三、十四、十五军的南路军进驻玉林、博白一线，堵住了妄想逃往雷州半岛及海南岛的白崇禧部队。

1949年11月22日14时30分，中国人民解放军第一二三师与桂北人民解放总队第十一大队雄赳赳、气昂昂进入桂林城，桂林解放了！桂林人欢天喜地，扭秧歌、打腰鼓来欢庆这个神圣庄严的日子，迎来了阳光灿烂的春天。

俗话说，兵败如山倒，白崇禧部队的兵，各逃各的命了。地保也不知道自己糊里糊涂地莫名其妙地在逃命的兵里像老鼠一样到处乱窜，他要逃回家乡去。他丢掉了军帽军衣，在死人堆里找了一件破棉袄和一件烂外衣，一条大裤头，靠绳子勒紧裤头的裤子。脸上涂满了黑灰，泥巴，头上戴个烂斗笠，手握一条木棍子，装着像叫花子的模样，慢慢朝自己的家乡走去。沿途，他喝池塘水，在垃圾堆里找食。见着有人在填肚子，他手中的破碗就伸过去了。有的人瞥了他一眼，不理睬，拍着屁股头也不回就走了。也有的好心人把碗里吃剩的东西，倒在地保伸出的破碗里。有的老板看见他这个狼狈样，猜他是个逃难的了。一点也看不出他是国民党的兵。就是检查他的双手，也看不出他是拿枪杆子的人呀。他还没有学会打枪呢，他问心无愧。他从没想过把枪口对准解放军，因为他的弟弟小保和满妹都是共产党领导的游击队员呀，他即使会打枪，也绝不会把枪口对准自己的弟妹。他也没打过仗，小保要打的，也是国民党那些顽固不化分子，他是了解小保的。

他是心安理得的。他不知道是什么人把他弄到国民党军队里来。是他太大意了，防不胜防就被人用布蒙上眼睛，用枪托子冲他的腰，他忍着疼痛，被押上了一辆汽车。

正当他在街上要饭时，他目睹了一些国民党军官和兵在做垂死挣扎，见老百姓的东西就抢，见女人就拉。他看见一个男人手里提着一袋米，他不同意把米给国民党兵，只是拉扯了一下，那国民党烂兵就用他手中的枪打死了那个老百姓。他赶忙用斗笠遮住脸，走开了。心里骂着这狗屌的不是人。

他生怕露出马脚，被人看见他是个国民党的残兵败将。他从来没有在一个地方待久，只是弄到点填肚子的东西就赶快走了。

晚上，他要到深更半夜才敢睡在破庙里，哪能睡得着呢？他倚在墙壁上也是提心吊胆的。他运气不错，一路上还算顺当。

他几乎没有洗过脸，更不要说刷牙了。他心里说，身上越邋遢越好，衣服越脏越好，这样才像个叫花子。只要内脏没病，脚能走，手能动就满足了。他就这么自己鼓励自己，走了几个月，好多枯黄的树枝有的向他点头，有的向他摆手，向他退去。一路上，有时迷路茫茫，有时凄风苦雨。时不时碰见个死人倒在路中。有时晴天多云，阳光灿烂，他想不到有这么好的天气伴他随行。有时也听见“砰砰”的枪声。有时走到一地，不时传来欢庆解放的锣鼓声。

他的脚掌起泡了，一碰到水，他就难受了，双脚像被刀割那样疼痛。他又饿又累，全身的骨头像散了架一样，他怕走不到家了。

他咬着牙走到树林中找了点草药，用嘴巴嚼烂了，把药敷在起泡的脚掌上，又找了几张大树叶，用小藤包扎住起泡的脚又继续上路。

他一路想着，为什么日本军阀要发动战争？日本鬼子投降了，国民党军队为什么又要打共产党呢？兄弟之间为什么要产生对立呢？不能在一个锅里舀饭，和和气气过日子么？不能和和气气建设自己的国家么？蒋光头也不是人，他单方面撕毁和平协议，把我们这些年轻人抓去当炮灰，打自己的兄弟，害得我这么狼狈地逃窜在路上，幸亏还留有我这条薄命。一切罪恶应算在他头上，他该死，千刀万剐。多亏毛泽东、刘少奇、周恩来、朱德领导得力呵，他们把蒋光头国民党残余败将撵到台湾去了，日本鬼子也投降了，中国大片沃土将不会再有战争了，老百姓从此定会安居乐业了。……

进了村，他仿佛看见了希望和温暖。他的疲劳不见了，脚泡也好了。全身轻松了，来了劲。他听见雄鸡啼鸣了，他估计这时已是三四更天了，全村的狗几乎像训练过一样，一致狂叫起来。又好像有土匪进村那样，有好几家人家都亮起了灯。地保走到家门口，他家的狗像发疯似的狂叫，爬在院门上，几乎要把院门震倒了。这条狗一定是新养的，要是那条老母狗，定会闻出他的气味的，是它的主人回家了嘛。他轻轻敲门，不行，又重重地敲，父亲一定能听见他的敲门声的。

屋子里没有动静，里面没有亮灯。地保站在院檐下，他想，他必须一五一十地把他的经历说给父亲听，求得父亲的理解。全村人将会怎样看他呢？难道他跳到漓江也洗不清他出去弄脏了身上的污泥吗？他到国民党里只是待了几个月，就那么沾满耻辱？他也听人说过，共产党是最讲实事求是的，共产党是不会冤枉一个好人，也从来不会放过一个坏人的。共产党是天下最讲道理的政党，是专为老百姓谋福利的政党。国民党里也有左中右的人呀，国民党里也有相信共产党的人，也有听共产党话的人，也有服从共产党领导的人。共产党要打倒的是那些与人民为敌的，残害老百姓的死硬分子，我必须要有勇气，有自信，一定要回去。

想到这里，地保又重重地敲着院门，没有动静，好像父亲和大哥没在家一样。过了好久，村里的狗叫声停住了。他家的狗还在汪汪地叫着。

看看安静了，地保轻声地叫：“爸，大哥，我，地保回来了，你们听见了吗？”

其实，冬生这几天没有一夜是睡着了的，他的左眼皮老在跳。有人说，左眼皮跳福，右眼皮跳祸。他才不相信呢？不管信不信，总要提醒一下才好，留神点没错。

当第一只狗叫了一声，接着全村的狗都叫起来后，他就披上棉袄坐在堂屋里了。他没有抽烟，也没有点灯。他怕天保夫妇惊醒，就一个人静静地听着，他也到院门边听了一下，他想听个究竟，他要听清楚，到底外面发生了什么事情。他在门背握着一把铁锹，万一是土匪来抢东西呢，他晓得，邻村有土匪闹了村，把几家人的米都抢走了，他不得不防。虽然解放了，土匪还未肃清呢，有民兵巡逻就好啦。

村子里暂时安静下来。雄鸡又一次啼鸣。

地保又重重地敲门，轻轻地叫：“爸，大哥，我是地保呀，我回家来了。”

冬生七上八下紧张的心终于放松下来。他听清了，真的是二仔地保的声音。老话说，少小离家老大回，乡音未改鬓毛衰呢。可地保才出去没好久，他的乡音怎么改得了呢。

冬生仍没开门，小声问：“你当真是地保？你怎么白天不回，偏偏半夜三更才回？”

“我不是怕惊动村里人嘛。也凑巧，走到临桂，天就黑了。我不想在临桂待了，归心似箭呀。你开门叫我进去呀。我不想靠在墙边睡了，也不想在野外待了，我都有几个晚上没闭眼了，让我进屋吧。”地保哀求地说道。

冬生听着听着，眼泪实在控制不住了，从眼角流到脸颊上。

冬生摸黑点亮了洋油灯，照着从堂屋走到院子，再轻轻打开门闩。闪烁的黄色灯光照着地保可怕的模样，冬生吓得差点把灯柄甩掉。他怎么也不相信站在他面前的是他的二仔地保，他乱蓬蓬的头发就像鸡窝一样，嘴巴被长毛胡子包围住，几乎看不见嘴唇了。瘦瘦的脸庞，深深的眼窝内藏着亮光的黑眼珠，看上去炯炯有神，就像没出窝的两只小鸟。穿着到处开着白花的棉袄，一条露出膝盖的单裤，裤脚都开衩了。指甲都长成弓形的了，就像啄木鸟的嘴一样。

冬生张大了嘴，他哑了。可心里明白，这个响当当的仔怎么被人抓去后成了这个人不人鬼不鬼的模样了呢？他握住灯柄，借着闪烁的灯光，又仔细地看着地保，然后他才有气无力地说：“回来就好，回来就好，老天爷保佑着你，没被人打死，以后的日子长着呢。山上的映山红都开了。”

父子俩进到堂屋。地保朝屋里看了一眼，放下斗笠，说：“爸，你儿子地保的命硬着呢，他还想重起炉灶过上好日子呢。”

冬生说：“来日方长，活着就好。”

接着，地保洗漱完后，冬生热了点菜，炒了点剩饭，地保狼吞虎咽地吃了。父子俩相互看着，在寂静的夜里，地保把他怎么被军车运走，后来又怎样，又怎么逃回家，一五一十地讲给冬生听。冬生怕天光后，天保一家人看到地保那个能把牛吓死的模样，又怕村里人猜这猜那。他又给地保把头剃了，把毛胡子刮了，换了件冬生舍不得穿的衣服，这样，地保在冬生床上睡得好舒服呵。冬生一直靠在地保身边。唉！他陪儿子小时候睡过觉，又有二十几年了。冬生想着想着，一会儿，就迷迷糊糊睡着了。

没几天，小保和满妹穿着解放军军服，喜气洋洋，满面春风，疾驰在漓江岸边的小道上，一股温暖的春风吹拂着兄妹俩红彤彤的脸颊。当他俩走近桃花江岸边时，垂柳就向他俩招手了。今年的河水格外的清澈，天上也比往年更蓝，树叶比往年更绿，映山红比往年开得更早，这是一个好年头。

他俩是路过顺便回家看望父亲和兄嫂的。两人同在一个部队，满妹做了宣传员，小保也算是个政治指导员了。两人都长高了，身体结实得没法说，知识也更加丰富了。尤其是小保，一讲起话来，滔滔不绝，就像桃花江的流水那样，奔腾不息。在座的人，没有人能插上嘴，只有乖乖地听他讲了。

小保和满妹回村的那天，冬生和调子班的人正在排调子呢。他们想好好庆祝一下全国解放了的快乐和幸福，用唱“哪嗬嗨”的滋味来高兴高兴。

凑巧，小保有好久没拉二胡了，他一见二胡手就痒了。满妹对冬生说：“爸，解放了，男女平等自由了，女人也能撑起半边天了。女人也可以上台唱‘哪嗬嗨’了。这才是真正的解放，真正的自由，真正的平等。”

冬生一拍大腿，高兴地说：“宝贝女儿说得对，没有白去部队去。值得爸好好学习。对，今后的调子班，可以吸收一些年轻的，中年的女子了。满妹，一下你又不走，你带个头，简单排一出戏，你同二哥一起唱，好不？”

“当真？唱就唱，二哥就演王小二，我演金满妹。”满妹满口同意。

满妹的出演，众人刮目相看，都说有遗传，要不然怎么演得那么好。演出结束后，演员们向观众谢幕前，由满妹指挥，大家唱起了《没有共产党就没有新中国》，唱完，掌声不息。

冬生把前两天做成的叮叮糖，准备到城里去卖。见小保和满妹回来了，说什么也要拿点出来给他俩尝尝。小保和满妹等急了要吃爸做的叮叮糖了，一听说有叮叮糖吃，满妹的口水都流出来了。地保也过来凑热闹，还有天保两口子和他的仔乖乖，也争抢着要吃叮叮糖了。说句实话，要不是小保和满妹回来，除孙仔乖乖以外，天保和天嫂、地保三个大人，还不敢开口向冬生要叮叮糖吃哩。

那天晚上，小保和地保谈了一整夜，小保叫地保不要有后顾之忧，要相信共产党的政策，只要不与人民为敌，人民是欢迎的，叫地保不要有太多的想法。

小保和满妹回部队以后，村里来了土地改革工作组。工作组发动群众，认真研讨，最后落实了几个地富分子。其中一个就是梁家白，他家被划为地主成分。但没有挨群众斗过，只是租他的田地全部的租债，给予免掉。冬生一家人分得了梁家白家的田地，全村的贫雇农都分得了田地，成了土地的主人。……

这一帮泥腿子，实实在在地又唱起“哪嗬嗨”了。

2014年9月至2015年9月第一稿

2015年10月至2016年元月抄改

后　记

我原不打算费神写后记的了。想了一下，还是写吧。

有人说，当今文坛上，一个作者能出版一本书，那只能说是蹲倒。要出两本书，才算站了起来。这对我触动很大。我第一本文学作品《桂花》（广西人民出版社2009.12）出版后，接着又写了长篇小说《激变》（广西师范大学出版社2014.4），那是第二本。今年，我又写了长篇小说《哪嗬嗨》，它是我所经所闻所看所思写成的。

我原先出版的两本书，都是我托张利群教授为作品写的序。那为什么《哪嗬嗨》还要他写序呢？

张利群教授不是一般的教授，他是在当今文坛上、文学批评界享有极高声誉的教授。他著述颇丰，其中的《文学批评原理》《批评重构》影响很大。他是博士生导师，学子满天下，他担任过广西师范大学中文系主任，是享受国务院政府津贴专家、广西优秀专家、广西特聘专家。他平易近人，生活朴素。

我记得他在看过我的第二本书后，就毫不客气地对作品中的不妥之处提出了非常中肯的意见。我当时回应他一句："现当今，作品写得再好也无人看！"

他嘿嘿一笑说："不是还有我们这些人看嘛。"

我听了他这句话，就鼓起勇气对作品进行了修改。

可见，文学批评家永远是文学创作者的老师，编辑家更是文学创作者的第一位老师，广大读者则是文学创作者的父母了。

当今世界已进入网络时代，小说及诗歌之类的文学作品，几乎就要进入博物馆了，没有生命力了。那为什么还有作家写呢？回答是肯定的。在当今社会的众多职业当中，作家仍然是一种不可缺少的职业。文学作品，尤其是长篇小说，它的深沉、厚重、时代感，是会引起读者的思考的，也是其他的文学式样不能替代的。基于这种理由，我又鼓起勇气，花了一年多时间，把我的所经、所闻、所看、所思，写成了这部长篇小说《哪嗬嗨》。

有人说我的作品里有自然主义的东西。其实，自然主义的鼻祖是十九世纪法国作家左拉。一百多年过去了，这其中的不少有影响的作家作品里，多少都有对自然主义的描写。我国诺贝尔文学奖获得者莫言，有的作品中就有自然主义的描写。本人不揣冒昧，认为在当今人类渴望回归自然的理想中，文学作品里有些自然主义的东西，广大读者是可以理解的。自然主义在文学作品中的自然美、真实性和文学性，是可以引起文学理论家们的思考的。

习近平总书记希望广大文艺工作者要做市场的主人，不要做市场的奴隶。说得多么有力和精辟啊，这是对当今进入网络时代的广大文艺工作者的殷切期望和关心。

当我写完后记最后一页的时候，我已经是吃到七十有五饭的人了。

秦自成

2016年1月20日（大寒）